ASTRÉA

ALEXIS BROCAS

ASTRÉA

ÉDITIONS SARBACANE
Depuis 2003

Pour Zaina et Amir.

Bande-son

- John Lennon, *Working Class Hero*
- Lana Del Rey, *Summertime Sadness*
- Kate Bush, *Running Up That Hill*
- Red Hot Chili Peppers, *My Friends*
- U2, *One*
- Nina Simone, *Sinnerman*
- Stevie Nicks, *Edge Of Seventeen*
- Kate Bush, *Experiment IV*
- Nina Simone, *Feeling Good*

« As soon as you're born
They make you feel small »
John Lennon, *Working Class Hero*

« Stars when you shine
You know how I feel »
Nina Simone, *Feeling Good*

PROLOGUE

Souvent, je rêve de Ravno, ma planète natale, à l'autre bout de l'Empire. J'ai de nouveau quatorze ans et avec Tim, Fani et les autres, nous rentrons d'une chasse. Nos plateformes suivent, chargées de morceaux de viande longs comme des troncs d'arbres – la chasse a été bonne et nous allons fêter ça au VitaNova, le bar de mes parents, vingt kilomètres au-dessus du sol. Nous nous installons à notre table favorite, devant la baie vitrée. Je demande à Tim de ne pas commander plus de deux concentrés alcooliques s'il ne veut pas que ma mère appelle encore la sienne. J'écoute Fani me raconter l'histoire des Sanglants, qui remonte aux premiers peuplements de Ravno. Je regarde, à travers une vitre de dix centimètres d'épaisseur à l'épreuve du vide, le port orbital qui ressemble à une grille de prison étirée aux dimensions du ciel avec ses jetées disposées en croix pour accueillir les vaisseaux revenus des mondes rubys ou en route pour ceux-ci. Un gros convoi de transtellaires industriels est attendu, si nous parvenons à garder cette table, nous serons aux premières loges pour son arrivée, et vu la quantité de viande que je rapporte, ma mère ne pourra pas refuser de nous préparer des burgers…

C'est un rêve, comme je l'ai dit. Je n'ai jamais emmené mes copains au VitaNova – trop jeunes ! – et Fani avait quitté Ravno avant d'avoir l'âge de chasser les Sanglants. Quant à Tim, il arborait déjà son bras reconstitué et son sourire corrompu l'année de mes quatorze ans – et moi, je ne mangeais déjà plus de viande. Ça me revient dans le cours du rêve, lorsque Tim délaisse son burger pour me prendre par la taille et me serrer contre lui, mais je m'en fiche : aujourd'hui, seuls les rêves peuvent me ramener chez moi, sur ma planète, alors quand ils viennent, je me jette dedans à corps perdu, heureuse d'oublier où je me trouve et celle que je suis devenue. Je me remplis les yeux d'images de Ravno. Les volutes des brumes polluées autour des aires de jeux de mon enfance. Les ascenseurs vers le port orbital, comme de grands cordons ombilicaux coupant l'horizon pour amarrer ma planète au ciel. L'ombre d'un Sanglant arachnéen se faufilant dans les ruines. La grande salle du VitaNova, avec ses quarante-deux tables, et, au-dessus du comptoir, les bras affairés de mon père, sur lesquels se pressaient, sous forme de tatouages, tous les symboles des planètes qu'il avait visitées. Et puis le beau visage de ma mère. Le sourire de Tim quand il me disait qu'il m'aimait, avant qu'une bande d'Officières ne s'amuse à rendre notre amour impossible…

J'avale ces images venues du passé comme d'autres se gavent de gâteaux, vite, vite, les rêves ne survivent pas longtemps dans les yeux ouverts, alors garde les tiens fermés et rêve, Stréa ; le plus fort et le plus loin possible. Tu as toujours été douée pour ça, à défaut d'autre chose… La preuve : même si tu sais très bien que tu rêves, tu te penches vers Tim, et tu l'embrasses comme autrefois.

Et puis je me réveille, dans mon vaisseau, et je retrouve mes vingt-quatre ans, ma vie privilégiée, mes lourdes responsabilités, et mes regrets d'adulte.

On prétend que les gens comme moi, ceux qui ont accompli leurs ambitions et dont on dit qu'ils « sortent de nulle part », oublient vite l'endroit d'où ils viennent. Ce n'est pas faux : pour être sincère, il y a eu une époque où je ne voulais plus entendre parler de Ravno, où je prenais mal toute allusion à mes origines. J'étais jeune, l'Empire venait de me donner ma chance, et je voulais tant me fondre dans le moule de mon école – et en même temps, je souhaitais me distinguer comme artiste, voir mon nom étinceler sur le réseau. Oui, quand je suis entrée aux Beaux-Arts, j'ai été tentée de rompre avec mon passé…

Je n'étais pas la seule : à l'École des beaux-arts, j'ai vu pas mal d'étudiants venus de mondes anonymes excaver de leur poitrine toute nostalgie mal placée juste parce qu'on leur conseillait de le faire. J'ai essayé, moi aussi, de noyer mes souvenirs sous les mille merveilles qu'offre l'Empire à ses bons étudiants, de me dire que je n'étais plus une Ravnienne, mais une future haute fonctionnaire du ministère des Colonies.

Moi aussi, je me suis convaincue qu'il était normal et juste que l'Empire prélève des centaines de milliers de gens des planètes pauvres sans leur demander leur avis pour les envoyer peupler les colonies – alors que j'avais vu de près les effets de cette politique.

Et pourtant, même en ces heures où je ne voulais plus penser qu'à l'avenir, je n'ai jamais réussi à m'arracher Ravno du cœur.

J'ai mis longtemps à comprendre pourquoi – c'est-à-dire pourquoi, quand mes camarades des Beaux-Arts traitaient Ravno d'aire d'autoroute, ce n'était pas la honte qui me rougissait le front mais des larmes qui me montaient aux yeux. Pourquoi je feignais de ricaner avec les autres alors qu'au fond j'enrageais. Et pourquoi, tandis que tous mes camarades rêvaient d'horizons lointains, j'ai fait de Ravno mon objectif, j'ai pris des risques insensés pour cette planète qui, je l'ai appris plus tard, ne valait pas le prix de ma formation.

C'est pour ça que j'écris : pour comprendre qui je suis, ce que je ressens, et pourquoi j'ai agi ainsi. Pourquoi j'ai commis ces actes que personne n'attendait de moi, et dont j'étais très loin de me croire capable. Et aussi pour retrouver mon enfance.

Je sais : retrouver son enfance, il y a la spéculine pour ça et on en trouve sur à peu près chaque monde de l'Empire, surtout s'il abrite une base militaire. Mais les drogues n'ont jamais été mon affaire – en digne fille de barmans, je préfère les concentrés alcooliques. Et la spéculine permet de revivre, pas de repenser. Or je veux les deux : revivre mon passé pour le comprendre. Et pour ça, depuis que l'homme existe, rien de mieux que l'écriture, non ?

Ah, un détail qui a son importance : une fois que ce sera fini, je balancerai mon texte sur le réseau impérial. Pour que ma démarche égoïste devienne publique et que les petites filles et les petits garçons différents, à qui l'Empire promet un avenir loin de leur monde d'origine et une belle carrière au sein des ministères sachent à quoi s'attendre.

Cela va me valoir bien des ennuis, et maintenant que j'ai les épaules pour les affronter, je les attends avec impatience.

PARTIE I

1

Mon histoire commence l'année 300133 du calendrier universel impérial, sur la planète Ravno, vers la fin de la saison des brumes. Je suis une écolière de neuf ans – peau brune, yeux bruns, cheveux noirs, taille frêle ; un corps en allumettes et une paire de couettes, comme dit la comptine. Je ne sais pas la chance que j'ai d'avoir mes parents près de moi – je n'ai rien connu d'autre, alors ça me semble normal, de même qu'il me paraît normal de ne jamais les voir en même temps à la maison. Le VitaNova, le bar qu'ils tiennent là-haut, dans le port orbital, n'a pas connu un jour de fermeture depuis ma naissance : ma mère garde le comptoir de 20 heures à 8 heures environ, mon père de 8 heures à 20 heures environ et parfois, ils me disent en plaisantant que je suis « fille du jour et de la nuit ». Ils se retrouvent plus souvent là-haut qu'ici, et lorsqu'ils sont ensemble, quelque chose change dans leurs visages et leurs gestes, qui donne l'impression d'une danse. Ça me paraît normal d'avoir des parents qui s'aiment.

Le jour où cette histoire commence, je me trouve en classe, au douzième étage de l'École Unique Impériale Standard de Ravnia. Près de la fenêtre, heureusement : même si en cette saison, le port n'est pas visible, je peux regarder les brumes alourdies par la pollution venir se déchirer sur les sommets en pointe des bâtiments de Ravnia, notre capitale. Il faut bien ça pour supporter Mme Gal Thanaël, notre prof, qui nous débite le programme scolaire impérial dans sa version pour enfants des planètes défavorisées. Et j'ai beau faire des efforts pour ne pas écouter, parfois une de ses phrases me coule dans l'oreille, comme du sucre ou du sirop.

« L'Empire, c'est comme une famille, vous comprenez les enfants ? Que l'on vienne d'un monde riche, comme Pangéia ou Berty, ou d'un monde comme Ravno, nous sommes tous des citoyens de l'Empire, c'est-à-dire tous des frères et sœurs.

– Ça veut dire que j'ai des frères et des sœurs sur Berty ou sur Pangéia ? demande ma copine Elba d'un air sceptique.

– Exactement ! répond Mme Thanaël avec sa bouche en cœur.

– Ça veut dire que si une bourge de Pangéienne ou un gros richard de Bertien débarquait ici, je pourrais les appeler « sister » et « brother » ?

– Eh bien, enfin… oui, mais je ne vous le conseille pas. Voyez-vous… comment dire… quand je parle de fraternité, il faut prendre ça sur le plan… euh, symbolique, bafouille Mme Thanaël.

– Ça veut dire quoi, symbolique ? demande Tim.

– Ça veut dire qu'elle nous pipeaute, comme d'hab, répond Elba.

– Elba, je vous mets deux heures de colle.

– OK, et avec, mettez-moi deux burgers de Sanglants et des chips azotées.

– Elba, dehors ! glapit Mme Thanaël. N'écoutez pas cette… cette sauvageonne, les enfants. Il existe plus de dix mille mondes dans l'Empire et oui, tous ces mondes sont frères et oui, ensemble, ils forment une grande famille. Après, comme dans toute famille, il y en a qui réussissent et d'autres qui ont plus de mal…

– Et alors ? demande Fani, ma meilleure copine.

– Et alors, c'est pareil pour les planètes de l'Empire. Or, notre planète Ravno n'était ni très sage ni très travailleuse… C'est pourquoi nous devons nous rattraper en aidant l'Empire. Alors, si de temps en temps, l'Empire commande à certains d'entre nous de partir pour aller habiter une de ces planètes toutes neuves, il faut prendre ça comme une chance. »

J'échange un regard entendu avec Fani : *Une chance, tu parles*. À neuf ans, nous savons tous ce qui se cache derrière. Un déménagement forcé. Des dizaines d'années congelés et empilés par milliers comme des poissons dans les soutes d'un vaisseau anonyme conduit par des robots, entrecoupées d'escales en des lieux inhospitaliers. Et au bout du voyage, une planète où tout reste à faire, parfois à peine habitable, voire pas viable si l'artiste chargé de l'aménager a bâclé le boulot. Mais il faut bien que l'Empire s'étende… Une question de survie, quand Patrie bleue, notre grande ennemie, se développe deux fois plus vite.

– Mais, madame, c'est pas une chance, d'être envoyé dans les colonies. C'est même plutôt une punition ! finit par s'écrier Fani.

– Écoutez, les enfants, dans la vie, c'est comme à la récréation quand vous échangez des bonbons : pour recevoir, il faut aussi donner. Vous comprenez ? La moitié de vos parents ne paient pas l'impôt minimal et un quart survivent grâce à l'aide impériale. Je ne dis pas que ce sont des fainéants : c'est comme ça et c'est tout. Mais l'Empire donne beaucoup à Ravno. Il faut donc bien que nous, Ravniens, lui rendions un peu !

Silence dans la classe, parce que là encore, on sait tous ce qui se cache derrière son « un peu ». On l'a vu en se promenant en plateforme, avec nos parents, au-dessus des zones rendues à la forêt. « Un peu », cela représente parfois un demi-million de personnes – des villes entières vidées de leurs habitants d'un coup. De là les ruines qui parsèment Ravno, livrées à la nature et aux Sanglants. Et comme Ravno n'arrivera jamais à payer sa dette à l'Empire, la dynamique n'est pas près de s'inverser…

À neuf ans, j'ai déjà compris l'essentiel : soit Mme Thanaël ne mesure pas l'effroyable écart entre son discours et la réalité, soit elle préfère ne pas le voir parce que serait inconfortable ! Pourtant, il lui serait facile de vérifier ses histoires de fraternité : il passe toutes sortes de belles gens, par le port orbital. Officière en permission sur les planètes mixtes, scientifiques sophiens filant étudier les Rubys, familles venues de Berty embarquées sur une de ces croisières pas comme les autres… Un instant, j'imagine Mme Thanaël avec sa voix de perroquet, ses cheveux rouges et ses fringues multicolores, aller saouler une bande de VIP sortis tout fripés de leurs caissons d'hibernation. « Bonjour, je suis Madame Gal Thanaël, institutrice de dernière catégorie sur Ravno, et je voudrais vous parler de fraternité symbolique. » On lui hurlerait de rire au visage, ou pire. Les Officières n'ont pas beaucoup d'indulgence pour les ploucs qui osent leur adresser la parole.

Mais Mme Thanaël ne se préoccupe pas de l'écart entre ses discours et la réalité. Elle préfère rentrer chez elle, regarder les feuilletons 3D sur le réseau, toucher son salaire et répéter la même chose chaque année. Elle a compris que son boulot consistait à nous fourrer dans le crâne quelques idées simples. *L'Empire n'a pas de défaut. Tout ce qu'il décide est juste et bon. Les planètes comme la nôtre, pauvres et sans avantages, ont beaucoup de chance de lui appartenir. C'est pourquoi leurs habitants sont priés de s'estimer heureux et de ne pas trop râler.*

Heureusement, la plupart du temps, Mme Thanaël parle dans le vide. Grâce à leurs implants – et à quelques programmes pirates bien connus des élèves qui empêchent les profs de regarder dedans –, mes copains passent leurs heures de classe sur le réseau, dans le dessin animé 3D *Erania*, ou s'envoient des messages. Moi, je me contente de regarder la fenêtre – les brumes, la ville, parfois les forêts qui s'étendent au-delà. S'il fait beau, il m'arrive de compter les lignes argentées que le port orbital dessine dans notre ciel, en songeant à mon père qui travaille là-haut.

Moi aussi, j'aime bien les dessins animés et les feuilletons du réseau impérial. Ils me parlent de gamines envoyées dans l'espace pour devenir Officières et affronter les Patriens. Ils me montrent des chambrées d'étudiants millionnaires sur de lointaines planètes académiques. Ils m'emmènent partager la vie fantastique des enfants des planètes mixtes, qui côtoient tous les jours des extraterrestres rubys. Et ils me font tomber amoureuse d'un joli petit Bertien dont l'existence se passe en croisières, d'un monde sublime à l'autre, parce que ses parents estiment qu'il le vaut bien.

À neuf ans, comme tous mes camarades de classe, je rêve de partir loin – et pas sous forme de glaçon dans un transporteur colonial. Mais grâce à Mme Thanaël, on a tous compris que ça n'arriverait pas. Que ces vies-là, ces vies de feuilletons, ne sont pas pour nous. Alors je me contente de rêver. Par les images, et puis, surtout, en écoutant mon père me raconter ses voyages dans les mondes inscrits sur ses bras...

La sonnerie retentit, les « Restez assis ! Je n'ai pas fini ! » de Mme Thanaël se perdent dans le brouhaha. Fani a devancé tout le monde : j'en suis encore à ranger mon cartable qu'elle fonce déjà vers la sortie.

Qu'est-ce qui lui prend ? D'habitude, on s'attend. Je cherche des yeux Tim au cas où il saurait ; comme on habite tous les trois la même rue, on a l'habitude de faire le chemin ensemble. Mais à ma grande surprise, je vois le cartable de Tim disparaître dans l'encadrement de la porte, juste après celui de Fani.

Tim et Fani sont mes deux meilleurs amis. Qu'est-ce que je leur ai fait pour qu'ils me snobent ?

J'essaie de leur courir après, mais le gros de la classe – soixante-dix élèves – se presse dans le couloir. J'en bouscule pas mal, puis je plonge dans la cohue du grand escalier en colimaçon – douze étages de marches en gaufrette synthétique inusable, avec vue sur les gymnases, les patinoires, les salles de classe. La tour de l'École Unique Impériale Standard de Ravnia abrite des milliers d'élèves, de plus en plus âgés à mesure qu'on se rapproche du sol.

Lorsque je débouche enfin dehors, dans l'air humide, je vois Fani, Tim et quelques autres de mes copains de classe traverser le parking en courant et sauter sur une plateforme familiale conduite par le père de Tim. Elle décolle avant que j'aie eu le temps de les rattraper. Pourquoi ils sont tous si pressés ?

2

Je rentre donc seule à travers les rues de Ravnia, entre les rangées d'immeubles pointus de vingt étages, les cours grises et luisantes d'humidité, les aires de jeux désertes et les blocs d'habitation standard pour des gens que l'Empire perçoit comme standard également. Dix minutes plus tard, la nuit commence à tomber, les lumières du port orbital s'allument – et comme elles sont assez fortes pour percer les brumes, le ciel se change en une fascinante marelle phosphorescente. À cette époque, je ne vois pas le moche, le gris, le décevant, tous les signes qui définissent Ravno comme une planète de troisième classe. Mon monde est beau, car c'est le mien.

J'adore regarder le port, la nuit, surtout quand il y a de l'animation : quand un convoi de traîne décolle, quand un vol de navettes passe entre deux halls, ou quand un nuage de détritus vaporisés vient miroiter dans les lumières. D'habitude, on les regarde ensemble, avec Tim et Fani.

« Tiens, un nouveau départ pour Ruby. »

« Oh, revoilà le cargo des touristes. »

« Ça y est, ils ont fermé le hall 2 pour travaux… »

Là, je me contente de rêver le nez au vent, en laissant mes pieds me ramener à la maison – s'ils se trompent, mes implants leur indiqueront le chemin.

Je rêve aux vaisseaux faisant escale dans notre ciel. Aux mondes lointains dont ils viennent. À leur destination finale, qui n'est jamais Ravno. J'y pense chaque soir en fermant les yeux. Grâce à Mme Thanaël et aux feuilletons pour enfants du réseau impérial, je sais que Ravno n'est qu'un monde insignifiant parmi les dix mille que compte l'Empire humain. Je sais que cet Empire, aussi vaste soit-il, ne représente pas la moitié de la région occupée par nos ennemis, les clones patriens. Que Patrie bleue elle-même est minuscule, comparée à la zone conquise par nos amis extraterrestres rubys, sous l'écliptique Sud et derrière l'écliptique Est. Et tout cela tient dans un seul bras de la Voie lactée, soit une fraction d'une galaxie parmi les milliards de milliards que compte l'Univers.

Plus j'en apprends, plus je me sens microbe. C'est le but de l'éducation impériale, je suppose : faire éprouver au futur citoyen le poids du ciel immense. Avec un petit supplément de fatalité et de complexe d'infériorité pour les gamins des planètes pauvres. Pourtant, plus je me sens condamnée à passer ma vie sur Ravno, plus mes rêves de voyage me démangent. Je dois tenir ça de mon père.

Mon père n'est pas né sur Ravno, mais sur une planète industrielle à l'autre bout de l'Empire, du côté de l'écliptique Nord. Il a passé seize ans à sillonner la galaxie pour le compte du ministère de l'Industrie, à bord de grands transtellaires chargés de minerais et dotés d'équipages réduits au minimum. La coutume, chez les navigants civils, est de se tatouer sur les bras le symbole de chaque planète visitée : ceux de mon père sont couverts jusqu'aux épaules de motifs multicolores.

Mon père m'a raconté beaucoup de choses, mais j'ai compris qu'il ne me disait pas tout. Voilà ce que je sais : l'année de ses trente ans, ses supérieurs l'ont affecté à la ligne Berty-Ruby, où circulent les convois qui apportent nos ordures à nos alliés extraterrestres rubys, et rapportent à l'Empire les tonnes de métaux extraits par leurs racines. Or, grâce à son port orbital, Ravno est une planète étape de la ligne Berty-Ruby…

Un jour, lors d'une escale, mon père est allé boire un verre au VitaNova, avec ses copains. Il n'en est jamais reparti. Il lui a suffi de voir ma mère pour renoncer aux beautés du cosmos et à sa vocation de voyageur. Jamais je ne l'ai entendu exprimer le moindre regret, au contraire. À neuf ans, d'ordinaire, on ne connaît de l'amour que ce qu'en montrent les feuilletons, mais moi, j'ai à la maison un exemple rare qui ne cadre pas avec les drames des réseaux, et je ne sais pas ce que je dois en penser.

3

Notre maison se trouve dans la banlieue de Ravnia, à vingt minutes de l'école et à un quart d'heure des premières forêts. Une banlieue impériale typique : une éruption de cubes aux arêtes en téflobéton blanc de douze mètres sur douze, aux murs entièrement vitrés, opaques à l'extérieur, transparents à l'intérieur, entourés de carrés de pelouses brossées par des nanorobots… Il paraît que vers le centre de l'Empire, il existe des centaines de planètes entièrement couvertes de banlieues du même modèle. Sur Ravno, elles abritent les citoyens de la classe moyenne et supérieure – ceux qui travaillent au port orbital, touchent des salaires impériaux et à qui on ne demandera jamais de tout quitter pour s'en aller peupler les colonies. Il faut croire que j'ai de la chance.

Ma maison se trouve au 16, avenue des Chasseurs : elle me reconnaît, bien sûr, et la porte vitrée s'ouvre d'elle-même pour me laisser entrer.

– Maman, c'est moi ! Dis, on peut monter voir papa au bar quand tu auras fini de te reposer ?

Pas de réponse. Elle doit dormir dans sa chambre. Bizarre, d'habitude elle se réveille une demi-heure avant mon retour pour préparer mon goûter. Et c'est quoi, ce gros truc blanc sur la table du salon ?

– Maman ? T'es là-haut ?

Oui, elle est là-haut, me disent mes implants. Et elle a de la compagnie… mais avant que mes implants ne me donnent les noms, j'entends des rires, des chuchotements… Et soudain, je vois Fani et Tim dévaler l'escalier, suivis par Edée, Elba, Galy et cinq ou six de mes autres copains de classe.

– SURPRISE !!!

Oui, pour une surprise, c'en est une : qu'est-ce qu'ils fabriquent ici ? Pourquoi ma mère me regarde avec un air de conspiratrice ? Et c'est quoi, cette odeur sucrée qui vient de la cuisine ?

Lorsqu'ils commencent à chanter « Joyeux anniversaire, Astréa ! », le paquet blanc sur la table du salon explose, libérant une flopée de guirlandes multicolores, qui s'envolent au plafond, et des ballons en forme de fruits qui se gonflent sous nos yeux, et je ne peux me retenir de sautiller en battant des mains.

C'est dans une semaine, mon anniversaire ! Mais cette année, il tombe à la fin de la saison des brumes, c'est-à-dire pile au début des grandes chasses aux Sanglants : quand tous les Ravniens s'en vont en famille dans les forêts pour remplir leurs congélateurs. D'où cette fête surprise anticipée, j'imagine. En tout cas, bien joué : je n'ai rien vu venir.

– Dix ans, Astréa ! Ce n'est pas rien.

En haut de l'escalier, ma mère me sourit. Et derrière, je vois… mon père ?

– Papa ? Mais le bar…

– Joh a accepté de nous remplacer jusqu'à 21 heures.

Joh, c'est notre voisin, et aussi le père de Fani, qui travaille comme mécanicien dans le port. Alors que, tout émue, je songe à sa générosité, la distribution des cadeaux commence.

Comme toutes les petites filles de l'Empire, à neuf ans – pardon, dix ans moins sept jours –, je reste une fan de la série animée *Erania*. Du coup, je fais des petits bonds quand ils m'offrent une poupée animée *Erania*, un drone miniature représentant son vaisseau et LE médaillon holographique *Erania* – capable de me donner l'apparence de la célèbre héroïne pendant deux minutes et demie. Comme mes copines ont apporté leurs propres accessoires, on commence par se rejouer un épisode entier – *Erania et la comète trampoline*, avec le canapé du salon dans le rôle de la comète. La maison se remplit de cavalcades et de cris, de rires et d'effets spéciaux. Des verres sont renversés, le canapé prend cher mais mes parents en ont vu d'autres au bar.

Ça se calme quand ils servent le goûter : des chips azotées du VitaNova – les meilleures de Ravnia –, des mini-burgers de Sanglants eux aussi cuisinés là-haut, et même des petits fours d'importation – et les années-lumière que ces friandises ont parcourues avant d'atterrir dans nos bouches leur donnent un goût d'aventure.

Pour la suite, mes parents ont loué un jouet de luxe : une plaque de pâte à modeler animée. Le genre de gadget hors de prix introuvable sur Ravno, que les enfants comme nous ne connaissent que par les comptes des gosses de riches sur le réseau, mais mes parents voient passer du monde dans leur bar et ce sont des gens habiles. Ma mère, surtout, la reine des messes basses par-dessus le comptoir. Je la vois bien faire ses jolis yeux à une quelconque navigatrice de vaisseau commercial afin d'obtenir le droit d'emprunter ce jouet pour le bonheur d'une petite fille.

Ma mère partage la pâte à modeler en dix morceaux et, bientôt, de nos doigts, jaillissent dix bestioles qui s'en vont escalader les murs et se prendre dans nos cheveux. Les chants reprennent pour le gâteau d'anniversaire sorti du four – tarte aux fruits, là aussi un luxe, car aucun arbre fruitier ne pousse sur Ravno, mes parents ont dû chercher la recette sur le réseau. Pour la première fois, je découvre le plaisir de sentir du sucre non synthétique gicler contre mon palais.

Mes parents ont attendu que l'on ait fini pour me donner leur cadeau.

– Tiens, ma chérie, ça t'aidera à grandir, dit mon père en me tendant une poche stérile – signe que ce cadeau aussi a traversé l'espace à bord d'un transtellaire !

La poche tient dans ma main, et pourtant elle pèse curieusement lourd. Quand je l'ouvre et que je vois la boule de verre, je comprends tout de suite de quoi il s'agit.

– Un Stellarium !

Ma mère fait semblant d'être surprise et jette à mon père un faux regard inquiet.

–Enfin, Pell, Stréa est un peu jeune pour ce genre de chose !

– Il n'y a pas d'âge pour rêver d'espace. N'est-ce pas, mademoiselle ?

Je leur souris, sans quitter des yeux la boule de verre dans ma main, comme si je craignais qu'elle se volatilise.

– C'est un Stellarium comme à l'école ? demande Elba – l'air blasée.

– Non, pas comme à l'école, corrige mon père. Les Stellariums dont se servent vos profs ne montrent que la région de l'Empire autour de Ravno. Celui-là, c'est un vrai Stellarium de navigateur : il contient l'Empire tout entier. Et même plus.

– Super, répond Elba, l'air de ne pas trouver ça super du tout.

– Stréa, tu leur montres ? Tu sais comment ça marche ?

Bien sûr je sais ! Je prends la boule de verre et la pose sur une table basse en métal. Les lumières de la maison réagissent en se coupant, les vitres en s'opacifiant. Et soudain, des millions de lucioles envahissent le salon plongé dans la pénombre.

Ce ne sont pas des lucioles évidemment, mais des étoiles, dont les noms s'affichent dès que quelqu'un les pointe du doigt.

Sous mes yeux flottent des options autorisées, et… d'autres à débloquer. Parmi les options autorisées :

Navigation interstellaire
Simulation de visite planétaire
Cartes interactives

Parmi les options interdites :

Trafix en temps réel
Planètes perdues & abandonnées
Zone ruby
Zone nixtienne
Genèse et géothérapie.

– Clique sur Navigation ! demande Fani, aussi excitée que moi.

Je clique, donne une direction, et la carte aux étoiles zoome sur un vaisseau fonçant vers un système à l'autre bout de l'Empire – bien plus vite que n'importe quel vaisseau réel. Un système dont toutes les planètes sont habitées, et dont l'étoile s'entoure d'une ceinture de mondes artificiels recouverts de forêts.

– Pangéia…, soupirons-nous en chœur, Fani et moi.

L'un des plus beaux mondes de l'Empire, où je ne mettrai jamais les pieds. Mais tout à l'heure, dans ma chambre, il me suffira de passer en mode Visite planétaire pour m'y promener comme une vraie Pangéienne.

En attendant, je m'amuse à faire flotter des étoiles en gros plan dans le salon. Des géantes blanches rugissantes, de pacifiques naines rouges, d'autres plus sombres, abîmées par l'âge ou par les guerres, certaines près de s'effondrer sur elles-mêmes. Et ça me passionne tant que j'en oublie mes amis.

– Laisse-les essayer le Stellarium, me souffle mon père.

– Ah, oui !

Ils essaient et ça les amuse, mais moins que d'attraper les bestioles en pâte à modeler pour les écraser dans leurs mains et en fabriquer de nouvelles.

Alors je reprends les commandes, émerveillée. Bientôt, nous ne sommes plus que deux à nous intéresser à mon cadeau : ma chère Fani et moi. Ce qui est logique : nous partageons les mêmes rêves, et comme nous avons grandi ensemble, nous commençons à nous rendre compte que nous ne sommes pas tout à fait comme les autres. Mais chez Fani, ça se voit.

4

Je connais Fani depuis que je suis toute petite ; ses parents habitent à deux maisons de chez nous, et à trois maisons de chez Tim. Avec sa bouille ronde, sa peau brun foncé, ses yeux myopes – corrigés par implants – et ses bras qui bougent dans tous les sens quand elle s'anime, Fani est la meilleure copine que l'on puisse souhaiter : toujours prête à écouter, à jouer, à rire, à discuter de n'importe quoi, et toujours de bonne humeur.

C'est surtout une petite surdouée comme notre planète en a rarement vu naître. À l'école, Fani est le cauchemar de Mme Thanaël – au point que chaque fois que le cours aborde un sujet compliqué, elle lui interdit de lever la main, officiellement pour ne pas décourager ses camarades, en réalité parce que Fani en sait plus long qu'elle sur le sujet. Fani passe des heures sur le réseau – et pas juste pour jouer en ligne ou regarder des épisodes d'*Erania* : pour se renseigner sur toutes sortes de domaines qui la passionnent. Depuis le CP, elle est capable de répondre à toutes les questions des profs et de résoudre de tête tous les problèmes qu'ils nous posent.

Personne ne sait d'où ça lui vient. Son père est mécanicien et sa mère bouchère dans un établissement qui ne vend que du Sanglant : deux travailleurs compétents mais comme il en existe des milliers. Tout le monde devine que Fani ne fera pas de vieux os sur Ravno. Un jour, c'est écrit, elle deviendra quelqu'un d'important dans l'un ou l'autre des ministères de l'Empire.

Pour cette raison, beaucoup de parents encouragent leurs enfants à devenir son amie. Résultat, à part Tim et moi, Fani n'a pas d'amis : juste des admirateurs et quelques jaloux.

Moi-même, il m'arrive de crever d'envie quand je pense à ses talents et au destin qui lui est promis. Je ravale ça dès que ça me vient – j'aime trop Fani pour lui en vouloir.

En tout cas, elle et moi passons tout mon anniversaire sur le Stellarium, à explorer les étoiles autour de Pangéia, et lorsque le lendemain, j'apporte mon jouet à l'école, nous profitons de la pause déjeuner pour recommencer. Le soir, elle vient frapper à la porte de ma maison pour une nouvelle séance, le lendemain, c'est moi qui frappe à la sienne… Nous ne nous rendons pas compte que cette obsession innocente nous emmènera très loin : à dix ans, rêver d'autres mondes nous suffit. Mais ça ne durera pas…

Quand nous ne nous promenons pas dans la mer d'étoiles et de mondes habités que contient le Stellarium, nous en rêvons à haute voix.

– Tu crois qu'ils ont des brumes, sur Berty ?

– Ils en ont, j'ai vérifié, et pas des polluées comme chez nous. De belles brumes naturelles qui montent de leurs lacs transparents.

– Et si on te donnait le choix entre un voyage sur Berty et un voyage sur Fornia, tu choisirais ?

– Ni l'un ni l'autre, je préférerais un monde fornien secondaire. Tu connais Zeugma Beach ? C'est là qu'ils vont faire du surf quand ils en ont marre de leurs plages.

– Zeugma Beach, c'est la planète où il y a l'île-Serpent ?

– C'est ça, mais c'est pas juste une île. C'est un continent. Tout étroit, tout tordu et long de centaines de milliers de kilomètres, et posé sur l'océan qui recouvre la planète. J'ai passé la soirée d'hier là-bas et franchement, j'y serais bien restée toute la nuit : des plages partout, des villes plus vieilles que l'Empire et en parfait état, des mecs et des filles parfaites à peau dorée, t'imagines pas comme c'est beau.

– Non, j'imagine pas, alors arrête de jouer les pétasses et fais péter ton Stellarium !

Ça se passe toujours de la même façon : j'active l'option « Navigateur » pour une petite balade entre les étoiles, puis on élit une planète qui nous plaît, on passe en mode Simulation pour la visiter, et pendant une heure ou deux, c'est comme si on se promenait ensemble là-bas pour de vrai. Et ensuite, on débriefe.

Dans ces moments-là, je me rends bien compte que le cerveau de Fani n'est pas configuré comme le mien. Fani retient tout ce qu'elle voit – par exemple les distances entre les étoiles que nous avons visitées, et à partir de ça, elle peut calculer de nouveaux trajets. Mais il est un terrain sur lequel je domine : celui des rêves.

– Stréa, elle me saoule trop la grosse vache. Invente-nous une planète.

Souvent, quand Fani n'en peut plus de Mme Thanaël, elle m'envoie ce genre de message par implants, via l'application anti-profs.

– OK, Fanouchka. Tu veux quoi, comme genre de planète ?

– N'importe quoi qui me fera penser à autre chose. Si possible un truc beau.

– OK. Ta planète imaginaire s'appelle Illion – un beau nom, tu trouves pas ? Elle a été colonisée avant l'Empire, avant même l'époque des mondes combattants. Autrement dit, elle a été rendue habitable avec des moyens rudimentaires, mais c'est ce qui lui donne son charme. Illion est connue pour ses grandes forteresses en poudre de pierre jaune tassée, ce qui, vu de l'espace, leur donne l'allure de châteaux de sable.

– C'est une planète militaire ?

– Aujourd'hui oui, une planète de l'Armée où elle entraîne ses fantassins et prépare les cadettes de la Flotte aux combats air-sol.

– Continue. Il y a des mers ?

– Aucune mer sur Illion. Juste des déserts de poudre de pierre jaune, comme on en trouve sur les planètes minérales. Mais on peut y faire naviguer des navires des sables. Je te préviens : il y a trois ans de liste d'attente pour la moindre croisière.

– On s'en fout des croisières. Comment les habitants font pour avoir de l'eau ?

– C'est simple : durant sa phase de formation, Illion a capturé un essaim de comètes dans son orbite. Des glaçons volants si gros qu'il leur faudra des millions d'années pour fondre. Si l'on veut de la pluie, il suffit d'attirer une de ces comètes dans l'atmosphère d'Illion avec un rayon tracteur.

– OK. Mais les déserts de ton Illion ne sont pas cultivables, si ? Ils mangent quoi, ses habitants ?

– De la nourriture importée des Thées.

– Ça doit leur coûter cher.

– Ils s'en foutent, c'est l'armée qui paie. Et les croisières en navire des sables, qui sont la grande attraction d'Illion, leur rapportent un max.

– Vraiment, ma Sternouchka, si on te laissait faire, tu redécorerais l'Univers.

– Astréa ! Astréa Stern, pouvez-vous répéter ce que je viens de dire ?

– Non, Mme Thanaël.

– Vraiment, je ne vous comprends pas ! La liste des devoirs du citoyen impérial est pourtant un sujet intéressant, non ? C'est la pierre angulaire de nos vies, le ciment qui relie tous les habitants de l'Empire, et pour nous, humbles Ravniens, le piédestal depuis lequel nous pouvons contempler sans honte le reste de l'Univers !

– Oui, Mme Thanaël. Pardon, Mme Thanaël.

– Bon, on reprend. Le citoyen impérial est libre, dans les limites de l'intérêt de l'Empire. Vous comprenez, les enfants ? Vous êtes très libres mais comme c'est l'Empire qui vous fait don de cette liberté, il faut lui obéir : nous avons des droits ET des devoirs, et c'est sur ce bel équilibre que repose l'harmonie qui caractérise la vie sous le régime impérial…

5

À force de grandir avec le Stellarium, bientôt, à l'école, Fani et moi devenons les filles bizarres, celles qui restent à l'écart des jeux ou des conversations – seul Tim traîne encore avec nous de temps en temps, même s'il ne comprend rien à notre passion.

Nos parents s'en inquiètent parfois, ils se donnent même rendez-vous pour en discuter, mais ils pensent que ça nous passera.

En fait, non, ça ne nous passe pas. Deux années filent et à douze ans, nous sommes encore plus accros au Stellarium qu'avant. Parce que c'est un jouet inépuisable, à cause de l'immensité de l'Empire : notre vie ne suffirait pas à en faire le tour, même si on vivait cent cinquante ans en explorant cinq de ses systèmes stellaires par jour – Fani a fait le calcul.

En plus, à force, certaines options interdites se sont débloquées. Notamment le mode Trafix, qui permet de voir en temps réel toutes les trajectoires des vaisseaux dans l'Empire – quand on l'active, l'espace devient une fourmilière grouillante de vie.

Il y a aussi le mode Planètes perdues : avec lui, je peux afficher tous les systèmes et les mondes de l'Empire abandonnés ou détruits durant les guerres patriennes, et même en visiter certains, grâce à d'antiques simulations.

Mais moi, celle que j'attends, c'est l'option « Genèse et géothérapie ». Celle qui permet de simuler la fabrication de planètes artificielles et la réparation de planètes naturelles... Pour donner forme à mes rêves.

Un jour que je lui invente une planète rien que pour elle, Fani me dit :

– Bravo ma Sternouchka. J'aimerais avoir ton cerveau.

– Comment tu peux dire ça ? T'es tellement plus intelligente et plus forte en tout !...

Là, elle me fixe et réplique :

– T'as rien compris, hein ? Tu attends encore tes instruments mais je t'assure, tout est prêt dans ta tête. T'es une artiste, ma grande.

Sur le coup, je crois que Fani me répond ça pour me consoler. Mais elle est trop bonne copine pour me flatter sur un sujet aussi important. Alors ça me fait réfléchir, et espérer.

***

Si le Stellarium est devenu essentiel à nos vies, il ne les remplit pas jusqu'au fond : nous restons des gamines de Ravno, qui aiment glander des après-midi entiers au milieu des images des feuilletons 3D du réseau. Cette année, le préféré de Fani s'appelle *Sapienza* et repose sur un casting exclusivement féminin. Et pour cause : il est produit par l'Armée, et c'est une vraie pub pour la vie en uniforme. Son intrigue se centre sur les Officières navigantes d'un vaisseau transtellaire imaginaire de la Flotte appelé le Sapienza, lancé dans la guerre contre les Patriens. Fani adore, quand au début d'une scène de combat, la capitaine ordonne le passage en symbiose, et que les jeunes Officières en polyclave la rejoignent en salle de pilotage. Ensuite, elles ferment les yeux pour unir leurs esprits à celui du vaisseau, devenant ainsi une entité collective quasi omnisciente qui finit toujours par mettre la pâtée aux Patriens, dans des scènes aussi spectaculaires que mensongères – si tous nos équipages se débrouillaient comme ça, la guerre serait gagnée depuis longtemps.

Lors de nos séances sur le Stellarium, Fani demande de plus en plus souvent à visiter les confins de l'écliptique Nord – pas à cause de ses belles planètes mais parce que c'est là que se trouve le front des éternelles guerres patriennes.

Le Stellarium ne montre pas la guerre en cours, trop sensible, mais il suffit d'afficher les planètes perdues pour comprendre ce qui est arrivé durant les guerres passées. Le Stellarium contient d'ailleurs certaines batailles d'autrefois – toutes des victoires impériales, bien sûr.

Un soir que la guerre et ses horreurs me sortent par les trous de nez, je finis par lui demander :

– C'est quoi ton délire, Fani ? Tu veux devenir Officière ?

J'ai posé la question comme une blague : les Officières, c'est-à-dire les pilotes de guerre de la Flotte, représentent l'élite de la jeunesse de l'Empire. Enfin, de sa jeunesse féminine, vu que la plupart des hommes sont inaptes au pilotage en symbiose. Sur le papier, elles sont recrutées dans tout l'Empire… mais en réalité, l'immense majorité des pilotes vient de Pangéia et d'autres planètes prestigieuses, où on les a préparées à ça durant toute leur enfance. Des filles issues de longues lignées d'Officières, qui ont les maths et la navigation dans le sang, belles, puissantes, bourrées d'implants bien plus sophistiqués que les nôtres, capables de réussir le concours d'entrée dès leurs six ans. Les Officières venues de planètes ordinaires ne représentent qu'1 % des effectifs. Quant à celles des planètes pauvres…

Fani me fixe d'un regard intense que je ne lui ai jamais vu.

– Ouais, je veux devenir Officière. Tu ne vas pas te foutre de moi, hein ?

C'est la première fois que je la vois si fragile. Je ne lui dis pas que, dans toute l'histoire de Ravno, seules trois filles ont été admises à passer le concours de l'armée et qu'aucune ne l'a obtenu. Ni que, si par miracle elle réussit le concours, elle va se retrouver cadette, avec des filles qui auront parfois cinq ans de moins qu'elle et n'hésiteront jamais à la traiter en paria.

Ni que, d'après les statistiques, une Officière sur deux meurt durant sa première année de service.

Intelligente comme elle est, elle sait tout ça. Je lui réponds juste :

– Non, je ne vais pas me foutre de toi. Ça ne va pas être facile mais tu vas y arriver.

– Et tu ne le diras à personne ?

– À personne, ma Fanouchka. Mais comme tu vas y arriver, ça finira par se savoir…

Elle me donne un faux coup de poing.

– Arrête de me charrier.

– Mais je ne te charrie pas. Je t'y vois déjà. « Lieutenante Fanouchka, veuillez remonter à bord et éloigner votre transtellaire de cette planète pourrie. Vous êtes attendue à la base de l'écliptique Nord pour recevoir vos prochaines instructions. Si vous croisez des civils, n'oubliez pas de les mépriser comme il se doit. » Je plaisante. Non seulement tu vas y arriver, mais tu vas devenir la première fille que l'uniforme ne changera pas en garce imbuvable. Et j'ai hâte de voir ça.

6

J'ai raison. Trois mois plus tard, un vaisseau de la Flotte fait escale sur le port orbital – ça arrive tout le temps, parce que les Officières aiment passer leurs années de permission sur les planètes mixte impérialo-rubys, et que Ravno se trouve sur le chemin.

Mais là, le vaisseau transporte une passagère inhabituelle. Une Officière supérieure, une Noble Dame, comme on dit dans l'armée : une ex-pilote combattante qui a survécu aux guerres, a dépassé les vingt ans et s'est montrée assez maligne pour basculer du côté des dirigeants. Celle-là s'appelle Dame Issa, c'est une belle femme vêtue du polyclave noir de l'Académie militaire. Grande, à peine trente ans, la peau d'un noir profond et un regard assez intense pour imposer sa volonté à n'importe qui. Une prof, donc, mais pas le même modèle que Mme Thanaël.

Je l'imagine quittant son transtellaire après des années de voyage, et plissant les yeux devant la laideur industrielle de notre port orbital. Dame Issa évite les grands ados qui se pressent dans le hall pour proposer aux touristes des chasses aux Sanglants dans les ruines des anciennes cités. Elle passe devant les bars, dont celui de mes parents, sans un regard pour leurs enseignes – Dame Issa est née sur Berty, elle préférerait crever plutôt que de mettre le pied dans un de ces établissements. Elle traverse les couloirs jusqu'à l'entrée d'un des grands ascenseurs souples qui arriment le port à la surface de Ravno. Je suppose qu'au milieu des employés rentrant du travail elle attire les regards et qu'elle, de son côté, s'applique à les ignorer…

Une fois en bas, Dame Issa réquisitionne une plateforme à un loueur et s'envole au-dessus de Ravnia, direction sa banlieue et la maison de Fani.

Je suis là quand Dame Issa sonne à la porte. Avec Fani, dans sa chambre, en train de visiter une planète agricole. Soudain, nous entendons la voix de la mère de Fani, « Fanouchka, quelqu'un d'important pour toi », tellement émue qu'elle s'éteint toute seule.

Quand nous descendons dans le salon, la mère de Fani a l'air au bord de l'évanouissement – elle n'a jamais vu d'Officière de haut rang – et son père se liquéfie en amabilités que la visiteuse n'écoute pas.

Dame Issa est venue pour Fani et c'est comme si elle ne voyait qu'elle.

– C'est toi, Fani Bélia, le diamant dans la boue ?

Fani hoche la tête, pas certaine de ce qu'elle doit répondre.

– On a reçu tes copies de ton collège. Je suppose que tu as compris que ton avenir s'écrira loin de Ravno. Peut-être même dans la Flotte. Qu'en penses-tu ?

– Oui, peut-être dans la Flotte, répète Fani en rosissant – je ne l'ai jamais vue si désemparée.

Quant à moi, qui ne suis pas un diamant, juste de la boue, je me tais.

– Je note que tes implants ont relevé un pic d'excitation quand j'ai prononcé le mot « Flotte ». Je connais ça. Nous ne sommes pas nées sur la même planète mais j'étais comme toi à ton âge. Tiens, et ne me remercie pas : tu l'as mérité.

Dame Issa dépose une boule transparente dans la main de Fani, très semblable à mon Stellarium, sauf qu'elle ne montre pas l'espace mais le monde infini des mathématiques appliquées utilisées par les Officières de la Flotte.

– Fani Bélia, tu es officiellement autorisée à passer le concours d'entrée à l'Académie de la Flotte cette année. Toutes les informations pour le concours, tous les programmes à réviser se trouvent dans ce bachotarium. Ah, pour l'instant, les machines de l'Académie te donnent 8 % de chances de réussite. Ça peut paraître mince ; en réalité, c'est plus que certaines candidates forniennes ou sophiennes, alors ne te décourage pas. Si tu travailles, tu auras le concours et nous nous reverrons. Sinon, adieu.

***

À partir de là, Fani ne vient plus à l'école que pour les apparences et sèche un jour sur deux. Chaque minute qu'elle ne passe pas avec moi, parmi les étoiles du Stellarium, elle la consacre aux révisions. Elle ne m'en parle pas beaucoup, mais je la connais et je sais qu'elle y pense tout le temps.

Et puis il y a ce jour de la belle saison où nous nous retrouvons, avec Tim et les autres, sur la place centrale de Ravnia, pour assister d'en bas au départ d'un convoi de traîne pour Ruby : assis sur les marches au milieu de la foule, nous regardons le ciel de nuit se remplir de couleurs à mesure que les vaisseaux quittent le port pour allumer leurs réacteurs.

– C'est tellement beau, dit Elba. Dire qu'on verra toujours ça d'en bas.

– Rien ne t'empêche de monter au port, réplique Tim.

– Je voulais dire dans les vaisseaux, abruti.

– Mon père affirme qu'il ne faut pas envier les voyageurs. Que tout ce qu'ils voient, on peut le voir aussi sur le réseau, réplique Tim.

– Et tu crois que c'est pareil ? soupire Galy.

– On s'en fout, que ce soit pareil ou pas. Vu qu'aucun d'entre nous ne montera jamais dans un vaisseau, mieux vaut qu'on pense comme ça, non ? remarque Tim, avec bon sens – et je ne suis pas loin de penser la même chose.

Et puis je regarde Fani assise à ma gauche, le visage fermé – mais je connais bien ma copine et je sais les sentiments contradictoires qui la traversent : espoir, envie, amitié pour nous et, ce qui est plus triste, crainte de nous ressembler, nous qui verrons toujours le ciel d'en bas.

Avec les autres, Fani n'affiche jamais ses ambitions – elle est trop intelligente pour ça. Elle dit que sa sélection pour le concours doit être une erreur, elle ne se donne pas une chance d'y parvenir, et elle en rigole même… Sa façon de se faire pardonner d'être meilleure que nous. Mais avec moi, ce n'est pas pareil. Je l'entends le soir, parfois, lorsque nous lâchons le Stellarium pour une promenade dans l'air frais de Ravno censée nous dégourdir les jambes. On s'éloigne dans les ruines, on s'éloigne du monde civilisé, et ça repose les nerfs de Fani, tendus comme des ressorts.

– Je deviens dingue, Stréa, lâche-t-elle alors que nous longeons un ravin. Certains soirs, j'ai envie de sauter et de m'écraser là, plutôt qu'au concours.

Ses implants l'en empêcheraient, mais ce n'est pas ce qu'elle a besoin d'entendre. Je la prends dans mes bras.

– Tu ne t'en rends pas compte, mais tu vas exploser tout le monde, Fani. Ça fait dix ans qu'on est dans la même classe, et ça s'est toujours passé comme ça, alors pourquoi ce serait différent ? OK, les autres candidats seront un peu meilleurs que nous – bon, OK, ils seront bien meilleurs – mais rappelle-toi les expériences débiles de Mme Thanaël : quand on met de l'huile dans un verre d'eau, elle finit toujours en haut, non ?

Au moins, j'arrive à la faire sourire.

– Tu as raison Stréa : je ne peux pas rater. Et c'est ça le problème. Parce que tu sais ce que je vais devenir, si je rate ? Le symbole vivant de cet énorme ratage qui s'appelle Ravno ! Toute ma vie, pour les autres, je représenterai l'espoir déçu ! Le danger qu'il y a à viser trop haut quand on est né ici !

– Mais tu ne vas pas rater, Fani. On croit très fort en…

– C'est gentil Stréa, mais ça fait trois mois que je révise et la machine ne me donne que 12 % de chances d'obtenir le concours. Et j'ai beau bosser de plus en plus, ça ne monte pas !

– Tu prends la question dans le mauvais sens, Fanouchka. Tu aurais pu n'être jamais sélectionnée pour le concours. L'Armée te donne cette possibilité parce qu'elle pense que tu la mérites, alors montre-toi à la hauteur ! Regarde les Officières du Sapienza : quand on leur confie une mission, est-ce qu'elles pleurent parce qu'elles ont peur de ne pas y arriver ? Non, elles essaient, même quand c'est impossible. Et toi, ta mission n'est pas impossible du tout. Alors accroche-toi.

À la fin de l'année, Fani passe le concours une première fois – à distance, chez elle, et pour ne pas la troubler, ses parents logent dans un hôtel du port orbital pendant les cinq jours d'épreuves.

Trois jours plus tard, Fani apprend qu'elle a raté…

… mais d'assez peu pour avoir droit à une deuxième chance l'année suivante.

Elle se prépare encore mieux. Notre amitié a maintenant des horaires, et je vois de plus en plus souvent mon amie s'arracher aux visions du Stellarium parce qu'elle doit réviser.

L'année de ses treize ans, ses parents retournent s'enfermer dans leur hôtel…

Et cette fois, Fani y arrive. Ma petite Fanouchka, le diamant dans la boue, vient de réussir ce qu'aucune petite Ravnienne n'a jamais accompli. Je suis heureuse pour elle bien sûr. Heureuse à en pleurer…

Dès lors, le réseau ravnien ne parle plus que d'elle. Ma meilleure copine devient une star locale : on ne peut plus allumer un écran ou visionner une émission ravnienne sans voir sa trombine, son nom apparaît même dans les discours du président de Ravno. Ses parents invitent tous le voisinage pour célébrer ça, une fête qui dure toute la nuit, qui déborde sur les pelouses voisines et durant laquelle les parents de Fani se promènent de groupe en groupe, extatiques, en prononçant des phrases qui commencent toutes par les deux mêmes mots magiques : « Notre fille… »

***

Au début, Fani profite de sa nouvelle célébrité et, comme c'est ma copine, j'en profite aussi : nous montons dans le port orbital pour nous rendre dans le seul bar autorisé aux gens de notre âge, où aucune boisson ne contient de l'alcool. Nous nous régalons du silence intimidé des grands ados quand nous entrons, et des murmures qui surgissent dans notre dos. Cela nous distrait un temps, mais Fani étant Fani, elle perçoit vite la vanité de ce genre de comportement, les jalousies qu'il finira par susciter alors, après deux mois à jouer les pétasses, elle redevient la Fani que je connais, qui passe l'essentiel de son temps chez elle à regarder des feuilletons, et nous nous amusons avec le Stellarium comme si tout était normal, comme si elle n'allait pas bientôt partir pour toujours.

Nous ne parlons pas de notre séparation prochaine. Rien que d'y penser, je sens les larmes monter. Et Fani ? Je ne sais pas ce qu'elle ressent et je préfère ne pas lui demander. Trop peur d'entendre, dans sa réponse, qu'elle m'a déjà laissée derrière elle en pensée. Mais ça ne peut pas être aussi simple, je le vois bien à sa façon de regarder les ternes paysages de Ravno. Comme si elle voulait les fixer pour toujours dans sa tête...

Six mois plus tard, nous y voilà : à vingt kilomètres au-dessus du sol, dans le port orbital, à regarder, derrière une baie vitrée, une longue jetée au bout de laquelle je distingue la silhouette du vaisseau qui emportera ma meilleure amie. Le matin même, le président de Ravno a fait un discours en son honneur, diffusé partout, et tout le monde voulait venir saluer son départ mais Fani a exigé des adieux en petit comité. Juste Tim, Galy, Elba, nos parents. Et moi.

J'essaie d'oublier que je suis en train de voir partir ma meilleure amie, ma jumelle de cœur, la destinataire de mes rêves. De cacher tout cela derrière une joie de circonstance.

Fani, elle, paraît ne vivre la scène qu'à moitié, déjà embarquée dans un monde d'aventure et de gloire qui n'a rien à voir avec Ravno. Elle s'apprête à découvrir pour de vrai les merveilles que nous avons visitées sur le Stellarium.

Et moi, la petite rêveuse sans qualités, je vais rester là, à l'école, et une fois grande, j'aiderai mes parents au bar, avant de les remplacer.

À ce moment-là, je n'imagine pas que moi aussi, je vais avoir ma chance.

7

J'ai maintenant treize ans, bientôt quatorze et ma meilleure amie me manque atrocement. Pas seulement quand je joue avec mon Stellarium sans personne avec qui partager mes rêves. Je pense à elle tous les jours et quand je suis sur le point d'oublier, un message arrive et c'est reparti…

Le premier, qui atteint mes implants trois mois après son départ montre Fani seule dans une salle haute comme une cathédrale, comprenant un Stellarium.

« Salut ma grande rêveuse ! J'espère que tu vas bien et que tu as inventé plein de planètes depuis mon départ. Je te parle depuis le hall du transtellaire Mithridate, pas mal, hein ? Mithridate, montre-lui où on se trouve. »

Suit l'image d'un convoi de traîne : une file de dix vaisseaux transtellaires pris dans le flux de lumière craché par l'engin de tête qui les entraîne à des vitesses inouïes, avec pour toile de fond un morceau d'espace où toutes les étoiles paraissent des jumelles. Autour de chacune tournent des planètes aux couleurs chaudes.

« Je suppose que t'as reconnu, on y allait tout le temps. Eh oui, ma Sternouchka, je me trouve dans la région des Thées. "Le grenier à blé de l'Empire", tu te souviens des cours de l'autre folle ! Si je voulais me faire agricultrice, je n'aurais qu'à demander qu'on me laisse descendre. Ça ferait plaisir à certaines de mes sœurs d'armes. »

C'est une plaisanterie, bien sûr, mais au léger tremblement de sa voix, je devine qu'il y a une histoire derrière, et pas du genre agréable. Une blague blessante d'une de ses nouvelles copines, type : « Attention, nous allons procéder au débarquement immédiat des plouquettes qui se sont trompées de vocation. Fani Bélia, vous êtes concernée. »

« Ça me fait drôle de te parler : j'ai l'impression de t'avoir quittée hier. Je sais, ça fait six mois, mais le temps passe deux fois moins vite quand on voyage, et quand on hiberne, il ne passe plus du tout… Là, on nous a réveillées pour notre première semaine de formation, alors j'en profite pour t'envoyer ça. Les cours sont super, mais vraiment pas faciles… surtout quand il y a des drones dans l'affaire ; beaucoup de filles ici ont le pilotage dans le sang, et moi, je découvre tout… »

Dans la suite du message, Fani me donne des détails sur ses cours (« le contraire de ceux de Mme Thanaël : tout le monde écoute et nos profs sont des Officières, des vétéranes de la guerre, quand elles nous engueulent, les murs tremblent »), des détails sur l'hibernation (« La première fois que j'ai vu le caisson plein de gelée jaune comme celle autour des pâtés de Sanglants, et qu'on m'a demandé de monter dedans, j'ai cru que j'allais y ajouter un petit supplément venu de mon estomac »), des pensées pour mes parents (« J'espère qu'ils vont bien et que le VitaNova a toujours plein de clients »)… mais rien sur l'essentiel : comment elle a été accueillie là-bas, si elle s'est fait des amis… Pour la première fois, Fani ne me dit pas tout.

Le deuxième message, un mois plus tard, ressemble à une vidéo d'unboxing : devant moi, Fani déballe son polyclave de cadette de la Flotte.

« C'est pas pour frimer, Sternouchka, mais j'ai jamais touché quelque chose d'aussi doooux ! »

Les polyclaves, on le sait tous grâce aux feuilletons, se composent d'une pièce de tissus luxueux et de claves – des espèces de clous à ressort qui permettent de l'accrocher de plusieurs dizaines de façons. L'uniforme des Officières, et elles seules ont le droit de le porter.

« Allez, on va essayer le pliage le plus simple : en toge, à la sophienne. Prête pour un grand moment de solitude ? Ce qui me rassure, c'est que tu es la seule à regarder. »

Et Fani commence à s'emmêler dans son polyclave, en essayant de suivre le modèle que le vaisseau projette devant elle. C'est une cata, elle m'arrache des éclats de rire. Mais je vois bien qu'elle exagère sa maladresse, et au bout d'un moment, je ne trouve plus son numéro marrant, mais flippant, parce que je comprends qu'il lui permet de ne pas parler du reste. Et en retour, je lui adresse un message plein de questions qu'une amie peut adresser à une autre. « Comment ça va VRAIMENT ? Tu ne te sens pas seule ? On ne te pourrit pas trop ? »

Au troisième message, Fani affiche un joli œil au beurre noir.

« Ça, c'est rien, juste le résultat d'une bagarre avec deux ou trois petites pestes »

Je vois bien qu'elle minimise et ça me fend le cœur. Peut-être qu'elle n'a pas reçu mes questions, ou peut-être qu'elle préfère faire comme si elle ne les avait pas reçues, en tout cas, elle ne répond à aucune. À la place, elle me montre ses implants militaires, qu'on vient de lui poser.

« Tu vois ça, Sternouchka ? dit-elle en ouvrant les mains et en exhibant les petites boules noires sous ses phalanges. Maintenant, si je veux tout casser, je n'ai plus qu'à lever le petit doigt. Ou un autre. »

Elle tente de sourire, et c'est encore pire. Puis j'ai droit à une démonstration : dans ce qui doit être une salle d'entraînement, je vois ma vieille copine exploser une série de cibles volantes avec la lumière cohérente sortie de ses doigts. Elle ne se déplace pas encore avec la souplesse des Officières des feuilletons, il n'empêche, j'ai déjà du mal à suivre ses mouvements : ses nouveaux implants l'ont rendue rapide et précise, rien à voir avec la Fani empotée des cours de gym d'autrefois. Et quand elle tourne vers moi son visage, je vois dans son œil intact une lueur qui oscille entre douleur et folie. Alors j'interromps le message et lui envoie une réponse à la fois sincère et calibrée pour ne pas lui causer de problèmes – ses supérieurs surveillent certainement nos échanges. Je lui dis de tenir bon, qu'elle sera toujours la meilleure, quoi qu'on lui dise… j'essaie d'être une bonne amie à distance. Pas facile : plus le temps passe, plus nos messages croisés témoignent du gouffre qui nous sépare.

Le départ de Fani a eu une autre conséquence : celle de me rapprocher de Tim. Tim est le fils de Joh, chef de Hall au port orbital, ce qui fait de lui, sur Ravno, l'équivalent d'un gosse de riche. Il frime un peu avec ça, mais rien de méchant. Tim est un type bien, sans histoire. Il a compris que l'amitié entre Fani et moi serait toujours supérieure à ce qui nous liait à lui, et il ne s'en est jamais vexé ; pour lui, c'est normal : on est des filles !

Tim n'aime pas passer du temps sur le Stellarium ; d'une manière générale, il n'aime pas beaucoup apprendre. Au collège, c'est un sportif populaire, de ceux qui brillent sur le stade installé au sommet de la tour lors des jeux de fin d'année. Maintenant que Fani n'est plus là, c'est lui qui s'assied à côté de moi, en classe.

Le jour de mes treize ans, j'ai laissé Tim m'embrasser sur la bouche et il est devenu mon premier copain. Depuis, je constate avec embarras qu'on *m'envie* : Tim est si populaire, et tellement sexyyy !

Moi, je ne sais pas si je m'envie, franchement. OK, Tim est super, et je le pense depuis mes trois ans. OK, on a un tas de souvenirs en commun depuis la crèche, et j'ai mille images de barbecue de Sanglants dans le jardin de ses parents. OK, il a un visage digne des feuilletons du réseau, et derrière son côté superficiel, il a toujours des attentions pour moi.

N'empêche, il manque un truc. Ce truc que j'avais avec Fani. Une complicité, une façon de se comprendre sans se parler, de voir le monde avec les mêmes yeux, j'en sais rien… Parfois, il m'arrive de me demander si, toutes ces années, je n'ai pas été amoureuse d'elle sans me l'avouer. Mais non, c'était pas ça. C'était différent de l'amour ou même de l'amitié. Fani et moi, on s'était reconnues – mais il me faudra bien du temps pour le comprendre. Et un événement singulier.

8

– Stréa, Elba, Galy, faut que vous veniez voir ça ! On a un visiteur spécial, là-haut ! Un visiteur très spécial, vous voyez pas de quoi je parle ? Le genre qui n'a pas de tête, pas d'appareil digestif, pas d'ego et qui vient en trois morceaux ou plus reliés par des racines !

Bien sûr, on sait tous de quoi parle Tim : un lenticule venu des forêts rubys.

Comme tous les Ravniens, nous savons que nos alliés extraterrestres envoient de temps en temps des ambassadeurs dans l'Empire, pour discuter de nos échanges commerciaux. Mais rares sont ceux qui quittent les vaisseaux impériaux dans lesquels ils voyagent pour aller dégourdir leurs racines motrices dans les allées du port orbital. La dernière fois, on devait avoir trois ou quatre ans, donc trop petits pour voir ça. Il faut avoir le cœur bien accroché pour supporter la vue des lenticules. Mais à treize ans, bientôt quatorze, plus rien ne nous fait peur.

Alors nous sautons sur la plateforme de Tim, le seul de la bande à avoir la sienne, et nous nous ruons vers les ascenseurs avant que la foule ne se pointe, direction les grands halls du port orbital.

Le Ruby est facile à repérer – pas seulement en raison de sa taille mais à cause du monde autour. Grâce à Tim, nous nous glissons entre les gens jusqu'à nous retrouver au premier rang.

Imaginez trois éléments noirs, gros comme des rochers de plusieurs tonnes, mais composés de milliers de feuilles serrées les unes contre les autres, comme des cœurs de salade, mais denses comme de la pierre. Imaginez que ces rochers soient partiellement couverts de ce qui ressemble à de très vieilles cordes enroulées autour. Imaginez que de chacune de ces vieilles cordes partent des dizaines de cordes secondaires. Imaginez que sous les rochers, ces cordes sont plus épaisses, plus dures, ce qui leur permet de remplir la fonction de pattes. Imaginez des tubes végétaux souples reliant ces trois rochers comme des câbles rassemblant les wagons d'un train. Imaginez que certains de ces tubes, presque transparents, laissent voir la circulation des fluides à l'intérieur. Et imaginez enfin le rocher du milieu s'ouvrant pour révéler une sorte de poire qui souffle sur une sorte d'archet pour produire du langage humain. Donnez à l'ensemble une taille de dix mètres environ, enveloppez le tout de sève gluante comme de la morve et vous aurez une petite idée de ce que nous avons en face de nous.

« Restez en arrière. Ne nous bousculez pas. Je vous préviens, il existe des lois pour protéger les lenticules rubys ! Pardonnez-nous, Ambassadeur des forêts », dit la savante du ministère des Sciences qui l'accompagne. Une Sophienne, visage noir, longue chevelure rejetée sur l'épaule, qui n'a pas l'air ravie de promener son passager. Mais celui-ci s'en moque et cela s'entend.

Enfants pâles forêts tristes ciels prisons peuple routes lointaines.

« L'Ambassadeur des forêts dit qu'il connaît votre monde. Il l'a souvent survolé durant ses voyages, il est heureux d'y faire enfin escale et il vous assure de son amitié », traduit la Sophienne d'une voix absolument inamicale.

« Enfants pâles forêts tristes ciels prisons » ? Wow, en effet, il connaît notre monde…

C'est peut-être la dernière fois de ma vie que je vois un lenticule pour de vrai. Je l'imagine, simple bourgeon accroché à son arbre de dix kilomètres de haut, comme j'ai pu voir dans les documentaires du réseau. Je me demande s'il vient d'une planète mixte ou des profondeurs de Ruby…

– Vous avez vu ce que vous vouliez voir, Ambassadeur ? Nous pouvons rentrer au vaisseau. Je dois vous rappeler que notre temps est précieux et…

Temps amis plus précieux temps amis dépasser tout, souffle le lenticule et, au cas où sa gardienne ne l'aurait pas compris, une de ses racines dorsale se déploie et vient l'enlacer par la taille. La Sophienne pousse un petit cri aigu qui fait rire tout le monde. Sauf moi.

Car au même moment, je sens un contact sur mon avant-bras, comme une caresse. Au début, je crois que c'est encore Tim qui essaie de me tripoter en public parce qu'il sait que ça m'énerve et je veux chasser sa main d'une petite gifle – seulement, ma petite gifle ne chasse rien. Car ce que je sens autour de mon avant-bras n'est pas une main – c'est une racine, du Ruby qui file sur le sol, et disparaît entre les jambes de la foule. Pour terminer en triple bracelet, autour de mon poignet.

Une bouffée de chaleur me monte à la tête au point de me forcer à fermer les yeux. Personne n'a rien remarqué – le petit numéro du lenticule et de sa gardienne capte toute l'attention –, quand soudain j'entends une voix. Adressée à moi seule. Et qui n'a pas besoin de passer par mes implants pour me parler sans que les autres entendent. Elle dit :

Nous-forêt-monde connaître sang tien.

Je suis si surprise qu'à mon tour je pousse un petit cri. Le lenticule lâche aussitôt prise et rétracte sa racine sans que personne le voie – tout le monde est trop occupé à rire de ma frayeur supposée, Tim le premier, qui en profite pour me serrer contre lui pour me rassurer.

***

Le soir, je raconte tout à mon père. Son visage reste sans réaction.

– Nous avons peut-être un ancêtre qui a aidé les Rubys, et comme il te l'a dit, ils s'en souviennent. Les Rubys ont bonne mémoire, Stréa.

– Et cet ancêtre, ce ne serait pas toi, par hasard ?

Pas de réponse. Juste un sourire un peu plus accentué.

– Allez, Papa ! Je sais que t'as voyagé du côté des planètes mixtes, c'est écrit sur tes bras ! T'as forcément vu des Rubys là-bas. Peut-être même que t'as parlé avec leurs arbres ?

Nouveau sourire, puis :

– Tu sais Stréa, pour être parent, il faut savoir distinguer entre ce qu'il est bon d'apprendre aux enfants et ce qu'il vaut mieux qu'ils apprennent par eux-mêmes.

Compris, je ne tirerai rien de lui. Mais je sais que je n'oublierai jamais la voix du lenticule dans ma tête.

9

Depuis le départ de Fani, le Stellarium est devenu mon refuge, mon jardin secret dont les fleurs sont des étoiles. Mais cela fait longtemps que je n'associe plus ces séances à la possibilité d'un avenir hors de Ravno. Pour moi, cet avenir n'aura lieu qu'en rêve, grâce à l'option « Genèse et géothérapie », qui s'est débloquée en début d'année.

Cette option me met dans la peau d'une genésiarque, une artiste du ministère des Colonies chargée de soigner des planètes abîmées, mais surtout de fabriquer des planètes habitables au-delà des frontières de l'Empire ! Je n'ai pas oublié l'époque où j'inventais pour Fani des planètes qui n'existaient pas. Maintenant, je m'essaie à leur donner vie – enfin une vie virtuelle, mais autant que je peux en juger, la simulation est très crédible. Je mémorise le nom des machines de chantier cosmique et j'apprends à m'en servir pour broyer des astéroïdes en orbite autour d'une étoile afin de créer un disque de poussière ; j'apprends à accélérer ce disque jusqu'à ce qu'il devienne disque d'accrétion où se formeront de grosses patates de minerais et de lave agglomérées ; j'apprends à larguer les cœurs planétaires artificiels forgés par l'Empire au bon moment, pour que les patates se collent dessus et forment des protoplanètes. Je sais aussi comment apporter de l'eau à une planète déserte et où lui trouver une atmosphère. Et sculpter des montagnes, aplanir des plaines, tracer les contours des océans. Pour voir, à la fin, émerger un monde où n'importe qui serait heureux de vivre. Surtout moi. Ensuite, je passe des heures à rêver devant, fière et émue comme si ce monde existait pour de vrai, et comme si j'étais la petite déesse-mère qui l'avait tiré du vide.

Ces séances durent en moyenne quatre heures, et il m'en faut une cinquantaine pour arriver au bout d'une planète. Je n'en parle à personne, même pas à Tim. Ces moments n'appartiennent qu'à moi et comme je sais que je ne voyagerai jamais autrement, j'essaie d'apprendre à m'en contenter. Je comprends qu'en m'offrant ce Stellarium pour mes dix ans, mon père a voulu me prodiguer un remède à mes futures frustrations. Un univers virtuel, pour une petite fille qui n'ira jamais plus haut que le port orbital. Un moyen de m'évader sans quitter ma prison.

Comme mes copines de classe, je me suis teint les cheveux pour ressembler aux héros des feuilletons – les miens sont d'un orange pétant qui a fait hurler ma mère mais que mon père trouve à son goût. Avec Tim, Elba, Galy et les autres, je fais souvent le mur la nuit pour monter sur des plateformes parentales empruntées sans permission, et nous volons jusqu'à la forêt pour aller nous faire peur en visitant l'épave de l'ancien port orbital, comme ma mère à mon âge. Ou alors je pique des bouteilles de concentré dans le bar, et on survole les ruines pour les jeter dans les troupeaux de Sanglants – pour Tim et beaucoup de mes copains, rien de plus marrant qu'un Sanglant bourré. Je me lance aussi dans la sculpture éphémère sur brume, cet art typiquement ravnien qui se pratique à l'automne, avec une lame aspirante et un masque antipollution. Et faute de pouvoir décoller moi-même, je regarde mes créations s'envoler. Bien sûr, je vais toujours à l'école. Je ne suis pas malheureuse – j'ai des parents qui s'aiment, des amis toujours partants, un amoureux. Mais depuis le départ de Fani, plus grand-chose ne m'intéresse. Le temps coule à travers moi, et je le regarde filer en me disant que dans dix, trente, cinquante ans, je serai à la même place, avec les mêmes amis. D'un côté, ça me rassure. De l'autre, ça me donne envie de me jeter contre les barreaux de ma cage.

***

J'atteins enfin les quatorze ans tant attendus sur Ravno : l'âge légal pour chasser les Sanglants au fusil magnétique sans accompagnateur adulte.

Les Sanglants, c'est M. Thoé, notre prof principal, qui vous en parlera le mieux. M. Thoé : un grand type moite avec toujours une mèche graisseuse pour faire reluire son front boutonneux. Cet enfoiré n'est pas né sur Ravno : il a été muté chez nous, sans doute en raison de ses piètres performances pédagogiques. Du coup, il se venge sur nous, avec les armes rhétoriques des faibles : lourde ironie et discours excluants.

« En fait, mes chers enfants, la seule richesse propre de votre planète, ce sont les Sanglants, c'est-à-dire des chimères ratées », dit en souriant M. Thoé, comme chaque fois qu'il prononce le mot « raté ».

« Les Sanglants sont une survivance du riant passé de Ravno. Au début de l'Empire, toutes les planètes avaient le droit de mêler la chair et la technologie pour créer ces organismes artificiels aux formes souvent fantaisistes qu'on désigne sous le nom de « chimères ». Les combats de chimères de grande taille étaient alors très populaires, et c'est probablement en essayant d'en fabriquer pour se faire un peu d'argent que vos ancêtres, par accident, ont créé les Sanglants, c'est-à-dire, je le répète, des chimères ratées.

« Comme vos ancêtres n'avaient pas grand-chose à manger, ils les ont dotés de la capacité de se reproduire par parthénogenèse, comme les asticots. Et ils ont trouvé très malin de les laisser prospérer en liberté. C'est comme ça que vos forêts se sont remplies de ces horreurs. Quand, des millénaires plus tard, l'Empire a interdit les chimères, il a constaté, dans son infinie sagesse, que les Sanglants représentaient la seule source d'alimentation carnée accessible aux Ravniens, et a donc accepté de les classer non comme des organismes artificiels illégaux, mais comme des animaux – la seule espèce animale de votre fichue planète. Une concession d'une magnanimité sans pareille, quand on sait le peu de ressources ou même de *gratitude* que Ravno offre à ses bienfaiteurs. En fait, les Sanglants représentent la meilleure part de l'héritage laissée par vos ancêtres. »

Ça le faire ricaner, le salaud, parce qu'il faut voir la tête de cette meilleure part. Les Sanglants sont les organismes les plus basiques qui soient : un appareil digestif et deux ou trois os longs emballés dans des muscles luisants, et jamais assez de peau pour les recouvrir, d'où leur nom. Il existe beaucoup de sortes de Sanglants : les plus courants ressemblent à des vers articulés ou à des guirlandes de bras tranchés, les plus sophistiqués, à des insectes qui n'auraient pas de corps, juste un chaos de pattes attachées les unes aux autres. Les plus gros peuvent mesurer des dizaines de mètres et peser des dizaines de tonnes. Tous sont dangereux et agressifs, mais seulement envers les touristes : à la naissance, quand les petits Ravniens se font poser leurs implants impériaux, on leur ajoute une puce maison qui détecte les Sanglants et déclenche des phéromones qui les éloignent. C'est très efficace. Tellement que lorsque quelqu'un rentre d'une chasse un peu mouvementée, on le sait tout de suite à l'odeur.

Déjà debout à côté de moi, Tim cogne dans ma chaise.

– Stréa, tu te bouges ? Tu veux tout laisser à la concurrence ? T'as pas entendu que ça a sonné ?

Si, j'ai entendu, mais l'enthousiasme de Tim m'épuise parfois.

– Allez, Stréa, dépêche-toi, la fortune nous attend !

10

La fortune, tu parles : aujourd'hui, un vaisseau de la Flotte, en route pour Ruby, doit faire escale dans notre port. Ce vaisseau est plein d'Officières vétéranes de la guerre patrienne, parties pour deux ans au moins de permission – toutes richissimes au regard des critères de Ravno, et bien lasses de séjourner dans leurs caissons, et bien désireuses de se dégourdir les implants.

Or, depuis peu, Tim et moi avons pris l'habitude de nous faire un peu d'argent de poche en proposant aux voyageurs d'agrémenter leurs escales par une chasse aux Sanglants. Les jours d'arrivée, après les cours, nous montons au port par l'un des grands ascenseurs, nous nous postons dans les halls au bout des jetées, sous les réclames holographiques, les drones publicitaires, au milieu d'autres groupes de guides improvisés. Quand les voyageurs sortent, nous crions « Monsieur, madame, douze heures de chasse pour 2 lings seulement ! Madame, monsieur, regardez les photos de nos trophées. Celui-là pesait douze tonnes ! Je sais où se cachent les plus gros. Alors, vous venez ? »

Les premières Officières arrivent, et cela provoque un flottement – aucune n'a plus de dix-huit ans, et toutes présentent des visages d'une sidérante beauté, sans un soupçon de fatigue malgré les années de voyage, sans un dégât visible malgré leurs années de guerre et sans un faux pli sur leurs polyclaves. Elles traversent notre groupe en regardant devant elles, comme si nous étions le public d'un défilé de mode, ou plutôt comme si nous n'existions pas. Mais il en faut plus pour me faire taire.

« Madame, Madame, noble Officière, vous venez de Pangéia, c'est ça ? Et votre amie, avec la peau dorée, c'est une Fornienne ? Et vous avez fait la guerre ? Sans blague, qu'est-ce que vous êtes belles ! Ça vous dirait, un petit safari-chasse ? Vous avez sûrement entendu parler de nos célèbres Sanglants ? Mon copain Tim, ici présent, a remporté quatre concours de chasse cette année, et il peut le prouver. »

Je dois me montrer convaincante, car une grande lieutenante pangéienne d'environ quinze ans aux cheveux argentés comme une rivière et au polyclave portant trois décorations se tourne vers sa copine à peau dorée.

« Celle-là paraît moins dégénérée que les autres. On la prend ?

– Ça dépend, lieutenante. Que la Ravnienne propose-t-elle ?

Les Officières ne s'adressent jamais directement aux civils, pour cela, elles emploient ce qu'on appelle « l'indifférence courtoise ». Cela consiste à parler comme si nous étions des sortes d'objets très sales situés hors de leur regard.

– Nobles Officières, je vous propose une chasse comme vous n'en avez jamais vu ! Je vous propose les forêts inexplorées de Ravno ! Des villes abandonnées depuis des millénaires ! Des Sanglants gros comme des maisons ! Et pour commencer, je vous propose de vous retrouver en bas de l'ascenseur 2, dans une heure, le temps de vous rafraîchir. De là nous vous emporterons en plateforme jusqu'à la forêt, et jusqu'aux ruines. »

– Sergente, donne à cette chose un demi-ling pour qu'elle arrête de nous casser les oreilles, dit la Pangéienne à la Fornienne.

– Lieutenante, vous ne croyez pas que la Ravnienne pourrait plutôt nous apporter ses Sanglants en bas de l'ascenseur ? On gagnerait du temps, dit la cadette qui complète leur trio.

Celle-ci n'a pas encore dix ans et porte déjà des décorations sur son polyclave.

– On a dit qu'on chassait, alors on va chasser, rétorque la lieutenante. Que la chose parlante avec des cheveux orange considère sa proposition acceptée. Elle ne nous a pas dit le tarif mais je suppose qu'il est ridicule ?

– C'est 20 lings chacune, je demande, sans regarder la tête que doit faire Tim en m'entendant multiplier nos prix par dix.

– 20 lings ? s'exclame la cadette en exagérant l'indignation.

– Nobles Officières, nous vous promettons une chasse exceptionnelle. Nous vous assurons que vous ne regretterez pas cette dépense...

– Je ne sais pas vous, mes sœurs, mais moi, je ne paie pas plus de 10 lings. C'est un principe. Avec 20 lings, ici, on fait manger une famille entière pendant cinq ans.

– Va pour 10 lings, grogne Tim. Mais payables maintenant.

– Si ces petits crasseux continuent de marchander, ce sera 7 lings, payables quand ça nous chantera.

– OK, 10 lings, payables après, capitule Tim, et les filles s'en vont promener leur mépris dans le hall, à la recherche d'un bar digne d'elles.

Je les déteste avec leur beauté, leur dédain, le pouvoir qu'elles ont sur nous. Je les déteste aussi pour Fani, pour ce qu'elle doit subir de la part de filles de ce genre. Et en même temps, je ne peux m'empêcher de les admirer. Elles ont vu l'espace et connu la mort de près. Leur devise, « Même les étoiles meurent un jour », n'est pas là pour faire joli. Ces filles donneraient leur vie pour l'Empire comme on donne un biscuit, si une Officière supérieure le leur commandait. Qui suis-je pour les juger ?

***

Comme convenu, nous les retrouvons en bas, sur la grande dalle de téflobéton qui soutient l'ascenseur orbital numéro deux, devant la boutique du loueur des plateformes volantes. Elles ont l'air un peu pompettes, mais pas plus sympathiques.

Peu importe : 30 lings valent bien qu'on subisse leur sale attitude sans moufter.

Tim a décidé de se comporter comme s'il s'agissait de touristes ordinaires. Il commence son speech habituel.

– Nobles Officières, aujourd'hui, vous allez rencontrer le passé de Ravno en chair, en os et en muscles. Je vous rappelle que les Sanglants sont ce qui s'apparente le plus aux anciennes chimères de l'Empire, mais que leur présence ici est parfaitement légale. Et maintenant, je dois vous transmettre quelques consignes de sécurité. »

Les Officières éclatent de rire. Ça doit être marrant, de leur point de vue de petites filles éprouvées par la guerre, d'écouter un plouc comme Tim leur parler de sécurité. Il poursuit son numéro, pas déphasé pour deux ronds.

– Il existe des Sanglants de toute taille. En cette saison, les plus gros, ceux qui nous intéressent, ont tendance à quitter la forêt pour s'étaler dans les ruines des anciennes cités : les gros Sanglants ont du mal à maintenir leur température corporelle et ils profitent des ruines pour s'exposer au soleil. Notre but est de les surprendre pendant leur séance de bronzage.

Les Officières échangent un coup d'œil moqueur et j'envoie par implants un message à Tim pour lui demander d'arrêter d'essayer de faire de l'humour.

– Les Sanglants n'ont pas d'organes visuels ou auditifs. Mais ils possèdent un odorat développé et ils sont sensibles à la chaleur : c'est comme ça qu'ils nous détectent. C'est pourquoi, durant vos approches, placez-vous toujours face au vent, pour qu'ils ne vous sentent pas arriver de trop loin. N'hésitez pas à jouer de vos implants pour baisser votre température corporelle. Ah, et affrontez-les à distance ! Nous avons des fusils magnétiques capables de tirer des balles à Mach 33. Mais… je suppose que vous voudrez vous servir de vos propres armes ?

– Franchement, lieutenante, on doit payer 10 lings pour écouter ça ? demande la cadette à la Pangéienne, qui hausse les épaules.

– Enfin, les Sanglants sont imprévisibles. Les plus petits fuiront à notre approche. Les gros ne bougeront pas, mais méfiez-vous et restez hors de portée. Si vous vous retrouvez en difficulté, approchez-vous d'Astréa ou de moi. Comme tous les Ravniens, nous sommes dotés d'implants répulsifs anti-Sanglants très efficaces.

– Il n'y a pas que leurs implants qui sont répulsifs, grogne la cadette, récoltant un regard attendri de sa lieutenante pangéienne.

– L'endroit où nous vous emmenons se trouve à deux cents kilomètres au sud-ouest. Vous pourrez louer des plateformes dans cette boutique, et…

– Les Officières ne louent pas, elles réquisitionnent et c'est la première fois que je rencontre quelqu'un qui ne sait pas ça, commente la cadette. Ils n'ont pas le réseau impérial sur leur planète ?

– … et nous décollerons dès que vous serez équipées. Veuillez suivre nos plateformes sans les perdre de vue. Sinon, servez-vous des radars, et contactez-nous d'urgence par nos implants, termine courageusement Tim.

11

Pendant les chasses, je me glisse dans le rôle semi-muet de la copine du chasseur. Un peu par contrainte, vu que mes parents refusent toujours de m'offrir une plateforme à moi, et un peu par confort : Tim aime tellement jouer les chefs… Je monte donc derrière lui, sur son engin luxueux pour Ravno, avec des sièges fixés sur glissières, deux réacteurs et une vitesse de pointe de six cents kilomètres/heure. Il l'a décorée lui-même, en peignant des flammes sur les côtés et une tête de dragon à l'avant, et je vous épargne les réflexions hilares que ça inspire aux Officières. Tim devient tout rouge et je suppose qu'il pense très fort aux 30 lings parce qu'il ne répond rien.

Là, puisque Tim a reculé les sièges pour conduire debout, je mets mon fusil magnétique en bandoulière et pose mes mains sur ses épaules. Nous décollons, et pendant que nous franchissons les limites de la ville, puis celles de sa banlieue, puis la zone semi-aride qui la sépare de la forêt, je pense à Tim, à notre histoire, au couple de Ravniens moyens que nous formons.

Tim est beau, dans le genre futur prof de gym. C'est aussi un mec droit, facile à vivre, toujours enthousiaste… Si on y réfléchit, tout nous destine à finir ensemble : nos pères qui bossent dans le même hall, nos mères qui s'entendent si bien, nos adresses voisines, notre enfance commune. Au début, cela me rassurait, ce chemin tout tracé. Aujourd'hui, cela m'effraie – l'idée que ça finira par arriver que je le veuille ou non, parce que dans quatre ou cinq ans, je serai peut-être devenue assez passive pour dire oui à un mariage quand je penserai encore « j'en sais rien ». L'idée que les forces qui nous rapprochent sont aussi puissantes et aveugles que celles qui tirent les comètes vers la surface des astres, et que je ne pourrai pas plus y échapper qu'elles.

J'adore Tim. J'adore les moments que l'on partage, nos balades en plateformes avec les copains ou nos chasses aux Sanglants, (quand elles ne sont pas parasitées par les pires touristes de l'Univers). Mais je sais au fond de moi qu'il viendra un moment où ça ne suffira plus. Car même si je ne me l'avoue qu'à moitié, une part de moi reste tournée vers les étoiles. Et je sais que si on me donnait la possibilité de tout quitter juste pour vivre une petite partie de mes rêves, je signerais sans hésiter.

Le vent souffle : nous survolons maintenant la grande forêt de Ravno avec sa canopée d'un vert profond éclairée de reflets d'essence – les dépôts laissés par les brumes polluées. En réalité, ses arbres sont peu nombreux, un tous les trente mètres ; il faut marcher dessous pour se rendre compte que c'est la largeur de leur feuillage, engraissé par les brumes, qui crée l'illusion d'une forêt dense. Sur Ravno, les arbres ont appris à tirer leurs aliments de l'air plutôt que de les extraire du sol pauvre, c'est pourquoi il leur vient peu de racines et la moindre tempête les renverse, mais nous ne sommes pas là pour un cours de botanique.

C'est toujours un joli trajet… Au-dessus de nous, le soleil de Ravno, blanc-jaune et pas tout à fait rond, comme un œuf au plat raté, parvient à son zénith. La grille du port orbital transforme la forêt sous nos pieds en puzzle d'ombres et de lumières. Au loin, émergent les ruines des anciennes cités les plus proches : c'est là-bas que mon père et ma mère m'ont appris à chasser, quand j'étais petite et qu'on allait remplir les congélateurs du VitaNova en famille. Des tours aux sommets érodés disposées en croissant de lune, en général sur une colline ou près d'une rivière. De loin, on dirait des mâchoires de géants aux dents brisées.

– Nous allons arriver dans cinq minutes, annonce Tim à nos clientes. Comme il fait beau, les Sanglants seront sortis pour se réchauffer. Quand ils constateront que nous sommes nombreux, les petits déguerpiront et les gros iront se cacher dans les bâtiments. Notre but sera de les en déloger pour les affronter dehors.

Pas de commentaire, mais je devine des haussements d'épaules sous les polyclaves, derrière nous, et des messages cryptés envoyés d'un système d'implants militaire à l'autre. Pas besoin de les lire pour en deviner le sens.

« Ces deux bouffons à 10 lings peuvent toujours causer, nous ferons à notre manière. »

La ville apparaît au loin, sous la forme d'une vague jaune montée de l'horizon. C'est le plus grand ensemble de ruines du coin : une dizaine de kilomètres carrés recouverts de bâtiments démolis, avec deux ou trois portions en voie d'être englouties par la forêt. Le plus déprimant : ces ruines ne sont pas différentes des immeubles et des maisons de Ravnia, et elles sont âgées de plus de dix mille ans.

À mesure que nous approchons, je perçois des mouvements furtifs dans les rues, une cavalcade anarchique dans l'ombre d'une cour, un nuage de poussière soulevée près d'une entrée. Tout devrait bien se passer. Pourtant, quelque chose me dérange. Cela doit tenir à l'attitude de ces Officières. J'essaie de ne plus y penser.

Nous nous posons sur l'ancienne place principale, balayée par le vent, marquée par les traces de dizaines d'atterrissages qui ont rejeté la poussière en tas contre les murs en ruines. Aucun mouvement autour, mais nous avons scanné les bâtiments avec nos implants pendant la descente : tous sont truffés de Sanglants, et pas que des petits modèles.

– OK, le gros gibier du jour se trouve dans l'ancien auditorium que vous voyez là, annonce Tim en désignant, du bout de son fusil magnétique, une sorte de gros gâteau de béton jauni soutenu par des piliers extérieurs fissurés. Un bébé de près de vingt tonnes. Je vous propose de le garder pour la fin. Maintenant, suivez-moi.

– Mes sœurs, ai-je bien entendu ? Ce petit crasseux vient-il de nous parler à l'impératif ? demande la Pangéienne sans regarder Tim. Espère-t-il vraiment que nous allons suivre ses ordres ?

– Vous avez raison, lieutenante, il y en a qui ont bien de la chance d'être citoyens impériaux, sinon on les aurait déjà fait taire, répond la cadette.

– On sait que vous êtes très fortes, mais les Sanglants peuvent se montrer dangereux, surtout les gros, balbutie Tim.

Ça les fait exploser de rire.

– Sergente, minaude la lieutenante pangéienne, merci de faire comprendre à ce petit bavard qu'il peut aller tripoter sa copine muette dans un coin pendant que nous nous amuserons avec les spécialités locales. À supposer qu'elles soient réellement amusantes...

Je jette un regard à 360 degrés sur les environs de la place. Rien ne bouge, pourtant, je sens des présences, comme des frissons dans le décor. Les Sanglants nous observent, ils n'ont presque pas de système nerveux, mais des millénaires de chasse les ont renseignés sur ce qui les attend. Ces créatures sont sans intelligence, pourtant elles apprennent, de là leurs réactions parfois surprenantes. Mais de toute évidence, les Officières n'ont pas envie d'en entendre parler.

– Très bien, dit Tim. Si c'est ce que vous voulez, on vous laisse chasser entre vous. Astréa et moi allons nous poster en altitude, prêts à intervenir en cas de problème.

Nouvelle salve de rires.

Est-il possible que Fani devienne un jour comme ça ?

Tim et moi remontons donc sur sa plateforme décorée de flammes et nous nous élevons à une petite trentaine de mètres au-dessus de la cité pour regarder la chasse.

Même si les Officières se sont moquées des conseils de Tim, elles les suivent. Au lieu de s'attaquer au monstre de l'auditorium, elles se déploient autour d'un autre immeuble, un rectangle de trois étages sans fenêtres, à l'intérieur duquel plusieurs dizaines de Sanglants de forme simple et de taille moyenne se sont réfugiés. La cadette et la lieutenante pangéienne se placent devant la sortie, et la sergente fornienne à l'arrière.

Soudain, celle-ci lève sa main en direction du deuxième étage de l'immeuble. Un trait de lumière cohérente jaillit de ses doigts, étroit et concentré.

Et sous la pression du faisceau, la façade en téflobéton de l'immeuble se fend comme du papier sous la pointe d'un cutter. Elle s'enflamme aussi, car à ces températures, même les minéraux prennent feu. La Fornienne poursuit son découpage jusqu'à ce que le troisième étage s'écroule sur le deuxième.

Alors l'entrée se met à vomir des Sanglants simples, ceux qui ressemblent à de grands bras sans corps et sans peau, avec quatre ou cinq articulations matérialisées par de gros nœuds rouges sur lesquelles ils prennent appui pour ramper – sur le sol ou, dans le cas présent, les uns sur les autres. Mes implants m'apprennent qu'il y en a une trentaine, de deux à quatre mètres.

Comme on pouvait s'y attendre, ils oublient l'incendie sitôt qu'ils détectent la présence de la cadette et de la Pangéienne. Et ils leur foncent dessus, et il est là, le spectacle.

Tim siffle d'admiration.

– Regarde-moi ça. Même si ce sont de grosses salopes, c'est quand même impressionnant…

Je n'ai jamais vu d'Officière se battre ailleurs que dans des feuilletons 3D. Et ces feuilletons ne peuvent pas tout montrer : ils ne diffuseraient pas, par exemple, les images d'une cadette de dix ans se servant de ses implants pour découper un Sanglant dans le sens de la longueur, en prenant son temps, tandis que sa lieutenante la félicite en se marrant. Ils ne montreraient pas ladite lieutenante s'amuser à en faire exploser un autre, tronçon par tronçon, comme pour s'offrir un feu d'artifice.

Je n'ai aucune sympathie pour les Sanglants et pourtant, là, je me surprends à espérer que l'un d'eux leur fasse ravaler leur rire. Mais deux minutes plus tard, le massacre est terminé.

– Laissons cette viande aux indigènes, ce sera leur pourboire, dit la Pangéienne par ses implants, de manière que nous l'entendions aussi.

– Génial, merci ! s'écrie Tim depuis la plateforme, et je vois ses yeux s'allumer, « Tu te rends compte, Stréa, il y en a au moins pour 15 lings. Avec notre salaire, on pourra se payer facile une heure en cabine d'apesanteur. »

Ça, c'est le grand rêve de Tim : une heure avec moi dans une cabine d'apesanteur. Il s'imagine qu'enivrée par l'absence de gravité, je lui dirai le « Oui » qu'il attend depuis qu'on sort ensemble.

Il m'a demandée en mariage, cet idiot. Six fois déjà. On n'a que quatorze ans, mais c'est courant, par chez nous.

Chaque fois, j'ai temporisé.

– Qu'est-ce que t'en penses, Stréa ? Une petite session d'apesanteur en amoureux ? Allez, dis oui, je t'assure, je vais te faire voir des étoiles qu'on ne trouve pas dans ton Stellarium…

Quand j'ai commencé à sortir avec Tim, ma mère a trouvé ça très bien, mais elle m'a demandé de ne jamais confondre ce qu'il voulait avec ce que moi, je voulais. J'ai retenu la leçon. Même si Tim sait se montrer persuasif.

– Alors c'est oui ? Je vais voir s'il y a des créneaux libres pour demain, dit-il en plongeant sur le réseau.

– Demain, je ne peux pas : j'ai promis à mon père de l'aider au bar, je mens.

– Alors après-demain ? Dès qu'on aura vendu cette bidoche, je réserve ? D'accord, ma chérie ?

Il ne se rend pas compte que s'il continue à essayer de me forcer la main, je serai obligée de mettre les choses au clair et que cela risque d'être désagréable. Pour lui comme pour moi, car je ne veux pas le perdre… Mais comment lui dire ? Là, il est en train de rêver les yeux ouverts…

Je claque des doigts devant ses yeux.

– Oh, Tim, réveille-toi ! On dirait qu'il se passe quelque chose en bas.

12

Depuis notre plateforme, nous voyons la petite cadette devant les ruines de l'auditorium. Aucune trace des deux autres – ont-elles coupé leurs implants pour que Tim et moi ne puissions pas les suivre ?

La petite cadette paraît désemparée. Elle fixe l'entrée de l'auditorium sans détourner le regard, comme si ce qu'elle voyait la paralysait.

Grâce à mes implants, je sais ce qu'elle regarde : le gros Sanglant dans l'auditorium, qui a senti sa présence et déplie ses pattes rouges et larges comme des troncs d'arbres pour tâter l'air dans sa direction.

– Où sont les autres ? Pourquoi elle ne se défend pas ?

– Comment tu veux que je le sache ? T'étais en train de me parler de cabine d'apesanteur, là. Allez, prends ton fusil.

Trois grands bras rouges émergent de l'auditorium. La petite cadette devrait tirer ou s'enfuir. Au lieu de cela, on dirait qu'elle est en train de se recroqueviller sur elle-même. Comme si elle avait oublié toutes les armes dans ses implants.

– Non mais pourquoi elle nous fait tout ce cirque alors qu'il lui suffirait de…

Soudain, l'auditorium se met à trembler, soulevant la poussière en un épais nuage jaune. D'autres bras en jaillissent. Et dans un grondement d'avalanche, le Sanglant émerge, si gros que malgré la poussière, je le distingue très bien.

Des pattes, une douzaine au moins, longues de plus de dix mètres, reliées les unes aux autres par des nœuds de chair là où devrait se trouver le corps. Une araignée, comme on les appelle ici. Et au bout de chacune de ces pattes, une fente pleine de dents cartilagineuses. Ce qui leur tient lieu de bouche.

– Lieutenante ! Sergente ! Où êtes-vous ? Au secours !

Le cri atteint simultanément mes implants et ceux de Tim.

– Quelle petite idiote ! dit Tim en tirant deux fois au fusil dans un bras, qui se raidit à peine – les Sanglants ne connaissent pas la douleur et il faut des dizaines de balles à haute vélocité pour venir à bout des modèles de cette taille. Tim le sait très bien mais il vide un chargeur quand même.

– Bon, j'y vais ! Dépose-moi sur le toit, me dit-il en me passant les commandes, avant de recharger son arme.

– Attends, Tim, ce n'est pas normal.

– Non, ce n'est pas normal mais si cette cadette a le moindre problème, on finira en tôle et tout le monde trouvera ça normal. Allez, prend les commandes !

Je voudrais le retenir ; des images d'un épisode de *Sapienza* me reviennent, où les Officières tendent un piège rusé et inventif à l'une d'entre elles, la peste de l'équipe, qui finit en caisson médical… Mais pas le temps : les pattes se tendent maintenant vers la cadette paralysée. Dans une seconde, les gueules au bout s'ouvriront, et on verra si les Sanglants font la différence entre les nobles Officières et les appâts qu'on leur balance parfois.

D'un geste, j'incline la plateforme pour une descente rapide, Tim se poste au bord en s'accrochant à une poignée et sept secondes plus tard, il saute sur le toit de l'auditorium. Lorsque ses implants répulsifs se déclencheront, le Sanglant déguerpira dans la minute.

Seulement, ça ne marche pas. Comme si les implants de Tim dysfonctionnaient ou que le Sanglant n'avait plus d'odorat. Pourtant, il a bien perçu la présence de Tim. La preuve, il oublie la cadette et entreprend de se dresser sur ses pattes pour atteindre le sommet de l'immeuble.

– Au secours ! Ma situation est vraiment désespérée ! crie de nouveau la cadette mais cette fois, j'entends le rire dans sa voix.

Un frisson glacé me parcourt de la plante des pieds au sommet du crâne. Les salopes. Elles ont trafiqué les implants de Tim !

– Tim, ne bouge pas, je viens te chercher ! je hurle en réinclinant la plateforme.

– Toi ne bouge pas ! Si ça se trouve, tes implants sont à plat aussi ! crie Tim en tirant deux balles inutiles.

Dressé à la verticale, le Sanglant appuie ses vingt tonnes contre le toit de l'auditorium déjà bien fissuré. Trois de ses pattes s'y sont accrochées et je vois tout de suite ce qui va se passer.

– Non, s'il vous plaît, non !

Je ne sais pas à qui s'adresse ma prière, tandis que je vois un pilier de soutien en téflobéton se plier comme un arc. Alors l'immeuble se met à pencher. Le Sanglant le sent mais la présence de nourriture devant lui occupe tout son système nerveux. Tim se trouve face à une pente de plus en plus raide qui mène droit dans les bras écorchés. Et au moment où je vais laisser tomber la plateforme en chute libre pour le tirer de là, le Sanglant lance un de ces bras…

Tim lève la tête et je croise son regard : un regard d'incompréhension et de terreur pure que je n'oublierai jamais. Dans un geste de défense pathétique, un geste de petit garçon, il tend son fusil devant lui…

Le tronçon denté du Sanglant avale le fusil, avec le bras de Tim, jusqu'à l'épaule.

Tim se retrouve soulevé dans les airs, et agité comme un hochet. Alors je l'entends hurler, et dans mon crâne, son cri se change en panique pure, brûlante comme de la lave, qui remplit ma vue de taches de couleur et couvre mon corps de sueur acide. J'entends la voix de mon père, lors d'une de nos premières chasses, « Les dents cartilagineuses des Sanglants sont faites pour écraser, pas pour trancher ». Je vois Tim se contorsionner en hurlant, tandis que le Sanglant le balance au-dessus du vide. Et pour ne pas m'évanouir, je me mets à hurler à mon tour, tout en vidant mon chargeur, et en lançant un SOS sur mes implants, tandis que le Sanglant saute de l'immeuble, le bras de Tim toujours dans une de ses gueules, et Tim au bout qui ne crie plus parce qu'il a dû perdre conscience, ou pire.

Trois traits de lumière jaillissent alors des immeubles voisins. Suivi d'autres, comme si l'atmosphère était devenue un quadrillage de lignes brillantes, au point que je ne vois plus rien, et que je suis obligée de demander à la plateforme un atterrissage d'urgence.

Quand j'atteins le sol, il ne reste plus du Sanglant que des quartiers de viande noircis. Et Tim au milieu, blême, sanglotant, la main gauche crispée sur son épaule droite, là où le bras s'y rattachait. Je saute de la plateforme pour courir vers lui, alors que les Officières nous rejoignent en marchant tranquillement.

– Eh bien, on dirait que l'indigène n'exagérait pas : ces pseudo-chimères sont vraiment dangereuses, commente la sergente pour faire rire les autres.

– Vous croyez que c'est bon, cette bidoche, lieutenante ? demande la cadette en regardant les restes du Sanglant.

– Pour eux, sans doute, dit la lieutenante en nous toisant.

À son petit sourire satisfait, je comprends que c'est elle qui a piraté les implants de Tim. Comme ça, pour la blague, pour distraire ses subalternes.

– Ne bouge pas Tim. Ça va aller…

Ma voix reste ferme mais mes mains tremblent. Heureusement, ses implants ont déjà bloqué l'hémorragie, et ils sont en train de l'anesthésier. Dans quelques secondes, il ne sentira plus rien. Tandis que je m'accroupis près de lui pour évaluer les dégâts, je sens une immense colère monter en moi – et grâce à leurs implants, les Officières le perçoivent aussi.

– La clocharde indigène ne devrait pas s'énerver comme ça. On va le lui réparer, son copain ! Il n'y a donc pas de caisson médical sur leur planète pourrie ?

– On a deux caissons médicaux ! L'un se trouve dans le port et il est réservé aux voyageurs. L'autre se trouve au palais présidentiel de Ravnia et il est réservé à ceux qui peuvent se payer la séance, c'est-à-dire pas nous !

– Pitié monsieur, pitié madame, juste une pièce pour manger et soigner nos vilaines pustules, gémit la cadette en imitant un mendiant, et je me retiens de la gifler – les conséquences pourraient être terribles.

– Lieutenante, croyez-vous que l'indigène redeviendrait supportable si on lui disait qu'on va payer le séjour en caisson de son copain le temps qu'il lui pousse un bras tout neuf ? À vue de nez, je dirais qu'il en a pour quatre mois…

– Six mois, corrige la lieutenante, ça a été bien déchiqueté.

– Six mois de caisson… Ça fait environ 30 000 lings, c'est ça ? Allez, je lui fais le virement. Et j'ajoute 30 000 autres lings pour qu'il nous fiche la paix.

– C'est gentil, sergente, mais on peut diviser en trois.

– Non, non, mes sœurs, c'est ma tournée ! Ça y est, transaction validée. Que l'indigène dépense ce qu'il faut pour se soigner et garde la monnaie.

Et d'un bond, elles remontent sur leurs plateformes en papotant.

L'instant d'après, j'entends Tim hurler. Pas de douleur. De joie.

– 60 000 lings ! Elles viennent de me virer 60 000 lings ! Tu te rends compte, Stréa ? Je suis riche ! Merci, nobles Officières, merci ! crie-t-il vers la plateforme qui s'éloigne. Vous êtes splendides !!!

Je tiens entre mes mains la chair à vif de son épaule déchiquetée, et il rit. Comme s'il avait oublié son bras arraché – et l'anesthésie n'est pas une excuse.

13

– Je suis riche, se gondole Tim, allongé sur la plateforme, tandis que je le conduis vers l'hôpital du palais présidentiel. Riche à crever, ha ha ! Tu vois, Stréa, ces Officières n'étaient pas si atroces ! À nous les cabines d'apesanteur ! Enfin, dans six mois, haha !

Je secoue la tête, la gorge serrée. Pauvre Tim. Pauvre garçon banalement amoureux de sa copine d'enfance et de ses rêves d'argent.

– OK, on ne peut pas dire qu'elles se soient bien comportées avec nous, mais elles avaient prévu des compensations. Et franchement, pour 60 000 lings, j'aurais facile donné mon autre bras. Et mes jambes !!

– Et ta tête ? je soupire.

– Oui, et ma tête, et le reste ! répond Tim, tout à son euphorie. Quand je serai sorti du caisson, j'achèterai une nouvelle maison pour mes parents, une nouvelle plateforme pour moi, avec quatre réacteurs, et une maison pour nous, pour plus tard.

Son discours me donne envie de pleurer. Tim est un type bien. Mais Tim est à vendre, comme les Officières viennent de le prouver, et c'est ça que je trouve triste. Que dans notre Empire qui se veut égalitaire et démocratique, des gens puissent se servir d'autres comme jouets et s'en tirer par un virement. Et qu'un garçon beau et plein de vie comme Tim puisse se prêter à ça, au point d'en perdre ce qui fait son charme…

L'argent achète tout, les choses, les individus, les planètes même, on me l'a assez répété, et ça ne date pas d'hier : sur

Ravno, 60 000 lings, c'est dix ans de salaire pour un cadre du port. Pour ces Officières, cela doit représenter quelques jours de solde.

***

Six mois plus tard, lorsque Tim sort de son caisson, je ne suis pas là pour l'accueillir. Quelque chose s'est brisé en moi, qu'aucune machine ne saurait réparer. Tim n'en a pas idée, quand il se pointe chez moi avec son bras tout neuf et son sourire de petit garçon content, les yeux remplis de ses rêves de maison, de plateforme à quatre moteurs, « Alors Stréa, t'es pas heureuse de me voir ? Je ne t'ai pas manqué ? »…

À partir de là, je l'évite. Je m'enferme dans mon Stellarium et chaque fois qu'il m'appelle, je mythonne des indisponibilités, jusqu'à ce qu'il comprenne – et au bout du compte, il n'insiste pas trop, car sa nouvelle richesse, sa nouvelle plateforme, font bientôt de lui la coqueluche du collège, où les filles disposées à le suivre dans une cabine d'apesanteur ne manquent pas.

Comme c'est un type bien, il reste mon ami proche : nous recommençons à rentrer ensemble après les cours et il revient parfois me chercher de nuit, sur sa plateforme dernier cri, quand on fait le mur avec les copains pour se balader dans les ruines.

Mais l'argent des Officières et le pouvoir qu'il lui donne change quelque chose dans son sourire. Et je ne lui trouverai plus jamais la même adorable innocence.

Pendant que Tim était en caisson, j'ai beaucoup retourné cette chasse dans ma tête. J'ai l'impression d'avoir touché du doigt ce que Fani ne peut pas me dire dans ses messages. La pauvre, coincée avec des filles comme celles-là…

Si c'est ça, être choisie par l'Empire ou par le destin, je suis ravie qu'ils m'aient laissée tranquille !

14

Mais trois mois après le retour de Tim, le destin ou l'Empire, enfin les deux, viennent à ma rencontre. Sous la forme d'une femme venue de très loin, comme pour Fani. Mais pas le même genre de femme…

C'est un soir, au début de la nouvelle saison des brumes, j'ai maintenant quinze ans et je rentre à pied d'une petite fête entre amis où des bouteilles de concentré alcoolique ont tourné. Je n'ai pas abusé, en fait, je n'abuse jamais. J'ai gardé ça de Fani, je crois : ce côté raisonnable. Et peut-être aussi de mes parents, qui m'ont donné assez de liberté et fait assez confiance pour que je n'éprouve pas le besoin de m'affirmer par des excès, contrairement à mes copains.

Comme d'habitude, je marche le nez en l'air pour regarder les brumes se former en altitude. Derrière, la grille du port se devine à peine.

Tout en marchant, j'expédie des vannes au reste de la bande en me servant de mes implants. Je suis une petite Ravnienne bien intégrée, maintenant, connue pour avoir été longtemps la copine de Tim. La fille bizarre qui traînait avec Fani est oubliée depuis longtemps. Même si je garde toujours mon Stellarium dans ma poche, je ne m'en sers plus que très rarement pour voyager.

Mes parents ont échangé leurs horaires au bar : quand j'arrive à la maison, vers 22 h 15, c'est ma mère qui sort de la chambre en bâillant.

– Stréa, sois gentille, monte aider ton père au bar ce soir. Trois transtellaires pleins de passagers arrivent à la station cette nuit. Je te ferai un mot pour l'école, demain. Ça ne te dérange pas ?

– Ah non, aucun problème.

Aider au bar ne me dérange jamais, au contraire, j'ai l'impression que la fête se prolonge. Je dévore les pâtes frites qu'elle m'a préparées comme je les aime, sèches à l'extérieur, juteuses à l'intérieur, et je tranche quelques morceaux d'escalope de Sanglant sans les porter à ma bouche. La chasse avec Tim m'a coupé le goût de la viande mais mes parents font semblant de ne pas avoir remarqué.

***

Pour me rendre au port, je dois emprunter les plateformes publiques, qui se posent quand elles le veulent à un arrêt près de chez moi. Toujours blindées de monde, surtout dans ce sens-là : quarante personnes debout sur une sorte de grande assiette volante sans bord mais dotée de gyroscopes pour éviter les chutes. Elle nous débarque sur la dalle de téflobéton de l'ascenseur numéro deux. J'adorais ça, petite fille : la poussée vers le ciel, au démarrage, la brève sensation d'écrasement suivie d'une libération quand l'ascenseur s'élève comme de lui-même.

Maintenant, je n'y pense même plus.

Une fois là-haut, dans le hall, je regarde, à travers le sol transparent, le paysage de ma planète qui se découvre dans les trouées des brumes : les vagues lumières de Ravnia, et puis plus loin, les zones vert sombre des forêts.

J'aime ce monde où je suis née, même si à l'époque de mon amitié avec Fani, j'aurais tout donné pour le quitter.

Je l'aime pour sa beauté austère et ignorée des guides touristiques – et tant mieux, car comme ça, je peux croire qu'elle est un secret d'initiés. Un jour, avec encore quelques efforts, je finirai par me convaincre que cette beauté vaut toutes celles du Stellarium.

Mais je n'en suis pas là : les plafonds transparents du hall m'attirent toujours davantage. J'y vois le noir de l'espace et les soleils des autres mondes impériaux du coin, pas bien remarquables, mais tous plus riches que Ravno. Et, si je me sers de mes implants pour augmenter ma vue, j'aperçois les fanaux lointains des premières planètes mixtes humains-rubys. Ça me fait presque frissonner. Je peux toutes les nommer.

Le VitaNova, le bar de mes parents, se trouve dans le hall 17 : une sorte de silo de verre et d'acier à l'intérieur duquel on pourrait caser plusieurs îlots d'immeubles, et où débarquent les passagers des transtellaires venus s'amarrer aux jetées 110 à 121. Comme les autres halls, c'est le royaume des drones publicitaires, des réclames holographiques pour les bars du coin et des boutiques à touristes.

« En route pour les planètes mixtes ? Essayez nos dernières combinaisons Herpal, garanties 100 % imperméables aux sèves des arbres rubys. »

« Une soif cosmique ? Rimel vous attend dans son bar, où vous pourrez déguster une sélection de concentrés alcooliques artificiels et organiques. »

« L'hibernation vous pèse ? Chez Ulf, vous trouverez tous les psychotropes légaux consommables en caisson. Avec Ulf, offrez-vous des rêves pleins de couleurs ! »

« Hôtel orbital Hypnos, parce que rien ne vaut le sommeil naturel. »

Au milieu de tout cela, des gamins tentent d'entraîner les nouveaux arrivants dans une chasse aux Sanglants à des tarifs défiant toute concurrence…

Ces arrivants se repèrent à leur démarche de zombis, leur visage figé et leur regard égaré, comme si on avait déposé sur leurs yeux une pellicule opaque. Les réveils d'hibernation sont rarement faciles, sauf pour les habitués, Officières ou navigants du ministère de l'Industrie. En général, ces zombis finissent dans un des bars, où ils reprennent peu à peu contact avec la réalité à coups d'alcools forts.

Le VitaNova se trouve au fond du hall, à l'opposé des aires d'arrivée. Il n'est jamais surpeuplé, mais jamais vide non plus : les voyageurs expérimentés connaissent l'adresse et s'y rendent pour fuir les foules, les employés du port y déjeunent et y reviennent prendre leurs pauses, les gens de Ravno y montent de temps en temps pour la vue. On peut y consommer toutes sortes de concentrés alcooliques artificiels, quelques liqueurs des marais ou des forêts distillées sur Ravno (horribles, je ne conseille pas) des snacks azotés (tous top, mais prenez les chips ou les pâtes frites) et des steaks de Sanglants servis sur l'os ou en burgers (aujourd'hui, rien que d'y penser, ça me dégoûte).

Mon père est au comptoir, en train de bavarder avec Joh, le père à moustaches de Tim, et deux ou trois collègues du port. Je repère un groupe du ministère des Sciences à une table, reconnaissables à leurs costumes sobres, probablement en route pour aller étudier nos amis rubys ; d'ailleurs ils ont posé sur la table une diffuseuse holographique qui projette au milieu d'eux l'image très réduite d'un lenticule à cinq lobes. Quelques navigant·e·s aux bras tatoués. Une délégation du ministère de l'Économie venue planifier les échanges avec les arbres rubys – échanges essentiels au développement de l'Empire, sans ce partenariat, Patrie bleue nous aurait bouffés depuis bien longtemps.

Et à travers la baie vitrée, je vois la jetée 113, comme une lance de béton souple pointée vers le ventre de l'espace, si longue qu'il est impossible de distinguer le hall 18 au bout. Au milieu de cette jetée, je découvre, amarré par la proue, le transtellaire dont nos clients du jour ont débarqué. D'après mes implants, deux autres se cachent derrière et l'un d'eux n'est pas un vaisseau de transport, mais un engin de chantier du ministère des Colonies – la version réelle des engins virtuels dont je me servais sur mon Stellarium pour créer des planètes imaginaires, et…

– Stréa, arrête de rêvasser, tu ne vois pas qu'il y a du boulot ? demande mon père tout en remplissant cinq pintes d'alcool effervescent. Tiens, pour la 3.

Je prends les verres et les assiettes de burgers qui viennent d'apparaître des cuisines, et vais porter ça au groupe de scientifiques, en retenant ma respiration à cause de l'odeur de Sanglant. J'en profite aussi pour écouter la conversation. Au VitaNova, il y a toujours quelqu'un pour arriver avec une nouvelle histoire, au pire, je la connais déjà, car elle vient de ma mère, qui met de l'animation en échangeant des potins de Ravno avec les consommateurs locaux, ou de mon père, qui y va de ses souvenirs et les détaille par ses tatouages. « Là, c'est la Rose de Berty, je suis allé là-bas à vingt ans pour convoyer un chargement d'acier ; ici, c'est le signe des Thées, les planètes agricoles… »

Ce soir, la clientèle parle de la guerre contre les Patriens, près de l'écliptique Nord, à l'autre bout de l'Empire. Une navigante a été fantassin, autrefois, pour le ministère des Armées, un autre a voyagé dans une traîne qui incluait deux appareils de la Flotte, et ce sont eux qui entretiennent la discussion. Et ce que j'y entends est bien plus inquiétant que les informations qui passent sur les réseaux.

– Il y a eu deux batailles, dans le nuage d'Oort. Une armée d'assaut patrienne contre la Flotte de défense de l'écliptique Nord, dit la navigante. C'est pas une rumeur : je le tiens d'une ex-sœur d'armes.

– Pourquoi on n'en a jamais entendu parler ? demande un voyageur à l'air égaré.

– Parce que ces batailles se sont salement terminées pour nous.

– Nos Officières ne sont plus les meilleures ?

– Bien sûr que si. Mais avec leurs nouvelles technologies, les Patriens leur posent de gros problèmes.

Un autre navigant entre dans la conversation.

– Vous parlez des technologies d'origine nixtienne, c'est ça ? Celles que les Patriens auraient développées en étudiant des vestiges extraterrestres dans le bras de Persée ?

– Oui, je parle de ça. Et depuis ces batailles, le front a reculé… presque jusqu'à la hauteur de la base de l'écliptique Nord.

Ce sont de mauvaises nouvelles pour l'Empire et ses habitants, je devrais être saisie d'effroi. Pourtant, elles me font rêver et j'ai envie d'en apprendre plus. Deux noms de planète que je ne connais pas passent dans la conversation : Calliste et Calliope. Il y a quelques années, je les aurais enregistrés sur mes implants pour aller les visiter à ma pause, aujourd'hui, je me contente de répéter dans un murmure rêveur :

– Calliste et Calliope…

Et alors que je vais poser mon plateau pour filer vers l'arrière-salle, la femme qui ressuscitera mes rêves tout en leur donnant la direction qui leur manquait entre dans le bar.

15

Je ne la vois pas arriver, car je lui tourne le dos, mais soudain, la conversation s'éteint avant de reprendre en sourdine. Je me retourne, curieuse de l'origine de cette interruption…

Et je me retrouve face cette femme, environ trente-cinq ans, à la peau brun sombre, au visage à la symétrie mise à mal par la fatigue et aux cheveux très noirs et pas lavés qui tentent, avec un certain succès, de s'échapper de son chignon. Elle porte un pantalon noir plein de taches et un simple débardeur qui découvre des bras encore plus tatoués que ceux de mon père, comme si tous les mondes de l'Empire s'étaient donné rendez-vous dessus. Mais ce sont ses yeux qui m'aspirent : délavés comme ceux de tous les voyageurs au long cours, et pourtant, on y lit une volonté à faire trembler les étoiles. Cette femme se fout de son apparence parce qu'elle n'en a pas besoin pour s'imposer. Elle sait ce qu'elle veut et a l'habitude de l'obtenir par elle-même.

– Salut, Lessia. Tu as fait bon voyage ?

Mon père connaît cette femme ?

– C'est bien toi, ça, Pell. Seize ans qu'on ne s'est pas vus et tu me demandes si j'ai fait bon voyage ? Au fait, tu peux m'appeler Pléiade, maintenant.

– Tu as réussi, alors ? Félicitations, dit mon père en lui servant d'autorité un triple concentré violet.

– Vous travaillez pour le ministère des Colonies, c'est ça ? demande un navigant à la nouvelle arrivante.

– On peut dire ça comme ça, répond-elle en descendant son concentré cul sec.

– Et c'est à vous, le transtellaire au bout de la jetée, le Ballantraë ? Sacré truc. Ça doit coûter une fortune.

– Le Ballantraë est un vaisseau de construction planétaire, et il appartient au ministère.

– Ah, je me doute bien à qui il appartient, c'est écrit dessus. Mais c'est vous qui le pilotez, pas vrai ?

– C'est ce qu'on raconte, mais souvent, c'est lui qui me pilote. Si vous connaissez les vaisseaux modernes, vous comprenez ce que je veux dire.

– Je connais un peu les vaisseaux modernes, c'est bien pour ça que je m'intéresse au vôtre… La grosse soute, c'est pour les drones ? Vous êtes une genésiarque, c'est ça ? Une bâtisseuse de planètes ?

– Pell, un autre concentré pour moi ! et ajoutes-en un pour cet aimable monsieur.

Pendant que mon père s'exécute, le navigateur continue à la bombarder de questions.

« Ce doit être dingue, comme travail, non ? »

« Et toutes ces années que vous passez toute seule à bord de votre grand vaisseau, ça ne vous fait pas peur ? Des années loin de l'Empire, sans un être humain à qui parler, vous supportez ça ? »

« Et ça n'est pas frustrant, de fabriquer des planètes pour les autres, où vous n'habiterez jamais ? Vous n'avez jamais eu envie de vous poser quelque part ? »

– Pell, sois gentil, ressers ce monsieur avant qu'il me demande en mariage, lâche finalement la genésiarque avec un sourire las.

Mon père se penche vers le navigant.

– Lessia est une artiste, mon vieux, et la pratique d'un art conduit forcément à la solitude. Ce n'est pas ce que tu disais toujours autrefois ?

Lessia hoche la tête.

Fort de son effet, mon père annonce à la cantonade :

– J'ai connu Lessia quand elle avait vingt ans et moi trente. À l'époque, je transportais des gens et c'est moi qui l'ai emmenée de l'écliptique Nord aux mondes mixtes. Elle devait y aménager des mondes dont les Rubys ne voulaient plus et travailler sur des mondes mixtes. Je suppose que depuis, nous devons à Lessia des dizaines de nouvelles planètes habitables…

– Oui, un peu plus d'une trentaine, bien deviné, Pell.

– Vous devez avoir une vie extraordinaire ! commente le navigant.

– Je ne me plains pas, répond Lessia en haussant les épaules.

C'est alors que son regard part vers la droite, c'est-à-dire vers moi, adossée au comptoir, et croise pour la première fois le mien. Alors, de manière tout à fait inattendue, elle m'adresse un clin d'œil.

– Merci pour le verre, madame, reprend le navigant. Et sans vouloir vous brusquer, je vous paie vos quatre prochaines consos si vous acceptez de raconter un peu.

– OK. Mais pas de questions gênantes sur la politique, compris ?

Elle s'enfile cul sec le verre de triple concentré que mon père vient de poser devant elle et se met à parler. Et peu à peu, dans le bar, les autres conversations s'éteignent.

– Puisque vous êtes tous des voyageurs, vous savez bien comment ça se passe au début. On naît sur une planète, mais comme on apprend qu'il en existe des dizaines de milliers d'autres, on se sent à l'étroit. On s'intéresse à la géographie. On devient une sorte d'encyclopédie vivante des planètes de l'Empire. Si on a de l'imagination, on se met à fabriquer ses propres mondes, pour passer le temps. Et on rêve de s'en aller sans y croire, surtout si on vient d'un monde anonyme ou pire.

Je me fige, plateau en main. C'est ma vie, qu'elle raconte, là !

– Et puis, à force de rêver sans y croire, et à force de nourrir ses rêves avec des appareils reliés au réseau impérial, on finit par attirer l'attention de quelqu'un d'important. Moi, c'était un genésiarque, un créateur de planètes du ministère des Colonies en fin de carrière qui se cherchait une disciple. Il m'a parrainée pour que je passe le concours des Beaux-Arts. J'ai bossé comme jamais. Et je l'ai eu.

Je bois ses paroles, même si elles ne me renvoient plus à ma vie. Elle est entrée à l'école à seize ans. Pour en ressortir quatre ans plus tard avec le diplôme des Beaux-Arts, les félicitations du jury et toutes les autorisations qu'il faut pour piloter des transtellaires de chantier et créer des mondes. Elle a travaillé pour le département Genèse et Géothérapie du ministère des Colonies. Où elle a assez brillé pour devenir une des Pléiades – un nouveau mot pour moi, qui désigne, nous apprend-elle, les trente-trois meilleurs créateurs de mondes en activité.

– Au début, on m'a affectée à de simples travaux géothérapeutiques, du côté de l'écliptique Nord ; il faut dire que les mondes abîmés par la guerre ne manquaient pas, alors on était pas mal de nouveaux diplômés à devoir jouer les infirmiers. La plupart de ces mondes sont morts, aujourd'hui, ou profitent aux Patriens… ça a duré six mois, puis on m'a envoyée au sud, aménager des mondes mixtes pour les hommes et les Rubys. C'est durant ce voyage que j'ai rencontré Pell, qui à l'époque était plus doué pour naviguer entre les étoiles qu'entre les tables des bars…

Mon père affecte une petite révérence qui fait sourire tout le monde, sauf moi qui attends la suite avec impatience et me retiens de crier « Taisez-vous ! ».

– Après les mondes mixtes, reprend Lessia, je suis allée en solitaire à l'est de l'Empire, avec pour mission d'y fabriquer quatre planètes de A à Z. C'est là que j'ai le mieux bossé.

Et la voilà qui nous raconte la fabrication d'une planète par le menu, et comme j'ai pratiqué la version virtuelle de son boulot, j'ai l'impression de voir ce dont elle parle comme sur une projection 3D. Je vois un cercle de météores tourner autour d'une étoile inconnue. Je vois ces météores s'agréger autour du cœur de métal ultradense largué par le vaisseau de Lessia. Je vois l'agglomérat de matériaux grossir à vue d'œil pour devenir une protoplanète. Et puis des volcans surgir de sa surface et des comètes de glace tomber dans leurs cratères et remonter en vapeurs qui susciteront une atmosphère ; des rayons venus du ciel soulever des montagnes et lisser des plaines, des essaims de drones tracer le cours de futurs fleuves…

– À vous entendre, c'est le plus beau métier du monde, commente le navigant avec un brin de scepticisme.

– Ce n'est pas facile tous les jours, convient Lessia, et je ne parle pas de la solitude, mais de l'énergie qu'il faut pour confronter sans cesse son inspiration aux limites du matériel et de la physique... C'est ça, l'art : l'exercice de la liberté à l'intérieur d'un cadre limité, et la frustration est incluse dans le package. Tout le monde n'est pas fait pour ça. Mais oui, pour moi et pour quelques autres, c'est le plus beau métier du monde.

Et là encore, sans raison valable, elle se tourne de mon côté et j'ai l'impression qu'elle ne regarde que moi. Cette fois, une lueur de complicité passe de ses yeux aux miens et les poils de mes avant-bras répondent en se mettant au garde-à-vous. Cela fait belle lurette que j'ai cessé de servir : depuis son arrivée, personne n'a passé une commande, tout le monde est suspendu à ses lèvres. J'ai enregistré à la volée une série de noms de planètes inconnues, en me disant, pour la première fois depuis longtemps, que quand je serai seule, je sortirai mon Stellarium pour refaire ses voyages.

– C'est l'aménagement du système topien qui m'a valu d'être nommée Pléiade. Topia I, II, III et IV, derrière l'écliptique Est. Je suppose que personne ici n'en a entendu parler...

Et là, je m'entends dire, d'une petite voix timide :

– Si, moi, je connais Topia.

J'ai droit à un sourcil haussé et un sourire encourageant.

– Ah oui ? Dis-nous ce que tu sais, alors ?

– Eh ben, à l'origine, sur les quatre planètes du système topien, deux possédaient une atmosphère. Topia I et II sont près de leur étoile et il y fait plutôt chaud, tandis que sur Topia III et IV, on ne peut pas se promener sans combinaison, mais ce n'est pas grave, car il s'agit de planètes minières. La plus belle des quatre, c'est Topia II.

– D'accord avec toi. Continue...

– Sur Topia II, il y a un fleuve qui descend de l'hémisphère Nord à l'hémisphère Sud de la planète, mais pas en ligne droite, en en faisant le tour. Ça permet d'irriguer une très belle végétation importée de Berty. Topia II a été peuplée de deux millions de volontaires...

– OK. Tu connais Topia. Il y a quoi, à côté ?

– La base de l'écliptique Est se trouve à huit années-lumière. Au sud, à la même distance, il y a le système de Tipasa, qui est une ancienne colonie sophienne. Je peux en parler aussi si vous voulez.

– C'est ta fille, c'est ça ? demande Lessia en commandant un autre concentré.

Mon père acquiesce d'un coup de menton, et je sais qu'il est fier de moi.

– C'est toi qui lui as appris tout ça ?

– Non, c'est son Stellarium. On lui a offert quand elle était petite.

– Ça ne m'étonne pas de toi. Peut-on savoir comment cette jeune fille se prénomme ?

– Astréa, mais ses copains l'appellent Stréa et je crois qu'elle préfère.

– Astréa ! répéta Lessia en souriant. C'est pas un prénom, ça, c'est une invitation au voyage !

Mon père hausse les épaules.

– Petite, tu auras beau tenir ce plateau dans les airs, il ne s'envolera jamais, alors pose-le et vient me montrer ton Stellarium.

Je rougis très fort d'un coup et lui tends la boule de verre qui renferme mes vieux rêves. Elle s'y connecte aussitôt pour voir quel usage j'en ai fait.

– Très intéressant. Il semblerait que cette petite Ravnienne ait peut-être un avenir digne de ce nom...

Mon cœur s'emballe.

– Qu'est-ce que vous voulez dire, madame ?

– Stréa, tu crois que ces burgers vont se servir tout seuls ? Alors apporte-les aux clients avant que ce ne soit froid. La 6 ! Allez, tout de suite !

J'obéis à mon père, même si là, j'ai envie de lui envoyer ses burgers à la figure. Quand je reviens, Lessia et lui se parlent maintenant en privé ; autour, les conversations ont ressuscité, et les clients silencieux se sont remis à regarder dans leur verre, comme s'ils voyaient des poissons nager au fond.

J'espère de tout mon cœur que Lessia va se remettre à me parler, mais rien ne vient.

Vers 2 heures du matin, mon père m'accorde une pause de cinq heures, histoire que je puisse dormir un peu. Je récupère mon Stellarium et passe donc à l'arrière-salle, mais au lieu de me coucher, j'allume mon Stellarium – histoire de vérifier que je n'ai pas dit de bêtises sur Topia.

Je vois alors qu'une nouvelle option est apparue dans le menu principal.

« Préparation au concours d'entrée
à l'École des beaux-arts du ministère des Colonies. »

Soudain, j'ai l'impression de sentir tous mes rêves engloutis, tous mes espoirs de petite fille, remonter à la surface pour se mettre à tourbillonner et à se condenser comme un produit dans une éprouvette. En un instant, je vois mon futur à l'image de ce que vient de raconter Lessia. Je vois les millions de citoyens impériaux misérables exilés sur des planètes lointaines – et je me vois, moi, leur offrir des mondes sur lesquels ils seront heureux de vivre, des mondes où les regrets ne pourront pas durer parce que la beauté sera partout. Et d'un coup, ma vie, mes rêves, mon Stellarium – tout prend sens.

Alors je retourne dans le bar, des larmes de joie plein les yeux, la bouche encombrée de remerciements et de promesses d'être à la hauteur. Mais Lessia n'est plus là.

– Elle est allée dormir dans son transtellaire. Tu n'auras pas l'occasion de la revoir : elle part demain matin.

Mon cœur est ballotté dans tous les sens.

– Elle a fait quelque chose avec mon Stellarium ! Elle m'a fait accéder à une prépa, papa ! Elle m'a inscrite à un concours de son ministère pour devenir comme elle !

– Eh bien, je suppose que c'est pour le mieux. Bon, j'ai du boulot, Stréa. Allez, retourne te coucher.

Avec un clin d'œil, il ajoute :

– Toi aussi, tu as du boulot qui t'attend.

16

Le logiciel de préparation est bien fait et passionnant, c'est un peu le contraire du lycée. En même temps, il me confronte à de sacrés défis. Ceux-ci prennent la forme d'exercices, à résoudre avec un jeu qui ressemble au simulateur de Genèses planétaires en plus difficile et en plus sophistiqué. Le premier montre un système solaire sans planète, juste des anneaux d'astéroïdes noirs qui tournoient autour à l'infini.

Énoncé : « Vous disposez de deux drones capables d'exercer une poussée de 4,7 x 10^{35} joules, pendant dix minutes. Vous devez amener en orbite basse 6 aérolithes représentant un total de 10^{12} tonnes. Débrouillez-vous. »

Comme je ne me débrouille pas du tout, un cours apparaît sur les désorbitages, assorti d'un manuel technique sur les drones de chantier, et il me faut avaler tout ça avant de me remettre à l'exercice. Ça recommence chaque fois que je rencontre une difficulté. Ainsi, j'apprends les bases de la physique propre aux disques d'accrétion, qui sont aux planètes ce que les fœtus sont aux gens. J'apprends les secrets de l'électricité statique qui dirige leur croissance et régit en partie leur rotation. J'apprends la masse critique au-delà de laquelle un nuage de débris finit par se condenser en petite planète. J'apprends à tricher en introduisant des cœurs de métaux alourdis dans le jeu. J'apprends qu'on peut accélérer le processus, mais qu'il faut pour cela l'énergie d'un vaisseau transtellaire entier. Ce n'est pas toujours marrant, mais je m'accroche – et désormais, mes balades dans le cosmos du Stellarium sont utilitaires, pour aller voir des planètes mentionnées dans les cours ou les exercices.

Je m'aperçois sans surprise que je ne suis pas douée pour les maths, mais que je compense par ma capacité à trouver des « solutions créatives » à des problèmes apparemment insolubles. Ce n'est pas moi qui le dis, c'est le logiciel. L'exercice du jour demande de changer en paradis tropical une planète toute neuve et toute sèche, alors que le générateur à lumière cohérente de mon vaisseau ne dispose plus d'assez d'énergie pour attirer sur sa surface l'une de ces boules de neige et de glace volante qu'on appelle « comète ». Pas grave : j'utilise ses derniers feux pour charger positivement un amas de débris qui tourne parmi les nuages de poussière d'eau chargés négativement, jusqu'à ce qu'enrobés et alourdis par la glace ces débris s'écrasent sur ma planète. Alors, le logiciel me félicite : bravo Astréa, tu as encore trouvé une *solution créative* ! Quand je profite du voisinage éphémère d'une étoile pour sortir un météore de sa ronde : *solution créative*. Quand j'utilise de l'eau pour refroidir la lave tout en me servant de la lave pour transformer l'eau en début d'atmosphère : *solution créative*.

J'ai l'impression d'entendre Fani dans mon dos, « Si on te laissait faire, tu redécorerais l'Univers. »

Non, pas l'Univers, ma Fanouchka : juste quelques planètes, ce serait déjà pas mal. Mais avant, j'ai un concours à décrocher. Quand j'y pense, et quand je revois le regard de Lessia posé sur moi, je me sens déjà tirée vers le haut. Et puis mon naturel reprend le dessus et je me dis que je ne vais pas y arriver, que Lessia s'est trompée à mon sujet. Seulement cette Lessia n'a pas l'air de se tromper souvent… En fait, elle avait l'air aussi sûre d'elle que la Noble Dame venue recruter Fani. Si Lessia, une des meilleurs genésiarques de l'Empire, croit en moi, je n'ai pas le droit de douter.

Pour l'instant, je n'ai dit à personne que j'avais été sélectionnée pour un concours ministériel, et mes parents savent se montrer discrets. Ça me permet de continuer à passer du temps avec ma petite bande d'amis sans que leur attitude change à mon sujet. Mais Tim, qui me connaît bien, comprend vite que j'ai quelque chose en tête.

– Arrête de rêver, Stréa, et passe-nous la bouteille. Ou jette-la dans les Sanglants, tu vois pas le gros en dessous ? Il réclame son biberon. Tu veux pas lui donner, sérieux ?

Nous nous trouvons sur la nouvelle plateforme de Tim, qui tangue parce que nous sommes douze dessus. En dessous, c'est un grouillement de Sanglants attirés par l'odeur et tout à l'heure, Tim s'est amusé à sauter parmi eux, son implant répulsif bien sûr enclenché, juste pour les voir s'enfuir sur leurs tronçons rouges. Tout le monde a ri, sauf moi.

À présent, vautrés sur la plateforme, mes copains cuvent en regardant un feuilleton 3D qu'une visionneuse projette autour de nous dans la nuit, tout en se passant des bouteilles.

Il s'agit du dernier épisode de la série *Carn et Lia*, qui raconte les aventures de deux splendides étudiantes d'origine fornienne aux yeux pleins de paillettes, à la peau brun doré et aux corps sculptés par la pratique du surf sur des vagues d'un quart d'heure, mais qui sont aussi très douées en physique des quanta, c'est pourquoi elles font leurs études sur Sophia, dans une fac du ministère des Sciences, parmi les intellos stressés qui les regardent comme des erreurs de casting. Cela parle d'études, d'amours, de potins et des différences culturelles comiques entre les Forniens à la coolitude proverbiale et les gens de Sophia obsédés par la connaissance. Toutes choses que mes camarades ne verront jamais qu'en feuilleton, mais ça n'éveille en eux aucun sentiment d'injustice. Ils ont intégré leur statut de Ravnien depuis bien longtemps. Moi, j'ai trop de choses à penser pour pouvoir me concentrer sur les problèmes de Lia.

Grâce au logiciel de prépa, je sais maintenant que la naissance d'une planète est un phénomène aussi complexe et émouvant que la naissance d'un être humain. J'ai l'impression de détenir des secrets que seuls les initiés peuvent comprendre. Et qu'à force d'empiler ces secrets ils forment une petite muraille entre mes amis et moi.

Tout à l'heure, nous nous rendrons dans une salle de jeux. Comme les autres, je suis impatiente d'y être. Impatiente de me retrouver au milieu d'un déluge d'images 3D montrant des aliens à flinguer, des vaisseaux patriens à détruire, des mondes à explorer, et d'oublier, dans les rires de mes camarades, la pression sur mes épaules.

Et pourtant, pour rien au monde je n'échangerais mon sort contre le leur.

17

Le logiciel me donne 15 % de chances de réussite. Parfois, je m'éveille en me disant que je ne vais jamais y arriver, ça m'asphyxie. Des pensées nauséeuses me tournent dans la tête, je me dis que j'ai déjà du mal avec les exercices de base, et que même si j'apprends, le jour J, je vais paniquer et tout oublier. Alors je m'allonge devant un feuilleton pour ne plus y penser mais ça ne marche pas, car tous les feuilletons ne parlent que de réussite amoureuse, scolaire, militaire, et comme il s'agit de feuilletons positifs, les héros finissent toujours par y arriver.

Mais les bons jours, je me réveille avec l'impression d'être en mission, et que celle-ci est trop importante pour que je me permette de douter. Alors je me mets au boulot, des séances de huit heures dont je ressors avec des tremblements dans les doigts.

L'école appelle mes parents, « Votre fille est malade ? M. Thoé nous a encore signalé son absence ». Mes copains m'appellent sur mes implants, « Hé, Stréa, qu'est-ce que tu fous ? C'est l'anniversaire de Galy ce soir ». Mais personne ne devine, et tant mieux. Je ne veux pas devenir une cause collective comme Fani – parce que je sais que ce serait une pression supplémentaire sur mes épaules. Si j'échoue, je veux être la seule que mon échec décevra.

Mais après quatre mois à bosser comme une folle, à utiliser les cours de M. Thoé pour me réciter les miens en silence et à traîner avec ma petite bande, quelque chose se débloque. Là encore, ce n'est pas moi qui le dis mais le logiciel : soudain, mes chances de réussite au concours bondissent à 25 %. Et d'après le logiciel, si je continue à ce rythme, le jour J, j'aurai dépassé les 45 %. Il n'a jamais fallu me forcer pour que je me serve du Stellarium : je me mets à passer deux fois plus de temps dessus. Même s'il s'est transformé en instrument de travail, il est resté mon allié, mon totem, mon porte-bonheur.

Certes, il m'arrive d'éprouver l'envie de le balancer par la fenêtre, quand je bute trop longtemps sur un devoir. Mais la plupart du temps, la rage d'échouer se transforme en rage de réviser, et j'avale toutes les connaissances qui me manquent jusqu'à terrasser l'exercice et m'effondrer de fatigue.

Le logiciel est intelligemment conçu : quand il sent ma motivation baisser, il met l'exercice en pause et me montre ce qui m'attend si je travaille bien : Plaamico, le monde académique du ministère des Colonies, du côté de Sophia. Une planète-campus, où, apparemment, il fait toujours beau, pour le bonheur de dizaines de milliers d'étudiants. Et parmi eux, quelques centaines de futurs créateurs de planètes, « comme toi, Astréa Stern ! », qui reçoivent leurs cours à l'École des beaux-arts. Des artistes en herbe venus de tout l'Empire ; « il ne tient qu'à toi de les rejoindre, encore quelques efforts… »

Souvent, je m'endors la main sur le Stellarium, les implants encore connectés. Les rêves que je fais alors remplissent ma tête d'étoiles et de connaissances utiles. Alors, au réveil, je me remets au boulot. Je pense à Lessia. À son histoire. Elle avait vingt ans et mon père trente quand ils se sont rencontrés, pourtant, aujourd'hui, elle paraît plusieurs décennies plus jeune que lui. Ça doit être à cause du décalage temporel des voyages et des années passées en hibernation. Je me demande s'il a pu y avoir quelque chose entre eux… mais quand je repasse le film de leurs retrouvailles au bar, ça me paraît peu probable.

C'est curieux, mais maintenant que je sais que je vais peut-être la quitter pour toujours, j'apprécie encore mieux Ravnia. Je n'ai jamais trouvé ma ville ni ma planète aussi belle. Et puisque mon père me laisse enfin prendre sa plateforme pendant qu'il bosse, je vais souvent me promener au-dessus de ses forêts, à la recherche des ruines les plus anciennes. Là, je pense à nos ancêtres, exilés sur ce monde qui n'était pas le leur et léguant à leurs descendants une part de leur malaise. Je pense aux planètes que je fabriquerai peut-être un jour pour que les gens ne s'y sentent pas comme ça. Mes planètes ne seront ni spectaculaires et somptueuses comme Pangéia ou Berty, ni monotones et monoclimats comme dans les Thées… mais tout le monde s'y sentira chez soi.

18

Six mois après la visite de Lessia, une convocation apparaît dans mon Stellarium. Je passerai le concours la veille de la saison des brumes. À la maison. Cinq jours d'épreuves, comme pour Fani, toutes sur Stellarium. Mes parents écrivent à l'école de Ravnia en indiquant la vraie raison de mon absence – bien obligé : les listes des élèves admis à passer les concours impériaux sont publiques, tôt ou tard, tout le monde l'aurait su. Résultat : la veille de la première épreuve, toute la bande débarque chez moi pour m'encourager à grands cris.

C'est ma mère qui leur ouvre.

– Bonjour Madame, sourit Elba à la porte, on est venus saluer la candidate mystère.

Comme ils tiennent des bouteilles de jus non alcoolisés, elle les laisse entrer – sans suspecter que certaines de ces bouteilles contiennent bien de l'alcool. Ensuite, pendant un quart d'heure, j'ai droit à un décryptage de ma vie secrète : « Alors c'est pour ça que t'étais si souvent éclatée de fatigue ? En fait, tu révisais toute la nuit ! », « Alors c'est pour ça que tu t'es remise à passer tellement de temps sur ton Stellarium ?! Je me disais bien, aussi... », « Dire qu'on était là quand tes parents te l'ont offert !! On pourra se vanter d'avoir assisté en direct à la naissance de ta vocation ».

Et puis ils délirent sur mon avenir : « Il paraît que c'est sur Plaamico qu'on trouve les plus grosses fêtes étudiantes », « Là-bas tu vas croiser des Bertiens et des Forniens, la chance ! Si ça se trouve tu vas choper un millionnaire », « Tu vas voir l'espace, et il paraît qu'après un an dans un vaisseau on n'est plus jamais pareil, ils le disent dans tous les feuilletons ».

D'un côté, je suis furieuse : ils m'empêchent de rester concentrée. D'un autre côté, je suis émue : leurs encouragements sont sincères, aucun ne manifeste de jalousie ou ne me reproche de leur avoir caché ça. Quand cet idiot de Tim se déclare fier d'être sorti avec une « future grosse tête impériale », je me sens fondre de tendresse pour eux.

***

Le lendemain, alors que je tente d'avaler mon petit déjeuner en attendant les sujets des premières épreuves, qui doivent arriver à 9 heures pile, je constate que ma photo commence à tourner sur le réseau local, avec des articles sur mes prétendues prouesses, et même un entretien avec M. Thoé, qui déclare, ce chacal : « J'ai tout de suite repéré qu'elle avait du potentiel. »

Je sens une montée de sueur recouvrir ma peau. Ce que je voulais éviter est arrivé. Je suis devenue une cause ravnienne, comme Fani. Si je rate le concours, ce sera horrible.

Quand je monte dans ma chambre pour la première épreuve, j'ai l'impression d'avoir du plomb dans les jambes. Je pose mon Stellarium sur mon bureau. Première fois de ma vie que je le regarde comme un ennemi. Je me connecte dix minutes avant le début de l'épreuve. Et je commence à flipper. Le temps s'étire, mes nerfs se changent en cordes auxquelles le moindre bruit arrache une vibration douloureuse, mon regard saute de l'écran noir projeté par le Stellarium à mes jointures blanchies à force de serrer les poings…

À l'heure dite, deux énoncés apparaissent : ils ressemblent à ceux des exercices de la prépa, en plus vicieux. « Voici deux planètes gazeuses : faites-en trois planètes rocheuses. » « Voici un soleil mort depuis dix millions d'années : envisagez trois options pour le rallumer et déterminez la plus économique. » J'ai un coup de panique quand je m'aperçois que ces exercices sont chronométrés et que pour les réussir, il faudrait maîtriser sur le bout des doigts des raisonnements mathématiques que je commence à peine à comprendre. Alors j'utilise mes fameuses « solutions créatives ». À mesure que j'entre dans l'exercice, le monde disparaît autour de moi, ma panique, les battements de mon cœur ne sont plus qu'un bruit de fond, et plus rien n'existe sinon ces foutus énoncés, les images 3D qui les matérialisent, et mon cerveau en surchauffe qui improvise des solutions. Et au bout d'un moment, je décolle, laisse parler mon inspiration – et là, j'ai vraiment l'impression que je vais y arriver. Mais l'exercice coupe sans me montrer le résultat de mes dernières manœuvres.

J'ai réussi, j'en suis sûre ! Ce n'est qu'au soir, dans le secret de mon lit, que mes doutes reviennent me torturer. Je vois que j'aurais pu m'y prendre autrement. Que certaines procédures plus simples m'auraient fait gagner un temps précieux. Que j'aurais pu employer ce temps à perfectionner mes réponses.

Le deuxième jour, tout recommence : les messages d'encouragement de mes amis, les actualités ravniennes oppressantes (« Astréa Stern, notre étudiante d'élite, a passé hier les premières épreuves du concours impérial, dont la réussite devrait l'amener à occuper de hautes fonctions. Soutenons-la tous dans son effort », et il y en a des tartines après). De nouveau, j'ai un grand coup de panique. Et de nouveau, je maudis mon Stellarium avant de le poser sur mon bureau…

Cela dure cinq jours comme ça. Cinq jours que je n'oublierai jamais, à utiliser mon astuce pour combler mes lacunes. Lors de la dernière épreuve, une simulation très réaliste qui me projette dans la salle de pilotage d'un transtellaire de chantier semblable à celui de Lessia, où je dois me débrouiller pour transformer en planète un anneau d'astéroïdes trop ténu pour s'agglomérer, j'envoie carrément le transtellaire dans l'anneau pour servir de cœur planétaire. Là encore, le logiciel ne me montre pas le résultat.

Je sors des épreuves essorée, mais sans trop de regrets. Bien sûr, j'ai commis des erreurs que j'aurais pu éviter, mais je me suis surpassée plusieurs fois, et j'ai accompli des manœuvres que je n'aurais jamais osées durant les exercices de préparation

– c'était ça ou quitter l'épreuve pour me rouler en boule dans mon lit. J'ai tout donné, comme disent les sportifs, et c'est ce que je raconte au journaliste des actualités ravniennes venu m'interviewer. C'est ma mère qui m'a convaincue d'accepter, en me disant que je devais ça aux gens qui me soutenaient. Je dis au journaliste que je ne pense pas réussir le concours cette année, mais que je ferai mieux l'année prochaine, si on accepte de me laisser le repasser.

Les résultats seront dévoilés deux semaines plus tard, et je fais tout pour ne pas angoisser. Mais j'ai beau m'amuser, goûter aux alcools servis par mes copains et sortir avec un autre garçon de la bande (plus attiré par le côté vedette du réseau que par ma personne, mais il est si mignon…), je n'arrive pas tout à fait à quitter le monde de mes révisions. D'autant qu'il me suffit de poser la main sur mon Stellarium pour y retourner. Et même sans Stellarium : comment résister à l'excitation quand je me retrouve dans mon lit et qu'au lieu de me laisser embarquer pour huit heures de sommeil mon cerveau me bombarde d'images dingues :

Moi foulant les pelouses ensoleillées de Plaamico, la planète-campus.

Moi assise aux commandes d'un transtellaire de construction planétaire, jouant au mécano avec un système solaire entier.

Moi dans une fête avec mes camarades des Beaux-Arts venus de tout l'Empire, dansant avec un beau Bertien.

Je sais bien que plus je me complais dans ces images, plus je risque de souffrir. Mais je suis incapable de m'arrêter. Les rêves sont toujours sortis de moi sans que je puisse les contrôler.

Puis les résultats tombent.

Je suis reçue !

Et alors que je lis et relis le morceau de liste où apparaît mon nom, je sens la joie envahir mon crâne et les ombres déguerpir aussi sec. Balayées, les excuses que je m'étais inventées en cas d'échec ! Dispersées, les phrases de consolation que je m'étais préparées pour amortir le choc, fracassées en petits fragments de mots et évacuées avec la terreur de laisser passer ma chance…

Je me mets à crier de bonheur, « Maman, maman, viens voir », à hurler de rire, à sangloter dans ses bras, « C'était si dur, j'ai eu si peur, si tu savais », et elle passe ses mains dans mes mèches orange en répétant « Je sais, Stréa, on était là, j'ai appelé ton père, tu ne peux pas imaginer comme il est heureux pour toi »...

Mon classement n'est pas glorieux (mon nom apparaît au milieu du dernier tiers de la liste) mais je m'en fous, et Ravno aussi.

« Une Ravnienne reçue aux Beaux-Arts des Colonies ! », c'est écrit partout sur le réseau, avec ma bobine en dessous.

Le matin même, mes amis se précipitent chez moi avec de l'alcool non dissimulé, cette fois, mais comme c'est un jour spécial entre tous, ma mère les laisse entrer. Mon père est là, aussi. Pour la première fois de son histoire, le VitaNova connaîtra un jour de fermeture.

Ce que je vois, surtout, c'est le supplément de lumière dans les yeux de mes parents. Jusqu'ici, ils me regardaient comme si j'étais la septième merveille du monde mais également comme s'ils étaient les seuls à le savoir. Maintenant, tout le monde est au courant. La fierté dans leur regard... Et puis, mon départ n'est pas pour tout de suite !

Pendant la journée, une petite foule d'inconnus s'installe sur la pelouse devant la maison ; depuis le salon, j'entends leurs bravos. Ma mère sort pour leur servir à boire, en rapporte mille félicitations, insiste jusqu'à ce que je sorte à mon tour. Jamais je n'aurais cru que ma présence pourrait ravir à ce point les gens. À voir leur visage, on dirait que c'est eux qui ont réussi le concours ! Et puis je comprends que c'est un peu ça, que le fait qu'une Ravnienne parvienne à s'élever venge en partie les humiliations que nous vaut notre statut depuis des millénaires. « Pour ces gens, tu es une revanche », m'explique mon père. Je ne suis pas revancharde, moi – au contraire, là, j'ai envie d'embrasser le premier représentant de l'Empire qui passera à ma portée. Mais je comprends, je crois.

Le soir même, un feu d'artifice est tiré depuis le port orbital en mon honneur. Nous y assistons depuis la place centrale de Ravno, dans un carré pour notables, avec le président de notre planète, le directeur de l'École standard impériale, et, puisque j'ai insisté, toute ma bande de copains. À leur tour, mes parents sont interviewés, « Alors, quel est votre secret pour élever des prodiges ? ». Puis le reporter passe à Tim : « Oui, c'est vrai, Stréa et moi sommes proches depuis notre enfance, l'an dernier nous étions même très proches, si vous voyez ce que je veux dire. J'ai tout de suite su qu'elle n'était pas comme mes autres copines. Et j'en ai eu pas mal ! »

À la fin de la soirée, le président prononce un discours qu'il achève en me gratifiant d'une bourse d'études du gouvernement de Ravno d'un montant de 5 000 lings pour mes fournitures scolaires.

5 000 lings, ce n'est rien, sur d'autres planètes. Mais ici, c'est énorme. Cela me touche beaucoup : avec cet argent, c'est un peu comme si l'ensemble de la population de Ravno participait à mon aventure.

19

Les jours suivants, l'excitation collective retombe, mais pas la mienne. Je ne dors plus beaucoup ; la nuit, je rêve les yeux grands ouverts, ou alors je prends mon Stellarium et je lui demande de me montrer Plaamico. Comme toutes les planètes académiques des grands ministères, elle est couverte par le secret et le Stellarium refuse chaque fois, mais rien que de prononcer son nom, et rien que de me promener dans la région autour, celle des mondes sophiens, ça suffit à me faire décoller.

Depuis que les résultats du concours sont tombés, les trois quarts de mes pensées me tirent vers mon avenir. Le dernier quart, plus sombre, me demande de m'accrocher au présent.

Jusque-là, je ne voulais pas y penser mais je ne peux plus éviter le sujet : d'ici la fin de l'année, je vais devoir partir. Et alors adieu Ravno, adieu mes amis, adieu mes parents bien-aimés.

Adieu pour toujours, sans même un espoir de retrouvailles lointaines.

L'Académie du ministère des Colonies se trouve à plusieurs centaines d'années-lumière de voyage. Après mon départ, mes parents, mes amis et moi ne vivrons pas seulement dans des mondes séparés mais dans des temps séparés. Nous nous enverrons des messages – grâce auxquels je pourrai constater qu'ils vieillissent beaucoup plus vite que je ne grandis – mais plus jamais je ne sentirai la chaleur des bras de ma mère.

J'adore mes parents. Je ne me suis jamais imaginé vivre sans eux. Et puis, je vois les parents de Fani : depuis le départ de leur fille unique, ce sont devenus des morts-vivants. Je suis allée une fois déjeuner chez eux avec mes parents. Je n'ai pas pu m'empêcher de pousser la porte de la chambre de Fani : depuis son départ, ses parents n'y ont pas touché, et revoir cette pièce avec tous ses objets à la même place et son lit défait depuis des années m'a donné un gros cafard.

Avec mes parents, on ne se comprend pas toujours, mais au moins, on se parle. Je raconte donc à mon père ce que j'ai sur le cœur. Ça ne l'étonne pas : il avait pensé la même chose, à peu près au même âge, avant de devenir navigant. Et ses parents l'avaient encouragé à partir.

– Ils me disaient qu'ils seraient très heureux si je restais, mais aussi malheureux, car aucun parent ne veut voir son enfant rater sa chance. Bien sûr, ils m'ont manqué… mais il y avait les messages !

Il me sourit, et même si je sais qu'il cherche à me réconforter, ça marche.

– Et franchement, Stréa, entre les messages, j'ai vécu plein d'aventures et on m'a donné tant de travail que ça ne m'a pas laissé le temps d'être triste.

– Je n'ai pas peur d'être triste, enfin, pas trop. J'ai peur pour vous… Qu'est-ce que vous allez devenir sans moi ?

– Ce n'est pas ton job d'avoir peur pour nous. Occupe-toi de ton avenir. On est grands, ta mère et moi.

Je pose ma tête contre son épaule, il m'entoure de son bras. Un silence passe.

– Tu sais, Stréa, ce qui est pire que d'avoir des remords pour quelque chose qu'on a fait ? Avoir des regrets pour quelque chose qu'on n'a *pas* fait. Les pires tristesses naissent des occasions manquées.

***

Il y a eu un malentendu, qui tient aux changements dans la politique de recrutement de l'École des beaux-arts du ministère des Colonies et à la guerre en cours. Il se trouve que les Patriens ont détruit ou abîmé beaucoup de planètes. Il se trouve que l'Empire manque de spécialistes du genre de Lessia pour réparer les dégâts. Cela entraîne une légère accélération des procédures de recrutement. Un matin, j'allume mon Stellarium et au lieu de voir le cosmos, je lis une convocation. Comme une grande affiche virtuelle flottant dans ma chambre.

Félicitations !
Vous êtes admise à l'École des beaux-arts.

(Suit un manuel de révision virtuel, pour me préparer à ma première année d'études).

Vous embarquerez sur le transtellaire de transport Mélancholia.

(Suit un billet de deuxième classe pour une place sur un transtellaire, avec en dessous un prix que jamais mes parents n'auraient pu payer.)
Suit aussi un mot, écrit à la main.

« J'en étais sûre !
Tu es bien la fille de ton père. Bienvenue parmi nous, Stréa.

Lessia Dalva. »

Puis, au cas où je n'aurais pas vu la date notée sur le billet.

Vous partirez au 178e jour de l'année universelle.

Soit vers le milieu de la saison des brumes.
Soit dans une semaine.
Quand je comprends, soudain, mon cœur manque un battement avant de reprendre sur un tempo plus sourd.
Puis je découvre la liste des fournitures scolaires.

– Vêtements d'été : trois vestes, quatre pantalons, robe optionnelle.
– Combinaison de gala bleu nuit unisexe manches longues jambes longues. Décorations discrètes autorisées.

– *Stellarium complet.*
– *Implant standard pour la conduite de véhicules impériaux, à poser sur place.*
– *Implant standard d'identification étudiant, à poser sur place.*
– *Implant standard de stimulation cérébrale, à poser sur place.*

Et rien qu'à lire cette liste de choses qui me rendront plus belle et plus intelligente, je recommence à rêver.

20

– S'il ne te reste qu'une semaine ici, Stréa, il faut que tu en profites ! me disent mes parents. Laisse-nous nous occuper des fournitures.

Profiter de Ravno une dernière fois… Je le fais à ma façon : sept jours durant, je prends toutes les photos, tous les enregistrements de mes proches que je peux – facile, il suffit de programmer mes implants. Je passe tout mon temps à la maison ou au bar ou avec ma bande. Il m'arrive parfois de verser une petite larme de nostalgie anticipée devant eux, alors ils me chambrent ou me font boire.

– On t'oubliera pas, Stréa !

– De toute façon, on s'enverra des messages !

– Et puis nous, on suivra tes exploits sur le réseau.

– Tous les ans, on se retrouvera pour penser à toi et fêter le jour qui nous aura débarrassés de la plus grosse relou de Ravno !

Moi, j'enregistre. Leurs bouilles plus ou moins brunes, plus ou moins ivres, serrées dans le même cadre.

***

Un matin, j'ai droit à une visite d'Elba, une initiative surprenante, car si on se connaît depuis toujours, on se voit rarement seules. Elba a suivi la pente où elle s'était engagée à l'époque lointaine où elle exaspérait Mme Thanaël : aujourd'hui, c'est une future chasseuse de Sanglants pro, comme sa mère, avec sur le crâne la même forêt de tresses rebelles. C'est aussi une fille qui fait un peu peur aux ados de notre quartier, parce qu'elle picole pas mal, parle fort et sans chercher ses mots quand elle s'énerve ; tous ceux qui l'ont croisée à l'École impériale se souviennent des branlées mémorables qu'elle a infligées à deux élèves, dont un champion de boxe. Elle aussi a un père venu d'ailleurs, le sien a servi comme fantassin dans l'armée ; je trouve que ça se voit dans la façon dont il traite sa femme et ses enfants. Pas le genre à demander deux fois, le père d'Elba. Et elle non plus.

Elle m'embarque sur sa plateforme et m'emmène en forêt. Elle a prévu un fusil pour moi. Pas question de descendre : juste de discuter là-haut, en tirant au passage. Je n'ose pas lui dire que ça m'horrifie. Alors je l'imite, je tire vers la forêt sans regarder.

– Tim raconte des conneries. Comme chasseuse, tu vaux zéro. T'inquiète, on peut pas avoir tous les talents.

– Non, on ne peut pas, je réponds en la regardant immobiliser un Sanglant à cinq pattes d'une série de cinq tirs aux articulations.

– On peut pas mais là-bas faudra pas que tu te laisses faire, si tu vois ce que je veux dire.

– Oh, je me sens prête à tout supporter…

Elle en lâche son fusil, l'air furieuse, au point que je recule d'un pas parce que l'idée me traverse un instant qu'elle va me jeter dans le vide.

– Ne te sens pas prête à *tout* supporter ! Au contraire, ne supporte *rien*. Pour eux, tu sortiras d'une poubelle, n'oublie pas, alors faudra te faire respecter ! Sinon, je ne te donne pas un an là-bas.

Je lève les mains en signe de reddition.

– OK OK, Elba, pas de problème, chaque fois qu'on me marchera sur les pieds, je répondrai à coups de latte.

Je trouve ses inquiétudes risibles, mais aussi touchantes : elle essaie de me passer quelque chose d'elle-même à emporter là-bas, pour m'aider. Je suppose qu'elle a longtemps réfléchi à sa petite intimidation pédagogique.

Mais sur Plaamico, c'est par mon art que je veux me faire respecter.

***

Après deux nuits d'insomnie totale, le grand jour arrive. Comme Fani, j'ai refusé les honneurs avec lesquelles le gouvernement de Ravno entendait fêter mon départ : mes parents, mes amis, ça suffira bien. Mais quand je prends l'ascenseur avec eux pour la dernière fois, je vois qu'on me regarde et qu'on me sourit pour m'encourager. Et en haut – surprise – les employés du port ont formé une haie pour m'applaudir. Ça me réchauffe le cœur.

Puis le hall 17, où j'ai passé tant de temps, avec vue sur la jetée 118, d'où le transtellaire Mélancholia va partir. Mon dernier regard au comptoir du VitaNova, la dernière fois que je serre mes parents dans mes bras. Ce qu'ils me glissent à l'oreille.

« Tu nous as rendus heureux, Stréa, heureux et fiers et ce n'est pas du tout fini. »

« Tu vas avoir une belle vie ma fille. Si tu veux nous faire plaisir, rends-toi heureuse. »

Puis le pire moment de ma vie – quand je me détache de leurs bras pour la dernière fois. Comme si je les abandonnais dans le monde des morts.

Jamais je ne suis passée de l'autre côté du hall, dans les couloirs derrière les portes d'embarquement, qui plongent à l'intérieur des grandes jetées. Et maintenant m'y voilà. Je salue une dernière fois mes parents à travers la baie vitrée. Un employé ravnien me désigne une plateforme rapide, et je monte dessus avant de laisser libre cours à mes larmes. La plateforme démarre tout de suite, et avec la vitesse, elles sèchent aussitôt.

On dirait que le couloir n'a pas de fin. Une illusion due à la longueur de la jetée. Sur le côté, des portes d'embarquement permettent d'accéder aux transtellaires : je finis par arriver à celle du Mélancholia. Impossible de dire où se termine l'embarquement et où commence le vaisseau.

Une pagaille d'instructions s'affiche sur mes implants. Un robot se pointe pour guider ma plateforme vers une salle pleine de sarcophages. Des caissons d'hibernation : grâce aux feuilletons, je les reconnais tout de suite. Tous occupés, sauf un.

Le robot me propose de monter dedans tout de suite ou d'attendre un peu pour assister au départ. Je me dis que cette dernière option risque d'étirer encore les adieux, et je me couche dans le caisson, dont le couvercle se referme sur moi dans un chuintement.

Je n'ai jamais vécu d'hibernation, mais comme tout le monde, je sais comment ça se passe : je ne suis donc pas surprise de sentir le caisson se remplir d'un liquide visqueux à travers lequel j'étouffe… avant de parvenir à respirer. Pas surprise quand mes yeux se ferment sur une dernière image de Ravno : mes parents, derrière la baie vitrée, leurs regards et leurs bras tendus vers moi, qui sourient pour que je ne voie pas les larmes au coin de leurs yeux.

À partir de là, c'est une autre vie.

PARTIE II

1

Les haut-parleurs annoncent Eloria Fan, sous-directrice de l'Académie. Dans l'amphithéâtre, les bavardages s'interrompent et tout le monde se redresse d'un coup.

– *Chers nouveaux étudiants ! Vous avez décidé de consacrer vos vies à l'expansion de l'Empire et vous vous êtes donné les moyens de vos ambitions : si vous n'aviez pas réussi l'un de nos concours ultra-sélectifs, vous ne seriez pas là, dans cet amphithéâtre. Je vous félicite donc et vous souhaite la bienvenue sur Plaamico, la planète académique du ministère des Colonies. Votre nouvelle maison.*

J'essaie d'écouter la dame élégante, tout en chignon strict et veste noire qui nous envoie ces gentillesses depuis l'estrade, mais j'ai du mal : autour de nous, tout me paraît si nouveau et si beau – le ciel bleu pur, les pelouses au vert virginal, les immeubles aux façades lisses et sans défauts, la lumière d'été… J'essaie de ne pas trop m'agiter sur mon banc, histoire de ne pas passer dès le premier jour pour la pauvre fille jamais sortie de sa planète… Pas facile.

Nous nous trouvons dans un bâtiment sans équivalent sur Ravno. Des travées en demi-cercles creusées au milieu d'une pelouse et habillées de revêtements ductiles pour le confort de nos arrière-trains. Autour, des arches élancées supportent un énorme dôme de verre qui remplace les murs et le toit, filtre la lumière du jour et laisse voir tout ce qui se passe dehors.

Cet endroit s'appelle le « Grand Amphithéâtre de l'Académie ». Il n'usurpe pas son nom : on est au moins dix mille, là-dedans à écouter cette dame nous souhaiter la bienvenue ; dix mille nouveaux de douze à seize ans venus de partout dans l'Empire, de là nos yeux plus ou moins fendus, nos cheveux plus ou moins frisés et nos peaux qui vont du noir au brun en couvrant toute la gamme entre les deux. Comme nous portons tous la combinaison de gala bleu nuit unisexe mentionnée dans la liste des fournitures, nous ressemblons à une petite armée qui n'a pas encore connu son baptême du feu.

– Chers nouveaux élèves, j'ai une nouvelle à vous annoncer. Mais d'abord, demandez à vos implants de vous donner l'heure. C'est fait ? Il est 26 h 43. Eh bien, par le pouvoir de l'autorité qui m'est conférée, j'active les implants d'identification étudiants que vous vous êtes fait poser avant votre départ. Voilà : à partir de maintenant, vous n'êtes plus des mineurs, quel que soit votre âge. Vous êtes des étudiants, inscrits dans l'une des plus prestigieuses académies impériales… Cela veut dire que l'on vous tiendra pour responsable de vos actes, mais aussi que vous avez des droits. Celui d'accéder gratuitement à tous les services offerts sur Plaamico. Celui de vous promener où vous voudrez durant vos heures libres. Celui de faire ce que vous voudrez, avec qui vous voudrez. Au fond, le règlement est simple, et il vaut pour toutes les écoles et les universités de Plaamico : discipline absolue pendant les cours, liberté totale en dehors, dans la limite des lois impériales et des zones de circulation autorisées. En bref, du moment que vous ne tuez, blessez ou volez personne, et que vous ne cherchez pas à vous introduire dans les bâtiments des profs ou dans l'un ou l'autre de nos labos de recherche, vous vivrez une scolarité tranquille. C'est compris ?

– Compris, Madame ! lancent quelques courageux.

Je lève les yeux vers le sommet du dôme, derrière lequel trois soleils se poursuivent. « Trois naines rouges tournent autour de Plaamico sur une orbite rapprochée », c'est écrit au début du *Guide de l'étudiant de Plaamico* que j'ai reçu au réveil sur mes implants : « Quand le premier soleil se couche, le deuxième atteint son zénith et le troisième se lève. » De là où je me tiens, on dirait des flaques de lumière glissant tour à tour le long des courbes du toit vitré.

D'après le *Guide de l'étudiant*, grâce à ce brelan de soleils, il fait toujours beau sur Plaamico. Toujours beau et toujours jour : ici, la nuit n'existe pas, et le temps se découpe en cycles de cinquante heures ; d'ailleurs, mes implants ont déjà adopté cet étrange calendrier. En tout cas, je ne me lasse pas de regarder ce ciel sans grillage, avec juste la petite croix figurant son port orbital, un tatouage léger… Et j'aime aussi ce que je vois derrière les vitres de l'amphi : les bâtiments comme des monolithes de verre, les foules d'étudiants plus âgés qui s'écoulent dans les allées, ceux qui contournent l'amphi à bord de bulles antigravité, le moyen de déplacement à la mode…

J'aperçois un groupe de jeunes gens de toutes origines qui discutent en cercle, à dix mètres de l'autre côté du mur transparent et je me dis que, bientôt, je me trouverai assise au milieu d'un cercle semblable. J'ai hâte de rencontrer mes camarades… mais aussi peur de leur faire mauvaise impression ; j'ai envie que les cours commencent tout de suite… et en même temps le plus tard possible, et pendant que j'admirais mon nouvel environnement, ma main s'est glissée toute seule dans ma poche droite pour serrer mon Stellarium éteint, comme les enfants serrent leur doudou le jour de la rentrée en maternelle…

Allez, Astréa, concentre-toi sur le présent. Et écoute la dame.

– … *peu importe que vous veniez de Berty, d'Equiladora, de chez les paysans des Thées ou de la cuisse d'un dragon cosmique, vous êtes tous des étudiants, et à ce titre, pendant les deux à quatre ans que vous passerez sur Plaamico, vous serez tous traités de la même façon. Nous ne ferons aucune différence entre les futurs administrateurs, les futurs ingénieurs coloniaux, les futurs chercheurs en cosmopolitique, les futurs spécialistes en relations interministérielles, les futurs ethnologues, les futurs biologistes, les futurs réformateurs de planètes sauvages…*

Pendant qu'elle déroule la liste des métiers enseignés sur Plaamico, j'examine mes voisins. Mes excursions sur Stellarium et mes nuits au VitaNova m'ont dotée d'un bon radar social. À tous les coups, la gamine trapue qui se ronge les ongles à ma gauche vient du cœur industriel de l'Empire : son teint jaunâtre brouillé, ses cheveux raidis et décolorés par les microparticules, sont autant d'indices. Plus loin, j'aperçois tout un banc de ces coiffures marrantes qu'on voit dans beaucoup de feuilletons sur le réseau : des brosses colorées, parfois réduites à une ou deux bandes, des spirales qui font le tour du crâne pour aboutir à une natte plantée au sommet… Ça sent les planètes résidentielles assez riches pour que leurs habitants puissent se contenter d'exister en profitant des bienfaits de l'Empire. Mais il faut croire que le fric et le confort ne suffisent pas toujours à remplir une vie, sinon pourquoi on en verrait autant comme eux dans l'amphi ?

– … *bien sûr, lorsque vous travaillerez pour le ministère des Colonies, il y aura une hiérarchie, et il se peut que certains d'entre vous se retrouvent à commander des amis côtoyés durant leurs années d'études. Mais en attendant, tant que dureront vos formations, nous voulons que vous connaissiez une parenthèse de camaraderie et de fraternité. C'est pourquoi ceux qui possèdent des implants, disons, sophistiqués, devront passer dans une des cabines d'implantation du château pour que certaines des facultés qui pourraient mettre en danger leurs camarades soient mises en sommeil le temps de leur séjour ici.*

En parlant de porteurs d'implants sophistiqués, je m'arrête sur quelques Bertiens dispersés dans la foule : impossible de les manquer, ils dépassent tout le monde d'une ou deux têtes et on dirait qu'ils sortent de l'atelier du même sculpteur. Ils ne sont pas seulement plus grands, leur beauté aussi les rend remarquables, une beauté appétissante mais pas naturelle. Des filles avec trop de seins et des pommettes trop hautes, des mecs avec trop de muscles et de trop grosses mâchoires. Berty est une des plus glorieuses planètes de l'Empire, mais la dame sur l'estrade l'a dit, ici, nous sommes tous égaux, et même si cette idée me rappelle Mme Thanaël et ses histoires de fraternité symbolique, quand je vois les cercles d'étudiants assis dehors, ça n'a pas l'air d'être du pipeau.

– … beaucoup d'entre vous ont dû effectuer un long voyage en vaisseau transtellaire avant d'arriver ici. Je sais que pour certains, il s'agissait d'une grande première, alors j'espère que ça vous a plu.

Là, si je m'écoutais, je lèverais la main pour dire que non, ça ne m'a pas plu du tout. Ma faute : mon père m'avait tant fait rêver, avec les histoires de son ancienne vie… Pour moi, les mots « voyage transtellaire » évoquaient des salles de pilotage remplies d'étoiles, des nébuleuses tendues comme des tapisseries en travers du néant, des horizons dégagés au fond desquels on verrait briller les couronnes des galaxies lointaines et les croix argentées des étoiles solitaires ; d'ailleurs, quand mon père en parlait, j'avais presque l'impression de les voir, ces galaxies et ces étoiles solitaires, tout un morceau d'Univers dans ses yeux !

Mais dans mes fantasmes à la Stréa l'exploratrice, j'avais oublié un détail : mon père avait été navigant. Moi, j'étais une simple passagère. À la place des merveilles du cosmos, j'ai donc eu droit au caisson d'hibernation plein de potage chimique. Quand on m'en a retirée tout à l'heure, après des mois de sommeil, il puait la chambre d'ado…

– Oui, j'espère que vous avez apprécié ces voyages : ils constituent une première leçon. D'abord parce que beaucoup d'entre vous seront amenés à travailler au-delà des frontières de l'Empire et passeront donc des années en trajets, donc en caisson. Ensuite parce que même si vous ne vous en rendez pas compte, vous avez tous séjourné à bord de transtellaires semblables, dans des caissons de même modèle. C'est aussi par souci d'égalité que nous avons attendu ce matin pour vous réveiller tous en même temps. Nous voulons que vous preniez cela comme une première preuve qu'ici ce n'est pas l'armée : tout le monde sera bien traité, personne ne sera favorisé.

J'aime ce que j'entends ! Je me vois déjà envoyer paître le premier Bertien qui me demandera « Ravno ? C'est où, ça ? ». De même, je me réjouis que nous portions tous la même combinaison conforme à la description qui accompagnait la liste de fournitures, avec ses manches longues, sa couleur bleu nuit et ses décorations discrètes autorisées. Mais maintenant que j'y pense, je trouve que ces combinaisons vont mieux aux Sophiens et aux Bertiens qu'aux autres. Pas étonnant : si on regarde bien, on voit qu'elles sont taillées dans un tissu luisant inconnu, sans doute précieux… de la soie naturelle à tous les coups, qui garde le pli parfait en toutes circonstances, comme les polyclaves des Officières…

– Comme vous le savez, Plaamico n'est pas une planète ordinaire : c'est un planétoïde artificiel, pensé et conçu pour votre apprentissage et votre bien-être. Quelle que soit la durée de votre séjour, vous ne pourrez pas en épuiser les joies. Profitez-en, car un jour, vous penserez avec nostalgie à vos années ici.

Je veux vous parler maintenant de ce qui survient toujours chez les nouveaux étudiants au bout d'une dizaine de cycles sur Plaamico. Cela s'appelle l'« esprit de corps ». Vous aurez des cours qui vous passionneront, des amis qui vous amuseront, un environnement qui vous plaira… Vous vous sentirez fier de votre nouvelle vie. Très vite, vous ne vous définirez plus comme quelqu'un qui vient de Fornia ou d'ailleurs, mais comme un étudiant de l'école d'administration, un futur sismologue ou un pro des relations interministérielles. C'est bien ! Mais cela vous rendra aussi enclin à mépriser les camarades des autres sections, ce qui est stupide. L'an dernier, nous avons eu une toute petite guerre entre deux écoles que je ne nommerai pas. J'espère que vous vous montrerez plus raisonnables.

Comme vous le lirez dans votre Guide de l'étudiant, *Plaamico accueille soixante-douze écoles et facultés menant à plus de 500 métiers, mais quel que soit celui auquel vous vous destinez, vous servirez tous la même cause noble et glorieuse : repousser les frontières de l'empire humain. Faire triompher la vie sur le néant. Pour nos futurs genésiarques, cela signifie aménager et peupler des planètes ou en créer de toutes pièces. Pour nos futurs administrateurs, cela implique de prendre en compte des milliers de mondes interdépendants de l'Empire pour planifier de vastes mouvements de population. Pour nos futurs ingénieurs, cela demande d'inventer, en permanence, des technologies pour des environnements nouveaux. Pour nos futurs biologistes, de mettre au point des flores et des faunes adaptées. Autant vous le dire tout de suite, aussi loin que votre carrière vous emmène, vous ne verrez jamais qu'un petit bout du tableau. Mais vous saurez que vous défendez la vie.*

Vous l'avez tous appris en classe : il y a très longtemps, quand elle n'habitait qu'une seule planète, notre espèce a frôlé l'extinction. Si elle a survécu, c'est qu'elle s'est donné in extremis les moyens de conquérir l'espace. Mais conquérir ne suffit pas. Vous avez entendu parler des planètes nixtiennes, dans le bras de Persée ? Les ruines découvertes là-bas prouvent que même les civilisations les plus évoluées et les plus conquérantes sont mortelles. Car le cosmos préfère les ténèbres à la lumière. Car la mesure du temps dépasse celle des organismes, mêmes soutenus par des implants. Car la vie elle-même est un phénomène fragile et rare, un miracle si vous êtes croyant, une singularité physico-chimique si vous ne l'êtes pas. Et étendre ce miracle ou cette singularité est une tâche délicate et complexe. La plus importante de toutes. Et c'est la mission du ministère des Colonies, pour lequel vous travaillerez tous plus tard.

Toute votre enfance, on vous a raconté que l'Empire était immense. C'est vrai, et cette immensité est la condition de sa pérennité. Si nous ne nous étions pas tant étendus, l'humanité serait composée de clones patriens sans individualité et nous serions aujourd'hui un souvenir dans les manuels d'histoire de nos ennemis ! Et comme Patrie bleue se développe, nous devons nous étendre davantage.

Vous mesurez maintenant votre responsabilité ? Vous travaillerez pour l'espèce humaine. Pour les milliers de milliards d'individus différents qui peuplent l'Empire et tous ceux qui le peupleront demain. C'est à cela que nous allons vous former : à défendre la vie et avec elle, la liberté, la sécurité, la solidarité que l'Empire accorde à chacun de ses citoyens. Cette cause justifiera tout, et plus tard, en son nom, certains d'entre vous devront prendre des décisions qui les hanteront. Lorsqu'il vous arrivera de désespérer, ce que je ne vous souhaite pas, c'est à cela que vous devrez vous raccrocher. Vous défendez la vie.

Là, on dirait que la conférencière est sortie de son discours pour passer aux confidences – un truc d'orateur, mais ça marche. Un silence profond comme un puits est tombé sur l'amphi.

Notre hôtesse vient de mettre des mots clairs sur les raisons confuses qui nous ont poussés à quitter nos planètes natales. Lutter contre les ténèbres et le vide. Semer la vie sur des mondes morts. Comment pourrait-on ne pas vouloir défendre ça ?

– *Bien, maintenant, retour au concret. Vous avez tous reçu sur vos implants un* Guide de l'étudiant *personnalisé ? Très bien. Ce* guide *contient l'essentiel de ce que vous devez savoir sur Plaamico, ainsi que toutes les informations pour rejoindre votre école ou université, votre logement, ou pour vous nourrir. Vos affaires vous attendent dans vos chambrées. Les cours commenceront dans deux cycles. Vous avez donc un peu plus de cent heures de liberté pour vous installer et vous familiariser avec votre nouvel environnement. Je vous invite donc à vous dépêcher de sortir pour en profiter. Au plaisir de ne pas vous revoir : si nous sommes amenés à vous recroiser avant la fin de l'année, ce sera à cause d'un grave problème disciplinaire…*

Sur cette allusion menaçante, elle disparaît dans un escalier caché derrière son estrade. Au même moment, un pan du dôme de verre coulisse, une bouffée d'air chaud envahit l'amphi, et nous nous précipitons dehors, encore étourdis par nos voyages, par les rayons croisés des soleils et par ces nouveautés offertes à nos regards. Pour ma part, j'hésite entre aller dormir ou partir explorer.

Je m'assieds sur une pelouse pour examiner le *Guide de l'étudiant*. Je perds deux minutes à constater qu'ici le gazon est doux comme de la moquette – rien à voir avec celui de Ravno, rendu coupant et cassant par la pollution.

Je lis dans le *Guide* qu'il n'y a pas d'animaux sur Plaamico, à part ceux qu'élèvent les étudiants en biologie dans le parc de leur école, assez grand pour abriter toute une variété de microclimats séparés par des barrières artificielles. J'ouvre la carte de la planète, où je repère, à une douzaine de kilomètres, l'École des beaux-arts où je dois me présenter aujourd'hui.

L'École est figurée par une énorme tache noire presque grande comme un pays. La carte en comprend beaucoup d'autres – des zones secrètes – mais aussi un océan, un désert, des forêts partout… C'est gigantesque.

Concentre-toi, Astréa. Pense utile et pratique. Je repointe sur les Beaux-Arts, clique sur la tache noire et un texte apparaît.

« L'École des beaux-arts forme, en quatre ans, les futurs genésiarques du ministère des Colonies. Son parc, l'un des plus grands de Plaamico, s'étend sur 100 000 kilomètres carrés. Il comprend le château où se déroulent les cours, ainsi qu'un vaste secteur d'habitations. Cette école est aussi celle qui compte le moins d'élèves : mille recrues, soit deux cent cinquante élèves par promotion. »

Suit un bouton rouge qui ne clignote que pour moi : « Astréa Stern, cliquez ici pour découvrir votre secteur d'habitation. » Je clique et j'apprends que j'habiterai « Chambrée 11-1, au bord du Lac Incertain » et que « pour raison de sécurité, vous ne serez autorisée à consulter le plan de l'École qu'à partir de votre arrivée là-bas ».

Tous ces mystères, ça me colle des frissons d'excitation ; je suis pressée d'aller voir ça. Mais en attendant, je dois appliquer un conseil donné par mes parents.

2

« Un bar, ce n'est pas seulement un lieu où on boit et où on discute. Un bar, c'est un centre de documentation et un centre culturel et un cabinet de psy, oui Stréa, ne te fiche pas de moi ! Un bar, c'est une université où on ne sait jamais sur quoi porteront les cours. Demande à ton père, si tu ne me crois pas ! Tu sais ce qu'il faisait, chaque fois qu'il atterrissait sur une nouvelle planète ou dans un nouveau port orbital ? Il allait boire un coup et il ouvrait grand les oreilles aux conversations. C'est comme ça, ma chérie, que ton père est devenu un homme libre. En écoutant ce que disaient des dizaines de gens sur des dizaines de planètes, et en élargissant son horizon. Et aussi comme ça que nous nous sommes rencontrés. »

Si c'est une tradition familiale, suivons-la ! Justement, j'apprends grâce à ma carte que les grands bâtiments rectangulaires autour de ma pelouse – qui reflètent le ciel bleu et me donnent l'impression que ladite pelouse se trouve au fond d'un puits dans un océan – appartiennent au « complexe de cérémonie et de divertissement interuniversités 2, zone Est » et que chacun héberge un ou plusieurs bars.

Je choisis le plus spectaculaire : un bar en altitude qui flotte comme un ballon translucide, retenu à un toit de verre par le câble argenté de son ascenseur, deux kilomètres au-dessus du sol. Ce bar s'appelle Les Trois Soleils. Original. Vu d'en bas, c'est une petite sphère brillante qui tire sur son câble comme si elle voulait rejoindre la ronde des astres. Je le programme comme destination et je me laisse guider par mes implants, et par les courants de foule dans lesquels ils m'entraînent.

C'est fou ce qu'il y a comme monde, et comme tout ce monde est jeune ! À vue de nez, personne n'a plus de dix-neuf/vingt ans. Le dress code, c'est tenue d'été, comme dans les feuilletons du réseau, et comme demandé dans les fournitures : pantalons taille large et vestes ajustées en tissus légers de couleur pâle : bleu délavé, vert délayé, jaune discret, des couleurs qui s'accordent à la lumière ambiante. Ma combinaison bleu nuit, qui me signale comme nouvelle, me vaut des sourires bienveillants.

Il y a des affiches holographiques qui flottent au-dessus de nos têtes comme une escadre de voiles sans bateaux. Elles apparaissent quand on s'approche et disparaissent quand on s'éloigne. Beaucoup parlent des affaires courantes du campus :

« Les étudiants de la faculté d'administration sont priés de noter que le M. Ruald Guarmant, professeur de démographie, a été invité à participer à un séminaire sur Sophia et ne pourra donc assurer ses cours pendant les dix prochains cycles. Son hologramme s'occupera des remplacements. »

« Gala de rentrée de l'école d'ingénieurs ! Danse de drones, alcools et drogues légales, dancefloor en apesanteur. »

Puis je repère une affiche d'un autre style :
« Ton ami·e est-iel ton ami·e ? Ou un espion agent patrien ? En cas de doute, merci de joindre la police académique. »

Et plus loin, imprimé sur un fond bleu innocent :
« Participe à la lutte antipatriens. Rejoins la police secrète de Plaamico. Signale les étudiants suspects et reçois des décorations. Premières années bienvenus ! »

Je n'ai jamais entendu parler d'espions patriens, ni chez moi ni sur le réseau. Mais j'ai entendu parler de la guerre. Vu de Ravno, c'est très loin. Mais Plaamico se trouve plus près du front. Pas tout près, de vastes régions de l'Empire nous en séparent mais tout de même, ça se sent… En tout cas, ces hologrammes qui parlent d'espionnage sur le même ton que les autres parlent de fêtes étudiantes me donnent une impression désagréable.

Après plusieurs escaliers roulants, quelques pauses ébahies, puis un trajet en cabine dans le tube souple de l'ascenseur, me voilà assise sur une banquette violette de la terrasse des Trois Soleils. Près d'une fenêtre, à regarder la marqueterie de stades, de pelouses et de bâtiments étincelants jusqu'au bout de l'horizon… Le contraire de Ravno, où tout est terne et brumeux. Avec un sourire ravi, je soumets le menu des boissons qui défile sur la table à mon expertise de fille de barmans.

Première remarque : ici, on sert des concentrés alcooliques et aucune limite d'âge n'est indiquée. Deuxième remarque : au VitaNova, les concentrés commençaient à 40 degrés, pour que le consommateur en ait pour son argent ; ici, ils s'arrêtent à 30 degrés – afin de limiter les dégâts, j'imagine.

J'aurais dû passer par ma chambrée pour me changer : mon costume bleu nuit attire tous les regards. Je suis la seule nouvelle dans le bar. Mais les bars, ça me connaît et je prends mon air de serveuse ennuyée pour décourager les curieux. Autour de ma table, des étudiants s'agitent, changent de table, lèvent de grands verres aux bords glacés de sucres multicolores pour se saluer, et les voir boire et rigoler ensemble sans distinction d'origines (d'après mes implants, plus de soixante planètes sont représentées dans ce bar) donne envie de les connaître.

Je suis là où je voulais être. Heureuse, je crois. Et du coup, entre la première et la deuxième gorgée d'alcool, j'émets une sorte de prière pour remercier l'Univers ou ce qu'il y a derrière de m'avoir donné ma chance. Prière qui dérive bientôt en pensées pour mes parents – mais l'heure n'est pas à la nostalgie, elle est à la découverte !

Une tablée, à ma droite. Cinq étudiantes qui chuchotent en me jetant des regards par en dessous. Au moment où je repose mon verre, une des filles se lève en disant « J'y vais », et ses camarades étouffent des rires. Dans sa démarche, je décèle un début d'ivresse. Et aussi dans ses yeux, quand elle s'arrête devant ma table et me fixe en souriant.

– T'es une des nouvelles qu'ils ont réveillées ce matin ? demande la fille. T'as eu droit au grand discours d'Eloria Fan dans l'amphi ? Vous défendez la vie, tout ça ?

Elle est jolie, avec ses cheveux tirés en arrière pour découvrir son visage d'elfe, sa silhouette gracile et ses fines joues brunes. Une fille née sur une planète à faible gravité. Comme elle sourit, je lui réponds de même, en me disant qu'elle va m'inviter à leur tablée.

– C'est ça, je suis une nouvelle. Je m'appelle Astréa.

– Salut, Astréa. Et t'as été prise où ? Ton école ? Tu iras à la fac d'administration, c'est ça ?

– Pas du tout, je vais aux Beaux-Arts.

– C'est pas vrai, une artiste ! Oh mais tu me fous dans la merde ! s'écrie la fille.

Et alors que ses copines derrière éclatent de rire dans son dos, elle se retourne pour leur crier :

– N'empêche qu'elle a une vraie tête d'administratrice !

– Arrête de chouiner, va chercher la tournée ! répond une de ses copines, et je comprends que j'ai fait l'objet d'un pari.

Un peu vexée, je plonge mon regard au fond de mon verre avant d'en avaler une grande gorgée.

Cinq minutes plus tard, je relève le nez.

– Hé. Hé ? si tu préfères rester seule, je comprends, mais sinon, je peux te parler ?

La fille qui vient de s'asseoir en face de moi sans demander la permission fait partie du même groupe et je l'ai déjà repérée à ses cheveux : ils flottent autour de son crâne, comme une couronne de débris autour d'une planète en formation, et il y a des brillants dedans. J'ai déjà vu ça sur le réseau : dans chacun de ces brillants est enfermée une goutte d'antimatière polarisée de manière à repousser la matière ordinaire. Sur ses mèches noires, l'effet est superbe. Une princesse des ténèbres chevauchant face au vent. Ou une petite bourge des mondes fortunés.

– Tu vas étudier au château, je veux dire aux Beaux-Arts, c'est ça ? Je m'appelle N'ji, je suis en troisième année là-bas. C'est qui ton parrain ou ta marraine ?

– J'ai pas de parrain. Juste des parents et ils sont très loin, je réponds en essayant de ne pas me laisser hypnotiser par les mouvements de ses cheveux.

– Mais si, tu as forcément un parrain. On en a tous un, aux Beaux-Arts. Tu ne sais pas ? Ce sont les genésiarques qui sélectionnent les candidats au concours. Et ceux qui réussissent feront leurs stages de deuxième et quatrième année auprès de leurs parrains. Tu crois que n'importe qui peut devenir artiste ?

– J'en sais rien. Et sinon la dame qui m'a demandé de me présenter aux concours est bien une genésiarque. Elle s'appelle Lessia Dalva.

– *Lessia Dalva ?!* Comment t'as fait ?!

Comme je ne sais pas quoi répondre, elle m'explique.

– Lessia Dalva fait partie des Pléiades, tu sais ce que ça veut dire ? Qu'elle est l'une des trente-trois meilleures artistes en activité ! Une des stars du ministère. Je ne savais pas qu'elle parrainait des étudiants…

– J'imagine que j'ai de la chance, alors.

– Ouh là. Tu veux un conseil gratuit ? Aux Beaux-Arts, évite de dire que tu as de la chance. Dis que tu as du talent.

– Je ne pourrai jamais dire ça !

– Eh bien, il faudra, et il faudra que tu y croies, sinon jamais on ne te laissera fabriquer de planète. Tu veux un deuxième conseil gratuit ?

– Je veux bien. Je peux t'offrir un verre ?

– Non merci. Mon conseil : casse-toi de ce bar tout de suite, file aux Beaux-Arts, rejoins ta chambrée et reste là-bas jusqu'au début des cours. Tu n'as pas entendu parler des bizutages, hein ? Dans le *Guide de l'étudiant*, ils appellent ça « rites d'intégration ».

– Je n'ai pas encore lu tout le *Guide*. C'est un genre de coutume, c'est ça ?

– Je te jure, tu ne veux pas savoir. D'ailleurs, même les profs et les flics de l'administration ne veulent pas savoir. Chaque année, ça donne deux cycles de chaos complet. Alors va découvrir ton nouveau chez-toi, petite Astréa, et si quelqu'un te parle sur le chemin, ne lui réponds pas. D'ailleurs, si tu as de quoi te changer tout de suite, fais-le ! Là, toute seule dans cette tenue, tu es une proie rêvée pour les bizuteurs.

Je n'ai pas pris de quoi me changer : j'ai laissé mes bagages dans le dortoir, près du caisson, pour que les robots les transportent vers mon nouveau domicile. En tout cas, elle a réussi à me flanquer la frousse, au point que je quitte le bar sans terminer mon verre.

3

En bas de l'immeuble, je prends vers le nord et vers l'École des beaux-arts. D'après la grande carte du *Guide de l'étudiant*, j'en ai pour deux bonnes heures de marche. Mes implants m'informent que j'ai le droit de me servir d'un véhicule : une bulle antigravité, qui remplace ici les plateformes dont on se sert dans l'Empire – mais mes implants n'ont pas fini de digérer le *Guide* et ils sont infichus de me dire où et comment emprunter une de ces bulles, et je n'ai pas envie de m'afficher en posant la question. Alors, allons-y pour la marche. L'occasion de bien me remplir les yeux.

Il me faut une demi-heure pour quitter le complexe de cérémonie et de divertissement 2 et ses gratte-ciel entrecoupés de pelouse. Encore une bonne heure pour sortir de la zone Est 3 et ses logements fermés pour profs, ses restaurants à ciel ouvert, ses pistes ovales en téflobéton où les étudiants ingénieurs organisent une course de robots monocycles, ses bâtiments ronds aux noms ésotériques… « Laboratoire de géothermie transdisciplinaire », « zoothèque fornio-bertienne », « Jeux, stratégies et planification coloniales »…

Au-delà, la route devient un chemin qui ondule à travers un paysage où les pelouses et les bâtiments s'effacent devant des collines plantées de bosquets aux couleurs flamboyantes. Du rouge, de l'or, du cuivre… des couleurs jamais vues sur Ravno. Certains de ces arbres ont été taillés avec art pour ressembler à des planètes plantées sur des troncs.

Après une demi-heure dans ce décor de paradis, j'entends un écho, comme un rythme rapide au loin, une rumeur de fête – et si je me fie aux conseils reçus au bar, aller jeter un œil ne serait pas une bonne idée.

Je demande à mes implants d'afficher la carte. J'essaie d'évaluer où se trouve la fête et décide de faire un gros détour par la forêt.

Pas assez gros, malheureusement : après un quart d'heure, je tombe sur une clairière avec dedans peut-être deux mille étudiants qui dansent, la plupart torse nu sous leur veste. Hallucinants comme ils se tripotent ! Sur Ravno, on avait de la pudeur… Et il suffit de regarder le sol, jonché de verres d'alcool et d'inhalateurs de drogues légales pour comprendre pourquoi. Je me dis qu'ils célèbrent la fin des vacances et que dans un an, je serai en train de faire des petits bonds dans une fête semblable. En attendant, j'essaie de contourner la clairière par les bosquets, sans me faire remarquer, mais je ne peux pas m'empêcher d'ouvrir de grands yeux et les oreilles.

La musique ne ressemble à rien de ce que j'ai entendu (sur Ravno, on écoutait les tubes du réseau), mais elle me plaît. Elle mélange des rythmes forniens trépidants à des sons venus de l'espace modulés en mélodies triomphantes. Elle dit la joie de vivre dans un Univers infini. Elle donne envie de marteler le sol et de laisser sa tête s'envoler vers des régions inconnues du cosmos…

Un des danseurs remarque ma silhouette entre deux arbres et accroche mon regard. Il me sourit et, un instant, je me demande si je dois prendre cela comme une invitation.

Aussitôt, le type se met à crier avec des yeux fous de hooligan :

– J'en tiens une ! Une vraie en combinaison ! Chopez-la avant qu'elle se barre !

Je plonge en urgence dans les bois – mais une main tire sur la mienne et c'est la foule qui m'avale. Un cercle se forme autour de moi, fait de corps qui dansent en rythme et de regards moitié complices, moitié prédateurs, garçons et filles… Comme je ne sais pas ce qu'ils attendent de moi, je commence à osciller sur mes jambes.

Une main me pousse dans le dos. Je trébuche – une autre main me renvoie en arrière et, au moment où je vais tomber, quelqu'un me rattrape – mais je n'ai pas le temps de lui dire merci qu'il m'a déjà rebalancée – comme si j'étais un ballon et qu'ils s'amusaient à se faire des passes.

– Laissez-moi partir ! Je dois rejoindre ma chambrée !

Ça ne va pas les arrêter, je le vois à leur tête, la même que mes copains de Ravno avant de faire une connerie, genre exploser un Sanglant d'un peu trop près. Quelqu'un me repousse en arrière, plus fort, une jambe se tend derrière moi et je m'étale sur la pelouse arrosée d'alcool. Quand je me relève, ma belle combinaison est couverte de taches, ce qui me donne envie de pleurer. À la place, je serre les poings.

Mais je ne sais me battre qu'avec un fusil, et contre les pseudo-chimères de chez moi – pas contre une foule d'étudiants morts de rire. Et le seul équipement défensif dont je dispose sur mes implants, c'est mon vieux répulsif anti-Sanglants…

Je le déclenche alors que je me relève au milieu d'une forêt de bras lancés pour me pousser. Ça marche : tout le monde recule de deux pas.

– La vache ! C'est elle qui pue comme ça ?

– Oui, c'est elle, elle a un implant bizarre, un truc de sa planète !

– Pauvre petite nouvelle ! Si elle pue comme ça, qui voudra danser avec elle ? Je vais l'aider, dit une fille blonde.

– Et tu vas faire comment ? demande sa copine. T'as un sachet stérile à sa taille ? Une piscine de désinfectant ?

– J'ai mieux ! dit la fille, en tirant de sa poche une bille de gelée transparente pour me la jeter au visage d'une pichenette.

Je ferme les yeux par réflexe. Et la bille pleine de fluides sous pression m'explose à la figure.

Je rouvre les yeux. Une surface transparente et courbe me sépare des danseurs. Elle forme une sphère autour de moi. Quand cette sphère commence à s'élever au-dessus du sol, je pousse un cri de surprise. Ça les fait hurler de rire.

Une bulle antigravité. Ils m'ont collée dans une bulle antigravité. Pas celles dont les étudiants d'ici se servent pour se balader dans cet immense campus : celles qui les suivent avec leurs affaires.

Je tends la main pour déchirer la membrane – qui se déforme sous mes doigts et reprend sa forme initiale. Je me jette dedans pour la crever – et la sphère roule sous mes pieds, m'envoyant me vautrer contre sa surface, au-dessus des étudiants hilares. Je tente de sautiller pour qu'elle retombe : ça ne fait que me rendre un peu plus ridicule.

Une main vient frapper la bulle avec de l'effet, ce qui m'envoie tournoyer trente mètres plus loin dans la foule en transe…

À partir de là, je deviens l'attraction de la soirée. La balle humaine qui rebondit d'un bout à l'autre de la clairière et ne sait plus où se trouvent le ciel et le sol. Si je n'étais pas secouée dans tous les sens, je fondrais en larmes.

Jamais, sur Ravno, je n'ai été humiliée comme ça.

Les visages hilares que je survole n'ont pas conscience de ce que je ressens, ou ils s'en foutent. Pour eux, c'est juste une blague, et si j'en souffre, je ne peux m'en prendre qu'à mon manque d'humour…

Pour que ça s'arrête, je suppose qu'il faudrait que je me prête au jeu, que je rigole aussi. Au lieu de cela, j'imagine la consternation de mes parents s'ils me voyaient, je me rappelle la haie d'honneur le jour de mon départ, et je pense aux mots d'Elba : « Ne te sens pas prête à *tout* supporter. Au contraire, ne supporte *rien*. » Et je me mets à hurler :

– Arrêtez tout de suite ! Laissez-moi descendre !

Du coup, ils se mettent à me projeter encore plus fort. Je ne peux pas dire que ça fasse mal mais c'est horrible – comme d'être coincée à bord de la pire montagne russe d'un parc d'attractions. Au moment où je vais craquer et m'offrir une réputation de fille pas drôle qui me suivra jusqu'à la fin de mes études, je vois, lors d'une de mes plongées, un visage qui ne rit pas. Il dépasse la foule de trente centimètres. Un beau visage de garçon dégoûté – parce que le sadisme des foules lui déplaît ? On dirait bien que je vais lui atterrir dessus.

Sauf qu'à deux mètres du sol le ballon explose. Comme cette foule est formée de jeunes gens aux réflexes aiguisés, ils s'écartent tous au bon moment et je me retrouve une fois de plus étalée sur le sol, KO.

Alors, comme dans un rêve, le visage de tout à l'heure se penche sur moi. C'est l'un des Bertiens vus dans l'amphi. Un nouveau, lui aussi vêtu de bleu nuit – mais bien sûr, personne n'a songé à l'embêter… Quant à sa beauté, mon Dieu…

Il est des harmonies dont on se dit, en les voyant, qu'elles doivent exister de toute éternité parce qu'elles sont voisines de celles que l'on peut admirer dans le cosmos. Un front haut et lisse. Des cheveux bruns coupés ras. Des yeux d'oiseau nocturne, avec des iris noirs, d'un noir qui ne plaisante pas, qui jettent sur moi un regard à la fois distant et curieux. Des pommettes solides, comme les éléments d'une forteresse. Des mâchoires un peu moins larges que celles de ses congénères. Et des lèvres généreuses au centre, fines dans les coins, qui doivent lui donner un magnifique sourire.

Mais le Bertien ne sourit pas, alors que je me liquéfie en remerciements tout en demandant à mes implants de me souffler son nom – impossible, les siens sont verrouillés. Il ne tend même pas la main pour me relever. Il regarde la foule autour, comme s'il la mettait au défi de protester.

– Merci, je répète, confuse. Je n'oublierai pas… J'espère qu'on se reverra.

Je ne sais pas d'où me sort cette dernière phrase. Du cœur, sans doute. En tout cas, ceux qui l'ont entendue explosent de rire. Me voilà devenue la nouvelle assez tarée pour draguer un Bertien alors qu'elle pue le répulsif anti-Sanglants.

Mon sauveur, lui, ne rit pas : il hoche une deuxième fois la tête. Et lorsque je fends la foule pour m'échapper, je sens qu'il me suit des yeux. Quand je me retourne pour jeter un dernier coup d'œil à la fête, il me regarde toujours.

Bravo, Stréa, tu n'es pas là depuis une journée et tu as gagné à la fois une réputation pourrie et un début de romance impossible digne des pires feuilletons du réseau.

4

Me voilà devant l'École des beaux-arts. De l'extérieur, on n'en voit rien : des murailles la protègent. Pas des murailles physiques, en pierre ou en acier : plutôt comme une sorte de vapeur ou de chute d'eau tombée de nulle part qui déforme la lumière et brouille la vue jusqu'au ciel. De grands hologrammes flottent devant : « Accès réservé aux étudiants, aux professeurs des Beaux-Arts et au personnel autorisé – danger de mort. » Aucune porte en vue. Mais mes implants ont enfin digéré le *Guide* : comme ils me disent d'avancer, j'avance.

Quand je franchis la muraille, une sensation de froid éclabousse mon crâne et mes épaules ; c'est comme traverser une chute d'eau, en effet, sauf que de l'autre côté, je me retrouve au sec.

Derrière, je découvre un nouveau chemin et d'autres bosquets flamboyants, et quand je me retourne, je ne vois plus la muraille vaporeuse dans mon dos : juste le paysage que je viens de quitter. Mais si je tends le bras, je retrouve la sensation de froid. Jamais entendu parler de cette technologie.

D'autres affiches flottantes surgissent à mesure que j'approche. Avec des messages personnalisés :

« Bienvenue à toi, Astréa Stern.
Tu es attendue à l'accueil, où l'on t'orientera vers ta chambrée. »

« Bienvenue à toi, Astréa Stern,
ton implant étudiant vient d'être actualisé.
Il te permettra d'accéder à tous les
équipements du parc, de ta chambrée et du château,
et à tous les restaurants. »

Super ! Je frotte une dernière fois ma combinaison pour qu'on ne voie pas les taches d'alcool et autres. Mes aventures dans la clairière m'ont valu quelques hématomes, dont un gros, invisible, en plein dans mon amour-propre, mais je sens que je vais vite les oublier. Surtout si on continue à me parler comme le font les affiches. Des restaurants ? Des équipements ? Oh, ça me plaît…

Au bout du chemin, je découvre une sorte de bunker blanc en demi-lune surmonté d'un hologramme :

« Accueil. Bienvenue aux nouveaux ! »

À l'intérieur, un comptoir épouse les contours des murs, auxquels sont greffés des dizaines de torses mécaniques sans tête : les robots chargés d'accueillir les nouveaux.

– Bienvenue, Astréa Stern. Nous espérons que vous avez fait bon voyage et que vos premiers moments sur Plaamico ont été à la hauteur de vos attentes, grince le robot, tandis qu'il scanne ma personne, taches de boue comprises.

– Disons que je suis très heureuse d'arriver ici. Très heureuse et impatiente de découvrir l'École des beaux-arts.

– Vous êtes autorisée à découvrir le parc de l'école dans le respect des trajets accessibles aux première année, précise le robot. Vous êtes affectée à la chambrée 11-1, chambre 5. Vous avez de la chance : elle a vue sur le Lac Incertain.

Au même moment, la carte du parc de l'école s'affiche sur mes implants, pleine de zones noires elle aussi, le chemin vers ma chambrée serpentant entre elles en pointillés fluorescents.

– Comme vous le voyez sur la carte, votre chambrée se trouve à plus de vingt-quatre heures de marche. Nous vous conseillons de faire la route en véhicule standard.

Je ne comprends pas tout de suite, et puis une bille transparente apparaît entre ses doigts mécaniques et une nouvelle éclaboussure plus tard, je me retrouve de nouveau dans une bulle antigravité.

J'éprouve un bref moment de panique quand elle commence à me porter hors du bâtiment au gré des courants d'air, puis mon

« implant standard pour la conduite des véhicules impériaux » demandé dans les fournitures, a le bon goût de me rappeler sa présence. J'ai le choix entre suivre la trajectoire préprogrammée par le robot et le mode manuel, et alors que la bulle prend de l'altitude, je m'amuse quelques instants avec les commandes avant de revenir sagement en pilotage automatique. Comme ça, je pourrai profiter du panorama sous mes pieds sans me préoccuper de rien.

À ma droite, un vaste espace de terre retournée est couvert de ce qui ressemble à un cimetière de tortues géantes : d'après mes implants, il s'agit des hangars pour l'entraînement des deuxième et troisième années, interdits aux nouvelles comme moi. À ma gauche, c'est une zone de jungle, plus loin, je vois une région de prairie, une tache brune au-delà qui doit être de la savane… : des zones pour les TP des troisième année, m'apprennent mes implants. Pour qu'ils s'exercent à modeler des paysages. Prometteur, ça… !

Soudain, la bulle vire à gauche et, une minute plus tard, je survole de nouveau un de ces paysages de prairie, de bosquets, de bâtiments étudiants qui semblent couvrir l'essentiel de Plaamico.

Dans le fond, j'aperçois une plaine semée de dizaines de petites constructions distantes de cent mètres les unes des autres, comme un village éclaté. Sans que je m'en sois rendu compte, ma bulle antigravité a entamé sa descente.

5

La chambrée 11-1 n'est pas une maison : plutôt un palais, selon mes critères ravniens, même s'il ne comprend qu'un étage. Comment peut-il paraître aussi ancien alors que cette planète n'a pas plus de mille ans ? Et pourquoi je ne vois pas de trace du lac dont parlait le robot ?

Ma nouvelle demeure se compose d'un grand espace extérieur couvert, retenu par des colonnes qui font le tour du bâtiment. Ses baies vitrées donnent sur une sorte de trou dans la végétation, au pourtour souligné par une bande de sable, assez vaste et profond pour qu'on le prenne pour un cratère laissé par un météore… sauf que ses bords sont trop irréguliers et qu'une sorte d'étrange obélisque se dresse en son centre… Bizarre.

Derrière la maison, il y a un verger : des dizaines d'arbres aux branches larges comme des bras de géants de foire supportent des grappes de fruits qui devraient les faire ployer. Ça me coupe le souffle en même temps que ça m'ouvre l'appétit – quelle merveille pour moi qui n'ai jamais vu d'arbre fruitier de près !

Résistant à la tentation d'y goûter, je passe dans l'ombre de la colonnade pour me présenter devant la porte. Blindée, comme sur les vaisseaux, elle affiche les chiffres 11-1, et deux yeux mécaniques me scrutent pour décoder mes implants. Après m'avoir scannée de haut en bas, elle s'ouvre dans un ziiip réjouissant.

Derrière, je découvre une petite entrée, avec une fontaine à débordement qui se remplit toute seule, sans arrivée d'eau visible. Et plus loin, le salon…

Avant d'en parler, une confidence : sur Ravno, quand j'imaginais ma vie sur Plaamico, c'était toujours les mêmes images de feuilleton pour ados qui me venaient. Vous savez, l'histoire de Machine, étudiante sans problème qui quitte sa planète pour aller étudier dans une fac lointaine où elle se fait plein de copines, et vit plein d'aventures sentimentales exotiques... Dans ces feuilletons, l'essentiel de l'action se passe dans des chambrées : des unités de logement rassemblant cinq étudiants, toujours conçues sur le même modèle : un salon-cuisine standard, avec six portes donnant sur cinq chambres et une salle de bains, et c'est sans doute comme ça dans les facs ordinaires.

Seulement, l'École des beaux-arts de l'Académie du ministère des Colonies n'est pas une fac ordinaire. Et tout est fait pour le rappeler aux étudiants. Peut-être que sur certaines planètes, on nomme ça un « salon », moi j'appelle ça un hall : la salle est plus proche, dans ses dimensions, de la zone d'embarquement d'un port orbital que de la pièce où mes parents recevaient leurs voisins pour boire un verre. Le salon de ma chambrée est assez grand pour accueillir cent personnes et nécessiter plusieurs essaims de lumières flottantes pour l'éclairer. Chez moi, il suffisait de désopacifier les baies vitrées.

Sur la gauche, un coin détente, avec une petite constellation de fauteuils et de canapés recouverts d'un étrange revêtement brun et luisant. Dix mètres à droite, contre le mur, une luxueuse cabine de visionnage pour ceux qui veulent regarder leurs films 3D tranquillement. Et derrière, un coin salle à manger avec un comptoir comprenant deux mètres de systèmes de cuisson et un robot-cuisinier qui n'attend qu'un ordre pour s'animer. Plus loin, un plateau en acier sorti du mur avec une alvéole pour y poser son Stellarium, et un autre fauteuil pour voyager tranquille.

Alors que je détaille tout ça d'un œil ébloui, mes implants me bombardent d'informations stupéfiantes : la table, au fond, est en bois naturel massif et vaut le prix de ma maison sur Ravno. Le plateau d'acier ne sert pas seulement à utiliser son Stellarium, il permet aussi d'en débloquer toutes les options. Le revêtement sur lequel je marche, et qui hésite entre pelouse et moquette, est une création de l'École de biologie végétale de Plaamico. Quant aux fauteuils et aux canapés du coin détente, ils sont en cuir véritable venu d'une lointaine colonie.

Jamais, de ma vie, je n'ai touché de cuir véritable – seulement des imitations synthétiques ou des patchworks faits de petits morceaux de peau de Sanglants. Du coup, je me jette dans le fauteuil le plus proche et je passe mes mains sur les gros accoudoirs. Quelle sensation étrange et délicieuse !

– Toi aussi tu trouves ça trop doux ?

Je me retourne vers la fille qui vient de sortir d'une des chambres. Un visage brun couvert de petites taches blanches, comme le pelage d'un fauve. Des cheveux frisés échappés d'un élastique lâche. Et un grand sourire sincère.

– Tu es Astréa Stern, c'est ça ? Bienvenue chez toi. T'es la dernière à arriver.

– La dernière ? Où sont les autres ?

– En balade dans le parc. Ne sois pas trop pressée de faire leur connaissance… Tu comprendras vite pourquoi. Sinon, moi c'est Lexie. Lexie Ziama. Tu viens d'où ?

– De Ravno. Vers le bout de la route Berty-Ruby. Du côté de l'écliptique Sud, tu connais ?

– L'écliptique Sud et la route Berty-Ruby ? Bien sûr. Mais pas ta planète. T'inquiète : moi aussi je viens d'un monde où personne ne va. Médioca. C'est vers le cœur de l'Empire, je suppose que ça ne te dit rien ?

En effet, j'ai l'impression d'entendre ce nom pour la première fois ; pourtant, des images me viennent. Des rochers couverts d'installations industrielles, flottant au-dessus d'une épaisse nappe jaunâtre.

– C'est… c'est une planète semi-rocheuse, c'est ça ? Une planète minière ?

Elle en ouvre grand ses yeux bruns.

– Tu connais Médioca ?!

– Pas exactement. Mais j'ai passé beaucoup de temps sur Stellarium dans ma jeunesse. Parfois, je dormais branchée dessus.

– Moi aussi, mais quand même… En tout cas, bravo, tu as raison : Médioca est une planète minière semi-rocheuse. Mes deux mères travaillent dans l'extraction gazière. Un sale boulot, tu peux me croire. Et une drôle de planète, pas désagréable à regarder mais pas grand-chose de solide à se mettre sous le pied.

Juste quelques rochers congelés qui flottent sur une énorme boule d'azote et de sulfures.

– Une énorme boule de gaz ? Vous devez être très riches alors ?

– Pas vraiment. Médioca appartient au ministère de l'Industrie. C'est lui qui exploite le gaz. Tous ceux qui vivent là sont ses employés. Et comme certains de ces gaz sont très acides, et qu'il y a pas mal de fuites dans l'atmosphère, on a tous le même joli teint, dit-elle en pointant ses joues couvertes de taches blanches.

– Pourquoi vous ne vous faites pas soigner en caisson médical ?

– On peut se payer des séjours en caisson médicaux comme ça, sur ta Ravno ?

– Non, bien sûr.

– Ben chez moi non plus. Tu sais qu'il y en a plusieurs ici ?

– Des caissons ? Tu veux dire dans cette maison ?

– Non, au château, là où on a cours. Dans l'espace de détente des étudiants de première année. Et c'est gratuit pour tous !

Je dois faire une drôle de tête, car Lexie se marre franchement.

– Toi, t'as pas encore bien lu le *Guide*, hein ? Je comprends, c'est pas facile à admettre. Ici, tout ce que l'Empire a inventé de mieux pour le bien-être de ses citoyens est gracieusement mis à disposition des étudiants. Dans le *Guide*, ils disent qu'au château il y a même des cabines d'apesanteur avec des simulateurs de présence, comme sur les vaisseaux de la Flotte !! Si l'envie te prend de t'envoyer en l'air avec un fantôme, c'est là que ça se passe.

– Dingue…

– Et encore, c'est rien : attends de voir ta chambre.

– Qu'est-ce qu'elle a, ma chambre ?

– Je n'en sais rien : la serrure est préréglée sur tes implants, il n'y a que toi qui peux l'ouvrir. Mais si elle ressemble à la mienne…

– OK, je suppose que ma chambre, c'est la cinquième porte, c'est ça ? Et où est la salle de bains ?

– Dans ta chambre : on en a une chacun.

– Wow…

C'est idiot, mais je n'ai jamais eu ma salle de bains personnelle. Jamais imaginé que j'en aurais une.

Allez, assez de suspense. Je traverse le salon monumental pour me présenter devant la porte cinq. Qui s'ouvre aussitôt.

Une chambre, en effet. Grande comme le rez-de-chaussée de ma maison d'autrefois, tapissée de la même moquette-pelouse que le salon, elle a un plafond simulant un ciel d'été et, dans le fond, une baie vitrée qui laisse entrer la lumière et offre une vue imprenable sur l'extérieur. Soit sur l'étrange cratère que j'ai vu plus tôt.

Lexie surgit à mes côtés.

– Tu peux le régler, je veux dire, si tu préfères les ciels d'orage. Tu peux même reproduire le ciel de ta planète, il suffit que tu charges une image contenue dans tes implants.

– Non, ça va.

Là aussi, il y a un plateau métallique alvéolé prévu pour accueillir mon Stellarium. Des fauteuils organisés en un petit salon. Trois portants avec les fringues d'été achetées sur Ravno bien rangées, plus d'autres à ma taille, ainsi qu'une combinaison thermique au cas où il me prendrait l'envie de visiter les pôles ! Une fontaine proposant des dizaines de boissons au choix. Et tout ce mobilier se balance sous l'effet du courant d'air venu de la porte ouverte, car il s'agit de meubles antigravité, dont les pieds flottent à quelques millimètres au-dessus du sol, pour un confort maximal.

On dirait la suite royale d'un hôtel de luxe, le genre d'endroit où l'héroïne emmène son amoureux à la fin des films à gros budget. Et je n'ai pas mentionné le lit : une sorte de barque en bois flottant au-dessus de la moquette, un matelas épais comme une armoire et une énorme couette blanche et aérienne.

Quels voyages doit-on rêver là-dedans !

– Ça fait un choc, hein ? Pas juste le luxe : ce que ça veut dire ?

– Et ça veut dire quoi, d'après toi ?

– Faut que je t'explique ? Ça veut dire que l'Empire est prêt à payer sans compter pour qu'on arrive au bout de nos études. Pour résumer : on est *précieuses*. Comme on a réussi le concours, l'Empire nous accorde une grande valeur. D'autant que notre valeur augmente en temps de guerre.

– Mais pourquoi ? Sur les infos du réseau, ils…

– Laisse tomber les infos du réseau. T'as pas entendu les rumeurs ? Il paraît que ça ne se passe pas si bien que ça, pour notre armée. Que les Patriens ont de nouvelles armes qui posent de gros problèmes aux Officières de la Flotte. Que la guerre a gagné une partie des régions nord de l'Empire. Des régions *peuplées*. Je te laisse imaginer les dégâts. À ton avis, qui devra réparer tout ça ?

Réponse : nous. Mais il m'est difficile de m'en inquiéter, parmi les merveilles flottantes de ma nouvelle chambre, qui confirment toutes à leur façon les mots de Lexie. Nous sommes précieuses. Je suis précieuse, et il est sans doute plus facile de s'habituer à tout ce luxe quand on vient de Berty ou de Sophia que de Médioca ou de Ravno…

« *Précieuse* », rien qu'à faire résonner ce mot dans ma tête, je souris.

6

Comme ma chambre inclut aussi un matériel de communication transtellaire, j'interromps mes explorations excitées pour adresser un message à Fani et un autre à mes parents (« Oui, je suis bien arrivée, il fait très beau, il paraît que c'est comme ça tout le temps, tout a l'air génial, vous avez vu ma chambre ? »). Puis j'enlève ma combinaison tachée, enfile un pantalon et une veste si légère que je la sens à peine, et Lexie m'emmène dehors. Là, sous les trois soleils, nous cueillons quelques fruits du verger avant de bâfrer assises dans le sable au bord du trou. C'est un festival de sucres et de saveurs naturelles ; ça me renvoie à un lointain anniversaire surprise que m'avaient concocté mes parents et mes amis, il y a déjà cinq ans…

Une fois rassasiées, nous partons explorer le mélange de prairie, de bosquets et de campus autour de la maison. En suivant les chemins autorisés, car si nous sommes des privilégiées, on ne nous laisse pas tout à fait libres de nos mouvements. Nous le constatons chaque fois que nous empruntons un sentier non affiché sur nos cartes et qu'un hologramme menaçant surgit, affichant les punitions en cas de transgression, assorties d'un chrono qui donne le temps d'arrivée des services de sécurité. Apparemment, Lexie est comme moi, une fille sage : nous nous gardons bien de tenter le diable, de crainte de commencer l'année par une sanction.

Pendant la promenade, nous discutons de ce qui nous a amenées sur Plaamico. Je lui raconte mes parents, la fête pour mes dix ans, mon Stellarium, Fani, ma résignation à vivre une vie ravnienne et ma rencontre décisive avec Lessia. En retour, Lexie me parle de sa jeunesse. Comme moi, elle s'est longtemps sentie à la fois insignifiante et à part ; comme moi, elle comptait dans son entourage un adulte capable de lui deviner un avenir.

– C'est grâce à ma tante. Elle travaillait dans la sécurité des installations gazières de Médioca, et quand mes mères étaient d'astreinte le soir, elle me gardait, et m'installait à ses côtés dans un poste d'observation. Une simple cabine en haut d'une grue kilométrique, bien plus haute que les bulles d'atmosphère qui recouvrent chacun des petits continents de Médioca. De là, grâce aux instruments dont se servait ma tante, on pouvait voir le système stellaire voisin, et c'était surtout ça qui m'intéressait.

Parce que ledit système voisin venait d'être classé apte à la colonisation et qu'un grand genésiarque appelé sir Edwer Tissel était chargé de l'aménager.

– J'ai suivi tous ses travaux depuis la cabine de la grue, à partir de l'arrivée de son transtellaire jusqu'aux finitions. Six mois de boulot pour lui, et moi, quand je n'étais pas dans la cabine, je lisais tout ce que je pouvais trouver dans le réseau sur le sujet. Et puis un jour, je lui ai écrit pour lui poser une question. Une question technique, pourquoi avait-il choisi une comète plutôt qu'une autre pour créer une mer. Sir Edwer Tissel était déjà une vedette, l'un des plus anciens membres des Pléiades... mais ma question a dû l'attendrir, parce qu'il a répondu. Alors je l'ai interrogé sur un point de sa réponse et une sorte de dialogue s'est instauré.

Et, une fois son boulot terminé, sir Edwer Tissel s'est offert une brève escale sur Médioca. Quand il en est reparti, Lexie, douze ans, tenait son avenir dans ses mains sous la forme d'un Stellarium aux options débloquées. La convocation au concours est arrivée deux ans plus tard.

La discussion me passionne au point que je ne vois pas que le chemin nous a ramenées à la maison, par le verger. Je repense avec un peu de culpabilité à la façon dont nous nous sommes empiffrées tout à l'heure. Sur Ravno, chacun de ces fruits aurait coûté une petite fortune.

– Tu veux visiter le château ? Moi, en tout cas, j'y vais ! Mais pas à pied.

Je la suis au salon, où elle me montre, derrière le coin discussion, le distributeur automatique de petites billes transparentes. C'est donc si simple que ça ?

– Tu attends quoi ? Prends-en une et va dehors pour la jeter. T'as pas encore essayé ?

– Si, si, j'élude. Deux fois. J'ai trouvé le pilotage hasardeux.

–Ah, t'inquiète, tu vas t'y faire.

Lexie a raison. Une fois en l'air, la bulle paraît certes si légère et sensible qu'un souffle de vent suffit à l'envoyer valdinguer, mais elle semble encore plus réceptive à ma volonté et, au bout de dix minutes, j'ai l'impression de la diriger comme si j'avais fait ça toute ma vie. C'est avec mon esprit que je pilote : pas de volant, ni d'écran, ni de commandes à mémoriser. Juste des instructions simples à passer par implants. Plus haut, plus bas, plus vite. Stop. À côté, la plateforme de Tim présente la complexité d'un vaisseau transtellaire. Et tout ça sans ronflement de réacteurs, sans jets de lumière ni fumée ni odeurs… quelle belle technologie.

Les bulles peuvent atteindre des vitesses impressionnantes. En quelques secondes, nous laissons des kilomètres entre nous et le jardin, les autres maisons, la prairie… Nous dépassons une ceinture de bosquets dorés pour survoler une zone de piscines suspendues, de grandes dalles d'eau douce et pure, absolument translucide, qui se balancent trois mètres au-dessus du sol, sans fond ni rebord, et il y en a d'autres, plus loin, des piscines salées où barbotent des poissons venus de planètes marines, certaines étirées en longues lignes qui permettent aux sportifs de faire leurs longueurs en contemplant le panorama. Aucun nageur ne trouble leur surface, d'ailleurs, nous avons beau avaler des kilomètres, aucune autre présence étudiante ne s'est encore manifestée.

– Lexie, tu trouves ça normal qu'on ne voie personne ?

– Normal, je sais pas, mais explicable… T'as vu la carte : le parc est aussi grand que le plus grand continent de chez moi…

Et nous sommes très peu d'étudiants, juste deux cent cinquante par promo, donc mille au total. J'imagine qu'ici, on se croise rarement par hasard.

– Même au château ?

– J'en sais rien, Stréa, c'est la première fois que j'y vais. J'imagine que dans sa zone de divertissement, il y aura du monde parce que tous les nouveaux se seront précipités là-bas ?

– Pourquoi là-bas et pas ailleurs dans le château ?

– Bah parce qu'ailleurs on ne peut pas y aller hors des cours. Il faut que je lise mon *Guide de l'étudiant*.

C'est un long trajet : au moins une demi-heure dans nos bulles poussées à leur vitesse maximale. Soudain, je vois Lexie prendre de l'altitude. Loin devant elle, je distingue comme une montagne solitaire plantée dans l'horizon et je m'imagine que le château doit se trouver sur sa pointe invisible.

Quand nous approchons, je me rends compte qu'il n'y a pas de montagne. Cette montagne, c'est le château lui-même.

Quatre grandes tours pressées autour d'un donjon interminable, dont le sommet doit tutoyer les limites de l'atmosphère. On dirait le chef-d'œuvre d'un gamin mégalo. Ou la plaisanterie d'un dieu qui aurait mis quatre forteresses impériales dans sa main avant de serrer très fort. Rien que le donjon mesure quatre cents mètres de côté, et il faudrait prendre pas mal d'altitude pour pouvoir saisir l'ensemble en un regard !

– On peut monter assez haut pour le survoler ? je demande à Lexie par implants.

– N'essaie même pas ! répond-elle depuis sa bulle, et au même moment, une nouvelle interdiction surgit sous mes yeux, plus menaçante que les autres.

« ATTENTION ! ZONE SECRET-DÉFENSE !

« POUR ACCÉDER AU CHÂTEAU,
VEUILLEZ EMPRUNTER LES VOIES AUTORISÉES.
TOUT VÉHICULE SURPRIS À LE SURVOLER SERA ABATTU SANS SOMMATION.
SON PILOTE, QUEL QU'IL SOIT, FERA L'OBJET D'UNE ENQUÊTE
POUR ESPIONNAGE ET RESTERA EN DÉTENTION PROVISOIRE
JUSQU'À SON JUGEMENT. »

Ouh, j'arrête ma bulle direct. Je laisse Lexie me dépasser et file à sa suite vers une ouverture qui vient d'apparaître à mi-hauteur d'une tour, en haut d'un promontoire.

Au-dessus, un hologramme :

« ACCÈS À LA ZONE DE DÉTENTE ET DE DIVERTISSEMENT DES ÉTUDIANTS DE PREMIÈRE ANNÉE. »

7

Lexie a raison, il y a du monde. Rien que des nouveaux, les mêmes que dans l'amphi. Tout le monde a troqué sa combinaison de gala pour une tenue d'été. Personne ne nous regarde ou ne cherche à nous parler, chacun s'accroche à la petite amitié toute neuve qu'il s'est faite avec l'un ou l'autre de ses cothurnes.

La salle ressemble aux salles de jeux de ma jeunesse, mais étendue aux dimensions d'un stade, et toutes les machines sont en libre accès. Je veux consulter mes implants pour me repérer, mais déjà Lexie attrape ma main pour m'entraîner dans une allée. Objectif: prendre un ticket pour les caissons médicaux – l'équipement star, on dirait. À voir la foule qui attend devant, il semblerait qu'il attire surtout les filles comme nous. Logique…

Il y a dix numéros avant les nôtres.

– Viens, en attendant, on va se faire refaire le système, me dit Lexie en me montrant une rangée de cabines d'implantation blanches d'où montent des bruits de roulette de dentiste. Plusieurs affichent un voyant vert, alors j'entre dans la première et j'essaie d'imiter les gens heureux des feuilletons du réseau qui se font réactualiser les implants tous les deux jours: je ferme les yeux et me laisse emporter par une rivière d'anesthésiques, tandis que des instruments tenus par des bras en métaux me percent aux tempes, aux épaules, sous les bras, derrière les genoux… Rien à voir avec la micro-opération pour me poser les kits demandés dans les fournitures: cette fois, je sors de la cabine avec l'impression d'être passée dans une machine à coudre.

– Si tu veux, on peut essayer le salon d'esthétique, me dit Lexie à la sortie. L'espèce de boîte, là-bas… Paraît que si tu le règles à fond, ça te fait une tête de star du réseau.

– Sans façon, merci, je réponds avec une grimace, en pensant aux filles à gros seins et grandes bouches qui m'ont bizutée dans la forêt.

Je regarde autour : beaucoup de monde dans la salle, et pourtant, elle paraît trop grande. J'ai l'impression que c'est une constante sur Plaamico.

Deux catégories d'étudiants peuplent ces lieux : ceux qui courent d'une cabine à un caisson, d'un caisson à une machine, et ne s'arrêteront pas avant d'avoir fait le tour complet ou une crise cardiaque – surtout des types à coiffures colorées d'enfants de la classe moyenne rentière et quelques déshérités méritants comme nous. Et ceux qui ont l'habitude de cet attirail, qui viennent de Berty, de Sophia ou de Fornia, et nous regardent nous disputer une place dans la file avec un sourire supérieur.

J'aperçois trois Sophiennes, reconnaissables à leurs cheveux très noirs rejetés sur une épaule, qui se sont postées à la sortie de la chambre aux caissons médicaux. Pour rigoler semble-t-il… Le jeu des avant/après.

Quand vient notre tour, je les entends pouffer.

– Wow, c'est une expérience ou un défi ?

Mais je m'en moque : rien ne pourrait gâcher mon bonheur d'être ici.

On dit que les caissons médicaux vous débarrassent de tout : blessures, maladies, toxines, allergies, cicatrices… Et à voir les têtes rayonnantes des cinq derniers à en sortir, ça semble vrai.

C'est une petite salle nue, comme une chambre d'enfant attendant sa décoration. Cinq sarcophages argentés posés l'un à côté de l'autre, avec des bords transparents. Pas de liquide puant à l'intérieur, tant mieux. J'adresse un clin d'œil à Lexie quand elle se couche dans le sien. Le meilleur matos de l'Empire, et gratuitement, en plus… Tandis qu'on me scanne, je ferme les yeux et me laisse bercer par les ondes soporifiques. J'apprends que je suis porteuse de toute une quantité de virus qui pourraient se réveiller un jour, dont certaines originalités venues de Ravno : je dis oui pour supprimer tout ça. Et oui, emportez aussi : mes dernières cicatrices d'acné, mon allergie aux végétaux fraîchement coupées et mes maux de ventre une fois par mois, si ça ne vous fait rien. Je dis oui à tout, en fait. Sauf aux propositions de modifications chimiques de mon humeur. Pas besoin : tout ce que je vois ici est un excitant naturel.

Je ressors du caisson transformée, dans la meilleure forme de ma vie. Lexie aussi : elle éclate de santé. Mais… elle a toujours ses taches blanches sur la peau. Curieux, c'est le premier truc que le caisson a dû lui proposer de soigner… Ce qui signifie qu'elle a dit… non ?

Je me garde de lui demander pourquoi : on se connaît à peine. Mais les Sophiennes aussi ont remarqué. Elles ne se tiennent plus de rire.

– On a trouvé un cas trop grave pour le caisson !

– Non, c'est qu'elle est fière de ressembler à une planète.

Mais soit Lexie n'entend pas, soit elle est douée pour faire semblant : son visage ne trahit rien. Elle me demande :

– T'as pas faim ? On va manger dehors ?

– Tu veux dire on rentre à la maison ?

– Tu rigoles ? On va au restau.

***

D'après mes implants, je suis maintenant éveillée depuis vingt-quatre heures et je serais bien inspirée de prendre du repos. Mais devant ce monde nouveau, je suis comme une petite fille face à un gros gâteau : elle sait qu'elle ne pourra pas tout manger mais tant qu'elle n'a pas mal au ventre, elle s'empiffre.

Lexie a choisi un restaurant situé au milieu d'un bosquet doré (sans les hologrammes signalant le menu du jour au-dessus des dernières branches, il serait impossible à repérer). Ses tables sont dispersées entre les arbres, dont le feuillage filtre les lumières jaune et rousse de deux soleils sur trois, simulant une fin d'après-midi d'automne. Quant à la cuisine, elle est à ciel ouvert. Ah, et le service est assuré par des *employés humains*, pas des robots. Ils ne semblent même pas étonnés que nous soyons les seules à déjeuner. Moi qui n'ai jamais mis les pieds dans un restaurant, ça me fait bizarre, cette espèce d'esclavage en costume. D'ailleurs, avec Lexie, on a du mal à commander nos plats sans ajouter plein de « s'il vous plaît » et de « si ça ne vous dérange pas » brusques et inutiles.

Avec leurs lèvres minces, leurs nez droits et leur visage plats, les serveurs ont l'air de venir tous de la même planète. Un monde voisin j'imagine, pauvre ou endetté. La même histoire, partout dans l'Empire…

Je découvre en feuilletant le menu illustré que la viande me dégoûte en soi : même si ce n'est pas du Sanglant, ça y ressemble toujours un peu. Alors je choisis des « œufs de poisson », parce que c'est le plat le plus étrange de la carte – zéro poisson sur Ravno, alors des œufs… Lexie, elle, prend du poulet naturel. Aussitôt le serveur parti, je lui demande :

– Il marchait comme tu voulais, ton caisson ?

– Très bien. Pourquoi ?

– Oh non rien enfin je me demandais comme ça.

Lexie sourit.

– C'est ma figure, c'est ça ?

– …

– Tu sais, quand je suis partie de Médioca, c'était ma grande angoisse. Je priais pour qu'il y ait des caissons médicaux accessibles pour pouvoir y faire un tour *avant* que les autres étudiants ne me voient. Histoire qu'on ne m'appelle pas « la fille aux cicatrices », « le dalmatien » ou « polka dots », ou je sais pas quoi.

– Alors pourquoi tu ne les as pas soignées ?

– C'est pas facile à expliquer. J'étais partie pour le faire. Mais tout à l'heure, dans le caisson, j'ai pensé à Médioca. Et… il y a des gens qu'on trouve beaux là-bas tu sais, malgré leurs cicatrices. Vraiment beaux… J'ai pensé que ces cicatrices étaient une marque de mes origines – n'importe quel type de chez moi peut dire d'où je viens en voyant ma tronche. Et que me les faire enlever comme ça, en un clin d'œil, ce serait comme… trahir ? Je ne sais pas si tu peux comprendre. Ces cicatrices, c'est une partie de moi. Et avant de devoir fréquenter des gens sans cicatrices, elles ne m'embêtaient pas. C'est bête, hein ?

– Non, c'est pas bête…

Son discours me touche plus que je ne le voudrais, et pour ne pas le lui montrer, je regarde ailleurs.

C'est le meilleur moment du cycle, quand un des soleils se couche, qu'un autre se lève et que le troisième atteint son zénith. Je regarde autour de moi les arbres dorés que la troïka des soleils embrase comme des chandelles romaines. Rien à voir avec les arbres de Ravno. J'examine le plus proche, contre lequel notre table s'appuie. De près, pas de beauté dans l'écorce : juste un chaos de nœuds et de fibres, mais si l'on recule pour considérer l'arbre dans son ensemble, là alors, quelle splendeur !

Tout à coup, j'ai l'impression de saisir une vérité profonde qui vaut pour les arbres, les gens, les planètes et pour le visage de Lexie.

– Ce n'est pas bête du tout. D'ailleurs, si tu changes d'avis, le caisson sera toujours là, non ? Mais si je me fie au peu que je connais de toi, je crois que tu ne changeras pas d'avis.

Elle me dévisage avec un sourire malin. On dirait que je l'ai surprise, en bien.

– Tu sais quoi, Astréa-de-Ravno-sur-la-route-Berty-Ruby ? Je crois qu'on va devenir horriblement copines, toutes les deux.

8

Au retour, je me laisse porter par ma bulle, comme naguère par la plateforme de Tim, et avec la fatigue, je m'endors à moitié. À l'approche de notre chambrée, Lexie me prévient par implants que les autres membres sont rentrés.

– Tu ne m'as rien dit sur eux ! Comment ils sont ?

– Euh… Mieux vaut que tu te fasses une idée par toi-même. On ne sait jamais, ça va peut-être bien se passer.

Nos bulles se posent devant les colonnes de la maison. Je suis Lexie au salon en tâchant de me réveiller.

Une fille blonde est allongée sur le ventre dans un canapé, un short vert pâle sur ses jambes dorées. Dans un coin, à droite, un garçon à cheveux violets a les yeux fermés et la main sur un Stellarium posé sur le plateau. Et la dernière de la chambrée, une fille avec de grands yeux, des cheveux très noirs et un beau visage en forme de cœur, interrompt sa conversation holographique avec sa copine pour nous accueillir avec un grand sourire.

– Tiens, je vois que Lexie a trouvé son double sans problèmes de peau.

– Enchantée. Je m'appelle Ast…

– Oui, moi aussi enchantée, toujours une joie de rencontrer des spécimens impériaux dans votre genre.

– Tu peux arrêter, Dounia ? dit la blonde sans se retourner. On a quatre ans à passer ensemble, essaie au moins de faire semblant ?

– Semblant de quoi ? Je suis polie, non ? Tu m'as entendue les traiter de plouquettes sorties toutes sales du cul de l'Empire ?

Sur Sophia, on sait se tenir. Même quand on nous impose des compagnies de ce genre. Ce qui n'arrive jamais, bien sûr.

– Bien sûr.

– Ne commence pas à jouer les petites filles modèles, Mett. Je sais que tu es aussi ravie que moi de partager la chambrée avec ces deux-là.

– Ravie, non mais ça ne me dérange pas autant que toi. Tu sais, sur Fornia, on en voit passer, des touristes…

– C'est vrai, j'oubliais : sur Fornia, vous êtes trop cools avec vos plages et vos surfs !

– Arrête ça, Dounia, dit le garçon qui vient de lâcher son Stellarium et d'ouvrir les yeux.

– Quoi, t'as quelque chose à me dire, Bento ?

– Ben t'es déjà en train de les insulter alors qu'on a même pas eu le temps de dire bonjour à la nouvelle et je ne trouve pas ça très…

– T'inquiète, je vais leur dire bonjour à ta place. Salut, les filles ! Le marshmallow qui veut vous dire bonjour s'appelle Bento Gas. Comme vous le voyez, il souffre d'une légère surcharge pondérale, mais c'est normal, il vient d'une planète rentière où personne ne fout rien. Ce qu'il n'ose pas dire, c'est qu'il a très envie de devenir un homme et vu qu'il n'est pas tout à fait débile, il sait que sa seule chance, c'est de séduire des filles dans votre genre. C'est pour ça qu'il veut vous dire bonjour gentiment, n'est-ce pas, Bento ?

– Lâche-le, Dounia, soupire la blonde, Mett. Il t'a rien fait.

– Non, mais il est là et ça suffit. Allez, je vous laisse avec la plèbe.

– Tu vas où ?

– Voir des amis dignes de ce nom.

– Tu veux dire des gens de Sophia. T'as raison, vous êtes mieux entre vous, sourit Bento. Bonne promenade, Dounia !

– C'est ça. Mett, tu viens ?

– Plus tard, là je suis un peu fatiguée…

– Pauvre fille. Allez, salut.

Lexie me sourit mais je vois bien que l'atmosphère empoisonnée de la pièce la suffoque autant que moi. Tout à coup, la perspective de passer quatre ans dans ce palais ne me paraît plus si enviable.

Lexie m'accompagne jusqu'à la porte de ma chambre, et avant de me quitter, elle chuchote :

– Voilà le tableau. Celle qui vient de claquer la porte du salon après nous avoir tous pourris, c'est Dounia Rime, une Sophienne, t'auras deviné toute seule. La blonde aux jambes de mannequin qui essayait de la calmer mais n'a même pas daigné poser les yeux sur nous, c'est Mett Elpha, une Fornienne. Et le garçon timide sur lequel Dounia a passé ses nerfs, qui vient d'une planète rentière, et qui aurait pu vivre une vie de glande s'il ne s'était pas passionné très jeune pour la formation des astres, c'est Bento Gas. De nous cinq, c'est lui qui a eu les meilleurs résultats au concours, et je pense que c'est une des raisons pour lesquelles Dounia le persécute. Sur ces trois-là, deux me paraissent avoir une chance de devenir supportables. À ton avis, lesquels ?

9

À peine couchée dans mon lit en forme de bateau, je m'endors. Mes implants m'ont adaptée aux cycles de Plaamico, et je ne m'éveille que vingt heures plus tard, lorsque le mur à ma droite se change en baie vitrée. Je découvre alors, à la place du trou dans la pelouse, une vaste étendue d'eau – le fameux Lac Incertain ! Je me demande comment ça marche… En tout cas, sa surface lisse comme un miroir, bleue comme un fragment de ciel, donne très envie de passer d'autres heures à se régaler de fruits sur ses rives. Sauf que c'est la rentrée : mes implants ont chargé le calendrier étudiant. Ils m'informent aussi que mon petit déjeuner m'attend au coin cuisine du salon. Je ne perds pas de temps à choisir mes fringues et opte pour une veste bleu ciel et un pantalon blanc large.

Lexie m'attend dans le salon avec Bento.

– Mett et Dounia ont préféré partir en avance, m'explique-t-il.

– Pourtant, d'après mes implants, les cours commencent dans deux heures. Elles sont prêtes à poireauter une heure et demie devant le château ?

– Pour ne pas être vues avec nous ? On dirait que oui…

***

Premier cours, avec les deux cent cinquante élèves de ma promo, dans un amphi du château : un type vient nous parler. Pas un prof, un type à casquette et armé. Ça me fait bizarre, car sur Ravno nous n'avons jamais eu besoin de beaucoup de police, parce qu'il n'y avait pas grand-chose à voler ou à espionner. Et donc le flic est venu nous entretenir de ça.

– Chers étudiants. Je m'appelle Finn mais si un jour vous vous retrouvez dans mon bureau, ce que je ne vous souhaite pas, vous m'appellerez colonel. Je suis l'un des responsables de la police impériale sur cette planète. Pour commencer, je vais livrer quelques chiffres à votre sagacité. Il y a eu l'an dernier environ 1 290 affaires de vol sur Plaamico. Sur ces 1 290 affaires, 1 285 ont été résolues par nos services, ce qui a donné lieu à 1 285 sanctions, dont 650 renvois définitifs. Conclusion : pas de bêtises. Nous voyons tout et nous savons tout. Ce qui m'amène au deuxième objet de ce cours.

« J'imagine que beaucoup d'étudiants, en particulier ceux venus de planètes disons, reculées, ont été surpris par nos petites affiches sur les dangers de l'espionnage patrien. Si vous êtes dans ce cas, vous vous êtes sûrement demandé comment les Patriens pouvaient passer inaperçus ici – vous avez appris à l'école que les Patriens étaient des clones aux physiques connus de longue date, et qu'ils se refusaient à porter des implants qui pourraient, entre autres, changer leur apparence. C'est exact. Mais on ne vous a pas tout dit.

« Cela paraît difficile à croire, mais il existe, un peu partout, un certain nombre de gens mécontents de leur sort et qui en veulent à l'Empire. Au lieu de se mettre au travail pour s'élever, comme vous l'avez tous déjà fait, ces personnes préfèrent rester dans leur misère parce que ça leur permet de se consacrer à leur ressentiment, qui est devenu leur grande passion. Les Patriens s'en sont rendu compte. Depuis la dernière guerre, ils se servent du réseau impérial pour recruter tous les plus gros frustrés de l'Empire et en faire des espions. Cela se passe sans contact, uniquement par messages codés. Un jour, vous recevez une promesse d'argent venue d'un mystérieux correspondant – et vous n'y faites pas attention, jusqu'à ce que l'argent atterrisse sur votre compte, et il y en a toujours assez pour vous faire perdre la raison, mais pas assez pour changer votre vie. Puis une autre promesse d'argent arrive et celle-là est conditionnée à une petite mission. Rien de dangereux, en général, filmer de loin tel site industriel, tel vaisseau en voie de construction... mais à partir du moment où vous obéissez, vous devenez un traître, et ils vous tiennent. Soit vous continuez à jouer le jeu et vous vous enfoncez dans la trahison, soit vous refusez et vos nouveaux amis vous dénoncent.

« Maintenant, il existe une catégorie d'espions particulièrement recherchée des Patriens : les étudiants admis à passer les concours des Académies ministérielles. Nous savons aujourd'hui que les Patriens sponsorisent certains candidats dès le plus jeune âge. Ils commencent par piéger leurs parents, puis influent sur l'éducation de leurs enfants afin qu'ils soient sélectionnés à un concours académique. Ensuite, ils leur envoient toute l'aide dont ils sont capables – une année, ils ont même réussi à leur communiquer les sujets d'examen des Beaux-Arts en avance. Statistiquement, ils ont un faible taux de succès, mais il s'agit d'un pari à long terme, et d'opérations de très grande ampleur. On estime qu'un peu plus d'un étudiant sur mille des Académies ministérielles est concerné. La seule École supérieure impériale épargnée est l'Académie de la Flotte : le cerveau des cadettes étant sous stimulation hormonale constante, aucune espionne ne pourrait y jouer double jeu longtemps.

« Faites le calcul vous-même : un peu plus d'un étudiant sur mille, cela signifie qu'il y a entre mille et deux mille espions sur Plaamico. Dont un ou deux dans votre école. On pense même que certains espions ne savent pas qu'ils servent les Patriens – jusqu'à ce qu'un beau jour ils reçoivent un message de leurs parents leur racontant tout et les suppliant de faire ce que les Patriens leur demanderont. Dans tous les cas, s'il y a parmi vous des espions désireux de se dénoncer tout de suite, ils peuvent venir me voir à la fin du cours : ils auront droit à une peine aménagée et à la possibilité de refaire leur vie sur l'une ou l'autre de nos colonies. Sinon, vous savez tous que le châtiment standard pour espionnage est la peine de mort. »

Ça jette un froid dans l'amphi. Les élèves se mettent à lancer des regards méfiants autour d'eux, moi comme les autres.

C'est comme ça que je repère, trois travées au-dessus de notre groupe, le Bertien qui m'a sauvée. Contrairement à la dernière fois, il n'a pas verrouillé ses implants, ce qui me permet d'apprendre qu'il s'appelle Enild Raofora-Ojla. Un vrai nom de prince exotique.

– Le cours ne t'intéresse pas ? chuchote Lexie, qui me grille vite.

Pas le temps de répondre : le flic braque sur nous son regard sévère et je ne veux pas me faire remarquer.

– Comme vous l'aurez compris en lisant nos hologrammes, vous êtes tous invités à participer à la lutte contre l'espionnage. Cela signifie ouvrir l'œil et rapporter à la police tout comportement suspect. Je vous rappelle aussi que selon la loi impériale, ne pas dénoncer un espion, c'est devenir un espion soi-même et s'exposer à des sanctions similaires…

« Pour lutter contre l'espionnage, Plaamico possède deux institutions. La police académique, dont je suis l'un des responsables. Et la police secrète étudiante, ouverte aux volontaires, et que plusieurs d'entre vous ont déjà ralliée. Je ne saurais trop vous encourager à les imiter : d'abord, parce que c'est un bon moyen de se faire des amis…

Il plaisante, là ? En tout cas, tout le monde rigole.

– Ensuite, parce que si vous attrapez un espion, vous serez récompensés, et cette récompense peut prendre bien des formes. Comme celle d'un virement à vos parents. »

J'ai hâte que son intervention se termine. Jusqu'ici, Plaamico m'apparaissait comme ce que l'on pouvait inventer de plus proche d'un paradis étudiant. Maintenant, je m'aperçois que le paradis grouille de serpents. *Un espion sur mille !* Et combien de flics chargés de les traquer ? Combien d'étudiants dans cette police secrète ?

Le colonel salue, lance un coup d'œil abrasif adressé aux éventuels espions parmi nous et s'éclipse d'un pas raide.

Sur nos implants, apparaît l'ordre de changer de salle. Dehors, sur les murs, des flèches s'allument. Tout un système de guidage, justifié par le labyrinthe de couloirs de béton nu et sec qui constitue l'intérieur de la tour des première année que nous découvrons ensemble. On dirait qu'il n'y a pas un monde, dans les entrailles du château, mais plusieurs. Le cours n° 2 se trouve à un quart d'heure de marche et nous nous y rendons en troupeau.

10

Là, les choses sérieuses commencent.

– Bienvenue à votre premier cours pratique. Vous allez faire connaissance avec la pince à lumière, qui est aux genésiarques ce que le pinceau est aux peintres : l'instrument de base.

La prof, une grande dame au crâne rasé et aux bras couverts de tatouages planétaires, affiche une posture sévère, dans sa tunique professorale grise. Elle n'a pas l'air du genre à accepter la contradiction ou même les questions, alors nous acquiesçons : « oui Madame », comme une classe de primaire. En tremblant un peu, car il fait froid dans cette salle grande comme un hangar, malgré la présence de mes deux cent quarante-neuf camarades. Dans le fond, on aperçoit une machine grande comme une petite maison, d'où partent deux tubes aplatis au bout desquels luisent deux moignons éblouissants.

– Ceci est un générateur de lumière cohérente. Des robots vont passer pour vous distribuer des cartes, que vous glisserez dans la machine quand ce sera votre tour. Ces cartes vous permettront d'activer les fonctions que nous étudierons durant les premiers cours et seulement celles-ci. Plus tard, à mesure que vous vous familiariserez avec la machine, on vous donnera d'autres cartes. Attention à bien les rendre à la sortie ! Au cas où certains se poseraient la question, ce système de cartes a été inventé par les ingénieurs du ministère pour permettre aux futurs genésiarques de s'exercer avec du vrai matériel sans faire exploser leur école. Le générateur que vous voyez est un modèle réduit, mais il est assez puissant pour désorbiter un météore de taille moyenne. Je suppose que vous vous êtes tous déjà essayés à ça en virtuel, sur vos Stellariums ? Bon, vous allez voir qu'en vrai ce n'est pas pareil.

La prof lève la main, un trou s'ouvre dans le plafond, et un objet patatoïde en descend : un astéroïde, en modèle réduit. Il s'arrête à trois mètres du sol et commence à tourner autour d'un soleil invisible.

– Bon, pour me montrer ce que vous savez faire, vous allez me sortir ce météore de sa ronde, et le déposer là, de l'autre côté de la salle, dans le cercle rouge au sol. Chacun votre tour. Un volontaire pour commencer ? Personne ? On va prendre dans l'ordre… J'appelle Alil Abnou.

Un quart d'heure plus tard, je me retrouve assise dans le baquet au-dessus de la machine, laquelle, vue de derrière, ressemble à un camion-poubelle sans roues.

– Maintenant, Astréa Stern, déplacez-moi ce météore.

Et me voilà tirant timidement sur les poignées pour émettre deux rayons parallèles de lumière cohérente dense comme de la lave, tout en tâchant de suivre des yeux cette boule de chondrite de cinquante centimètres qui orbite à grande vitesse. Aucun Sanglant ne se déplace aussi vite.

– Allez, Astréa, dépêchez-vous. La longueur et la direction avec les poignées, la puissance avec les pédales.

Sur les dix candidats passés avant moi, huit ont échoué, et il me semble que de l'autre côté de la machine, deux cent quarante-neuf paires d'yeux et un nombre inconnu de caméras attendent que je me plante aussi. Je ne vais pas leur faire ce plaisir. D'autant que parmi eux, il y a Enild-le-beau-Bertien et ma nouvelle copine.

Je lève les poignées sans chercher à augmenter la taille des deux traits de lumière solide qui servent de mâchoire à la pince, juste pour éprouver la résistance des commandes. Je fais en sorte de maintenir une visée stable sur la trajectoire du météore et j'attends qu'il passe à portée. Un tour… deux tours… je cale le rythme de ma respiration sur ses mouvements.

Et hop, d'un coup, je tire sur les poignées pour étendre les flux de lumière et j'appuie sur les pédales pour lui donner de la puissance – ce qui me permet de saisir le météore au vol dans ma pince et de le ramener vers moi d'un coup, comme un élastique. Cela se joue en moins d'une seconde – mais ça marche.

Applaudissements.

Le plus dur est fait, mais je garde ma concentration pour maintenir le météore entre les deux mâchoires lumineuses de la pince et l'amener là où la prof le demande.

– Pas mal, dit-elle. Mais un peu long. Vous ferez mieux au prochain cours. Au suivant. J'appelle Aton Eksan…

11

Cours n° 3. Une salle aux murs couverts de cartes de l'Empire, sombre et poussiéreuse comme la grotte d'un monstre piqué de géographie. Sur l'estrade, un type qui me rappelle M. Thoé par sa façon de nous regarder comme du bétail.

– Asseyez-vous. Plus vite. Bon, inutile de vous donner mon nom : nous ne nous reverrons pas. Je suis enseignant en sciences politiques et à ce titre, on me demande chaque année de vous enseigner les bases des relations interministérielles. Ce qui revient à demander à un ingénieur aéronautique de faire cours sur les avions en papier à des gens qui ne savent pas se servir d'une règle, mais ce n'est pas moi qui décide des programmes. Il va sans dire qu'il s'agira d'un cours théorique, alors allumez vos systèmes de simulation cérébrale et ouvrez vos oreilles, ou vos implants mémoriels pour ceux qui en sont équipés.

Échange de regard entre Lexie et moi. Forcément, pas d'implants mémoriels pour nous…

– Comme vous devriez le savoir, le ministère des Colonies compte parmi les cinq ministères les plus importants de l'Empire, par son budget comme par le nombre de ses fonctionnaires. Il entretient de bonnes relations avec le ministère des Armées, qui est l'institution la plus puissante de l'Empire, et avec lequel nous collaborons en permanence. Mais nous sommes proches aussi du ministère des Sciences, qui à chaque élection tente de piquer des votes à l'armée.

« Nous sommes proches de l'armée pour des raisons politiques : nous construisons des planètes pour elle ; et en échange, sa Flotte, la plus vaste de tous les ministères, nous signale des mondes colonisables… Et nous sommes proches du ministère des Sciences pour des raisons historiques : quand l'Empire a fondé les grands ministères, il les a installés près de ses planètes les plus avancées. L'armée est liée à Pangéia, l'Industrie, l'Économie et le Commerce à Berty, les Sciences et les Colonies à Sophia.

« Pour tout vous dire, notre ministère est l'un des rares qui ne soit pas en conflit avec un autre. Pour une raison simple : les colonies sont l'affaire de tous. Le ministère de l'Intérieur, qui doit y installer une police. L'Armée, qui a pour mission de les protéger. L'Industrie, s'il y a des ressources à exploiter. Le Commerce, qui doit établir des routes vers les mondes impériaux les plus proches… Cette position privilégiée fait qu'au Conseil des ministres nos représentants votent toujours pour l'avis majoritaire, sauf dans les rares cas où cet avis contrevient aux intérêts de notre ministère.

« J'imagine que beaucoup d'entre vous n'ont jamais entendu parler du Conseil des ministres, parce que certains mondes jugent inutile d'instruire leurs citoyens sur des sujets qui les dépassent. Mais en tant que futurs fonctionnaires, il importe que vous sachiez de quoi il s'agit.

Le Conseil des ministres est chargé de régler la politique générale de l'Empire et les conflits entre ministères. Il siège sans interruption depuis la mort du dernier Empereur, voilà un peu plus de quatre-vingt mille ans, et comprend des représentants de tous les ministères : des hauts fonctionnaires pour nous, des pontes de la recherche en fin de carrière pour les sciences, des grands flics pour l'Intérieur et des pilotes vétéranes appelées « Nobles Dames » pour l'armée, tous interchangeables, car bourrés d'implants mémoriels et de mémos politiques qu'ils transmettent au suivant.

« Au Conseil des ministres, chaque représentant détient des votes proportionnels au nombre de voix obtenues par son ministère aux dernières élections. Mais comme l'armée écrase la plupart du temps ces élections, le pouvoir réel se situe du côté des Nobles Dames : les décisions et les débats importants ont lieu en secret, dans les assemblées de la Flotte militaire, et le Conseil des ministres ne fait que les ratifier. Ce sont les Nobles Dames qui ont signé les traités de paix avec la race ruby, elles qui négocient les trêves avec les Patriens ou décident de la guerre. Bref, vous devez retenir que l'Empire est une entité politique compliquée où c'est l'armée qui dirige. Des questions ? »

Oui, plein, mais la façon dont le prof s'exprime décourage de les poser.

J'écoute la suite, néanmoins, et c'est utile : en arrivant sur Plaamico, je savais que chaque monde de l'Empire avait son petit régime politique indépendant et que les grands ministères détenaient le pouvoir dans les affaires cosmiques, mais comme chaque monde de l'Empire doit aussi se soumettre à la loi et à la justice impériale, j'avais du mal à voir où se situait la limite et à comprendre les principes de la démocratie budgétaire. Maintenant, grâce à ce prof imbuvable, je commence à voir l'Empire comme une sorte d'entreprise, et les mondes impériaux comme ses clients et ses actionnaires. Les mondes paient l'Empire pour qu'il les défende contre les Patriens, éduque leurs enfants, leur ouvre le marché des autres mondes, leur fasse profiter de sa technologie… En retour, ces mondes s'engagent à respecter les lois impériales fondamentales : pas de chimères, pas de contacts indépendants avec les Patriens ou les Rubys, pas de guerre avec les mondes voisins… Et si ces mondes restent dans les clous, leurs habitants ont le droit de voter, tous les dix ans, pour déterminer à quel ministère iront leurs impôts et comment se répartiront les votes au Conseil des ministres.

Avec ces infos, je comprends mieux la situation de Ravno, à la fois dépendante de l'aide des grands ministères et incapable de payer ce qu'elle doit à l'Empire. De là nos profs pourris, nos rares caissons médicaux, notre ciel grillagé et nos populations réquisitionnées pour peupler les colonies.

12

Cours n° 4 : dans un autre hangar, un nouveau prof aux bras tatoués de planètes, au ventre proéminent, et au regard pas commode demande à des robots de nous distribuer d'autres cartes. On doit les glisser dans un cube pour s'entraîner à piloter des drones à distance. Pour cela, il faut placer les mains au-dessus du cube et tâcher de guider des engins de plusieurs tonnes en lévitation juste en bougeant le bout des doigts.

Malgré mes entraînements sur Stellarium, mon drone se fracasse au mur.

Cours n° 5 : retour à la théorie, avec une prof qui a la tête de l'emploi : une sorte de souris humaine qui nous apprend comment calculer mentalement la vitesse et le poids d'un objet céleste en mouvement. Super utile, à l'heure des implants et des vaisseaux pensants.

Cours n° 6, retour à la pratique, aux hangars et aux bras tatoués d'un navigant professionnel reconverti dans l'enseignement.

– Vous voyez ces maquettes de navettes qui tournent n'importe comment et pourraient bien finir par causer un accident ? Leurs gyroscopes sont détraqués. Vous allez donc les réparer à distance grâce aux consoles, à gauche.

Cours n° 7, encore de la théorie, et encore une grosse tête stricte pour nous en parler.

– Soit un système centré sur une étoile A autour de laquelle tourne une planète B, dont l'orbite est équilibrée par la présence de trois satellites que nous appellerons B', B" et B'", dont les caractéristiques doivent s'afficher sur vos implants. Question : lequel de ces satellites peut être enlevé sans provoquer une catastrophe cosmique ?

Chaque cours théorique dure deux heures et chaque cours pratique quatre heures. Résultat : nous ressortons du château dix-huit heures après y être entrés, la tête bourrée de connaissances à en imploser et le ventre douloureusement vide. Autant dire que nous ne traînons pas et filons vers le restau le plus proche.

Là, alors même que nous avons plein de choses à nous dire, Lexie et moi sommes trop fatiguées pour discuter. Tout juste arrivons-nous à partager l'interrogation qui nous hante :

– Ça va être tout le temps comme ça ?

***

Oui, c'est comme ça tout le temps ; la suite le confirme. À ceci près qu'au bout de quatre cycles de cours communs on nous divise en 5 classes de 10 chambrées, soit 50 élèves au lieu de 250, et on nous présente le règlement du château :

« Chaque classe suivra un emploi du temps indépendant des autres. Par mesure de sécurité et en raison de précédentes tentatives d'espionnage patrien, tout échange entre des élèves de classes différentes dans le périmètre du château est proscrit, en dehors de la salle de divertissement. »

Bonjour la parano collective…

Au moins, je ne suis pas séparée de Lexie.

Maintenant, je peux mesurer l'horizon temporel qui s'étend devant moi : quatre années de Beaux-Arts comprenant deux stages de six mois dans l'espace, mais qui, pour le moment, se découpent en cycles de 50 heures comprenant 20 heures de cours, environ 2 heures de marche de salle en salle, 1 heure de trajet de la chambrée au château et 11 heures de sommeil recommandées pour récupérer et digérer tout ce que l'on a avalé en cours. Ce qui laisse seize heures de temps libre, que je passe avec Lexie, et parfois Bento. Mett et Dounia sont toujours fourrées dehors, j'ai renoncé à savoir où. Mais je sais que des fêtes s'organisent dans d'autres chambrées et que là-bas, il s'en passe parfois de belles.

Que nous ne soyons pas invitées ne me frustre pas : Plaamico comprend d'autres distractions. Ses piscines, notamment, où il m'arrive de me rendre seule parce qu'il n'en existe pas sur Ravno, et où j'écoute mes implants m'apprendre à nager. Ou bien les deux messages de mes parents, envoyés pendant que je dormais dans mon caisson. Dans le dernier, ils avaient réuni tous mes copains pour une sorte de remake de ma fête de départ, mais sans moi.

Je me demande combien de temps Elba, Galy et les autres mettront à m'oublier…

Ce qui m'inquiète plus, ce sont mes premiers résultats.

Sur Ravno, je n'étais pas juste une bonne élève : grâce à mon Stellarium, j'avais fini par en connaître davantage que les profs sur tout ce qui concernait l'espace. Depuis le départ de Fani, je caracolais en tête de tous les classements.

Mais ici, il n'y a *que* des bons élèves, tous ont bouffé du Stellarium, et la plupart sont mieux renseignés que moi sur les affaires de l'Empire et bien plus familiers de sa technologie… En gros, je comprends à peu près la moitié de ce qui se dit lors des cours théoriques, et lors des cours pratiques, j'arrive à me sortir de trois exercices sur cinq. Ce qui me situe dans la moyenne, comme Lexie d'ailleurs. Et comme Dounia, ce qui la met en rage. Mett, notre Fornienne, se classe un peu en dessous, ce qui n'a pas l'air de la troubler – rien ne la dérange jamais, celle-là ! Quant à Bento, si j'ai bien compté, il réussit 4,5 exercices sur 5. Les élèves des autres chambrées commencent à lui parler avec respect.

13

– Vous allez voir, j'ai entendu Dounia dire que c'était génial et Mett avait l'air d'accord.

– OK, Bento, je te suis mais on ne reste pas trop longtemps, je veux dormir au moins six heures avant les prochains cours.

– Quoi, t'as peur d'éclater encore un drone et de passer pour une pauvre fille ? demande Lexie en riant. Tu ne devrais pas : tu traînes avec moi, ta réputation est foutue, Stréa !

– Allez, vous finissez vos verres et on décolle ? nous relance Bento. C'est juste à côté !

Cette discussion a lieu dans la zone de divertissement du château ; plus précisément, au comptoir d'un de ses bars, où nous regardons le ballet des étudiants entre les machines et les cabines miraculeuses.

Bento a choisi une boisson sans alcool ; en réaction, j'ai pris ce qu'il y avait de plus fort sur la carte – une idée débile : l'alcool ajouté à la fatigue, je sais ce que ça donne sur moi…

– Allez, Stréa, reprend Bento. Tu finis ton verre et on y va ?

L'endroit où nous nous rendons – eux d'un pas vif, moi en traînant les semelles de mes sandales d'été – se cache au fond de la zone de divertissement. Il s'appelle la « salle aux chambres noires » : un rectangle d'environ quarante mètres carrés rempli de cabines assez semblables à celles de notre salon, où l'on peut s'enfermer pour regarder un film 3D. Mais les chambres noires ne servent pas à diffuser des films 3D : elles servent à montrer, en accéléré mais comme si on y était, la construction d'une planète par un des trente-trois meilleurs genésiarques en exercice : les fameuses Pléiades. Leurs portraits sont affichés partout dans la salle.

Sir Edwer Tissel, l'aristo excentrique et barbu qui a repéré Lexie.

Lady Shelloïde, la doyenne, qui a l'air d'une folle furieuse avec ses cheveux hérissés et son visage labouré de rides.

Lady Lessia Dalva, que je reconnais tout de suite et dont le sourire semble nous mettre au défi de l'égaler.

Sir Edmond Paglias, surnommé le Grand Sophistiqueur, dont le regard résolu paraît une déclaration de guerre adressée au chaos de l'Univers.

Bien sûr, grâce à nos Stellariums, nous avons tous vu et visité des planètes créées par des génesiarques professionnels. Nous avons pu apprécier leur ingéniosité, leur capacité à penser à tous les détails, leur esthétique : certaines de ces planètes sont de pures merveilles.

Et Bento, Lexie et moi nous sommes tous essayés mille fois à la création de planètes, une étape après l'autre : d'abord examiner le système à transformer, décompter la matière à notre portée, évaluer ce qu'on peut en faire avec l'énergie de notre vaisseau virtuel, fracasser quelques météores ou astres mineurs pour créer un disque d'accrétion s'il n'y en a pas déjà un, penser à désorbiter quelques comètes d'eau glacée histoire d'arroser tout ça plus tard… Un travail d'artisan, ce qu'ont confirmé nos premiers cours.

Mais dans les cabines, nous nous apercevons que les grands genésiarques n'utilisent pas du tout la même méthode. Ils donnent l'impression de tout faire dans le désordre, au hasard, et surtout en même temps – mais ce n'est pas le cas, bien sûr, et il faut arriver au bout du film pour saisir le sens de ces gestes qui sur le coup paraissent absurdes.

Ainsi, nous voyons le vaisseau de sir Edwer Tissel, l'idole de Lexie, dépenser la moitié de ses réserves d'énergie pour déclencher un orage magnétique dans un anneau de débris afin que tous les matériaux chargés en métaux radioactifs se regroupent – et on se demande ce qui lui prend – jusqu'à ce que sa planète apparaisse, une planète minière, avec un hémisphère parfaitement habitable, et un autre truffé d'iridium que les futurs colons passeront leur vie à extraire et à enrichir.

Puis nous regardons le vaisseau de lady Shelloïde expédier les trois plus grosses patates météoritiques à sa disposition droit dans l'étoile autour de laquelle elles orbitent – une grosse erreur, qui se traduit par une giclée de matière brûlante ? Non, c'est juste que Madame n'aime pas être limitée dans le choix des métaux qu'elle intègre à ses planètes, de là son habitude d'aller chercher ceux qui lui manquent dans le cœur même des étoiles, quitte à sacrifier un peu de bonne roche utilisable.

– Tu veux voir ta marraine au boulot, Stréa ?

La figure sévère et ironique de Lessia, pardon, de lady Lessia Dalva apparaît, avec ses cheveux sales collés contre son front et son regard impassible au fond duquel semblent luire deux points d'interrogation. Remplacé bientôt par un système stellaire. Un système ruby abandonné, c'est facile à reconnaître : ses deux planètes sont couvertes de forêts mortes, sans une feuille visible, au point qu'elles ressemblent à des boules de piquants.

Le jour où j'avais rencontré Lessia, elle a raconté qu'à ses débuts elle avait été affectée à la frontière de l'Empire et de la zone ruby, pour travailler sur les mondes mixtes et aménager des planètes dont les Rubys ne veulent plus afin qu'elles abritent des colons humains.

C'est ça que la cabine nous montre : le transtellaire de Lessia en train de remodeler une de ces planètes offertes par les Rubys.

Adapter une ex-planète ruby aux populations humaines n'est pas un travail compliqué. Il s'agit juste de sculpter ses forêts mortes à l'aide de faisceaux de lumière cohérente tirés depuis l'espace, avant d'y descendre en navette pour les finitions, comme je l'ai fait cent fois sur Stellarium. Mais il faut voir comment Lessia s'y prend pour transformer en trois minutes un bosquet de troncs pétrifiés en îlots de gratte-ciel ouvragés.

Pour affiner l'arbre le plus haut du lot et aménager un port pour navettes à son sommet. Pour récupérer, dans les lacs de sève durcie en bas, des fragments brillants qui étincelleront sur les façades neuves. Elle aussi fait tout en même temps, elle aussi semble poursuivre des visions qui préexistent dans sa tête. Mais je vois tout de suite ce qui la différencie de lady Shelloïde et de sir Edwer Tissel.

Dans les films que nous venons de regarder, lady Shelloïde et sir Edwer Tissel avaient l'air de considérer leur tâche comme une occasion d'exercer leur virtuosité – et une fois terminées, leurs planètes montrent leur talent, leur inspiration, leur capacité à improviser des solutions élégantes.

Lessia, elle, n'a pas l'air de chercher à prouver quoi que ce soit. Elle ne se lance pas de défi, ne va pas au plus difficile ou au plus spectaculaire. Son style est sobre, et ne vise qu'un seul but : créer de la beauté utile. Pour aboutir à une planète sur laquelle n'importe qui serait heureux de vivre. Ces grandes tours de bois, ces clairières taillées dans la masse des écorces mortes, ces routes dégagées qui suivent la trajectoire du soleil, ces villes d'altitude, ces terrasses pour regarder les étoiles… Les gens qui habiteront là traverseront l'existence entourés de splendeurs. C'est cela que Lessia poursuit, et non pas la gloire d'apparaître la meilleure de sa profession.

Tout à coup, je me sens très fière de l'avoir pour marraine. Je ne le dis pas pour ne pas frimer et ne pas troubler le silence admiratif de Bento et de Lexie. En fait, nous sommes si impressionnés que, jusqu'à notre retour en bulle dans la chambrée, personne n'ose émettre le moindre commentaire.

– Alors, vous en pensez quoi ? C'est dingue, hein ? souffle Bento en se jetant dans un des fauteuils du salon.

– Oui, c'est magnifique.

Il tique.

– On s'en fout que ce soit magnifique, Stréa. Je parlais de la façon dont ils s'y prennent. On dirait qu'ils ont zéro plan, zéro méthode, ils manipulent des centaines de drones et leur pince à lumière en même temps, et pourtant ils ne se trompent jamais.

– Ils ont un plan et une méthode en tête. C'est juste que leur façon de procéder est à la fois trop compliquée et trop naturelle pour qu'on puisse comprendre. J'imagine que ça vient avec les années de pratique.

– Non, Lexie, même avec des années de pratique et les meilleurs implants, aucun être humain ne peut contrôler en même temps tout l'équipement d'un chantier planétaire. À moins d'avoir dix cerveaux.

J'ouvre la bouche pour répondre avant de la refermer bêtement. Je n'y avais pas réfléchi.

– Tu penses quoi ? Qu'ils se font aider par des machines ?…

– Non. Réfléchissez. Pourquoi on ne les voit construire leurs planètes que de l'extérieur ? Pourquoi on ne montre aucune image d'eux lançant une commande depuis leur cockpit ?

– Parce qu'il y a un gros secret là-dessous. Je peux m'asseoir avec vous ?

14

Je me retourne. Mett, notre Fornienne, vient de rentrer. Avec moi, elle n'a jamais été très amicale, mais jamais hostile non plus. En fait, on la voit peu et quand elle est là, elle a toujours mieux à faire que de participer à nos discussions.

Elle se laisse tomber dans le canapé à côté de nous.

– J'ai vu les chambres noires, moi aussi. Par curiosité, j'ai essayé de reproduire les actions de mon parrain sur le simulateur du Stellarium. Et vous savez quoi ? C'est impossible. T'as raison, Bento, personne ne peut commander 100 drones à la fois et en même temps réguler la vitesse d'un disque d'accrétion.

– Si, en préprogrammant tout le bazar, répond Lexie.

– En théorie oui, mais t'as fait du Stellarium, tu sais bien : aucune préprogrammation ne peut prendre en compte les milliers d'événements imprévus qu'on déclenche quand on touche à un disque d'accrétion. Et sur Stellarium, on n'a droit qu'à la version virtuelle du problème. En vrai, ça doit être cinq fois pire !

Je la contemple avec étonnement. C'est une autre Mett, là, qui nous parle. Pas celle dont le regard glisse sur nous comme sur des objets, celle qui passe des heures à coiffer ses cheveux blonds et à soigner le brun doré de sa peau, celle que tout indiffère glorieusement.

– Je sais ce que vous pensez : derrière les Pléiades, il y a juste des intelligences artificielles bien plus sophistiquées que celles dont se servent les genésiarques ordinaires. Les Pléiades ont plus de talent que les autres mais ce sont avant tout des privilégiés technologiques, c'est ça ? C'est forcément la première hypothèse qui vient quand on réfléchit trois secondes au problème. Ben, c'est faux. Les intelligences artificielles répètent toujours les mêmes schémas quand ils fonctionnent. Les membres des Pléiades ne répètent *jamais rien*.

– Bref, il y a bien, en effet, une technologie secrète en jeu, mais pas celle-là. Et tu as deviné laquelle ? demande Lexie.

– J'ai mon idée mais il est possible aussi que je me trompe et je ne veux pas répandre des bruits. Et puis je suppose qu'on apprendra tout ça l'année prochaine, quand on partira en stage avec nos parrains et marraines… Allez, bye.

Elle s'est relevée, retrouvant aussitôt son indifférence habituelle.

– Tu sors, ce soir, Mett ? demande Bento.

– Bien sûr.

Puis, à ma grande surprise, elle ajoute :

– Vous voulez venir ? Ça se passe dans la chambrée 13.1. Il y aura plein de types de Berty et de Fornia, si ça vous intéresse.

Je regarde Lexie dans les yeux et y trouve le reflet de ma méfiance : peut-être que cette invitation est sincère, peut-être que Mett a promis à ses copains une bonne rigolade à nos dépens.

– Pas ce soir, je dis, une autre fois.

– Bon, si vous vous sentez une vocation d'ermite, ça vous regarde.

Il reste cinq heures avant la reprise des cours. Je suis la première à regagner ma chambre : je viens de recevoir un troisième message de mes parents sur mes implants et j'ai très envie de le regarder tranquille.

Je ferme à clé derrière moi, m'installe dans un fauteuil flottant et demande à mes implants de me montrer ça.

Et je me retrouve dans le salon de mon ancienne maison, qui n'a pas changé, si ce n'est qu'il me paraît minuscule. Mes parents non plus n'ont pas trop changé, même s'ils ont pris un an depuis mon départ. Ça me soulage. Ma mère est assise dans le canapé, mon père se tient debout à côté d'elle, une main sur son épaule.

– *Tu es sûr que ça marche mon chéri ? Astréa ? C'est nous. J'espère que tu n'en as pas déjà assez de recevoir nos messages. Si on te saoule, dis-le.*

– *Astréa ? C'est ton père. On a bien reçu tes messages. On espère que tu vas bien, ma grande, et que tes cours te plaisent. Enfin, tu ne t'es pas plainte jusqu'ici alors je ne veux pas t'encour…*

– *Laisse-moi lui parler ! Ma chérie, sache qu'on pense beaucoup à toi ! Mais tu préfères peut-être qu'on te donne des nouvelles… Il n'y a pas grand-chose à dire, ici, tout va bien. Ah, si, ton copain Tim a battu le record du tour de piste lors des derniers jeux interscolaires – d'après son père, ça l'a rendu très populaire, au point qu'il veut maintenant se lancer dans la politique. Tim président de Ravno, tu imagines ? Sinon, ta copine Elba a réussi son examen : elle est maintenant une chasseuse de Sanglants professionnelle.*

– *Tu nous manques, ma chérie. Vraiment beaucoup. Mais on est heureux que tu aies trouvé ta voie. Je suis sûr que tu éblouis tout le monde sur Plaamico. Même si ce n'est pas le cas, sache qu'on sera toujours fiers de toi. Surtout, ne t'inquiète pas pour nous.*

Je fixe l'image de fin, leurs sourires à la fois sincères et forcés, et relance le message pour le regarder tourner en boucle en essayant de ne pas penser à la distance qui nous sépare.

Je connais la vie sur Ravno, ça ne peut pas être aussi radieux que ce qu'ils disent. Ils doivent me cacher des choses… celles qui pourraient me saper le moral, comme Fani dans ses messages. Mais je ne leur en veux pas, car je fais la même chose. Et je recommence dans ma réponse : « Les gens de ma chambrée sont super. Je me suis déjà fait des dizaines d'amis. J'ai été à une fête extraordinaire dans une clairière. Ici, les étudiants se respectent quelles que soient leurs origines. »

Un vrai conte de fées.

Puis je rallume mon Stellarium pour lui demander de me ramener sur Ravno et pendant un quart d'heure, je me promène dans une version virtuelle de ma planète natale. Je monte même au port orbital, où je vois une copie de mon père servir des copies de clients dans une copie du VitaNova – et ces copies sont si réalistes que j'ai envie de lui parler et de me jeter dans ses bras, mais ce serait comme embrasser un hologramme. Embrasser le vide.

15

Les cycles de 20 heures de cours/2 heures de marche/1 heure de bulle/16 heures de liberté/11 heures de sommeil se suivent sans se ressembler. Nous commençons à nous habituer à cet enchaînement sans fin, rythmé, toutes les dix heures, par de sublimes levers-couchers de soleil en stéréo qui jettent deux grandes flaques de rouge dans l'horizon.

Les disparitions et les réapparitions du lac près de ma chambre ne m'étonnent plus. Grâce à Bento, je sais maintenant qu'il s'agit d'une technologie venue de Nixte.

– L'obélisque au centre est une trouvaille archéologique ramenée de là-bas. Tu vois tous les petits points bizarres sur toutes ses surfaces ? C'est grâce à eux que le lac disparaît et réapparaît. Et il n'y a rien à comprendre, vu que ceux qui ont construit ça sont morts voilà des milliards d'années et que nos meilleurs scientifiques eux-mêmes n'y comprennent rien.

Quant aux hologrammes policiers qui nous parlent d'espions, on en voit toujours partout mais je ne les lis plus. Bref, je commence à prendre mes marques.

J'ai compris que Bento Gaz était un type bien, sous sa couche d'hormones et de timidité, et j'essaie de ne pas m'énerver quand il nous explique quelque chose avec un petit sourire content. J'ai appris aussi à ne pas m'irriter de l'attitude changeante de Mett Elpha, qui parfois nous traite comme des meubles et parfois comme ses copines de toujours – entre deux sorties, quand elle n'a rien d'autre à faire.

Je m'habitue à tout. Mais ce que je vois à chaque promenade dans le parc m'émerveille encore et toujours. Je suis heureuse, je crois. Et surtout, je commence à me sentir chez moi.

C'est à ça que je pense alors que nous allons récolter des fruits dans le verger, au bord du Lac Incertain, vide à l'instant présent. Seule demeure son étrange obélisque.

– Pauvres Nixtiens. On se sert de leur technologie et on ne sait rien d'eux. Même pas à quoi ils ressemblaient, souffle Lexie entre deux bouchées de poire juteuse.

– On sait qu'eux aussi défendaient la vie à leur façon. Sinon ils n'auraient pas transformé des systèmes entiers en conservatoire de fantômes extraterrestres, dit Bento pour ramener sa science, tout en contemplant pensivement son trognon de pomme.

Nous avons tous entendu cette légende : certaines technologies des planètes de là-bas, une fois activées, seraient capables de faire renaître, pour un temps, leurs habitants d'autrefois. Bento a l'air d'en savoir plus long que nous sur le sujet, mais si je l'interroge, la conversation virera au monologue, et ça me fatigue d'avance. Je me contente de dire :

– Il faut croire qu'ils n'avaient pas la même conception que nous de la vie.

– En tout cas, dommage que Patrie bleue ait mis la main sur Nixte. On dirait que ça leur donne un bel avantage dans la guerre, poursuit Bento.

– Qu'est-ce que t'en sais ? dit Lexie.

– Rien. Je ne veux pas vous pourrir le moral avec des rumeurs. Et puis ici, on est loin du front, non ?

– Pas aussi loin que chez moi, je commente. D'ailleurs, si Patrie bleue a pris possession de Nixte, qu'est-ce que ce truc fout ici ?

– On a dû le récupérer avant guerre. C'est le ministère des Sciences qui a découvert Nixte, et c'est l'armée qui l'a explorée avant que les Patriens ne s'en emparent. Révise tes cours d'histoire, Stréa.

Pas la première fois que Bento me dit ça. Pas étonnant : lui, sur sa planète de riches, a eu droit à des profs qui expliquaient tout bien et revenaient sur la leçon avec un sourire quand les élèves ne comprenaient pas. Moi j'ai eu droit à Mme Thanaël et à M. Thoé, qui m'ont enseigné que l'Empire était formidable et que j'habitais une planète pourrie. Mais je n'en tiens pas rigueur à Bento. À tout prendre, je préfère quand il s'étonne de mes lacunes plutôt que lorsqu'il me traite en Ravnienne sous-éduquée qu'il ne faut pas vexer. Et je crois que Lexie est du même avis.

16

Voir une plaine de terre fertile se retourner en montagne est un drôle de spectacle. C'en est un encore plus drôle quand ladite montagne est transformée en gros tas de terre sableuse dont on fait une savane. Puis quand cette terre sableuse est coagulée pour revenir à l'état de plaine noire qui n'attend plus qu'un drone semeur pour se couvrir de gazon.

Ce matin, des hologrammes ont annoncé que les troisième année s'entraîneraient au modelage de paysage sur l'un des terrains pas très loin de l'entrée du parc, à côté des hangars. Alors, avant de partir en cours, nous avons ramassé quelques fruits pour les donner à notre robot-cuisinier, avec pour mission d'en tirer du jus et de le mélanger à une des bouteilles de concentré alcoolique du frigo. Quand nous sommes rentrés du château, épuisés et assoiffés, trois bouteilles nous attendaient. Nous avons résisté à la tentation de les boire illico allongés au bord du lac, pour, à la place, remonter dans nos bulles et aller voir le spectacle.

Nous avons même réussi à embarquer Mett, qui devait particulièrement s'ennuyer pour accepter de nous suivre.

Maintenant, nous sirotons nos bouteilles en applaudissant l'adresse des troisième année dans le maniement des gros drones de chantier. Depuis notre banc en haut d'un petit promontoire – que nous avons réquisitionné avant que l'essentiel de la promo ne débarque et ne prenne ledit promontoire d'assaut –, nous avons une vue complète du terrain d'entraînement. Ce qui n'est pas évident, parce qu'il s'agit d'un carré de quatre hectares.

L'exercice ne nous a pas été expliqué, mais ses règles paraissent simples. Chacun leur tour, les étudiants de troisième année s'installent devant la console de pilotage à découvert : trois panneaux de commandes sur lesquelles je reconnais le cube pour les drones et les poignées de la pince à lumière. Un prof leur tend un bocal plein de petits papiers, ils en prennent un et lisent dessus le paysage qu'on attend d'eux. Puis ils se mettent au boulot. Avec un générateur flottant pour les pinces et cinq vrais drones, gros comme trois camions, suspendus dans les airs avec grâce malgré leurs ventres pleins de vrilles, de mâchoires d'aciers et de foreuses.

Nous regardons, la bouche à moitié ouverte, ces drones et ce générateur changer, en une demi-heure, quatre hectares de plaine en petite montagne. La lumière tracte, sa colonne brûlante agit comme un aimant, la terre humide se fend, et ce qu'il y a en dessous remonte dans la colonne, que l'élève coupe pour que la terre retombe en gravats. Trois coups comme ça et il dispose déjà d'un petit monticule que ses drones modèlent et figent en roches à coups de rayons brûlants.

Il faut entendre les applaudissements. Mérités : sa petite montagne, nous nous en apercevons tous maintenant, est une copie exacte d'un sommet bien connu sur Berty répondant au nom kitsch d'Aiglemont.

– Tiens, Dounia, voilà tes copines.

C'est dit avec un mépris si vif qu'on se retourne en même temps, Lexie, Bento, Mett et moi.

Dounia, avec sa bande de Sophiennes. Toutes d'une beauté sombre, avec leurs cheveux noirs rejetés sur l'épaule, leurs yeux charbonneux garantis sans trucage et leur façon de regarder, comme si la moitié de ce qu'elles voyaient insultait leur vue. Parmi elles, je reconnais les trois qui s'étaient foutues de Lexie à la sortie des caissons médicaux.

– C'est pas mes copines. C'est juste que j'ai pas eu de bol au tirage au sort des chambrées, alors stop avec ça.

– Pas eu de bol ? On ne laisse pas le hasard former les chambrées, c'est une intelligence artificielle qui s'en charge. À partir de nos profils. Maintenant, explique-moi pourquoi, quand elle a vu le tien, elle a décidé que tu habiterais avec ça ?

Ambiance ! J'ai envie de les écorcher, mais d'un côté, il ne m'est pas désagréable de voir Dounia se faire allumer par ses semblables.

– C'est bon, Hind, on peut parler d'autre chose ? De ce banc par exemple…, dit Dounia en nous jetant un regard du genre je vais vous faire payer pour ce que vous venez d'entendre.

– C'est vrai, parlons de ce banc, dit sa copine en riant.

– Qu'est-ce qu'il a ? À part qu'on est assis dessus parce qu'on était là en premier ? dit Bento d'une voix qu'il voudrait ferme, mais qui tremble un peu.

– Vous feriez mieux de vous taire et de regarder, interrompt Lexie.

Elle a raison : de l'autre côté du terrain d'entraînement, un nouvel étudiant vient de se placer derrière cette console qui ressemble à une installation pour DJ. Il commence à démolir la montagne élevée par son copain. Mais les Sophiennes estiment qu'il est plus intéressant de nous pourrir.

– Il se trouve, chères choses, que ce banc est réservé. Ce n'est écrit nulle part mais tout le monde le sait.

– On ne bougera pas, bafouille Bento.

Quant à moi, je dévisage, incrédule, ces Sophiennes qui semblent beaucoup tenir à leur histoire de banc réservé, et tout à coup, un énorme rire me saisit – parce que j'ai un peu bu, mais surtout parce que cette situation m'apparaît tellement absurde et énorme…

– On peut savoir ce qui la fait gargouiller comme ça, ta copine ? demande une Sophienne à Dounia.

Mais ça ne calme pas mon hilarité. Et sans y penser, avec un naturel parfait, je m'écrie :

– Alors c'est ça, Sophia ? On vous donne les profs les plus doués, des programmes d'études accélérés, des rencontres avec des génies scientifiques, des implants à un million, des voyages scolaires de dizaines d'années-lumière, tout ça pour qu'à la fin vous nous fassiez le coup du banc réservé ? Et en plus, ça vous fait mousser ? Là d'où je viens, même les caïds les plus mous du bulbe n'osent plus à partir de dix ans, je dis, en pensant à

Elba, la petite brute de notre bande. Même eux vous traiteraient de débiles.

Ça les laisse désemparées deux secondes, durant lesquelles je récolte un coup d'œil admiratif de Mett.

– Allez, ça suffit, laissez-nous le banc ou on se sert de nos implants.

Elles approchent, et je continue à penser à Elba, à ses conseils, à la façon dont elle réagirait dans cette situation – je sais très bien comment, je la connais depuis longtemps. Avant de changer d'avis, je balance ma bouteille vers la Sophienne – et elle explose à ses pieds, l'aspergeant de liquide poisseux, ce qui lui arrache un cri dégoûté.

– T'as plus tes implants offensifs, connasse, on te les a désactivés, alors arrête ton bluff. Et si t'en as gardé, maintenant, tout le monde le sait et je vais adorer assister aux emmerdes que ça te vaudra. Mais sinon, viens ! Je suis passée dans le caisson mais j'ai gardé un ou deux virus de ma planète pour les pétasses agressives comme toi. Ça passe par la salive, alors viens, je ne griffe pas, mais je mords et j'adorerais t'embrasser. Pour bouffer ta sale petite gueule jusqu'à ce qu'on voie tes dents à travers tes joues.

Ce n'est pas moi, c'est Elba qui parle par ma bouche – mais ça me fait un bien fou !!

La Sophienne en reste bouche bée. Elle voudrait me défier du regard, mais je vois surtout qu'elle n'a pas l'habitude de ce genre de joutes verbales, dans le style paroxystique de Ravno. Son truc, ça doit être plutôt persiflages, insinuations, mines pincées et petits ricanements.

Elle tente de s'en tirer par un soupir chargé de mépris, et toute la bande tourne le dos pour aller tenter de déloger un autre groupe bien installé. Je remarque qu'autour de nous beaucoup de camarades ont arrêté de regarder le chantier pour s'intéresser à l'altercation.

Tout le monde me sourit.

À part, à une dizaine de mètres, Enild-le-beau-Bertien, qui me fixe d'un regard impénétrable avant de hocher la tête. Je me détourne pour demander à Bento une gorgée de sa bouteille afin qu'on ne voie pas que je rougis.

17

Ravno m'a sauvée sur ce coup, il n'empêche, je n'aime pas trop qu'on me rappelle que je viens de là-bas ; je n'aime pas trop le petit sourire de ceux qui consultent mon implant d'identification, ni les bouffées de colère et d'humiliation qui me chauffent ensuite le front.

Bento, avec sa prévenance pataude, fait bien attention à ne pas aborder le sujet – mais il reste Bento et l'expression « planète de ploucs », inscrite dans son langage, lui vient parfois. Pour Mett, Dounia et ceux qui leur ressemblent, mon infériorité *va de soi*. La majorité des étudiants me regarde comme elles : de haut, en se retenant de se boucher le nez.

Il n'y a qu'avec Lexie que Ravno ne pose pas de barrière. Même si nous n'avons plus jamais parlé de notre passé, trop occupées par la découverte de Plaamico.

Je ne l'ai pas dit parce que cela me paraît aller de soi, mais plus les cycles défilent, plus mon amitié pour Lexie se renforce. En fait, je suis émerveillée que nous nous soyons si bien trouvées, au point d'éprouver parfois l'impression de parler à une autre moi-même : comme moi, Lexie est née sur une planète pauvre, comme moi, n'a eu droit qu'au minimum d'instruction impériale, porte des implants standard et nourrit une petite nostalgie qui ne veut pas s'avouer pour son monde d'origine. Et son parcours jusqu'à l'Académie est parallèle au mien : la passion pour l'espace, la rencontre décisive, la rage de réussir, les encouragements des proches, le grand départ…

Tout nous rapproche. Même son caractère : Lexie n'est pas secrète, comme ma chère Fani. Son intelligence me fascine ; elle ne m'écrase pas. Avec Fani, parfois, j'avais l'impression de ne posséder qu'un demi-cerveau. Lexie ne calcule rien : elle dit ce qu'elle pense, et elle fait ce qu'elle dit. En une quarantaine de cycles, pas une fois je ne l'ai surprise en flagrant délit d'hypocrisie, et quand Bento commence à l'entreprendre sur la malchance d'être née sur Médioca, il faut voir comment elle les rembarre, lui et sa compassion mal placée ! Moi, quand il me parle de Ravno avec les précautions d'un civilisé ne voulant pas humilier une sauvage, je ne lève pas un sourcil. Et quand je sors une bourde qui le fait rire, je ris avec lui. Plus simple que de me lancer dans des explications pédagogiques…

Ce matin, notre classe a droit à un premier cours de pyrotechnie pratique : comment utiliser des explosifs pour, entre autres, faire sauter un astre, enlever des petits bouts d'étoiles ou désorbiter une planète à l'arrache – pas prudent, ça. Comme le cours vient après deux heures de théorie sur les disques d'accrétion et deux heures de sismologie, nous sommes très pressés de nous y rendre.

On nous a prévenus qu'il aurait lieu assez loin dans les entrailles de la tour, mais cela n'inquiète personne. Même si, au nom de la lutte contre l'espionnage, le plan du château n'est pas fourni aux élèves, le système de fléchage qui fait apparaître les indications sur les murs suffit.

Nous suivons d'abord un long couloir qui dépasse nos salles de classe, avec une flèche tous les dix mètres, au cas où on se tromperait. Puis il y a un croisement en étoile – six couloirs –, et là, à la surprise générale, les flèches se mettent à clignoter, comme si elles hésitaient. Jamais vu ça. Finalement, elles nous indiquent la deuxième à gauche. Ça n'a duré que trois secondes, mais ça me laisse une drôle d'impression.

Suivent d'autres tournants, d'autres croisements où les flèches se font plus rares, mais personne ne semble s'inquiéter. Jusqu'à ce qu'au beau milieu d'une galerie dont partent des dizaines de couloirs latéraux elles s'éteignent totalement. Tout le monde se fige.

Aussitôt, une voix jaillit du plafond.

« Chers étudiants de la classe 5 de première année, il semble que notre système de guidage connaisse des dysfonctionnements. Veuillez respecter ces simples consignes. Ne bou… »

Suit un orage de parasites. On dirait que le système de fléchage n'est pas le seul à dysfonctionner.

La perplexité des élèves se change alors en panique – et je me dis qu'ils doivent tous penser aux messages anxiogènes sur les hologrammes, comme moi. Des remarques fusent, lancées à haute voix et par implants.

– Si ça se trouve, on est attaqués.

– Soyez pas débiles, Plaamico est loin du front.

– Ça dépend si tu te fies aux infos officielles ou aux rumeurs.

– Je parle pas de l'armée patrienne, je parle des espions patriens !

– Venez, espions patriens, venez purger notre classe de ses éléments viraux !

– Ta gueule, Dounia, c'est pas drôle. Et arrêtez de flipper, à tous les coups, c'est un simple bug.

– Rien ne bugge jamais dans le château.

– Bon, quelqu'un se souvient du chemin du retour ?

– Oui, l'avant-dernier couloir à gauche.

– T'es sûr ?

On parvient à se mettre d'accord : le gros de la classe reste là en attendant des instructions ou des secours, tandis qu'un détachement d'une quinzaine d'élèves s'en va rebrousser chemin du mieux qu'il peut. Je suis dedans, Lexie aussi.

Trois bifurcations plus loin, nous nous rendons compte qu'il s'agissait d'une très mauvaise idée, que nous ferions bien d'aller retrouver les autres tant que nous en sommes capables. Soudain, nous entendons du bruit devant. Des profs ou des gens de la sécurité, sûrement ; nous poussons un soupir de soulagement.

Ce ne sont pas des profs, mais les élèves d'une autre classe de première année, venus en sens inverse. Eux non plus n'ont pas l'air de savoir où ils vont.

C'est la première fois que notre classe en croise une autre dans les couloirs du château et nous ne savons pas comment nous comporter. Le règlement paranoïaque proscrit « tout échange entre des élèves de classes différentes dans le périmètre du château » en dehors de la salle de divertissement. Mais le règlement ne parle pas de contacts fortuits et personne n'a l'air d'avoir la moindre idée du comportement à adopter. Du coup, après une longue hésitation, nos rangs se croisent à bonne distance sans même se regarder.

Sauf moi. Parce qu'en face je viens de retrouver un visage familier, même s'il n'a pas encore daigné m'adresser la parole. La peau brune, le front haut, le regard noir, à la fois interrogateur et sûr de lui… le Bertien de mes rêves torrides, Enild Raofora-Ojla. Je ne peux pas m'empêcher de lui sourire… mais il me dépasse en gardant son regard fixé sur le dos du camarade devant lui, et rien dans son expression n'indique qu'il m'a reconnue ou même aperçue. Alors je me retourne pour voir s'il fait de même.

Et là… il ne se retourne pas, mais cela me permet de surprendre quelque chose.

Lexie se trouve six pas derrière moi. Lorsque le Bertien arrive à sa hauteur, elle tend soudain la main vers lui ; il l'attrape brièvement dans la sienne, comme pour y déposer quelque chose. Ça s'est passé si vite que personne ne s'en est rendu compte.

Dix secondes plus tard, quand les murs se rallument et que les flèches réapparaissent, augmentées d'indications, je reste pétrifiée par ce que je viens de voir.

« Nos systèmes viennent de connaître une panne passagère.
Attention, vous faites fausse route !
Étudiants, veuillez suivre les flèches. »

18

Le cours est passionnant. Une salle grande comme trois gymnases. Derrière un mur blindé transparent, la maquette animée d'un système stellaire à plusieurs planètes, avec ce qu'il faut d'apesanteur simulée pour les faire flotter et tourner sur un cercle de quarante mètres de diamètre. Et un essaim de drones de chantier en modèle réduit qui ressemblent à des microbes volants, avec leurs formes rondes faites de dizaines d'équipements emboîtées, hérissées de bras puissants et d'objets qui ressemblent à des armes.

Sous nos yeux, la prof – une autre dame au crâne rasé, une ex-genésiarque dont la peau bleu-noir trahit une origine théenne – réquisitionne cinq de ces drones pour désorbiter, puis désintégrer à coups d'explosifs une des mini-lunes d'une planète fictive. Afin d'en faire un disque de poussière. Dont les rotations sont accélérées à coups de déflagrations.

– Vous voyez ce que l'on peut obtenir, rien qu'avec des explosions ? Bien sûr, c'est délicat et on a tôt fait de démolir un système, mais quand on s'y prend de la bonne façon, sans bâcler ses calculs…

Bientôt, une forme ronde apparaît dans le disque.

La prof nous donne ses explications en même temps qu'elle pilote les drones – pas par implants, avec les mains au-dessus du cube de contrôle pour qu'on puisse prendre la mesure de son habileté. Tout le monde est suspendu à ses lèvres et à ses gestes. Sauf moi, qui n'arrive pas à me concentrer.

C'était peut-être un accident – deux rangs d'élèves se croisent dans un couloir, deux mains se balancent et se touchent... Sauf que les mains de Lexie et du Bertien ne se sont pas juste effleurées mais empoignées. Comme si ce geste était prémédité. Comme s'ils savaient qu'ils allaient se croiser. Et pourquoi ce stratagème, alors qu'ils peuvent se voir dans le parc durant leurs heures libres ? Et s'il s'agit d'un stratagème, comment auraient-ils pu deviner la panne du système de fléchage ? À moins qu'il ne s'agisse pas d'une panne, mais d'un hack ?...

Non, ce devait être un accident, ou une blague, ou les deux : par accident Lexie a balancé sa main un peu trop loin, par plaisanterie, ou pour attirer son attention, le Bertien l'a saisie.

Mais cet accident cache peut-être autre chose et même si cela me paraît absurde au regard de ce que je sais de Lexie, je dois dénoncer ce que j'ai vu à la police.

Ça me tord le bide. Lexie est ma seule amie, le Bertien, le premier crush de ma vie.

Mais les hologrammes le répètent partout, « ne pas dénoncer, c'est trahir », « au moindre doute, préviens la police ». « Les complices des espions reçoivent des peines similaires. » Si je ne dis rien, je mets en danger mon avenir, peut-être ma peau... Sans les Beaux-Arts, je ne suis rien. Mon quotidien me le rappelle suffisamment. Et que diraient mes parents s'ils recevaient un message leur annonçant que non seulement j'ai été renvoyée, mais qu'en plus je vais passer dix ans dans les cellules de la Flotte pour complicité d'espionnage ? Que dirait Ravno ?

Et puis, si c'est une blague ou un accident, la police le verra, personne n'aura d'ennui et Lexie et le Bertien ne sauront jamais que je les ai balancés...

À l'École standard impériale de Ravno, personne n'aimait les balances. Forcément : les profs chargés de nous administrer la bonne parole impériale étaient traités en ennemis, leur parler aurait donc relevé de la trahison – j'utilise le conditionnel parce que personne ne s'y est essayé. Mais ici, les profs ne sont pas des ennemis : ce sont pour la plupart d'ex-genésiarques. Et leur enseignement n'a pas pour but de nous garder à notre place mais, au contraire, de nous élever !

Pendant que les drones de la prof continuent d'exploser les roches du disque d'accrétion et d'envoyer leurs éclats dans le mur transparent sous les regards émerveillés de mes camarades, j'observe Lexie du coin de l'œil. Elle a l'air aussi fascinée que les autres. Ce qui ne veut rien dire.

Alors, je profite du trajet vers le cours suivant pour envoyer à la police académique un message qui n'accuse personne d'espionnage et se borne aux faits. Sa formulation me prend tellement de temps et d'énergie émotionnelle que quand j'arrive au bout, je suis lessivée.

« Ce matin, juste avant le troisième cours, il y a eu un bug dans le système de fléchage. Notre classe, en cherchant son chemin, en a croisé une autre. Les élèves ne se sont pas parlé mais j'ai surpris un échange physique, une sorte de poignée de main, entre l'élève Lexie Ziama, de la classe 5, et l'élève Enild Raofora-Ojla, de la classe 2. »

Dans la seconde, je reçois une réponse automatique accusant réception et m'assurant que « les faits signalés seront examinés avec la plus grande rigueur ».

***

Cet examen rigoureux doit être aussi très discret car, durant les cycles suivants, rien ne change, Lexie reste la même, et il ne me semble pas que les systèmes de surveillance du parc ou du château lui portent une attention spéciale… mais en fait, je n'en sais rien. Je m'aperçois aussi que je ne suis pas très douée pour l'hypocrisie. Ce que j'ai vu crée une gêne entre Lexie et moi. J'en souffre le jour, j'en dors mal la nuit. Lexie, elle, ne se rend compte de rien.

C'est en partie à cause de cette gêne que désormais, je consacre une partie de mon temps libre à m'exercer à la natation dans les grandes piscines flottantes le plus souvent désertes. En général, je suis les instructions de mes implants – j'en suis au stade où je perfectionne mes mouvements. Mais parfois, comme au début, je me laisse couler, juste pour le plaisir de traverser le fond, de sentir ma taille et ma tête dans l'eau, et mes jambes à l'air libre, puis de me laisser tomber sur la pelouse humide pour rester allongée une ou deux minutes, entre le vert éclatant du sol et le bleu miroitant de la dalle d'eau pure.

Sept cycles après ma dénonciation, alors que je me trouve dans un de ces moments intimes, mes implants me signalent une présence. Puis j'entends un bruit d'eau. Je me relève et saute pour regagner le bassin en passant à travers le fond.

C'est le Bertien. En train de nager, dans le bassin le plus éloigné du mien. Il sait bien sûr que je suis là et il voit que je l'observe, car il s'immobilise sous l'eau. Alors je l'imite. Nous nous regardons à travers cinq dalles de bleu et la lumière, dans l'été permanent. Je me dis qu'il est au courant et qu'il est venu me faire payer ma dénonciation – une idée absurde, mais sur le coup, j'y crois. Par précaution, j'affiche les coordonnées de la police sur mes implants, prête à donner l'alerte. Je me vois déjà morte entre deux eaux, mon sang formant des volutes et des dentelles à la surface d'une piscine solitaire.

Mais le Patrien reprend ses longueurs, en m'épiant du coin de l'œil, exactement comme je l'épie, sans m'adresser la parole. La scène ressemble aux images d'un rêve – ces piscines flottantes sans bords ni fond au milieu d'un paysage d'arbres flamboyants, ces soleils éclatants d'un été immuable, ces deux nageurs qui se regardent de loin mais prennent soin de ne pas le montrer, ce silence entre eux qui pourrait durer une éternité…

Puis, après une demi-longueur à feindre de l'ignorer, je relève la tête et je vois sa bulle qui s'éloigne. Je me dis que sa présence ici devait être un hasard, comme le geste que j'ai surpris. Mais cela commence à faire beaucoup.

19

Une sortie de cours ordinaire, quatre cycles plus tard : le hall en altitude avec son distributeur de billes gélatineuses, les élèves qui tendent leurs mains dessous, la grande ouverture vers la terrasse où les billes se changent en bulle avant de traverser les hologrammes antipatriens pour s'envoler vers le sud. De loin, on dirait les grappes d'œufs de poisson du restaurant : les coquilles translucides, la forme noire à l'intérieur… Les œufs de poisson, j'adore toujours, même si ça a perdu le charme de la nouveauté. Pour les bulles, c'est pareil. Au début, avec Lexie et Bento, on profitait de chaque trajet pour s'amuser à faire la course. Maintenant, je me laisse porter en pensant à autre chose.

Du coup, lorsque ma bulle se met, mystérieusement, à dévier, je ne m'en aperçois pas parce que j'ai dix-huit heures de cours dans la tête et deux heures de marche dans les pieds.

– Stréa, ta bulle a un problème ? me demande Lexie par implants. Essaie de…

– Euh, oui, attends, j'essaie de…

– … reprendre le contrôle ou demande-lui de te ramener au château pour en choisir une autre.

Au moment où je veux lui répondre, une voix retentit dans ma bulle, masculine et robotique.

« Astréa Stern, vous êtes conviée pour information urgente au commissariat central de Plaamico. Nous avons pris le contrôle de votre véhicule pour que vous ne vous perdiez pas en route. Par sécurité, les communications ont été coupées. »

Le commissariat central ? Mais pourquoi ? Quelle information ? Quelle urgence ?

Et d'un coup, tout me retombe sur le crâne. Ma dénonciation, bien sûr. J'ai dû oublier quelque chose de crucial dedans.

Mais j'ai beau chercher, je ne vois pas. Ou alors ils me soupçonnent d'être une espionne aussi et d'avoir voulu me couvrir en dénonçant les miens ?! Mais dans ce cas, ils auraient aussi convoqué Lexie, non ? Et là, je vois sa bulle voler vers la chambrée et elle, à l'intérieur, qui m'adresse de grands signes…

Je me mets à stresser comme pas possible.

Ma bulle file vers l'ouest : elle laisse bientôt derrière elle les murailles vaporeuses du parc des Beaux-Arts, survole d'autres facs et une zone de divertissement inconnue, avant de poursuivre vers le sud-ouest. Un peu plus loin, au-delà des forêts et des prairies, s'étend une zone interdite figurée en noir sur la carte du *Guide* : le fameux commissariat central.

De loin, on dirait une petite ville impériale fermée : rien à voir avec le joyeux mélange de campus et de campagne qui couvre l'essentiel de Plaamico.

À cent mètres de la cité secrète, ma bulle devient opaque, ce qui augmente mon anxiété. Puis elle descend, passe dans l'ombre d'un bâtiment et progresse en vol stationnaire, je suppose dans un couloir, avant de tourner pour s'immobiliser et exploser en milliers de gouttes gélatineuses.

Pendant qu'elles se dissolvent en sifflant, je regarde autour de moi.

Une salle aux murs de béton, comme les salles de classe où nous recevons nos cours théoriques. Mais il n'y a qu'un seul siège dedans. Avec un bureau, une table et des visionneuses pour les images 3D. Et trois adultes qui me dévisagent d'un air embarrassé, comme s'ils venaient d'ouvrir par erreur la porte de ma salle de bains.

Je reconnais la première – la dame à la veste ajustée, au chignon strict et au visage brun qui nous a accueillis dans le Grand Amphithéâtre le jour de la rentrée. Eloria Fan, la sous-directrice. Une phrase de son discours me revient : « Si nous sommes amenés à vous recroiser avant la fin de l'année, ce sera à cause d'un grave problème disciplinaire », et mon cœur se serre.

Le type à côté de Mme Fan est un flic, un gradé si je me fie aux insignes sur ses épaules. Pas celui qui était venu nous parler lors du premier cycle de cours : une pointure du niveau supérieur. Un visage fin couvert d'une peau brun pâle absolument glabre, des cheveux coupés si ras qu'il est impossible de déterminer leur couleur et des yeux bleus qui m'examinent sans chercher à se cacher, comme si j'étais un objet curieux. Il doit mesurer quarante centimètres de plus que sa voisine et soixante de plus que moi. Un spécimen élevé en caserne sur une planète de l'Empire où ça ne rigole pas tous les jours, et je vois déjà venir la suite : Mme Fan va m'accuser de quelque chose, je vais protester de mon innocence, le flic va m'incarcérer, en cinq minutes, ce sera plié.

Mais dans ce cas, pourquoi cette troisième adulte, qui se dandine sur un pied ? C'est elle qui paraît la plus mal à l'aise – pourtant, les traits de son visage, ses cheveux noirs rabattus sur son épaule, trahissent des origines sophiennes, or, les Sophiens sont connus pour se sentir partout chez eux sur Plaamico… Je remarque alors un badge qui dit sa fonction. « Médecine scolaire, service d'urgence. »

– Astréa Stern, asseyez-vous, me commande la sous-directrice, en me désignant l'unique chaise.

– Qu'est-ce que j'ai fait ? Je suis malade, c'est ça ?

– Faites ce qu'on vous dit ! aboie le flic – et la médecin tourne la tête.

Je m'assieds docilement, les yeux baissés pour montrer que je n'ai pas l'intention de poser de problèmes.

– Astréa Stern, vous vous trouvez sur Plaamico depuis maintenant quarante-cinq cycles. Depuis votre arrivée, j'imagine que vous avez compris qu'ici nous faisions tout pour veiller au bien-être de nos étudiants ? Que notre mission consistait à vous fournir les conditions idéales pour étudier ?

– Euh, oui, Madame…

– Vous savez, veiller à votre bien-être, ce n'est pas seulement vous permettre d'organiser des soirées et vous laisser profiter gratuitement des bienfaits de l'Empire. Cela implique aussi de vous protéger de certaines informations qui pourraient vous distraire, vous démoraliser ou vous faire douter. J'imagine que vous avez compris qu'ici, les accès au réseau impérial étaient filtrés, pour votre bien ?

– Oui, ça, j'avais compris.

– Maintenant, il y a une chose que nous ne pouvons empêcher : les rumeurs. En particulier celles qui portent sur la guerre. Je suppose que vous les avez entendues ?

Ah, c'est ça, on me reproche de trop bavarder. Moi qui ne dis jamais grand-chose ! Quelle blague.

– J'ai entendu les rumeurs, mais je ne les ai pas répétées.

– Et que racontent ces rumeurs ? Faites bien attention à votre réponse.

– Dites-nous la vérité, ajoute le flic. De toute façon, nous la connaissons déjà.

– Eh bien, d'après ces rumeurs, la guerre contre les Patriens ne se passerait pas comme on le dit sur le réseau. Nos Officières auraient beaucoup plus de mal qu'autrefois à les repousser. Il paraît que les Patriens disposeraient de nouvelles armes, inventées en étudiant les ruines de Nixte… C'est tout, je crois.

Le flic et la sous-directrice échangent un regard entendu.

– Savez-vous ce qu'est un ovule solaire, Madame Stern ?

– Oui, bien sûr. C'est un genre de bombe capable de produire des phénomènes électromagnétiques assez puissants pour éteindre une étoile, je réponds, tête toujours baissée.

– Maintenant, regardez-nous, Astréa Stern. Et dites-nous. Avez-vous entendu cette rumeur selon laquelle les Patriens se serviraient de technologies nixtiennes pour introduire, dans le cœur même de l'empire, des ovules solaires ?

Je sens comme un courant électrique me passer sur le crâne – cette pièce vide est probablement un décor, dont les murs cachent des machines conçues pour analyser les implants des suspects de manière non invasive et décider s'ils mentent ou pas, en se fondant sur leur taux d'hormones, les battements de leur cœur et l'activité électrique de leur cerveau. Alors je fais bien attention à ma réponse.

– J'ai entendu des rumeurs, Madame, mais pas celle-là.

– Capitaine Ritz, qu'en pensez-vous ? demande la sous-directrice.

– Elle est sincère, répond le flic, à qui les murs doivent parler en silence.

– Bien. Je dois vous dire que cette rumeur est malheureusement vraie. L'une des technologies nixtiennes développées par les Patriens permet à leurs vaisseaux ou à leurs projectiles de se déplacer instantanément sur de courtes distances. Ne me demandez pas comment ça fonctionne, nos savants s'arrachent les cheveux là-dessus depuis des années. Heureusement, ça rate souvent. Mais pas dans ce cas-là, hélas.

– Il y a eu une bataille, Madame Stern, complète le flic. Une grande bataille du côté de l'écliptique Nord, durant laquelle nos Officières ont réussi à contenir les Patriens. Mais les Patriens ont profité du chaos pour lancer des ovules solaires au-delà de nos défenses. Et comme ces ovules se déplacent avec la technologie nixtienne dont je viens de vous parler, nous n'avons pas pu les intercepter tous. Certains ovules se sont enfoncés très loin dans l'Empire… Plusieurs étoiles ont été éteintes. Autour desquelles tournaient des planètes habitées…

– C'est terrible, capitaine, mais je ne vois pas en quoi ça me concerne.

Nouvel échange de regards. La médecin a l'air de plus en plus gênée. Elle fixe un pan du mur vide comme si elle ne voulait surtout pas me voir.

– Malheureusement, cela vous concerne, Madame Stern, dit le flic, avec une compassion qui m'effraie bien plus que ses aboiements de tout à l'heure. Regardez.

La lumière émise par le plafond décline, et une image 3D apparaît. L'image d'une étoile, comme un ballon de vingt centimètres de diamètre. Une naine blanche à la lumière argentée dont les contours bavent, un peu comme un œuf au plat. Je la reconnais tout de suite. L'étoile de Ravno !

Et je vois ma planète, un peu plus loin qui, tourne en frôlant les murs du bureau, avec la grille de son port orbital qui couvre les deux tiers de sa surface.

Alors, un objet apparaît à droite du soleil de mon enfance. Un disque plat, aminci en son milieu et doté de bras raides. Je comprends tout de suite de quoi il s'agit.

Je crie « Non ! » et personne ne me demande de me taire.

– Non, non, non, ce n'est pas possible ! Ravno se trouve à l'autre bout de l'Empire, c'est un…

Un vaisseau transtellaire de la Flotte vient d'arriver de l'autre côté de l'image. Profilé comme une pointe de flèche et hérissé d'armement. Il tire en direction de l'ovule : des rayons de lumière cohérente, des drones kamikazes, des missiles photoportés qui contournent l'étoile pour frapper.

Alors l'ovule se met à briller et disparaît. Pour réapparaître tout près de l'étoile.

– Non ! Non ! Je vous en prie non ! *Papa, Maman ! Non !*

Sans m'en rendre compte, je me suis mise à hurler. Je hurle toujours quand l'ovule s'enfonce dans l'étoile et qu'autour du point d'impact un cercle d'ombre noir comme l'espace grandit pour dévorer sa surface, et quand il aura terminé…

J'imagine mes parents, mes amis, assistant à ça depuis le sol, plissant les yeux pour voir, à travers la grille du port, ce qui arrive à leur étoile pour que sa lumière baisse à ce point ; leurs visages qui se déforment au moment où ils aperçoivent les taches noires…

D'un geste, le capitaine coupe l'image. Je me recroqueville sur la vision de mes parents regardant leur soleil mourir dans les bras l'un de l'autre, depuis la baie vitrée du VitaNova.

Oh, mes parents. Mes parents… Leurs messages que je ne recevrai plus… Le ciel qui me renverra désormais toujours à ma solitude, parce que je pourrai plus croire qu'ils sont là, derrière des rideaux et des rideaux d'étoiles, à penser à leur fille, qu'ils ont rendue heureuse, jusqu'à ce que lui vienne l'idée idiote d'aller se chercher un avenir ailleurs…

Soudain, je sens une main se poser sur mon épaule.

– Notre ministère, celui du Commerce et l'Armée ont envoyé des vaisseaux de secours. Nous avons sauvé 80 % de la population de Ravno. Dont vos parents.

Le soulagement est trop brutal et vertigineux pour que je puisse réagir comme il le faudrait.

– Et où sont-ils ? Qu'est-ce que vous en avez fait ? je demande comme si tout ça, c'était leur faute.

– Leurs sauveteurs les ont envoyés dans un stock d'hibernation. Ils dorment. Pour un certain temps.

– Alors… tout va bien ? Notre ministère va réparer Ravno, c'est ça ? Et quand ce sera fini, sa population pourra y retourner ?

Nouvel échange de regards embarrassés.

Qu'est-ce qu'il y a encore ? Pire que ce que je viens de voir, ce n'est pas possible, alors ?!…

– Madame Stern, vous êtes mieux placée que quiconque pour comprendre que créer une planète ou ranimer une étoile coûte très, très cher. Le contrat qui liait Ravno à l'Empire était un contrat de dernière catégorie, et vos concitoyens avaient bien du mal à payer les traites… Et l'Empire a déjà beaucoup fait pour vous.

– Que… que voulez-vous dire, Madame ?

– Vous le savez Madame Stern, on vous l'a appris dès les premiers cours. Derrière le Conseil des ministres, c'est l'armée qui dirige l'Empire, autant dire les Nobles Dames de la Flotte. Et à supposer qu'elles aient des sentiments, elles n'ont pas l'habitude de les laisser primer sur la raison. Ravno n'est pas rentable ; elle ne reverra donc jamais la lumière de son étoile.

Eloria Fan l'a dit d'un ton définitif, pour que je me le rentre bien dans le crâne. Elle doit penser que la nouvelle de la survie de mes parents me permettra d'encaisser : le monde de votre enfance vient de s'éteindre sous vos yeux mais on a congelé votre papa et votre maman chéris, alors gardez le sourire !

Je suis sonnée, là, comme si je venais de me prendre un mur – le mur du pragmatisme impérial, infranchissable, traité pour résister aux sentiments et imperméable aux larmes. Le soleil de Ravno vient d'être supprimé comme par un coup d'éponge sur l'ardoise du néant, et tout le monde s'en fout.

– Si on ne rallume jamais Ravno, que vont devenir ses habitants ? Mes parents ?

– Un jour ou l'autre, on les enverra sur une colonie, on les sortira d'hibernation, et ils pourront reprendre leur petite vie.

Leur petite vie…

Ma planète d'origine morte…

Sa population dispersée au gré des colonies et des besoins de l'Empire, pour des raisons de comptabilité…

J'ai envie de sauter à la gorge d'Eloria Fan, là, et d'éventrer le flic avec mes mains – mais il reste en moi un peu de lucidité et celle-ci me dit que je me trompe d'ennemi. Ce sont les Patriens qui ont tué ma planète, l'Empire, lui, ne fait que gérer la suite avec son habituelle froideur administrative. Soudain, les affiches antipatriennes sur Plaamico prennent tout leur sens, leur omniprésence me paraît justifiée et je me mets à haïr les Patriens, je me mets à les haïr de toute mon âme. Je vois défiler en pensée leurs visages de clones jaunes, noirs, blancs, tous terrifiants, et me monte l'envie de les tuer – même si je ne les ai jamais vus que joués par des acteurs dans les feuilletons ou à l'état de cadavres aux actualités.

Haïr ne calme pas la douleur. Sans m'en rendre compte, j'ai continué à me recroqueviller, comme un animal blessé qui sent sa chaleur le quitter avec son sang. Tout à coup, je glisse de ma chaise.

Une main me rattrape par l'épaule. La médecin. Cette fois, elle me regarde, et à ses yeux brillants, je me rends compte qu'elle aussi se retient de pleurer.

– C'est une tragédie atroce, mais vous n'êtes pas la première élève à apprendre la mort de sa planète pendant ses études. Nous avons des pilules pour ça, vous savez.

Et elle ouvre ma main pour y déposer un comprimé bleu, avant de refermer mes doigts dessus.

– Qu'est-ce qu'il y a là-dedans ? De l'oubli ?

– Surtout de la quiétude. La nuance est importante.

Qu'elle aille se faire foutre, avec ses nuances ! Des nanorobots sophiens, voilà ce qu'il y a dans cette pilule ! Les scientifiques sophiens sont les maîtres de la stimulation cérébrale. Ils sont les inventeurs de la spéculine, cette drogue si prisée des vétéranes qui permet de revivre son glorieux passé comme si on y était.

Cette pilule doit contenir le même genre de robots microscopiques programmés pour intervenir sur mon cerveau, mais dans des zones plus précises.

– Vous avez le choix, Madame Stern. Ou vous affrontez cette tragédie toute seule, ce que nous ne vous conseillons pas, car cela affectera vos études et vous vivrez un enfer. Ou vous prenez cette pilule… et tout ira à peu près bien.

L'idée m'apparaît atroce – qu'il suffise d'une pilule pour supprimer une douleur aussi immense. Mais pas aussi atroce que de m'exposer à cette douleur, qui me fait croire que c'était ma tête que l'ovule patrien a frappée pour éteindre toute lumière dedans et n'y laisser que des ombres et des cendres.

Je me mets à sangloter plus fort et personne n'ose intervenir. Ça dure un temps fou, que je n'arrive pas à mesurer ; un temps que je passe à tenter de contrôler mes larmes mais elles me débordent chaque fois.

Jusqu'à ce que je finisse par lever la main pour porter la pilule à ma bouche.

– Vous avez pris la bonne décision, Madame Stern. Sachez-le, votre tristesse nous touche plus que vous ne l'imaginez, dit la sous-directrice alors que le comprimé entre en effervescence dans mon estomac tordu. Nous avons eu raison de vous faire confiance. Car bien sûr, vous ne parlerez de cela à personne n'est-ce pas ? Sinon, nous serons obligés de vous punir… Le moral des étudiants est un de nos principaux soucis.

– Ils finiront par savoir… Les Stellariums…

– Nous avons pris des mesures. Ravno continuera à exister dans les Stellariums de vos camarades jusqu'à la fin de leurs études.

– Vous êtes une bonne élève, Madame Stern. Je ne parle pas de vos résultats, je parle du mot que vous avez adressé à mes services, dit le flic. Vous avez bien fait.

La docteur m'envoie un message par implants :

« Si ça ne va pas, si vous voulez parler à quelqu'un, n'hésitez pas à me contacter par implants. » Suivent les coordonnées desdits implants. Puis sa signature.

Ciza Ryame, médecin et psychologue scolaire.

***

Durant le retour, j'ai envie d'exploser en pleurs, mais mon corps, déjà colonisé par les nanobots de la pilule bleue n'y arrive pas.

Sur Ravno, il y avait quelques enfants qui n'avaient plus de parents et qu'on appelait « orphelins ». Comment appelle-t-on ceux qui perdent d'un coup leur planète ? Il n'existe pas de nom pour ceux que le destin punit à ce point. Pas de nom pour cette douleur-là, qui vient de changer le moindre élément de mon passé heureux, le moindre souvenir marrant en instrument de torture. Parce que cette douleur n'a pas de mesure. À cause d'elle, toutes les images que mon cerveau me propose – Tim et sa plateforme, Elba et son fusil, Fani et mon Stellarium, mon père et ses tatouages – me donnent une nouvelle raison de m'effondrer. D'ailleurs, je sens déjà mon cerveau sous stimulation les trier et les cacher derrière un rideau hormonal. Tout mon passé dans un placard mental.

Je trouve la chambrée déserte. Coup de chance, car je suis censée souffrir en silence pour ne pas démoraliser mes copains, et je serais bien incapable de leur expliquer mon état. Je file me jeter dans mon lit.

20

La pilule marche, merveilleusement, horriblement. Je vais un peu mieux à chaque réveil. Merveilleusement, horriblement…

Premier signe : je ne pense plus jamais à Ravno, alors qu'avant, tout ce que je voyais de nouveau sur Plaamico se trouvait comparé à ma planète d'origine. Et quand je fais l'effort de revoir des images des chasses aux Sanglants ou des nuits au VitaNova, les petits robots sophiens cachés dans mon organisme m'infligent une sensation de dégoût insupportable, comme si j'avais mangé des aliments avariés, et je dois me dépêcher de penser à autre chose si je ne veux pas vomir. Avec mes parents, c'est pire : quand je prononce leurs noms silencieusement, un rideau de fer tombe dans mon esprit.

Je sais que si je pouvais le soulever, je ne trouverais que des larmes et du malheur derrière.

Alors je n'essaie pas. Et je ne dis rien, pas même à Lexie.

Je m'en veux d'avoir accepté la pilule – et en même temps, je sais que si mes parents pouvaient me parler, ils me diraient que j'ai bien fait, m'encourageraient à ne plus penser à eux, jamais.

Oui, ils m'aimaient à ce point-là, ils…

Rideau de fer.

***

D'autres cycles passent, pleins de cours passionnants auxquels je me rends comme un robot. C'est aussi comme un robot que je persiste à suivre mes copains de chambrée dans leurs loisirs.

Bien sûr, ils voient qu'un truc cloche. Bento et Lexie tentent de m'en parler.

– Qu'est-ce qui t'arrive en ce moment, Stréa ? Quand tu souris, on dirait un zombie de feuilleton.

Et alors que je sens la nausée monter, je dégoupille.

– Je vais bien ! je proteste, d'une voix un peu trop aiguë. Et même si j'allais mal, je n'aurais pas le droit de vous le dire, et vous pourriez vous en douter, alors pourquoi vous me posez la question ?! Sérieux !!

Bento et Lexie battent en retraite. Puis reviennent pour faire leurs excuses. À mon tour, je présente les miennes pour mon coup de sang, et nous en restons là.

À ce stade, je ne crois plus du tout que Lexie et le Bertien soient des espions. En fait, je n'y songe plus jamais. Ces questions sont mortes avec l'ancienne Astréa, aux flics de les régler – et comme ils ne les règlent pas, j'en conclus qu'il n'y avait rien.

Pour éviter de penser, je me mets à bosser comme une dingue en vue d'améliorer mon classement. Sans résultats immédiats. Je ne me souviens même plus quand j'ai retiré de ma chambre les photos 3D de chez moi installées le premier jour.

Mon projo ne clignote plus jamais d'un message en attente de mes parents. Je ne reçois plus de réponse de Fani non plus ; je pensais qu'elle réagirait au moins au dernier, où j'essayais de lui parler du drame de Ravno sans exciter les zones de mon cerveau qui déclenchent la nausée. Mais comment parler de sa planète natale sans convoquer ses souvenirs ? J'avais l'air d'un chatrobot plein de larmes contenues, bloqué en mode périphrases et circonvolutions.

Quoi qu'il en soit, ça ne l'a pas fait réagir. Peut-être qu'elle est morte dans la guerre… Mais je préfère me l'imaginer bien vivante, en pleine bataille, vengeant notre étoile à coups de missiles photoportés, éteignant des soleils patriens et assistant pour le plaisir à l'agonie de leurs planètes… Ce sont les seules images qui parviennent à me soulager un peu.

Je ne sais pas si c'est pour me changer les idées ou parce que ça leur plaît, mais Bento et Lexie m'entraînent de plus en plus souvent dehors, dans d'autres chambrées ou dans les bars, celui de la salle de divertissement du château, et les autres, répandus un peu partout dans le parc. Nous évitons toujours les petites fêtes organisées par les Sophiens et les Bertiens – même si Mett essaie parfois de nous y attirer –, mais il nous arrive encore parfois de croiser la petite bande de Dounia. Correction : la petite bande dont Dounia est la souffre-douleur mais avec laquelle elle persiste à traîner pour des raisons de standing.

– Tiens Dounia, on a retrouvé tes lépreux.

– Ta gueule, Hind, je t'ai déjà dit que ça ne me faisait pas…

– Marrer ? T'as raison, c'est pas marrant, la lèpre. Moi aussi je ferais la gueule si on m'avait collée dans un dispensaire et pas dans une chambrée. Ce qui n'avait aucune chance d'arriver, avec mon profil.

La scène a lieu dans un bar à ciel ouvert, autour d'un comptoir entourant un bel arbre, ce qui fait qu'il y a du monde pour y assister.

– C'est vraiment la cour des miracles, ici. Y a même celle qui vient d'un relais routier, commente une autre Sophienne en me regardant.

À l'évocation de Ravno, la nausée me prend, et la Sophienne détourne aussitôt la tête quand elle voit celle que je tire.

– La vache ! C'est pas un relais routier, sa planète, c'est juste les chiottes. Matez le taux de pollution dit une autre, qui a sorti son Stellarium et semble se trouver très spirituelle.

L'instant d'après, elle reçoit le contenu de mon verre en pleine figure. Suivi d'une gifle. Et cette fois, je n'ai pas eu besoin de me prendre pour Elba, dont je ne peux même plus prononcer le nom. Cette fois, c'est ma peine et ma rage et ma honte qui ont parlé – et lui laissent un gros bleu sur la joue.

– Elle… elle a levé la main sur moi, vous avez vu ! On va te dénoncer, clocharde !

– C'est ça, balance mais je dois te prévenir : j'ai été reçue par Eloria Fan voilà quelques cycles, au commissariat central. Si on lui passe toute la scène, je suis sûre qu'elle sera de mon côté.

– C'est ce qu'on verra, dit la dénommée Hind pour avoir le dernier mot.

Mais je vois bien dans leur regard et à leur mine qui luttent pour ne rien montrer : je leur fais peur. Comme pour elles je ne viens de nulle part, elles me croient capable de tout.

Cela ne m'apporte aucune joie.

Le soir même, quand je me regarde dans le grand miroir de ma salle de bains royale, je suis surprise de constater que j'ai l'air d'aller bien. Ma peau est pure ; la triplette de soleil et la nourriture naturelle de Plaamico me réussissent. Mon teint s'est assombri et unifié. Par ailleurs, je n'ai plus jamais les cheveux sales et décoiffés, puisque je les noue en chignon strict dans le style d'Eloria Fan. J'ai aussi pris du muscle, depuis que je fréquente les piscines flottantes. Mais Bento et Lexie qui me connaissent bien ne s'y trompent pas : on ne me reconnaît pas. Pour une bonne raison : je ne sais plus sourire. Devant la glace, je n'essaie même pas.

Ces derniers cycles, quand je suis seule, je me mets à pleurer comme ça, sans pouvoir penser à la raison de mes pleurs. Comme si mon corps décidait pour moi, sans passer par mon cerveau.

Un moindre mal comparé à ce que j'éprouverais si je n'avais pas pris la pilule bleue, mais je ne le souhaite à personne, pas même aux Sophiennes.

21

Et puis, trois cycles de cours plus loin, je me retrouve avec Bento, Mett et Lexie devant le Lac Incertain, à l'heure où deux soleils sur trois nous tapent sur le crâne, à regarder leurs rayons danser sur la surface immaculée.

– Ça vous dit de piquer une tête ?

– Tu rigoles, Bento ? C'est profond de vingt-cinq mètres au moins. Si le lac s'évanouit quand on est dedans, ça fera une sacrée gamelle.

– N'empêche que là, je nagerais bien jusqu'à l'obélisque. T'en penses quoi, Stréa ? Hé, Stréa !

Je n'en pense rien. Parce que je viens de plonger tout habillée dans le lac et je me dirige à grandes brasses vers son centre.

Que le lac puisse disparaître à tout moment, je m'en moque. Comme si l'idée de ma propre mort ne me faisait rien.

L'eau est chaude, plus que celle des piscines et beaucoup plus que ne le laissait penser sa surface bleutée. Chaude et épaisse, comme si elle était chargée de minéraux, alors que mes implants ne détectent rien dedans. Un vrai bain amniotique. Et malgré mes vêtements qui collent à mes bras chaque fois qu'une brasse les soulève, il est difficile de ne pas s'y sentir bien.

Dans mon dos, j'entends les cris de mes copains inquiets.

Je souris – un vrai sourire, je m'en aperçois au moment où je reprends mon souffle. L'obélisque n'est qu'à quelques brasses, rien qui puisse me faire peur. Je suis bien entraînée.

L'obélisque est trop large pour que je puisse l'enlacer et me tenir hors de l'eau, mais je me colle tout de même à elle. Vues de près, les frises de points argentés ressemblent à des cartes stellaires. Je sais qu'il ne s'agit pas de ça, mais d'une écriture que seule la lumière peut lire. Ce sont ces points qui, quand les soleils de Plaamico les frappent selon un angle précis, provoquent la disparition et la réapparition du lac. Seulement, il doit y avoir autre chose, sinon ces apparitions et disparitions se produiraient à heure fixe.

C'est alors que mes implants me signalent un morceau de métal bien de chez nous : d'un centimètre carré, accroché à mi-hauteur de l'obélisque, hors d'atteinte. Je demande à mes implants de quoi il s'agit.

Réponse : « un guide pour satellite. »

Un guide pour satellite…

Alors… ce satellite doit être équipé d'un générateur de lumière cohérente qui illumine l'obélisque quand il le veut bien.

J'ai résolu le mystère du lac. Un immense sourire me dévore le visage. Dire que c'est à ce symbole phallique nixtien que je viens de raccrocher ma petite vie. J'éclate de rire.

Des messages paniqués de mes copains arrivent sur mes implants.

« Stréa, arrête tes conneries et reviens ! Tu n'as pas le droit de nous infliger ça. »

« Stréa, au mieux tu vas te faire très mal, et ça ne résoudra pas tes problèmes. »

Je comprends alors, mortifiée, qu'ils pensent que je vais rester là, près de l'obélisque, à attendre que le lac disparaisse pour me casser la figure. Je veux leur envoyer un message pour les détromper, au lieu de cela, l'idée de ce suicide assisté par technologies extraterrestres m'apparaît tellement hors de propos, tellement comique, que j'éclate de rire de nouveau.

– Ça te fait marrer ? T'es devenue folle ? crie Lexie, Stréa reviens, sinon on appelle les flics !!

Oh, pas besoin. Je pousse sur l'obélisque avec les pieds et me remets à nager vers eux dans l'eau chaude, sans me presser, en rigolant toujours à moitié. Ce qui me vaut un savon de Bento.

– T'es malade, hein ? Si tu refais ce coup, je te préviens, on t'emmène direct à la médecine scolaire et on fera le siège de la clinique tant qu'ils ne t'auront pas collée dans une camisole.

– Me dites pas que je vous ai fait peur ? je demande, hilare.

– On s'inquiète pour toi et c'est tout ce que tu réponds ? s'indigne Lexie.

– Moi, je rigole pas, Stréa : si tu recommences, on préviendra les flics que tu es un danger pour toi-même.

– Tu ne crois pas que tu exagères, Bento ? Je me suis juste baignée. Comme vous parliez de le faire !

Ils soupirent tous les deux, exaspérés et amusés malgré eux.

– Au moins, elle a retrouvé le sourire, observe Lexie. Allez, on sort et on oublie tout ça ?

Et nous sortons, avec d'autres gens sympas des autres chambrées. Nous allons nous asseoir en cercle sur la pelouse, discutant, buvant, commandant de la bouffe servie par des drones tombés du ciel, enfilant nos combinaisons thermiques pour visiter les hangars du parc où les troisième année et les étudiants de la fac de biologie collaborent pour créer des écosystèmes.

Les nanobots ont fini leur travail dans mon cerveau, on dirait. Je ne sais pas si je dois m'en réjouir. Mais je souris à nouveau et mes copains sont contents alors…

22

Les soirs suivants, nous traversons la muraille vaporeuse qui entoure le parc des Beaux-Arts pour aller traîner avec des étudiants d'autres écoles où Bento a des copains. Là, nous profitons des zones de divertissement interuniversitaires, qui ressemblent à celle du château, étendues sur des dizaines d'hectares et équipées de matériel un peu moins neuf.

Durant ces sorties, je laisse mes implants d'identification ouverts, comme tout le monde. Cela me vaut de croiser parfois des étudiants assez malveillants pour me renvoyer à mes origines ravniennes mais grâce à la pilule, j'arrive à supporter leurs vannes sans leur sauter à la gorge ou m'effondrer en sanglots. Aux Beaux-Arts en revanche, on me fiche une paix royale… Je me rends compte qu'à force d'envoyer paître Dounia & Co devant témoins je me suis fait une réputation auprès de mes semblables. Mes camarades des autres maisons me prennent pour la fille pas commode, celle que l'on chambre à ses risques et périls. Celle, aussi, qui peut s'enfiler une bouteille de concentré vert sans avoir l'air ivre, au point qu'on refuse qu'elle participe aux concours de boissons. Le bénéfice de mes années au VitaNova, j'imagine, et de mes soirées d'adolescence avec Tim, Elba et les autres, mais impossible de le raconter à mes amis sans sentir monter la nausée.

Ma tristesse est toujours là, mais j'arrive parfois à oublier, à m'amuser le temps d'une soirée. Toujours ça de pris, même si une fois dans ma chambre, ce n'est pas pareil…

Dans les beuveries de Plaamico, j'ai un rôle : celui d'experte en ivresse des autres. « Lexie, lâche cette bouteille. Je voulais dire pose-la avant de la lâcher. » « Tu peux encore en prendre un, Bento, mais ensuite, regarde ce que tes implants te disent sur ton système gastrique. » « Mett, tu ne te sens pas bien ? Tu veux rentrer ? Tu vois le type là-bas, qui te regarde ? Tu lui as jeté un sort ou quoi ? Je vais te chercher une bulle avant qu'il ne te saute dessus, ça t'évitera des regrets, comme l'autre fois. »

Au fond, j'aime bien jouer la grande sœur raisonnable aux galons de barmaid qui font passer ses leçons de tempérance... Du coup, lorsque des hologrammes commencent à apparaître dans le ciel bleu au-dessus du parc pour annoncer « la première grande fiesta officielle de toutes les promos, organisée par les quatrième année, réservée aux seuls élèves des Beaux-Arts », mes amis me font bien comprendre qu'il n'est *pas question* de passer mon tour. Même si, à cause du léger traumatisme de la clairière, je me suis gardée de me rendre aux fêtes des autres écoles, ouvertes à tous, celle-là est immanquable.

« On ira ensemble, hein Stréa ? Et tu resteras avec moi en cas de problème ? Ça me rassurerait. Et si tu me vois encore bourrée avec un inconnu pendu à mon cou, tu vas me chercher une bulle, hein, comme la dernière fois... »

Oui Lexie, oui Bento, oui Mett, vous pouvez compter sur moi. Parce que vous êtes tout ce qu'il me reste, même si vous ne le savez pas.

Ils ne se doutent pas que si j'ai retrouvé la capacité de sourire, c'est aussi parce que j'ai appris à convertir ma peine en haine des Patriens.

Cette haine, je la cultive comme une plante. Je la nourris quand je suis seule, sur le réseau, en lisant tout ce que je peux sur les Patriens. Je sais déjà qu'ils sont d'horribles clones dont les génomes remontent à la préhistoire, voilà plus de 300 000 ans : tous les gosses de l'Empire sont au courant de ça. Je sais qu'ils sont nés des rêves d'un fou, un grand patron de la fin du XXIIe siècle de l'ancienne ère, obsédé par l'idée d'une société parfaite. Ça me fait du bien de lire ça dans la langue venimeuse des propagandistes de l'Empire : du pur engrais pour ma haine. Les Patriens n'ont pas d'implants, et ils nous haïssent parce que nous en portons, considérant que c'est une dégénération. Les Patriens ne font pas d'enfants : comme ce sont des clones, ils passent leurs neuf premiers mois en cuve, ce qui ne les empêche pas de se prétendre plus humains que nous, allez comprendre. Les Patriens méprisent le métissage généralisé des populations de l'Empire : il paraît que chez eux, on trouve même des spécimens *blancs*. Leurs images sont terrifiantes, on dirait des fantômes. Les Patriens ne connaissent pas la discorde, n'ont pas de gouvernement, sont interchangeables… bonjour la dictature ! L'Empire n'est pas parfait, mais au moins, il est permis d'y exister en tant qu'individu, pas juste en tant que fourmi esclave de la fourmilière.

Je me passe des films, aussi – très rares – de Patrie bleue. Des aperçus de villes qui ne ressemblent à rien de ce qui se trouve dans l'Empire : les Patriens ont un tel culte de la préhistoire qu'ils construisent sur le modèle des bâtiments de la terre originelle. Mais le plus glaçant, c'est la façon dont ils se déplacent dans ces villes.

Comme des saloperies de machines. Qui se croisent, se dépassent, se cèdent la place dans une chorégraphie si précise qu'elle a l'air de sortir d'un simulateur ; parfois, ils s'échangent des objets sans un mot, et s'échangent des mots sans objets – des mots rituels, qui ne servent qu'à ponctuer des actions, comme s'ils étaient tous dirigés par le même immense cerveau. « Ser, votre plateforme est avancée », dit, d'après les sous-titres, un gros fantassin patrien à ce qui semble être un officier – qui n'avait pas besoin de cette annonce, car ladite plateforme se trouve sous ses yeux. « Je vais prendre mon poste », dit un autre s'asseyant devant son poste.

Ce sont ces fourmis humaines qui ont trouvé bon, un jour, d'anéantir ma planète qui n'avait rien à voir avec cette guerre, dont le seul tort était d'appartenir à l'Empire ? Alors qu'il existe des milliers de planètes plus peuplées, plus riches, plus influentes, liées à l'armée, et dont la perte aurait été perçue comme une catastrophe ?

Je me promets qu'un jour, si j'en ai la possibilité, j'utiliserai tout ce qui est en mon pouvoir pour me venger des Patriens. Et même si c'est une idée folle, je la remâche et j'y trouve de l'apaisement. Si me venger en pensée me soulage, qu'est-ce que cela doit être en actes ?

23

Un cycle avant la grande fête, d'autres hologrammes apparaissent, demandant à chaque chambrée de préparer quelque chose à manger. Tout le campus est pris d'une frénésie de colonie de vacances. Bento, Lexie et moi confectionnons une salade géante avec les fruits du verger. Au lieu de les confier au robot, nous les épluchons nous-mêmes pour occuper nos mains, tandis que nous poursuivons une conversation passionnée.

– Ça va être grandiose ! annonce Bento. La première des quatre méga fêtes interpromos prévues dans l'année, même le *Guide de l'étudiant* en parle.

– Une fête, encore… Je parie qu'il n'y aura que des ploucs dans notre genre, soupire Lexie en rejetant son tas de cheveux frisés sur la gauche, et en fronçant les sourcils pour nous mimer une tête de Sophienne que rien ne saurait déglacer.

Bento rentre dans son jeu.

– T'es sourde où tu sais pas lire les hologrammes ? Ça n'aura rien à voir avec nos petites sauteries chez les uns ou chez les autres, là les mille élèves des Beaux-Arts sont invités !

– Prends mille futurs artistes tous persuadés d'être nés pour repeindre le cosmos, arrose ça d'alcool, secoue bien fort, épice avec un peu de dope et t'obtiendras une grosse salade d'ego sauce mégalo, je commente en versant du jus d'orange sur un bol plein de quartiers de poires.

– Arrêtez les filles : dans notre bande, c'est moi le bourge cynique et vous les paysannes ingénues censées trouver tout formidable. Allez, Stréa, passe-moi un verre.

Le temps de nous préparer, c'est-à-dire de passer sous nos douches qui nous shampouinent toutes seules et nous sèchent en cinq minutes chrono, puis d'enfiler des vêtements d'été propres, et notre petit trio décolle, chacun dans sa bulle. Pas de nouvelles de Mett et de Dounia, mais je suppose que nous les retrouverons là-bas. Comme nous avons un peu bu pour nous mettre dans l'ambiance, nous nous amusons à nous rentrer dedans pour rebondir au loin, un jeu qui nous réexpédie direct en enfance et nous fait rire comme des nouilles. Lexie me survole avant de se rabattre d'un coup pour taper ma bulle par le dessus afin de l'envoyer rebondir au sol – mais je l'évite in extremis et c'est elle qui manque de s'écraser en pleine prairie.

D'autres bulles montent d'un peu partout à l'horizon avant de s'envoler vers le nord, comme emportées par un vent d'altitude. Dedans, certains brandissent des bouteilles de concentré alcoolique en les agitant comme des maracas, pouce sur le goulot pour ne rien renverser, d'autres regardent droit devant et jouent aux étudiants sérieux – on verra dans quel état ils seront tout à l'heure !

Nous survolons une zone inconnue du parc qui a été ouverte juste pour la fête – une zone interdite, et je me demande pourquoi : on y voit la même alternance de bosquets et de prairie que partout ailleurs. La fête se déroule une vingtaine de kilomètres plus loin, et plus nous approchons, plus l'horizon se remplit de bulles qui polarisent la lumière en rayons multicolores et donnent au ciel bleu vif l'aspect d'un alcool effervescent. Ces bulles tremblotent déjà au rythme de la musique. Pas un de ces trucs ultra-dansants venu de Fornia, qui vous fait sautiller même si vous ne voulez pas, comme le premier jour dans la clairière ; quelque chose de plus sophistiqué.

– J'espère que vous avez reconnu nos algorithmes ? nous lance Bento.

– Quoi ?

– Cette musique. C'est les algorithmes de base pour décrire les disques d'accrétion, mais convertis en notes… Écoutez ça…

Jusqu'ici, dans nos petites soirées, j'étais rarement celle qui bouge – et en tout cas jamais celle qui bouge tout de suite. Mais là, tous les occupants des bulles autour de moi dansent déjà, et impossible de ne pas se laisser gagner par l'ambiance. D'ailleurs, je n'ai parlé que du paysage sonore… pas de la façon dont la prairie s'ouvre en dessous de nous sur une tache sombre.

Des drones déploient de grandes voiles noires en hologrammes qui s'assemblent en une sorte de chapiteau flottant à une trentaine de mètres du sol. J'ai du mal à comprendre ce que je vois – où se trouve la foule dont j'entends la rumeur ? Pourquoi ces hologrammes si sombres et peu festifs ?

Je descends ma bulle au ras du sol pour voir ce qu'ils cachent…

Surprise : sous le chapiteau d'hologrammes, il y a un cratère de cinquante mètres de profondeur et cent mètres de diamètre, calculent mes implants, comme si un énorme météore, ou une bombe patrienne, s'était écrasé là, mais non, ce sont les quatrième année qui ont fabriqué ça avec le matériel scolaire. En projetant un drone d'impact au sol. En vitrifiant le fond à coups de lumière cohérente pour lui donner la brillance miroir d'une piste de danse. Avant d'y installer des archipels de bars avec des comptoirs garnis de robots dotés de huit bras chacun pour servir plus vite, des passerelles pour aller de l'un à l'autre sans traverser la foule, des îlots comme des batteries de canons d'où partent des feux d'artifice, des récifs de machines à effets spéciaux ; toute une géographie festive et des centaines d'étudiants au milieu, assis dessus, partout !

Depuis ma bulle, ils ressemblent à une population microbienne affairée à une tâche incompréhensible, tandis qu'au-dessus les drones qui éclaboussent la piste de lumières multicolores paraissent des instruments de laboratoire chargés de les étudier. Des flammes montent des pourtours du cratère pour ajouter une touche infernale à l'ensemble.

Jamais vu une féerie technologique pareille. Elle a dû coûter une fortune – mais les moyens, ici, ne sont jamais un problème, il n'y a qu'à voir le matériel dont on se sert en cours.

Comme tout le monde, je dirige ma bulle de l'autre côté du cratère, en le contournant pour me poser près de l'escalier qui descend au fond. Pas de vigile : normal, mais j'ai compris que les flics d'ici étaient comme ces pieuvres des océans forniens, capables de prendre l'aspect de leurs rochers, et il doit y en avoir pas mal planqués un peu partout, prêts à sauter sur ceux qui auront rapporté des gâteries illégales de leur monde et auront attendu cette première grande fête pour les sortir. J'avise les distributeurs de bulles pour le retour. J'échange un sourire plein de joies anticipées avec Lexie et Bento, qui vient de déposer la salade de fruits entre les mains d'un robot accouru pour nous débarrasser. Impatients, réprimant nos sautillements, nous rejoignons la petite foule qui se presse dans l'escalier.

Arrivés à la moitié de l'escalier, l'ombre nous tombe dessus et je comprends le pourquoi du chapiteau en hologrammes noirs.

Une illusion de nuit.

Les quatrième année ont programmé leurs drones pour nous ramener la nuit qui ne tombe jamais sur Plaamico ! Je n'imaginais pas à quel point ça m'avait manqué – d'ailleurs, on dirait que ça a manqué à tout le monde : dans l'escalier, nous sommes nombreux à nous extasier et à boire du regard ces ténèbres artificielles.

Un petit drone nous survole, tirant une nacelle chargée de bouteilles. Quand elle arrive à ma hauteur, j'en prends une, et bois sans même regarder l'étiquette.

Un concentré alcoolique léger, 20 %. Vu la foule et la descente au ralenti, je m'en enfile quatre avant même d'avoir posé les pieds au fond – et à partir de là, il n'y a plus de guerre, de cours, ni même d'Empire ; plus de tristesse pour mon enfance, ni de haine pour ceux qui m'en ont privée. Juste l'envie de danser dans la nuit retrouvée.

En bas, je me laisse emporter par Lexie qui a attrapé ma main. Je fends la foule des danseurs alcoolisés, et me retrouve propulsée contre le comptoir d'un des bars, face à un robot capable de servir trois cocktails à la seconde. Bento s'est installé là – avec Mett ! Elle a pris pas mal d'avance, en tout cas, cela se lit dans ses gestes – qui se limitent à saisir, boire et renverser son verre de concentré pétillant.

– Oh là là, Mett, fais attention ! s'écrie Bento pendant qu'un flot de liquide vert et mousseux s'écoule sur ses genoux.

– C'est du parfum, mon Bento, mon parfum pour toi ! Ça s'appelle Fleur de Fornienne bourrée, glapit Mett, et je trouve sa bêtise attendrissante.

– Ne vous inquiétez pas, je la surveille, dit Bento en prenant un air responsable et mûr qui s'accorde mal avec sa coiffure violette et sa tête de chérubin.

– Allez, shot pour tout le monde ! Sauf Mett ? demande Lexie. Trois concentrés jaunes bien serrés ! lance-t-elle au robot du bar.

Nous trinquons, et comme tout est gratuit, j'ai à peine descendu mon verre que Lexie en commande un autre, puis un troisième. Si ça continue, on va vite finir dans le même état que Mett, alors, au lieu de boire cul sec, je laisse le verre se réchauffer entre mes mains.

– Qu'est-ce qui t'arrive, Stréa ? T'en peux déjà plus ? Toi, la fille de barmans ?

Justement… Trop d'expérience de gens virés du bar parce qu'ils ne savaient pas boire, des voyageurs hébétés au point de ne pas se rendre compte de leur ivresse, et le résultat n'était jamais beau à voir.

Profiter des joies de l'alcool sans trop souffrir de ses méfaits demande un certain sens de l'équilibre et du timing, j'aurai au moins appris ça assez tôt. Et aussi qu'il ne sert à rien de faire la morale aux fêtards, alors, au lieu de jouer les rabat-joie, je me lève et j'embarque tout le monde sur la piste, vers le centre du cratère, là où la foule des danseurs se fait compacte, où l'ombre empêche de bien distinguer les visages, où des gens se passent au hasard des drogues légales en inhalateurs et où le sol vitrifié tremble sous les pas. Rejoindre leur transe ne demande aucun effort, au contraire : juste lever les bras, crier quand la foule crie, et répondre avec les jambes au rythme du son, m'accrocher tout entière à la musique, hurler comme dans des montagnes russes quand elle accélère, me sentir suspendue au bord d'une falaise quand elle s'arrête soudain.

Devant moi, Bento se dandine en retenant Mett par la taille pour l'empêcher de tomber – si ça continue, ils vont finir ensemble et je n'imagine pas les histoires que ça fera.

Quant à Lexie, elle tourne comme si elle avait avalé un gyroscope, une vraie planète désorbitée. Dire que je l'ai prise pour une espionne… À cette idée, j'éclate de rire. Je regarde la nuit artificielle traversée de nouveaux effets spéciaux – des étoiles, des vaisseaux en hologrammes, toute une bataille qui parsème l'ombre d'explosions silencieuses, et je comprends qu'il y a un sens à cela, un rappel que nous festoyons dans un monde en guerre.

Si je me laissais aller, il me renverrait à des pensées atroces que je ne peux partager avec personne – même plus avec moi-même. Un instant, j'entends mes démons gronder derrière la barrière chimique. Mais danser les expédie bientôt dans les limbes.

24

Je sens un regard posé sur moi et je quitte le ciel des yeux pour les diriger vers la grande silhouette qui danse à ma droite, à un mètre à peine. Mon Bertien. On dirait qu'il sourit. Bien la première fois. En retour, je continue à bouger comme si je ne l'avais pas vu, tout en l'observant derrière ma mèche. Depuis l'épisode de la piscine, nous nous sommes croisés une ou deux fois dans la zone de divertissement du château mais jamais nous ne nous sommes adressé la parole.

Il danse bien, avec ce relâchement propre aux gens de sa planète qui, en toute situation, se savent agréables à regarder. Il porte une veste blanche légère, un T-shirt vert pâle et un pantalon bleu ciel – et soudain, je me vois marchant main dans la main avec lui dans les beaux quartiers d'une cité opulente de Berty… Je me trouve si ridicule que je pouffe en fermant les yeux.

Quand je les rouvre, le Bertien a disparu dans le rideau des danseurs autour de moi. Pareil pour Lexie. Je les cherche du regard, mais la foule est trop dense et la musique trop forte, trop entraînante, comme si elle commandait à mes muscles sans passer par mon cerveau. Un troisième ou quatrième année m'adresse un clin d'œil, j'attrape une bouteille dans une nacelle, je regarde le ciel se changer en déluge d'effets spéciaux à mesure que la bataille au-dessus de nous approche de sa conclusion – une victoire pour l'Empire, bien sûr, de quoi nous faire oublier, le temps d'une nuit artificielle, les rumeurs de déroute ! Inutile, à mon avis : comment s'inquiéter pour l'Empire dans un endroit pareil ? Déjà, je vois des couples remonter l'escalier, et des bulles s'élever occupées par deux silhouettes. Dès qu'elles se rapprochent, les bulles s'opacifient pour préserver leur intimité. Eh oui, bien sûr, je m'imagine dans l'une d'elles, avec mon Bertien…

Soudain, des cris montent à ma droite, assez forts pour s'imprimer par-dessus le paysage sonore. Au début, tout le monde croit qu'ils appartiennent à la musique. Mais ces hurlements ne suivent pas le rythme. Et ils augmentent. Et brusquement, cela devient évident : ce sont des hurlements de terreur.

Alors, comme mes voisins, je lève la tête et je vois une ombre se détacher du ciel. Un gros morceau de nuit holographique. Projeté par un des drones volant au carénage rectangulaire qu'on s'exerce à piloter en cours. Pesant plusieurs tonnes. Rempli de produits chimiques inflammables. Et maintenant, ce drone tombe sur la foule.

Cette fois, tout le monde hurle.

– Reprenez le contrôle ! Reprenez le contrôle ! crie Bento, mais je ne sais pas s'il s'adresse aux fêtards ou aux hypothétiques pilotes du drone. Puis le drone disparaît de notre vue, et nous entendons une explosion. Mais la boule de feu à laquelle je m'attends n'arrive pas.

L'instant suivant, les hurlements de peur se mêlent à des hurlements de douleur.

– On se tire d'ici ! crie Bento, en secouant Mett, paralysée. Vite !

Au même moment, un mouvement de foule manque de tous nous faire tomber et une alerte s'affiche sur nos implants :

« Alerte attentat patrien !
Couchez-vous au sol, mains sur la tête et ne bougez pas
pour faciliter le travail des services de sécurité. »

Seulement, je ne vois aucun agent de sécurité. Ce que je vois, alors que je m'allonge, ce sont d'autres morceaux de nuit qui s'apprêtent à tomber. Et des rubans éblouissants venus du bord du cratère qui se promènent dans la foule, comme des pinceaux de lave.

De la lumière cohérente. On nous tire dessus.

En réponse, d'autres tirs montent de la foule, plus faibles – nos flics. La fameuse police secrète étudiante. Mais elle est trop dispersée, mal préparée, et je vois les pinceaux de lumière remonter à la source des tirs…

Je ne sais pas quand la musique s'est arrêtée, je n'entends plus que des cris autour de moi.

Soudain, tous ceux qui le peuvent se relèvent et tentent de fuir vers l'escalier, malgré les consignes. Ne pas suivre le mouvement, c'est risquer de mourir piétinée : je me remets sur mes pieds et me laisse emporter. Je cherche mes copains des yeux, mais ils ont disparu.

Butant sur quelque chose, je comprends ce qui a fait réagir la foule : les rubans de lumière cohérente se sont promenés tout près. Je m'efforce de ne pas regarder à terre les preuves carbonisées de leur redoutable efficacité. Brusquement, la vision du bras arraché de Tim franchit d'un coup la barrière chimique et je me plie en deux avec l'impression que mon estomac se retourne comme un gant.

Le rayon se rapproche de nouveau et, sans aucune logique, beaucoup de ceux qui viennent de se relever se jettent à terre. Pas moi, et ce qui m'empêche de les imiter, c'est une vision de cauchemar : les mille étudiants des Beaux-Arts allongés au fond du cratère alors que des drones s'abattent sur eux et que des tirs de lumière cohérente les découpent en morceaux enflammés. Quand je me retrouve prise dans un groupe où l'on porte des blessés, une pulsion venue de très loin m'incite à pousser, à mordre, à les traiter en obstacles, mais je me retiens. Je me dégage et me remets à courir vers l'escalier, sautant par-dessus les corps.

L'escalier est la seule issue – même si c'est de là que viennent les tirs. Plus nous avançons, plus nous sommes nombreux – surtout des Bertiens, des Sophiens et des Forniens. Et je comprends que si on leur a enlevé leurs implants offensifs, on leur a laissé leurs implants défensifs basiques. Même ici, ils sont privilégiés. Je ne sais pas pourquoi, mais ça décuple ma terreur. Je n'ai rien pour me protéger, moi.

Je pense à Fani, très loin, qui deviendra une pilote de guerre et me vengera si elle n'est pas déjà morte, à ceux qui apprendront la nouvelle quand on les décongèlera et dont je ne peux même plus prononcer les noms bien-aimés…

La suite est confuse, un film aux couleurs mélangées. Des tirs tombent autour de nous à mesure que nous montons l'escalier. Je vois un Fornien effectuer un plongeon surhumain dans le vide pour éviter le rayon éblouissant qui efface la moitié de l'étudiant derrière lui. Puis une explosion dans mon dos – un autre drone ? Pas le temps de tourner la tête. À la moitié des marches, j'aperçois enfin nos agresseurs : postés à environ cinquante mètres de l'escalier, derrière le monticule de prairie retournée qui entoure le cratère. Ils sont deux, portent les mêmes vêtements d'été que nous tous – mais aussi d'énormes fusils du ministère des Armées ! De là, ils peuvent nous tirer comme des lapins. Et comme si ça ne suffisait pas, la nuit artificielle perd ses derniers morceaux.

Une nouvelle déflagration – dans le ciel, cette fois. Je crois comprendre : ils font sauter les drones pour que leurs morceaux incandescents retombent sur la foule. Des incendies apparaissent.

Il doit y avoir une deuxième équipe terroriste en plus des deux tireurs pour s'occuper des drones. Pourquoi ils ne se servent pas de leurs pinces à lumière ou de leur système d'autodestruction, sur lequel on a travaillé récemment ? Ils pourraient causer encore plus de dégâts ! Au moment où cette pensée émerge de ma panique, je vois deux silhouettes courir le long du cratère, à la rencontre de nos agresseurs, deux silhouettes que j'identifie aussitôt, car je les connais par cœur : Lexie et le Bertien.

Que font-ils ensemble ? Pourquoi courent-ils vers les tireurs alors qu'ils n'ont pas d'armes ? Et pourquoi les terroristes ne leur tirent pas dessus ? Parce qu'ils ne les ont pas vus ? Parce qu'ils ont trop à faire avec nous ? *Parce que Lexie et le Bertien connaissent les terroristes pour la bonne raison qu'ils en sont eux-mêmes ?*

Alors le Bertien dégaine une arme – un pistolet de flic –, Lexie tourne la tête et accélère.

Ils ne courent pas rejoindre les tireurs : ils se poursuivent. Le Bertien tire sur Lexie – la balle la frôle d'assez près pour la blesser. Trébuchant, elle se retourne, et s'immobilise alors face au Bertien. Dans sa main droite, quelque chose se met à briller.

De la lumière cohérente. Crachée par un implant offensif. Du genre que l'on ne trouve pas sur Médioca ou Ravno, et qu'on désactive sur Plaamico.

Au moment où elle va pointer du doigt le Bertien pour lui envoyer cette lumière mortelle, je me mets à hurler son prénom, de la voix et des implants.

Lexie tourne la tête vers moi – une fraction de seconde, qui laisse au Bertien le temps de lui tirer dessus une deuxième fois. Il l'atteint à l'épaule ; Lexie bascule en arrière. Au même moment, j'entends un ronronnement électrique, et je lève les yeux : une escadrille de formes volantes triangulaires venue du sud. Une seconde plus tard, ils nous survolent, et à leurs phares tricolores et leurs canons sous la carlingue, je reconnais des vaisseaux de la sécurité.

Une série d'explosions sur le pourtour du cratère change l'endroit où se trouvaient les tireurs, Lexie et le Bertien en boule de feu. Les derniers effets spéciaux s'interrompent. Le silence retombe avec la suie et la fumée.

Je me trouve aux deux tiers de l'escalier, au milieu d'étudiants aussi hagards que moi et des restes de ceux qui ont eu moins de chance, et tandis que je me dis que ces visions-là ne me quitteront jamais, qu'elles se faufileront comme des vers dans mon âme pour bouffer définitivement ma capacité à sourire, une voix résonne sur nos implants.

« NE QUITTEZ PAS LE PÉRIMÈTRE.
NE BOUGEZ PAS TANT QUE LA POLICE N'AURA PAS SÉCURISÉ LE SITE. »

Alors je m'assieds sur les marches et, comme tout le monde, je commence à pleurer.

25

Ils nous embarquent dans leurs vaisseaux pour nous emmener au château, dans une grande salle inconnue du donjon, sans fenêtre et sans issue.

Là, ils nous ordonnent de nous asseoir sans bouger, première, deuxième, troisième et quatrième années mélangés. Avec leurs uniformes noirs marqués Unité de choc/Police académique et leurs casques qui leur mangent le visage, on dirait moins des flics que des monstres prêts à nous entraîner en enfer. Sauf que l'enfer, on vient de voir à quoi ça ressemble : il est bien installé dans nos têtes, et pour longtemps.

Une voix policière retentit :

« Que tous ceux qui portent des accessoires de coiffure technologiques les enlèvent.

Que tous ceux qui ont utilisé des implants fantaisie les coupent. »

Impossible de dire laquelle des silhouettes en noir a prononcé ces mots.

Alors, l'un des flics ouvre une mallette pour en tirer deux gantelets de mailles d'acier qu'il enfile sous nos yeux. Et comme si les horreurs que nous avions vues ne suffisaient pas, les doigts du gantelet se mettent à grandir comme des racines dont on filmerait la croissance en accéléré. Jusqu'à ce que ses mains finissent par ressembler au corps d'horribles araignées pourvues de pattes démesurées.

Comme on a tous regardé les mêmes feuilletons policiers sur le réseau, on sait de quoi il s'agit, mais ça ne nous rassure pas. Le flic commence à parcourir nos rangs, en caressant les têtes de chaque étudiant de ses doigts étirés, pour récupérer les images de l'attentat enregistrées par nos implants. Cela déclenche plusieurs évanouissements – moi-même, je tremble quand je sens le contact froid sur mon crâne et mes implants y répondre en s'ouvrant comme des fleurs.

Les flics reprennent la parole pour nous informer : le bilan de l'attentat « avoisine la centaine de morts » mais « tous les terroristes ont été éliminés ».

Je pense à Lexie et au Bertien, Enild. Éliminés, eux aussi ?

Je cherche le rapport entre ce que j'ai surpris dans les couloirs du château et cet attentat… Quel est le sens de cette scène ? Si Lexie et le Bertien étaient des terroristes, pourquoi n'ont-ils pas été arrêtés bien plus tôt, alors que je les avais balancés ? Si on a enquêté sur eux, alors quelqu'un parmi les flics, a dû commettre une énorme erreur. Si je suivais mes pulsions, je me lèverais maintenant pour le crier à ceux qui fouillent dans nos implants. « Je vous avais dit qu'ils cachaient quelque chose. Je les avais dénoncés, comme le demandent les hologrammes et vous, vous n'avez rien fait ?! » Au lieu de cela, je pense à Lexie avant la fête. À nos vannes devant la salade de fruits. Lexie le jour de notre arrivée. Mais ces images sont écrasées par d'autres. Lexie courant au bord du cratère, poursuivie par le Bertien. Lexie blessée, se retournant pour riposter, de la lumière cohérente qui lui sortait des doigts.

J'en veux aux flics. Je m'en veux, aussi, d'avoir été si naïve. Mais ce n'est rien au regard de ce que j'éprouve pour Patrie bleue.

Les Patriens m'ont déjà pris mon passé. Avec cette fête, ils ont détruit mon présent. Ils ont détruit la joie et le sentiment de sécurité que j'éprouvais sur Plaamico. Plus jamais je ne pourrai comparer cette planète à un paradis.

On nous libère au compte-gouttes, en nous ordonnant de rejoindre nos chambrées et d'y rester jusqu'à nouvel ordre. Je sors dans les dernières et quand, enfin, j'arrive chez moi, Mett est déjà là, dans le salon, à m'attendre avec Bento. Quand elle me voit, elle s'écrie :

– Stréa, ma foutue Ravnienne, tu es vivante !!

Et elle se jette dans mes bras en sanglotant.

Je reste un instant immobile avant de l'étreindre à mon tour.

– Où est Lexie ? je demande, comme s'il était possible qu'ils en sachent plus que moi.

– On n'en sait rien, Stréa. Les flics ne veulent rien dire. La dernière fois que je l'ai vue, c'était bien avant…

Il ne précise pas avant quoi.

– Et Dounia ?

– En caisson médical. Apparemment, elle faisait partie du premier groupe qui a tenté d'attaquer les terroristes qui nous tiraient dessus et elle a été brûlée, répond Mett.

– Tu devrais prendre ça, Stréa, propose Bento en me tendant une boîte de somnifères toute neuve. Au fait, les flics ont envoyé des consignes sur nos implants. Regarde, ça va te remonter le moral.

Le document s'appelle « Règlement spécial pour l'état d'urgence ».

Dedans, j'apprends que « les étudiants sont dorénavant encouragés à rester dans le périmètre de leur maison en dehors des heures de cours », qu'il sera « désormais interdit de se rendre dans une autre chambrée que la sienne ». Interdit aussi d'aller « se promener dans le parc en dehors des parcours de promenade balisés et surveillés qui seront établis dans un cycle ». Interdit « de se rendre seul dans la zone de divertissement du château » – au moins, on peut toujours en groupe. Bien sûr, « toutes les soirées de l'École des beaux-arts sont annulées jusqu'à nouvel ordre ». Et un bataillon de cinq cents flics de choc équipés de robots sera posté parmi nous en permanence. Bonjour l'ambiance…

Mais sur le coup, je trouve que ce n'est pas assez. Il faudrait mille flics, un par étudiant, et même avec ça, on ne se sentirait pas en sécurité.

Tandis que je découvre la litanie des nouvelles interdictions, j'entends Mett pleurer dans mon dos, puis Bento qui se lève et lui dit « tiens, prends-en encore une » – je suppose qu'il parle de somnifères. Mais moi, je ne veux pas me réfugier dans un sommeil artificiel, alors pour ne pas faire d'histoires, je vais dans ma chambre.

J'aimerais pouvoir me repasser les messages de mes parents où ils me disent qu'ils sont fiers de celle que je suis devenue, et espèrent que je me suis trouvé des amis. Je donnerais tout le luxe de ma chambrée pour écouter encore une fois les nouvelles périmées qu'ils me donnent – *Tim s'entraîne dur pour la compétition d'athlétisme interclasses, Elba a réussi un carnage de Sanglants historique…*

Seulement je ne peux pas, même le son coupé…

Rien pour chasser la vision de Lexie affrontant le Bertien, tandis que, plus loin, deux étudiants comme nous tiraient dans notre foule sans trahir aucune émotion.

Tout le monde dort dans la maison, alors je barricade ma porte, c'est-à-dire que j'empile tous les meubles devant avant de couper le dispositif qui leur permet de flotter. Je m'allonge, sans avoir fermé la baie vitrée de ma chambre. Je ne veux pas dormir : je sais quels cauchemars viendront si je cède au sommeil sans avoir pris de somnifères.

Dehors, le Lac Incertain est revenu, et les reflets de deux soleils se poursuivent à sa surface. Je songe à cette technologie nixtienne qui n'a rien à faire là, à cette guerre entre deux versions de l'humanité, absurde au regard de l'Univers qu'il nous reste à explorer, et qui vient de coûter la vie à cent des miens.

Je pense à Lexie, pareille à ce Lac Incertain. Maintenant, qu'est-elle devenue ? Puis ma colère contre elle entre en collision avec mes derniers bons souvenirs – le trajet bourré, en bulle, vers la fête… Soudain, j'ai envie de tout balancer.

Puis je me vois me balancer moi-même, un saut depuis la terrasse du château ou le toit d'un immeuble vitré, qui résoudrait tout.

Ces pensées me font peur. J'appelle Ciza Ryame, la psychologue scolaire, sur mes implants. Elle répond aussitôt.

– Astréa, oh vous faites très bien de…

– Non. J'ai envie de tout lâcher. D'aller voir la sous-directrice Eloria Fan pour lui demander de me renvoyer chez moi. Sauf que chez moi, ça n'existe plus !

– Vous y pensez depuis longtemps ?

– Juste maintenant.

– Pas étonnant, après le traumatisme que vous venez de subir. Vous voulez partir parce que vous craignez de penser tout le temps à l'attentat en restant ici ? Vous avez peur des cauchemars ?

– Non, je… je n'ai pas juste peur des cauchemars et c'est dommage : j'imagine que vous avez des pilules pour ça aussi, non ?

– Vous n'imaginez pas… Et qu'est-ce qui vous dit qu'une fois loin de Plaamico vous cesserez d'y penser ?

– Rien, mais ça vaut la peine d'essayer…

– Et vous n'aurez pas de regrets ? Prenez le temps d'y réfléchir.

J'essaie. Je me vois sur une planète anonyme, ressassant ce cauchemar, puis rêvant à ce que j'aurais pu devenir.

– Si vous renoncez, reprend la psy, les terroristes auront gagné. Quant à vous, vous vivrez une existence médiocre au regard de celle qui vous attend une fois vos études finies. Vous le savez, n'est-ce pas ?

– Ma mère n'a jamais quitté Ravno et je ne dirais pas que sa vie était médiocre, je lui réponds, bravant la nausée.

– Non, mais vous conviendrait-elle ?

C'est une bonne question, même si elle est difficile à examiner pour cause de barrière chimique. Je tente en changeant les mots : pourrais-je vivre une vie de barmaid, reprendre un bar en altitude sur une planète étape secondaire d'une grande route commerciale, et laisser le temps s'écouler devant la pompe à pression, les yeux dérivant dans le vague reflet du comptoir, écoutant des histoires venues de tout l'Empire sans partir jamais, sans même y penser ?

Devenant une sorte de sage de bistrot…

Et puis je revois mon avenir tel que je l'imaginais avant le désastre : moi manipulant la matière cosmique comme des sculpteurs manipulent la glaise pour tirer du chaos des créations fabuleuses où les gens jubileront d'habiter.

Puis-je renoncer à devenir un jour quelqu'un comme ça ? Alors que j'en rêve depuis si longtemps ? Alors que je pourrais devenir utile et changer en bien la vie de millions de malheureux colons ?

Ce serait une capitulation totale, et le docteur a raison : c'est ce que visent les terroristes – tuer des étudiants et traumatiser les survivants pour qu'ils ne puissent plus servir à rien. Soudain, je me sens plus citoyenne impériale que jamais.

Je me rends bien compte que je ne suis pas dans mon état normal, que mon esprit saute d'un état extrême à l'autre, de la tentation du suicide au désir de vengeance. C'est sans doute ce que la psy veut m'amener à comprendre.

– OK, vous avez gagné. Je ne vais pas prendre ma décision tout de suite.

– Je crois que c'est plus sage, en effet. Vous avez bien fait de m'appeler, il faut être attentive à ce genre de pensées négatives : elles sont un signal d'alarme. Si jamais ça vous reprend, contactez-moi. Je suis là.

Je coupe avec l'impression de m'être fait balader. Mais je dois bien m'avouer que ce n'est pas le cas, qu'elle m'a juste aidée à voir plus clair en moi.

Je continue à y penser un peu puis, à force de regarder les trois soleils se poursuivre sur la surface du lac, je finis par m'endormir dans mon fauteuil.

26

Ils doivent mettre des produits dans notre nourriture, pour les étudiants rétifs aux somnifères. Des versions allégées de ce qu'ils m'ont fait prendre après la mort de Ravno. Car à peine deux cycles de cours plus tard, j'ai déjà l'impression que l'attentat a eu lieu voilà des années, et cette impression me paraît partagée : parmi mes camarades, plus personne n'en parle, plus personne n'évoque les morts ou les disparus comme Lexie. C'est devenu de mauvais goût : tout a été dit, à quoi bon y revenir, laissons la police bosser et allons de l'avant s'il vous plaît.

Alors même que l'ambiance du campus s'est changée en ambiance de caserne.

Oui, ils doivent mettre des trucs dans notre nourriture, car aucun cauchemar ne traverse mes nuits, et si parfois des images de l'attentat me reviennent, elles me paraissent étrangères, comme prises dans la mémoire d'une autre.

Des listes nous ont été transmises : liste des victimes, liste des blessés… Le nom de Lexie ne figure nulle part. Parce qu'il se trouve sur la liste secrète des terroristes ?

Le nom d'Enild Raofora-Ojla apparaît, lui, parmi les blessés, pas très loin de celui de Dounia.

***

Les cours, au moins, aident à ne pas y penser. D'autant qu'aux cours pratiques et théoriques s'ajoute une nouvelle catégorie : les simulations de chantier. C'est *là* que je tombe véritablement amoureuse du boulot.

Le principe est très simple : on nous rassemble dans une salle démesurée – plus grande encore que les hangars des cours pratiques et on nous donne la maquette animée d'un système stellaire. Une maquette moins réduite que d'habitude : cinq cents mètres de diamètre environ – quand on se trouve devant, on y croit à 100 %. Cette fois, il ne s'agit pas de s'exercer au maniement de telle ou telle fonction sur tel ou tel instrument. Cette fois, il s'agit d'imaginer.

La prof est une genésiarque en exercice, la première que nous rencontrons. Elle s'appelle Ania Rochel et vient d'une bonne famille de Sophia, d'où la masse de cheveux noirs sur son épaule gauche. Elle nous donne un énoncé :

« À l'aide des trois planètes présentes, de leurs lunes et de la ceinture d'astéroïdes qui cercle le système, vous construirez deux planétoïdes comprenant chacun au moins cent millions de kilomètres carrés constructibles, et situés dans la zone d'habitabilité de leur étoile. Pour cela, vous pourrez vous servir de tous les outils ou technologies mis à votre disposition, dans la limite des stocks d'énergie qui vous sont alloués. Vous avez droit à cinq cartes pour les drones, qui permettent de débloquer toutes leurs fonctions, sauf l'autodestruction, alors attention, je ne veux pas d'accident ! »

Autant dire que l'exercice se rapproche franchement de notre futur boulot.

J'adore sauter d'une commande à l'autre pour envoyer un mini-transtellaire mettre le souk dans un anneau d'astéroïdes, tandis que des drones sèment de petites bombes dans la course des trois planètes pour provoquer des collisions desquelles naîtront, sous forme d'ébauche, leurs deux petites sœurs demandées dans l'énoncé. J'adore ça, d'autant que je retrouve enfin la créativité du Stellarium.

Dans ces cours-là, pour la première fois depuis mon entrée aux Beaux-Arts, je me retrouve parmi les 10 % qui réussissent *tous* les exercices. En plus, j'aime bien la prof : même si elle vient de Sophia, elle ne fait pas une affaire de ses origines, et pour peu qu'on ne soit pas trop susceptible, on peut apprendre plein de choses en l'écoutant.

– Mett Elpha, regardez votre pince. Vous avez oublié l'existence des pédales ? C'est avec ça qu'on dose la puissance du flux ! Les manettes, c'est pour la longueur.

– C'est ma robe, professeur. Elle m'empêche de bouger.

– Essayez quand même. On n'a pas idée aussi de venir à mes cours en robe. D'ailleurs, si c'est pour faire joli, c'est raté : vous ressemblez à un jambon.

– Mais Madame, ce n'est pas du tout le même rose que le jambon ! proteste Mett, toute rouge.

– Ça dépend combien de temps votre jambon a séjourné dans les réserves d'un transtellaire. Vous n'avez jamais vu de jambon avarié ? Allez, on se concentre. Sur la console de tir, vous avez douze positions. Les quatre du haut, c'est pour tracter. Les quatre du bas, c'est pour pousser, et celles du milieu, c'est pour détruire, alors n'allez pas confondre. Je répète la procédure : 1 : on choisit une position. 2 : on vise. 3 : on branche l'autoguidage. 4 : on tire les manettes, pédales relevées à fond pour réduire la puissance au minimum. Et puis on appuie d'un coup… en essayant de ne pas s'emmêler les pieds dans sa robe.

27

Après les cours, Mett et Bento partent souvent se promener ensemble et je les laisse y aller seuls, en prétextant que les promenades balisées me minent le moral – ce qui est vrai : elles me rappellent Lexie –, mais cette fois, je les accompagne. Nous revoilà dans ces bosquets dont les reflets dorés ne m'émeuvent plus depuis que des drones policiers ronronnent au-dessus des cimes.

– Quand même, je me demande à quoi ça ressemblait dans leur tête pour qu'ils acceptent de nous tirer dessus.

– Qu'est-ce que tu veux dire, Mett ? C'étaient des espions.

– Oui, mais avant, c'étaient des étudiants comme nous. Perso, je comprends qu'on en veuille à l'Empire quand on vient d'une planète comme la tienne, Stréa. Mais au point de tirer sur des gens de notre âge ? Nos propres copains ? C'est dingue, vous trouvez pas ?

– Je les ai vus, tu sais, je dis alors. Ceux qui nous tiraient dessus.

– Quoi ?! s'exclament en chœur Mett et Bento.

– Quand j'étais dans l'escalier. T'as raison, Mett : c'étaient des étudiants, des troisième ou quatrième année, en tout cas, ils nous ressemblaient et tu veux savoir le plus effrayant ? Ils n'avaient pas l'air d'être en train de massacrer des gens. Ils avaient l'air de types à qui on a confié un travail manuel emmerdant, et qui sont pressés de terminer. Comme si nous tuer ne les dérangeait pas plus que de visser des boulons ou de planter des clous…

– Quelle horreur ! Ils étaient drogués, tu crois ?

– J'en sais rien.

– T'as raison, Stréa, c'est effrayant, répond Bento d'un ton neutre. Surtout si on pense qu'il y en a encore parmi nous.

– Aucun de vous deux ne les a vus ? je demande, en essayant de garder le ton d'une conversation anodine. Ceux qui nous tiraient dessus ? Et ceux qui couraient vers eux pour les renforcer avant l'arrivée des flics ?

– Non, comment j'aurais pu ? Quand ça a commencé à péter et que la foule s'est mise à paniquer, je me suis retrouvée derrière un kiosque à boissons et je me suis planquée là avec Bento en attendant que ça se termine. Je crois que j'ai bien fait d'ailleurs. Ça m'a évité de voir une bonne partie de la boucherie.

– Et vous croyez qu'on reverra Lexie ? je demande pour en avoir le cœur net.

– Non. Lexie est morte, répond Bento.

– Elle n'est pas dans la liste des victimes.

– Oui, il doit y avoir une bonne raison à ça. Quelle qu'elle soit, si Lexie n'est pas dans les listes, elle est morte ou c'est tout comme.

28

Nous approchons de la fin du trimestre : à force de bosser comme un robot, je suis maintenant rompue au pilotage des engins de chantier célestes et aux opérations de chirurgie cosmique menés sur agglomérats proto-planétaires à coups de lumière cohérente. Je sais saisir n'importe quel objet cosmique dans une pince, quelle que soit sa vitesse – et même si je ne suis pas la plus douée pour ça, je grimpe dans le classement. J'ai toujours du mal à rester attentive plus d'une demi-heure pendant les cours théoriques, mais dans les simulations de chantier, je brille.

Deux cycles plus tard, la porte de notre chambrée s'ouvre à la volée et nous sursautons tous les trois.

– Dounia ! s'exclame Mett, des larmes dans les yeux.

– Bon retour parmi nous, sourit Bento.

– Ouais, ouais, c'est ça, merci, évacue-t-elle, avec un demi-sourire touché.

– Je vois que tu as une décoration toute neuve, dis-je en désignant la médaille sur sa poitrine. Félicitations.

Elle affiche aussi un bras et une jambe tout neufs. Cela ne la rend pas plus aimable.

– Salut, Stréa. On m'avait dit que vous aviez survécu tous les trois mais je gardais un petit espoir… Je plaisante, bien sûr.

Elle se laisse tomber sur le canapé.

– Je suis contente de vous retrouver : mieux vaut ça que d'être morte…

Les cycles suivants, Dounia a beau essayer de se montrer désagréable, elle n'y arrive pas aussi bien qu'avant. Elle saisit toujours toutes les occasions pour se foutre de Bento ou essayer de faire honte à Mett parce qu'elle sort avec lui, mais ses mots sont comme émoussés et, la plupart du temps, ils tombent dans le vide. Quant à moi, elle m'épargne, comme si j'étais sortie de son paysage mental.

Parfois, je surprends son regard, et je crois reconnaître ma propre figure de zombie dans le miroir. Dounia est devenue triste. Quelque chose est mort en elle le soir de l'attentat, avec une part de son arrogance.

***

Au milieu du dernier trimestre, un nouveau message arrive sur mes implants. Une

« INVITATION À VOUS PRÉSENTER AU
QUARTIER GÉNÉRAL DE LA POLICE SECRÈTE ÉTUDIANTE
POUR COMPLÉMENT D'INFORMATION CONCERNANT UNE ENQUÊTE EN COURS »

Le ton est courtois, mais l'horaire du rendez-vous précis : c'est une convocation.

S'ils me reprochent de n'avoir pas assez insisté dans ma dénonciation de Lexie, je vais leur exploser à la figure.

Je vais donc découvrir l'autre police de Plaamico : la secrète. Enfin, l'un de ses commissariats, près de la faculté d'administration. Le bâtiment ressemble à n'importe quelle tour de logements étudiants de l'énorme faculté, avec son béton sale et craquelé par les soleils, ses huit balcons-terrasses pleins de chaises longues et de bouteilles vides. Sauf que tout ça, c'est du décor ; je m'en rends compte devant l'entrée, alors que je vérifie les coordonnées affichées sur la convocation, et qu'un flic en civil sort pour me tirer à l'intérieur.

Là m'attend un poste de contrôle où l'on me passe sur tapis roulant pour me scanner de la tête aux pieds, sans ménagement.

J'essaie de me tenir tranquille, de me dire que je n'ai rien à me reprocher – mais, dans un tel cadre, difficile de ne pas se sentir suspect. Comme si l'angoisse de ceux qui avaient été emmenés ici avant moi avait imprégné les murs.

Puis le flic me pousse sous une machine censée copier tout le contenu de mes implants. Je sais qu'il s'agit d'un simple agent et que je ne devrais rien lui dire mais la tension est trop forte et je finis par demander pourquoi on m'a convoquée. Contre toute attente, il me répond :

– Je crois que c'est à propos de l'attentat. Suivez-moi.

Un défilé de couloirs glauques, puis nous pénétrons dans un ascenseur aveugle et sans boutons – sûrement parce que le flic le contrôle par implants. Direction les étages supérieurs.

Là-haut, on dirait plus une prison qu'un poste de police : des couloirs et plein de petites portes blindées… J'ai les jambes lourdes et entre chacun de mes pas, mon cœur marque au moins dix battements, comme s'il cherchait à imiter le roulement d'un tambour.

Est-ce que tu as connu tout ça, Lexie ?

L'agent me pousse dans une salle à gauche.

– Attendez ici. Asseyez-vous et ne vous levez pas sans qu'on vous le demande.

Il attend que j'obéisse pour fermer la porte derrière moi, me laissant seule.

Je stresse encore vingt bonnes minutes, en m'efforçant de ne pas le montrer, sûre que les murs m'observent. Et j'essaie de ne pas sursauter quand la porte s'ouvre de nouveau.

La sous-directrice Eloria Fan, encore ! Avec le capitaine Ritz, le flic chauve de l'autre fois… plus le colonel qui nous avait parlé espionnage en début d'année.

Ça ne sent pas bon…

C'est le capitaine qui m'adresse la parole.

– Bonjour, Astréa Stern. Je vous ai convoquée pour un complément d'information. Confirmez-vous avoir vu, dans les couloirs du château, le jour de ce malheureux bug, votre amie Lexie Ziama et l'élève de première année Enild Raofora-Ojla échanger, disons, un geste de connivence discret ?

– J'ai envoyé un message à ce propos à la police, Monsieur. Alors oui, je confirme.

– Confirmez-vous également avoir vu Lexie Ziama et Enild Raofora-Ojla se battre au bord du cratère, le soir de l'attentat ?

– Je confirme. Et si je ne l'ai pas dit, c'est que juste après l'attentat, vos collègues ont regardé mes implants et…

– Vous avez bien fait. Nous n'avons rien à vous reprocher, Madame Stern.

Ce n'est pas réciproque, je pense – sauf que je ne me contente pas de le penser, je le souffle entre mes dents, sans m'en rendre compte. Et ils entendent tous.

– « Ce n'est pas réciproque ? », répète le capitaine. Vous avez quelque chose à reprocher à la police, Madame Stern ?

Je sais que je devrais faire attention à ce que je dis, mais j'en suis incapable – la conversation ravive les souvenirs de l'attentat. La vision des corps en flammes, encore debout, près d'un bar, danse sur mes paupières.

– J'ai dénoncé Lexie et Enild. Je ne savais pas, alors, que c'étaient des terroristes, mais je vous ai donné une raison d'enquêter sur eux. Je vous ai donné les moyens d'empêcher l'attentat et au lieu de ça…

Je m'interromps, à bout de souffle et aussi par peur de leur réaction. Là, ils me regardent avec des mines consternées.

– Vous allez comprendre, Madame Stern, dit le colonel. Quelqu'un, dans nos services, a commis une erreur d'appréciation. Pour le reste, je crois que nous vous devons des explications. Lieutenant Raofora-Ojla ? C'est à vous.

Le colonel se retourne pour rouvrir la porte. Derrière, le Bertien. En uniforme de flic. Avec son visage grave où je retrouve des nuances de brun qui n'étaient pas là pendant la soirée, traces de greffes de peau menées en caisson médical, qui s'effaceront bientôt. Il a le regard sévère d'un militaire, mais dedans, je décèle une lueur amusée qui m'est destinée. Cela ajoute à mon écœurement.

– Voilà trois ans, alors qu'il se préparait au concours sur Berty, le futur lieutenant Raofora-Ojla a reçu un message pour le moins étrange sur le réseau. Une offre d'argent sans contrepartie. Avec un mot disant que l'on comprenait ses soucis, qu'il n'était pas facile d'être né artiste sur une planète comme la sienne et qu'on allait le soutenir. Or, de par son éducation, Enild Raofora-Ojla avait entendu pas mal d'histoires d'espionnage. Il se doutait de qui était derrière ce message. Et il a averti la police impériale, comme il le devait.

– En réaction, nos confrères lui ont demandé de répondre au message, et d'accomplir les petites missions que ses employeurs patriens lui confiaient. Et d'afficher, quand il le pourrait, du dédain pour l'Empire. C'est comme ça que pendant ses deux ans de préparation, il a gagné la confiance des Patriens – et la nôtre, car il nous rapportait tout, reprend le capitaine Ritz. En récompense, à sa réussite au concours, nous l'avons recruté dans la police étudiante. Avant même de poser le pied sur Plaamico, le lieutenant Raofora-Ojla était un agent double.

Sourire dudit agent double, qui pour l'instant se contente de son rôle de présence muette, sans doute parce qu'on ne l'a pas encore autorisé à l'ouvrir.

– Vous l'aurez compris, notre but était d'infiltrer les réseaux d'espions patriens sur Plaamico. Ce qui n'est pas facile, car ces réseaux sont cloisonnés. Chaque espion patrien n'en connaît que deux autres, au maximum – l'officier qui lui transmet des ordres, et parfois l'exécutant à qui il en donne… complète le colonel.

– Et l'officier de votre lieutenant… c'était Lexie, n'est-ce pas ?

– Oui, c'est ça.

– Et une fois sur Plaamico, ils ont préparé l'attentat avec le réseau dont ils faisaient partie tous les deux ?

– Oui, mais vous allez trop vite. Comme toute opération, celle-ci comportait sa part d'incertitude. Nous ne savions pas quand l'attentat aurait lieu. Nos analystes estimaient que ce serait bien plus tard, lors des grandes fêtes de fin d'année, après les publications des résultats. Et surtout : nous n'avions que deux noms, dont celui de notre agent, et arrêter la seule Lexie Ziama n'aurait rien empêché du tout ! s'agace le capitaine Ritz.

– Nous ne pouvons pas tout vous révéler, poursuit le colonel, mais sachez que sans le lieutenant Roafora-Olja, le bilan aurait été bien plus élevé. Les drones auraient explosé parmi vous comme des bombes. Et avant cela, les terroristes se seraient servis de vos… « pinces de lumière » et du reste !

Et tout à coup, mon cerveau s'illumine.

– Les cartes ! Les cartes pour faire marcher l'équipement dans les cours pratiques ! C'est ça que vous vous êtes échangé !

Le Bertien a un mouvement vers moi, et, d'un geste du menton, le colonel l'autorise à s'exprimer.

– Le capitaine Ritz a raison. Même si du côté de la police, on n'envisageait pas l'attentat avant des mois, j'ai quand même pris des précautions : quand les quatrième année ont commencé à établir des listes de matériel pour leur fête, j'ai mis au point, avec l'aide du colonel, des fausses cartes de commande pour les drones : une petite manœuvre pour escamoter discrètement les systèmes d'autodestruction et les pinces des drones volants réclamés par les quatrième année pour leurs effets spéciaux. Je me disais que ça limitait les risques d'une telle fête. Et là, je ne me suis pas trompé, car trois cycles plus tard, Lexie Ziama m'a exposé tout un plan pour que notre réseau s'empare de ces cartes.

– Et ce plan incluait que tu voles les cartes, et un bug informatique permettant que tu les lui passes, c'est ça ?

– Oui, pour qu'elle les copie avant de les remettre là où je les avais volées. C'était facile : vous aviez cours de simulation juste après nous.

– Ce que tu me dis, c'est que tu t'es arrangé pour que les espions obtiennent des doubles de tes fausses cartes foireuses ? Pour qu'ils ne puissent pas nous faire sauter les drones à la figure, mais juste de les envoyer s'écraser sur nous ? Bravo ! J'espère qu'on t'a donné une médaille pour ça !

– Contrôlez-vous, Madame Stern, me coupe le colonel, où nous serons obligés de sévir. Le lieutenant a risqué sa vie lors de l'attentat.

– Comme nous tous.

– Et avant, il a pris les meilleures décisions possible, compte tenu du peu d'informations dont il disposait. Chacune de ses décisions a été validée par notre hiérarchie.

– Et grâce à vos super décisions, il y a eu cent morts.

– Sans nous, le bilan aurait été bien plus lourd. Par sécurité nous avons placé et armé de nombreux éléments de la police étudiante au cœur de la fête, et ils sont intervenus aussitôt. Tout ça, vous le savez, Madame Stern. Ne vous trompez pas de coupable.

Oui, je le sais, il n'empêche : s'ils avaient été plus prudents… Je me tourne vers le Bertien.

– Quand je t'ai vu, là-haut… Quand tu as tiré sur Lexie…

– J'essayais de tout arrêter, répond le Bertien. Je te dois une fière chandelle, d'ailleurs. Sans ta petite diversion, elle m'aurait abîmé au-delà des capacités de nos caissons médicaux.

Je la revois, s'apprêtant à le transpercer de lumière cohérente. Lexie, Lexie, Lexie… Comment a-t-elle pu… ?

– Où est Lexie ? Que va-t-elle devenir ?

– Elle se trouve dans nos locaux, sous bonne garde. Quant à votre seconde question, vous pouvez y répondre toute seule.

Bien sûr : cette réponse est affichée partout sur les hologrammes de Plaamico

« Nous vous rappelons que le châtiment standard pour espionnage est la peine de mort. »

– Laissez-moi la voir. S'il vous plaît.

29

Je ne m'y attendais pas, mais ils acceptent – parce qu'ils espèrent en tirer profit, je suppose. Lexie, confrontée à un visage familier, pourrait laisser échapper une information utile. Pendant que le capitaine Ritz m'entraîne d'escalier en escalier, dans une descente vers les profondeurs du bâtiment policier, j'imagine Lexie coincée par les Patriens, acceptant leur argent parce qu'on ne peut pas refuser ça sur Médioca, et se retrouvant piégée, obligée de commettre le pire... Et malgré l'horreur que son geste m'inspire, je parviens à avoir pitié d'elle.

– Derrière cette porte, m'indique le capitaine, et je comprends qu'il ne m'accompagnera pas.

Je pousse la porte. Une salle nue, médicale, carrelée de blanc. Et au milieu : un gros caisson transparent. Dedans, flottant dans des eaux amniotiques, mon ex-copine, ou ce qu'il en reste après avoir été allumée par le Bertien et bombardée par les flics. Elle a dû bien morfler, pour qu'après des cycles et des cycles le caisson n'ait pas terminé de reconstituer ses jambes – là, elles ressemblent à des moignons rouges pareils à des tronçons de Sanglants. Je chasse cette comparaison aussitôt qu'elle me vient, mais trop tard, mon estomac entre en rébellion.

Des robots réparateurs courent dans les plis de son torse, comme des fourmis, refermant les cicatrices, effaçant les chairs brûlées, et je pense qu'il faudra bien du temps avant que Lexie ne fasse une condamnée à mort présentable. Son visage, en revanche, a été moins touché – la moitié de ses cheveux ont flambé mais je reconnais toujours sa figure quand elle se tourne vers moi.

J'imagine que je vais avoir droit à un signe, un battement de paupières, un sourire triste, un coup contre la paroi, n'importe quoi.

Au lieu de cela, Lexie m'accueille avec un visage que je ne lui connais pas. Un visage plein de haine et d'amusement.

Et puis j'entends sa voix sortir du caisson.

– C'est toi, Stréa ! Je n'y vois plus très bien et ils ont coupé les implants qu'il me restait mais je sais que c'est toi. Approche…

– Alors c'est ça ? Comment t'as pu travailler pour les Patriens ? Ce sont tes mères qui t'ont obligée ? Les Patriens leur ont filé du fric ? Ils les ont piégées ?

– Mes mères sont mortes dans un accident de minage quand j'avais dix ans. C'est ma tante qui m'a élevée. Elle est morte au boulot un an avant le concours. Ça répond en partie à ta question, non ?

Je reste sans réaction. Pas seulement à cause de ce qu'elle dit. Son ton, plein de morgue… Elle sait qu'elle va être exécutée, alors plus rien ne la retient…

– On était amies, Lexie. Laisse-moi au moins une chance de comprendre.

– Mais tu ne pourras jamais comprendre, jamais ! Parce que t'es trop conne ! Une pauvre conne soumise comme l'Empire les adore. Qui grandit sur une planète pauvre alors que l'Empire déborde de richesses et qui ne voit pas le scandale ! Qui a l'impression d'être élue des dieux parce qu'elle a été reçue à un concours ! Vous vous prenez pour des artistes, hein, tous ? Vous n'êtes que des instruments ! À peine plus sophistiqués que les drones dont vous vous servez ! Des instruments au service d'un Empire criminel.

– Tu n'as pas tiré sur l'Empire, Lexie. Mais sur des étudiants comme toi.

– Non, pas comme moi. Moi, au moins, je sais la cause que je sers.

– La cause *patrienne*, c'est ça que tu sers ?! Et c'est moi qui suis un instrument ? je lui crie, les larmes aux yeux. Les Patriens sont des monstres, Lexie ! Ils ont… ils ont détruit ma planète, tu es au courant ? – et je m'arrête là mais trop tard, la nausée me plie en deux.

– Oui, j'avais compris avant qu'on me le dise. Tu veux que je pleure pour toi ?

Son absence de compassion me laisse muette. C'est une autre Lexie, là, qui n'a pas de sentiments à perdre pour les gens comme moi. Une étrangère... mais au moment où j'en viens à cette conclusion, elle reprend, avec une voix plus douce.

– Tu crois que j'ai été piégée par les Patriens, Astréa ? Si je te disais que j'ai *rêvé* qu'ils me contactent ? Que j'ai tout fait pour que ça arrive ? En laissant des remarques frôlant la sédition sur les forums du réseau. En y racontant tout de ma vie de petite orpheline pauvre, sur une planète dont on sacrifie les habitants pour extraire du gaz. Le jour où j'ai reçu leur message a été le plus beau de ma vie !

– Mais tu es folle... Les Patriens sont des clones !

– Et alors – mais sérieusement, *et alors* ?! Tu crois que les clones ne sont pas des humains parce que c'est ce qu'on t'a appris à l'École impériale ? Ils ont des génomes, ces clones, comme toi, et pas trafiqués, contrairement aux nôtres. Le seul truc qui change, c'est leur naissance par ectogenèse, et encore ! T'as pas des copains nés en cuves, peut-être ? À ton avis, comment les gens font pour avoir des enfants sur Médioca, avec leurs organismes pourris de produits toxiques ? Et puis ces *clones*, comme tu dis en te pinçant le nez, n'envoient pas des petites filles se battre à mort dans l'espace. Ils ne voient pas leurs semblables comme des inférieurs ou des supérieurs. Il n'y a pas de pauvres et pas de riches sur Patrie bleue. Je suppose que tu sais ça...

– Et pas de parents, pas de famille, pas de tendresse...

– Oh, tu te trompes...

J'ai envie de lui dire que je me fous des clones et de cette discussion politique, que ce qui m'intéresse, c'est elle, la façon terrible dont elle a sacrifié son avenir, ses camarades, notre amitié...

– Alors nos promenades, nos discussions... Pour toi, c'était juste un boulot ? Un boulot d'infiltration ?

– C'est ça. Et c'est plus compliqué que ça. J'ai éprouvé de la sympathie pour toi, Astréa, malgré ta naïveté. Et tant mieux : ça rendait le boulot plus facile. Et si c'est des aveux que tu demandes, oui, j'étais heureuse d'être ta copine, d'autant que t'avais un bon profil de leurre à flics.

– De quoi ?

– Ils ne t'en ont pas parlé, hein ? Réfléchis un peu : tu viens d'une planète pourrie, ton sale comportement a été noté à l'école, et ton père a la réputation d'une sorte d'anarchiste. À ton avis, pourquoi t'as si souvent croisé ton Bertien chéri ? Au cas où on ne te l'aurait pas dit, il est de la police secrète !

Je tique.

– Tu veux dire… On m'a soupçonnée ?

– Mais évidemment. T'avais le profil parfait, et ils sont paranos. Réfléchis deux secondes. Ils ont eu raison de te soupçonner d'ailleurs : si les Patriens t'avaient repérée, ils seraient peut-être parvenus à te faire comprendre deux ou trois trucs et c'est toi qui serais là, à ma place.

– *Jamais*.

C'est sorti d'un coup, trop vite pour que je le retienne.

– Tu vois, Lexie, la différence entre nous, je crache, c'est que je suis capable d'envisager les défauts de l'Empire sans que ça me donne envie de tirer sur des gens.

– La différence entre nous, c'est que tes parents ne sont pas morts.

Ça, plus que tout le reste, ça me fait péter un câble.

– Si tu connais le sort de ma planète, tu connais celui de mes parents, alors ne me provoque pas ! Et même s'ils étaient morts, je continuerais à penser qu'on peut améliorer le monde et alléger l'injustice sans éprouver le besoin de tout casser.

– Oh, je sais, tu m'en as assez parlé ! Faire le bien à ta modeste échelle. Construire tes petites planètes où tu t'imagines que les colons seront heureux de débarquer. Ils ont réussi à te faire croire ça, hein ? Quelle brave fille. Vous êtes tous comme ça, sur Ravno ? Le ministère de l'Économie vous ruine et vous prend votre ciel, le ministère des Colonies vous déporte, les gens des autres mondes vous méprisent, et vous, vous dites « merci l'Empire » ? Et toi, Astréa, tu peux me préciser quelle injustice tu résoudras, à supposer qu'ils te laissent vraiment devenir genésiarque ?

– Je ne vais pas discuter de ça avec toi. Oui, l'Empire balade ses populations, mais les Patriens les tuent.

– Parce que souvent, c'est leur rendre service.

– Tu es folle…

Je secoue la tête.

– Tu vois, Lexie, ce qui nous sépare, c'est que moi, je suis capable de voir les nuances. Oui, l'Empire a maltraité Ravno – mais sans lui il n'y aurait plus de Ravno. Oui, il a bouché son ciel – mais ça ne m'empêchait pas d'y voir de la beauté. Et aujourd'hui, c'est ça qui m'intéresse. La beauté et l'effet qu'elle a sur les gens. Crois-moi, les colons qu'on déportera sur mes planètes auront de sacrées compensations, et si chacun se comporte un jour comme j'aspire à le faire…

– Ça n'arrivera pas, et tu le sais. Tu renonceras vite à tes petits rêves roses. Au mieux, tu en garderas juste assez pour servir l'Empire avec la conscience tranquille. Pour toi, c'est ce qui compte, non ? Ils vont m'exécuter, mais de nous deux, c'est toi qu'il faut plaindre. Moi, au moins, j'aurai les yeux ouverts.

30

Les flics nous ont donné rendez-vous devant le château. Un rendez-vous facultatif. Malgré tout, l'ensemble de la promo est venu. Pour voir le visage d'un de nos bourreaux. Pour assister à son châtiment.

Lexie, enfin guérie, a été placée dans une bulle flottante aux commandes désactivées. En bas, le colonel, le capitaine Ritz et un peloton de flics coiffés de ces casques noirs qui leur couvrent la figure braquent leurs armes vers elle.

Pas un instant Lexie ne cesse de sourire, et pour ne pas penser, je me répète qu'elle a choisi sa route, et la voilà parvenue au bout.

Autour de moi, un étudiant sur deux est au bord de la crise de nerfs. Jamais je n'ai assisté à une telle séance de haine collective spontanée – et le sourire de Lexie n'arrange rien. Tout à l'heure, j'ai entendu un étudiant monté sur une caisse hurler : « On va te mettre le feu, salope, on va te voir flamber, ça sera les cinq meilleures secondes de notre vie, et on espère que ceux que t'as tués t'attendront de l'autre côté. »

Quant à moi, j'ai beau ne pas douter de la nécessité de son exécution, je n'arrive pas à la haïr assez pour me joindre au concert. J'ai beau me repasser les horreurs de la fête, j'ai toujours du mal à les relier à ma copine dans la bulle.

Le capitaine Ritz se fend d'un bref discours :

– Lexie Ziama, élève de première année, a été jugée à huis clos pendant sa convalescence. Le Tribunal impérial l'a reconnue coupable de crime de masse et de participation à une entreprise terroriste. En conséquence, le jury l'a condamnée à la peine de mort. Peloton !

Les armes se braquent vers Lexie. Elle sourit plus grand. Soudain, je vois ses yeux brillants, pleins de larmes, et j'ai envie de crier « Arrêtez ! ».

Les tirs partent. Et la bulle prend feu. Ça ne la fait pas retomber, on dirait que la succession d'impacts la maintient en l'air. Et elle brûle vite, comme du papier imprégné de phosphore, si vite que deux secondes plus tard, il n'en reste rien, sinon des copeaux noirs qui descendent en dérivant.

Alors tout le monde se met à applaudir.

31

Je ne veux plus penser. Je veux me souvenir du temps d'avant Plaamico, et tant pis si ça risque de me faire aussi mal. Alors j'appelle Ciza Ryame, la psy, et je lui demande un antidote à la pilule bleue. J'ai droit à un gros soupir.

– Vous êtes sûre que c'est prudent ?

– Oui. J'ai bien réfléchi. Je suis prête.

– Très bien, alors je vais vous envoyer ça. Je vous préviens, ça ne marchera pas tout de suite.

En effet, au point qu'au début je crois qu'elle m'a refilé un placebo. Puis le rideau de fer commence à se lever ; peu à peu, des images des forêts et du ciel grillagé me reviennent, mon cerveau refait des connexions, et si cela me provoque toujours des nausées, elles se font plus légères et passent à l'arrière-plan.

Bien sûr, je pleure parfois pour Ravno. Mais curieusement, cela m'apaise. Comme si j'avais besoin de mon chagrin pour me sentir complète.

Et les cours s'enchaînent, de plus en plus pratiques, complexes et exigeants.

« Astréa, faites-moi fondre cette comète à moitié, de quoi remplir ce gros trou-là. »

« Astréa, apaisez l'activité volcanique de cette planète. »

« Astréa, prenez votre cœur et jetez-le là – je parle du cœur planétaire sur lequel vous êtes en train de travailler, pas la peine de faire cette tête. »

Le sourire plein de malédictions de Lexie me poursuit, et parfois, c'est encore pire, car je pense à nos bons moments ensemble, mais au moins, mes notes s'améliorent. Surtout en simulations de chantier, et cette matière a le plus gros coef.

Le deuxième trimestre semble se terminer à peine commencé. J'ai maintenant dix-sept ans et nous avons fêté ça en petit comité avec ma chambrée (même Dounia). Travailler, boire avec mes amis dans notre joli salon, m'évite toujours de ruminer, alors je m'y consacre à fond. Je m'autorise une ou deux cuites avec Bento et Mett qui écornent ma réputation. J'en tire assez de culpabilité pour bosser deux fois plus fort.

Sans nous en rendre compte, nous nous retrouvons au beau milieu du troisième trimestre. Bientôt, ce seront les vacances, puis la deuxième année et son gros morceau : ces six mois de stage dans l'espace, avec nos parrains. Si je me débrouille bien, je retrouverai Lessia Dalva, et ce sera un autre pas vers mes rêves. En attendant, il faut préparer les examens finaux.

Tout cela donne l'impression d'une fille insensible, n'est-ce pas ? Eh bien, je m'applique à l'être pour ne pas souffrir.

Sauf quand il s'agit de manifester ma haine des Patriens – là on me trouve toujours, car eux, au moins, je peux les haïr complètement.

Mais souvent, une fois seule, je sens des masses lourdes et douloureuses se mouvoir au fond de mon cerveau : mes souvenirs de Ravno qui remontent au moment où je m'y attends le moins, à mesure que la barrière chimique s'amenuise sous le coup de l'antidote. Les visions horribles de l'attentat qui apparaissent sur mes paupières, le matin quand je me réveille avant l'heure, me font moins mal parce qu'elles me semblent toujours aussi lointaines, mais là encore, je soupçonne que la chimie ne fera effet qu'un temps.

Rien, en revanche, ne me protège de la voix de Lexie filtrée par le caisson, qui s'invite dans ma tête pour me traiter de pauvre conne soumise aux moments les plus gênants – en cours, quand je suis en train d'essayer de réussir un exercice pratique devant tout le monde.

Souvent, quand un prof me complimente et que je me sens forte, je me dis qu'un jour je ressusciterai Ravno. Je ne sais ni quand ni comment, mais c'est une promesse que je me fais. Devenir une grande genésiarque, une Pléiade, et me donner toutes les chances d'y parvenir.

Personne ne redouble, aux Beaux-Arts, même avec de très mauvaises notes. Mais ces notes influent sur le classement final établi au bout de la quatrième année. Et ce classement déterminera notre avenir. Il paraît que l'an prochain, les cinquante plus nuls de ma promo devront subir des cours de rattrapage pendant que les autres seront en stage. De quoi nous motiver. Pour entretenir mon moral, je m'imagine aux côtés de Lessia Dalva dans la cabine d'un transtellaire, apprenant les secrets qui séparent le tâcheron de l'artiste. Je me vois modelant une planète avec la même dextérité qu'elle. Et puis je reprends mes esprits et mes fichiers pour rattraper mon retard en chimie atmosphérique, en sismologie, en hydrographie, en gestion des ressources… Je hais la théorie autant que j'aime créer, mais hélas, comme disent les profs, l'un ne va pas sans l'autre.

Les examens se déroulent dans les grandes salles du château : ils alternent questions théoriques et épreuves pratiques, et durent deux cycles sans interruption – pas le temps de pleurer sur le désastre des épreuves précédentes qu'il faut déjà se concentrer sur les suivantes ; un vrai concours d'endurance.

Les résultats arrivent sur nos implants quelques heures après notre sortie. Bento finit 15e sur 223 (il y a eu 26 morts dans notre promo, 27 avec Lexie) et se déclare très déçu, ce comique. Il se voyait dans les 10, voire dans les 5 premiers, et il n'en finit pas de gémir là-dessus, et nous de le chambrer.

Le Bertien se classe 160e.

Et Mett finit 171e – une première place décrochée dans deux exercices portant sur des planètes océan lui évite les profondeurs de la liste et la suppression de son stage au profit de cours de rattrapage – ce à quoi Dounia, 201e, n'échappe pas.

Moi ? Je termine l'année 74e. Mett et Bento sont sciés, mes classements précédents m'ayant plutôt placée dans les 150e. Moi, je fais semblant de prendre ça comme une bonne surprise mais évite d'en faire des caisses : ils n'ont pas besoin de savoir qu'en fait je visais les cinquante premières places. 74ᵉ, ça reste pas mal, compte tenu des horreurs que j'ai endurées, mais pas génial non plus, et cela vaut pour mon état général.

PARTIE III

1

Nous voilà en vacances pour cinq misérables cycles, soit l'équivalent de dix jours et demi de repos, attendus par tous les élèves comme la Terre promise. Ensuite, un mur : trente cycles de cours intensifs. Mais derrière, le stage ! En conditions réelles, c'est-à-dire dans l'espace ! Rien que de m'imaginer aux commandes d'un vrai vaisseau face à une vraie planète à refaire de A à Z, j'ai les doigts qui fourmillent.

Dès la première heure des vacances, la surface de Plaamico se transforme en parc d'attractions étudiant : les facs, les écoles ferment, et les équipements de loisir restent ouverts cinquante heures sur cinquante : bars, restos, boutiques de drogues légales, terrains de jeux… Tout à coup, il n'est plus question d'état d'urgence, de flics, de menace d'attentat… Dans les clairières, au cœur des bosquets, s'organisent des fêtes qui n'en finissent pas, où les étudiants de toutes les écoles se mélangent, et mes camarades des Beaux-Arts ne sont pas les derniers à y participer… Le traumatisme de l'attentat paraît oublié.

Mes premiers jours sur Plaamico, je ne voulais pas mettre les pieds dans les fêtes, et surtout pas les grosses, les « interétudiantes », en dehors du parc. Le souvenir de mon bizutage me hantait et pour ne pas avoir à en parler, je me cachais derrière des sarcasmes bricolés avec le snobisme propre aux Beaux-Arts : « Explique-moi, Lexie, pourquoi ça te passionne tellement de sautiller ivre au milieu de futures administratrices tout en te faisant reluquer par un futur réparateur de drones ? »

Puis il y a eu l'attentat, l'état d'urgence, et je me suis dit que lorsque les fêtes seraient de nouveau autorisées, ce serait sans moi, qu'elles soient grandes ou intimes, monopromos ou inter-étudiantes. À quoi bon, si c'est pour passer la soirée à flipper qu'elle tourne au carnage ? J'imaginais qu'on serait pas mal du même avis…

Et maintenant, regardez-nous danser ! Regardez-moi m'agiter sous la pluie comme une possédée, en harmonie avec la foule en transe !

Il ne pleut qu'une fois par an sur Plaamico, au deuxième cycle des vacances, avant l'arrivée des nouveaux, quand des techniciens humains et robotiques font l'entretien du système d'irrigation souterrain qui arrose la végétation de la planète. L'ancien système est alors réactivé, composé de pièces d'artillerie aux canons évasés capables de cracher des boules de vapeur denses, qui, parvenues en altitude, se déploient en nuages de pluie.

Avant le début de la fête, avec Mett et Bento, on a pris nos bulles pour regarder d'en haut ces boules de vapeur monter en pointillé du damier de Plaamico. Les premiers nuages à s'assembler étaient comme les débris d'un naufrage, puis ils se sont faits plus nombreux, jusqu'à former un matelas d'un noir opaque. Et, à l'heure dite, le ciel s'est écroulé sur nous.

Alors les premières notes d'un mix ont retenti et nous sommes redescendus en vitesse nous jeter dans la foule et la pluie chaude, une bouteille à la main.

Jamais vu tant de monde dans une fête ! Sans nos implants, j'aurais déjà perdu tout mon groupe de copains, d'autant qu'on ne voit pas à deux mètres, avec toute cette flotte. Mais elle donne un meilleur goût au concentré que je bois, un goût d'avenir qui se marie avec mon ivresse, et soudain, je sais que malgré tout ce que j'ai vécu, plus tard sera mieux que maintenant, que ma vie ne fait que commencer, qu'il serait idiot de la consacrer à pleurer les tragédies derrière moi, que j'aurai tout le temps quand je serai vieille.

Sans m'en rendre compte, j'ai dû me mettre à sourire car, à côté de moi, un type tente d'engager la conversation en me passant un inhalateur, du speed produit par l'Empire pour le bonheur de ses citoyens, mais « pas le truc qu'ils distribuent ici, du fabriqué sur ma planète, tu vas voir, ça pique plus ». Je refuse d'un geste, ça lui inspire un sourire moqueur et avant qu'il ne me traite de sainte-nitouche, je lui sors la réplique qu'utilisait ma mère dans ces cas-là : « Il faut une vie pour explorer l'alcool, alors pas de temps à perdre avec tes saloperies chimiques. » Ma mère disait cela au second degré (elle ne buvait jamais plus d'un verre par jour), mais comme ses clients à l'époque, le type prend ma réponse au sérieux et lève les mains en signe de respect : « OK, miss ! » Malgré mon refus, il reste à danser à côté de moi, sans plus se montrer lourd. Un grand brun, avec un nez aplati et des oreilles légèrement décollées qui prennent la pluie comme des gouttières.

Je le sens visiter mes implants, alors je lui rends la politesse. Je vois qu'il est en deuxième année à la fac d'ingénieurs-concepteurs du campus, où je ne me suis jamais aventurée. J'apprends aussi qu'il s'est spécialisé dans la conception de vaisseaux transtellaires dédiés à la création cosmique, ceux qu'on appelle aux Beaux-Arts les « transtellaires de chantier ». Et qu'il a eu d'excellentes notes à ses examens. Mes origines ravniennes ne lui inspirent pas de vanne, pourtant, quelque chose me retient de lui rendre ses regards – ce qui suffirait à rallumer la conversation. Il a vu que j'avais visité ses implants mais n'a pas pris cette marque de curiosité pour des avances ; il continue à danser. Au bout de cinq minutes, il s'éloigne sur un sourire sans rancune et un geste de la main qui me donnent envie de le rattraper. Mais, sans savoir pourquoi, je ne le fais pas.

Un coup d'œil sur mes implants : encore quatre heures de pluie intense et puis le ciel se videra aussi vite qu'il s'est rempli. Quatre heures de danse sous une douche collective…

Ce n'est pas une fête ordinaire, pas seulement à cause de la pluie, mais à cause de nous, et je ne parle pas juste des étudiants des Beaux-Arts éprouvés par l'attentat. Quelle que soit notre fac ou école supérieure, nous sommes tous épuisés par l'année écoulée et stressés pour l'année qui vient. Tous heureux d'appartenir à Plaamico et tous affectés par la nostalgie de nos mondes natals. Rien ne semble résoudre ces contradictions, mais on peut les sublimer par la danse et l'ivresse, et c'est ce que nous nous appliquons à faire.

Un magnum de concentré passe – du 30 %, attention danger ! – et je me l'accapare un moment en demandant à mes implants d'afficher mon alcoolémie.

La musique accélère, et les mouvements des danseurs avec elle. Je vois Mett danser accrochée à Bento. Autour, les gens se relâchent et les couples se forment, plus vite, plus nombreux que dans les petites sauteries ordinaires. Et pour la première fois, j'éprouve une pointe de jalousie.

Un an que je suis sur Plaamico et jamais je n'ai vécu une de ces aventures d'un soir qui ici sont la norme. Pour la première fois, cela me manque. Il faut croire que, contrairement à mes camarades, je n'ai pas été capable de passer d'un coup de l'adolescence à l'âge adulte et que je n'ai pas tout à fait saisi le sens des paroles d'Eloria Fan quand elle nous a accueillis : « Vous n'êtes plus des mineurs mais des étudiants. Libres de faire ce que vous voudrez, avec qui vous voudrez. » Je devais être trop obnubilée par les nouveautés de Plaamico pour comprendre. Maintenant, j'ai envie d'en profiter.

Mais je ne sais pas comment. Mes amours avec Tim étaient des amours d'ado raisonnable – même si Tim les aurait bien transformées en autre chose…

Une main sur mon épaule trempée – je me retourne. Le Bertien.

Avec ses cheveux gonflés de pluie, on dirait qu'il sort d'un océan, et l'eau qui dégouline sur son visage lui donne encore plus l'air d'une statue.

– Astréa Stern, je suis content de te retrouver !

– Ah bon ? J'imaginais que c'était facile… *pour les membres de la police secrète habitués à nous fliquer,* je complète par implants, via un canal privé pour que nos voisins n'entendent pas.

– Rien n'est facile, ici… *surtout quand on se refuse à détourner les ressources de la police à des fins personnelles, comme retrouver une fille dans une fête,* répond le Bertien sur le même mode.

– OK : c'est donc un miracle qu'on se soit si souvent croisés par hasard… *Ou alors tu me surveillais. C'est vrai que pour vous, les flics, j'avais tout d'une traîtresse ?*

– Je te demande pardon, Astréa. J'aurais dû trouver le courage de t'adresser la parole… *Mais ils m'avaient ordonné de ne pas te parler, juste de me faire remarquer de toi. Pour que tu trouves mon attention bizarre. Pour te pousser à l'erreur, au cas où…*

– *Où j'aurais été une espionne.* Tu ne cherchais donc pas à ce que je m'intéresse à toi ?

– À ton avis ? *Disons que rien ne nous interdit, une fois nos missions accomplies, d'en tirer des bénéfices personnels.*

– *Attends, c'est moi, là, le bénéfice personnel que t'espères tirer ?* Tu ferais bien d'apprendre à choisir tes mots.

– Désolé, je n'ai pas ton talent pour cela. Je suppose que ça va avec tes prouesses en simulation de chantier – je suis allé les voir en cabine.

– Tiens donc. *Et ça prétend ne pas m'espionner !*

Je ne sais pas quel démon m'incite à le fouetter comme ça – si, je sais : l'alcool, et tout l'historique de notre rencontre en cadre policier. Mais le résultat est là : je viens de décrocher une quasi-déclaration et un beau compliment. Alors je continue.

– C'était si bien que ça ?… *la police secrète ?*

– Pour ce qui est de ta simulation de chantier, oui, c'était incroyable à regarder. *Et quant à la police secrète, ça occupe, lorsqu'on ne se satisfait pas des zones de loisirs ou des beuveries entre chambrées pour remplir son temps,* répond-il, et le gros complexe de supériorité qui émane de sa réplique me donne envie de le gifler ou de l'embrasser.

Au lieu de cela, je relance.

– J'oubliais, t'es un Bertien, ce qui satisfait les autres ne te suffit pas, t'es tellement au-dessus. *Chez les flics, t'es lieutenant, c'est ça ?*

– Je suis bertien mais pas aussi prétentieux que tu le dis. Sinon, j'étudierais en ce moment les variations du cours du ling impérial dans une quelconque école du ministère de l'Économie… *Eh oui, après mon opération d'infiltration, ils m'ont nommé lieutenant.*

– *Pour te récompenser de tes exploits qui ont sauvé tant de vies sans empêcher l'attentat ?* Excuse-moi.

– C'est rien. *Et sache que dans la police, on ne se pardonne pas cette affaire. C'est la première fois que les Patriens parviennent à frapper*

Plaamico. Si tu m'en veux de ne pas avoir réussi à empêcher ça, et si tu refuses de me parler pour cette raison, je comprends.

– Tu parles toujours comme ça ?... *Comme si tu participais à une cérémonie officielle ?*

– Et toi, tu es toujours si agressive ? *Comme si tout le monde était responsable du désastre de ta planète ?* Désolé... *je n'aurais pas dû t'envoyer ça.*

– C'est rien, *j'ai mangé la pilule bleue, comme t'es flic, je suppose que tu comprends ce que ça veut dire.* Eh non, je ne suis pas toujours comme ça. En fait, je ne suis jamais agressive avec personne. Juste là, maintenant, avec toi. C'est bizarre, hein ?

– Ça veut dire que si j'essaie de t'embrasser, je vais me prendre une gifle ?

– Peut-être pas... mais tu risques de t'entendre répondre que tu vas un peu vite.

– Alors on va se promener ? J'aimerais voir la forêt sous la pluie...

– Oh oui, et tu me regarderas batifoler entre les arbres et ce sera romantique... Allez, mon Bertien, commençons plutôt par boire un verre.

2

Ils ont prévu des dômes au-dessus de plusieurs bars, en bord de fête, pour ceux qui voudraient s'abriter le temps d'un verre. Nous nous asseyons sur le cercle de pelouse sèche et nous passons une autre bouteille de concentré en regardant la pluie dégouliner en barreaux liquides. Mes implants affichent maintenant mon alcoolémie en rouge, mais je m'en fiche.

– Alors, ça fait quoi d'être un prodige de la création ? susurre-t-il.

– Oh, t'exagères. Disons que je me débrouille. Ça compense le fait que je ne suis pas super douée pour piloter les drones ou calculer des orbites de tête.

– Piloter et calculer, ça s'apprend, et puis il y a des machines pour ça. Imaginer, c'est autre chose. Ton Stellarium doit être rempli de merveilles… Tu me les montreras, un de ces cycles ?

– Ils ont levé les interdictions de circuler. Rien ne t'empêche de toquer un jour à ma chambrée…

– Oh. Je prends ça pour un oui, donc. Le premier de ta part.

– Tu penses qu'il y en aura d'autres ? Tu es bien présomptueux.

Ça le fait rire. Il n'est pas facile à déstabiliser. J'aime bien.

– Disons que je me permets d'espérer.

Je ferme les yeux pour sentir la force, la chaleur qui émane de son corps alors qu'il ne touche même pas le mien. Là, s'il se penchait sur moi pour m'embrasser, je ne résisterais pas – je crois que je le boufferais carrément.

Il le sent et c'est lui qui joue, maintenant : il oriente la conversation sur les stages, dans quelques cycles. Le message est clair : bientôt, nous serons séparés pour six mois, alors pas de temps à perdre. Bien reçu, mon Bertien chéri, mais pourquoi tu ne m'embrasses pas ?

En attendant, je le fais parler de son passé sur Berty. Il me brosse le tableau en trois phrases : « J'ai mis longtemps à en prendre conscience, mais j'ai vécu une enfance ultra-privilégiée sur une des plus riches planètes de l'Empire. Et j'ai eu des parents adorables : même si ma vocation les laissait perplexes, ils l'ont acceptée et ils ont tout fait pour m'aider. Grâce à eux, j'ai pu rencontrer des genésiarques en exercice et tu t'imagines bien qu'avec leurs relations trouver un parrain n'a été qu'une formalité. » Je me doute que tout n'a pas dû être aussi facile pour lui, sur Berty, sinon les Patriens n'auraient pas tenté de le recruter, mais je comprends qu'il ne veuille pas en parler tout de suite.

– Je ne devrais pas t'embêter avec mon histoire. Toi, tu as vraiment du mérite à te retrouver ici. Pour moi, c'était gagné d'avance.

– Je ne dirais pas ça. Même si on t'a pistonné pour trouver un parrain, tu as passé le concours, comme tout le monde. Et chez moi, tout le monde m'encourageait. Toi, je suppose qu'on te décourageait ou, au mieux, on changeait de sujet !

– J'aime bien quand tu me défends. Surtout quand tu y mets le même punch qu'à m'attaquer.

– Tu verras, j'ai tendance à vouloir protéger les gens que j'aime bien.

J'ai dit ça sans réfléchir, mais il faut voir quel effet ça produit sur lui. Son visage s'illumine. L'amusement disparaît de son regard, remplacé par quelque chose de sérieux. Et pour la première fois de la soirée, je l'entends bafouiller.

– Oh, tu… c'est vrai, tu… ? Je veux dire…

– T'emballe pas. On ne se connaît pas encore très bien.

Mais qu'est-ce qui me prend de lui parler sur ce ton ?

– Non, mais il reste encore un gros cycle de vacances et trente autres de cours avant le stage pour nous rattraper.

– Si tu y tiens. Tu peux prendre ça comme un deuxième oui.

Là, j'ai bien fait de dire ça : je peux admirer maintenant le plus grand sourire que le Bertien ait jamais produit devant moi. Je n'en reviens pas d'être capable de susciter ce genre de joie chez un type aussi beau, mais j'arrive à ne pas m'en émouvoir de manière trop visible – merci l'alcool.

– Alors, on va se revoir bientôt ?

– Je suis chambrée 11-1. Passe quand tu veux.

– OK, donc on va se revoir bientôt !

Dehors, la pluie s'arrête à l'heure prévue et la musique avec elle. Je viens de passer quatre heures auprès du Bertien et elles ont filé en un éclair. Autour du dôme, les danseurs laissent retomber leurs bras, pas mal se tiennent enlacés, deux soleils viennent de creuser une tranchée dans les nuages qui se résorbent aussi vite que des hématomes dans un caisson médical. Sous leurs rayons, tout Plaamico se met à exhaler des vapeurs. Bien sûr, je pense aux brumes de Ravno – et un reste de chimie me tord l'estomac. Un peu de tristesse doit aussi filtrer par mes yeux, car le sourire du Bertien se fait plein de sollicitude.

Et là, enfin, il se penche vers moi.

Un baiser rapide – nos lèvres entrent à peine en contact –, puis il s'en va, et je trouve ça bien.

Rien ne nous oblige à imiter nos camarades capables de s'unir et de se séparer sans y penser. Je ne les juge pas : si ça leur plaît, très bien. Mais ce qui vient de commencer là me correspond mieux.

***

Le cycle suivant, les nouveaux sont arrivés : quand je contourne le grand amphi transparent pour retrouver mes copains dans un bar, il est blindé de monde, et quand nous ressortons, l'estrade est occupée par une silhouette à chignon strict qui m'est maintenant familière. Tout est comme l'an dernier, et je suppose que ceux qui écoutent le discours d'Eloria Fan m'envient lorsqu'ils me voient m'asseoir sur la pelouse avec Mett, Bento, Dounia et mon Bertien – qui nous rejoint comme par hasard, mais je comprends vite que c'est Mett qui l'a tuyauté. Berty et Fornia sont de vieux alliés. Elle a dû bien bavarder, car mes copains font comme si la présence du Bertien se passait d'explication. En tout cas, je rougis en le revoyant et on dirait que ça lui fait plaisir.

Il nous parle de ses visites de Plaamico : l'an dernier, pendant qu'on consacrait nos heures libres aux beuveries et aux petites fêtes essentiellement circonscrites au parc des Beaux-Arts, Enild a exploré la planète. Là, il nous propose une excursion sur l'autre hémisphère, à la découverte du campus d'ingénierie spatiale, où des étudiants comme celui qui m'a abordée à la fête de la pluie apprennent à fabriquer les vaisseaux et les machines dont nous nous servons au château. L'idée de la visite enthousiasme mon petit groupe, et puis le Bertien précise la durée du trajet : huit heures. Soudain, il n'y a plus personne de partant. Sauf moi.

3

– On arrive dans une minute. Tu vas voir, ce n'est pas du tout la Plaamico que tu connais.

Voilà une heure que les prairies et les bosquets ont commencé à se raréfier et maintenant, notre bulle survole une surface de terre nue et lisse, comme si on avait laissé tout un morceau de la planète intact depuis sa création. Loin devant nous, des formes oblongues étincellent au soleil comme de grands cocons d'argent. Il y en a des centaines et, d'après mes implants, certaines dépassent deux kilomètres de long.

– C'est là qu'ils fondent certaines pièces des vaisseaux transtellaires. Les plus grosses seront forgées dans l'espace et, bien sûr, tout sera assemblé là-haut. Tu sais que les vaisseaux fabriqués par les étudiants de ce campus servent vraiment ?

– Non. C'est magnifique.

Je ne lui dis pas que j'ai mal au ventre parce que ces vaisseaux me renvoient à la baie vitrée du VitaNova et aux grands transtellaires amarrés au port – au moins, ce mal de ventre paraît supportable, preuve que l'antidote fait effet.

Je regarde le chantier remplir l'horizon à mesure que nous approchons. Devant nous, une énorme pièce d'acier rectangulaire repose sur une sorte de radeau en apesanteur, entourée d'une noria de drones qui sculptent et fondent ses bords à la lumière cohérente – mais d'en haut, on dirait que c'est la pièce elle-même qui se pare de lumières et de foudre, comme un petit morceau d'orage descendu sur Terre. Autour, une dizaine de proues terminées, profilées en forme de méduses comme pour laisser s'écouler l'eau sur leurs contours, attendent d'être emmenées dans l'espace.

On dirait que ce chantier n'a pas de fin. Nous le survolons pendant plus d'une heure. Puis je finis par distinguer les bâtiments en forme de voile de béton.

– Tu vois, Stréa, c'est là que les ingénieurs ont leur TP. Leurs cours pratiques à eux. Pour apprendre à commander les drones que tu viens de voir bosser. Tu sais que la fac d'ingénierie compte quarante fois plus d'étudiants que les Beaux-Arts ? Pour un artiste, quarante ingénieurs… tu imagines ?

Ça me fait drôle de penser ainsi. C'est nous les artistes, dans cette configuration. C'est pour nous que s'échinent ces milliers d'étudiants, de l'autre côté de la planète…

Notre conversation au retour est aussi animée qu'à l'aller – ni temps mort ni malaise dans nos dialogues, surtout du jeu et des plaisanteries, et j'ai l'impression que ça annonce ce que seront nos gestes, le jour où…

Lorsque je le raccompagne à sa chambrée et que nous nous embrassons de nouveau, je mets la main sur sa nuque pour qu'il ne puisse pas s'en tirer comme la dernière fois.

4

Nous voilà prêts pour la reprise des cours. Je n'ai rien vu des bizutages – tant mieux, étant donné ce que Bento m'a raconté. « Des nouveaux ont été enfermés à huit dans une bulle programmée pour atteindre son altitude maximale – quand on les a sortis, les trois soleils les avaient tellement bronzés qu'il a fallu les mettre en caisson médical. » Tout ça s'est passé à deux pas de moi, mais je devais avoir la tête ailleurs. Sur Berty, par exemple.

Avec les cours, tout recommence et, en même temps, tout change : nous nous rendons toujours au château en début de cycle mais nous y accédons par une autre entrée, à mi-hauteur d'une autre tour, et nous avons une nouvelle zone de divertissement rien que pour nous. Nos emplois du temps nous imposent la même alternance de cours théoriques et pratiques, avec les mêmes distributions de cartes activant les fonctions des machines et les mêmes trajets fléchés dans les couloirs du château. Mais ce ne sont plus les mêmes matières, ni les mêmes profs… ni la même ambiance.

« Pendant votre première année, mes collègues vous ont enseigné ce que devait savoir un genésiarque. Maintenant, pendant trente cycles, nous allons vous apprendre comment doit *agir* un genésiarque. Je parle de l'ensemble des procédures, des manœuvres et des gestes à accomplir, quand on travaille sur un chantier cosmique, et aussi, en ce qui me concerne, de la façon d'organiser sa pensée pour ne pas se laisser déborder par l'ampleur de la tâche. Le but n'est pas de faire de vous un genésiarque professionnel en trente cycles, mais de vous apprendre à vous débrouiller dans le cockpit d'un transtellaire de chantier, de manière que vous puissiez assister vos parrains et marraines de stage sans leur faire regretter de vous avoir choisis. Compris ?

Ça, c'est notre prof de pensée fractionnée.

Oui, la pensée fractionnée : c'est une de nos nouvelles matières principales. Il s'agit d'apprendre à empiler dans sa tête les mini-missions imposées par un chantier cosmique de manière à les accomplir en même temps.

– Quand vous bossez sur vos drones, quelque chose en vous doit penser à la lumière cohérente. Quand vous manipulez la lumière cohérente, vous devez surveiller les drones d'un œil et préparer un largage d'explosifs ; quand vous larguerez les explosifs, vous devrez garder en tête vos drones, vos générateurs de lumière et commencer à réfléchir à la capture d'une comète, compris ?

La prof ressemble à une mamie fornienne – grande taille, cheveux blancs, teint brun doré, yeux pailletés, silhouette de danseuse, et pas une ride, sûrement grâce à des séjours en cabinet d'esthétique…

– Pas besoin d'être un génie pour apprendre à fractionner sa pensée. C'est juste une question de méthode et d'entraînement, compris ? »

Bon, et peut-être aussi d'implants : on est tous passés par les cabines d'actualisation pour s'apercevoir à la sortie que notre réseau avait été augmenté d'une unité. La pensée fractionnée demande une technique spéciale, mais aussi de l'espace mémoriel.

Le deuxième cours, c'est une initiation au pilotage de vaisseaux de gros tonnage – la première étape de notre brevet de pilote civil, que nous passerons en fin de troisième année. Une grande salle divisée en vingt-cinq compartiments par des murs provisoires avec, dans chacun, la reconstitution d'une salle de pilotage. La prof est une jeune femme, une pilote coloniale, qui porte les mêmes vêtements d'été que nous.

– Vous vous êtes tous initiés aux bases du pilotage sur les simulateurs de vos Stellariums, vous reconnaissez donc les commandes devant vous. Les principales concernent la propulsion à lumière cohérente.

Ce cours-là, c'est comme de l'eau fraîche pour mon cerveau : les phrases de la prof coulent en moi et viennent remplir dans mon crâne des espaces qui paraissent prévus pour les recevoir. Sans doute parce que le sujet m'intéresse beaucoup, et je comprends bien pourquoi : il me renvoie à mon père et à son passé. Même s'il n'a été que simple navigant, c'est toujours à lui que je pense quand il est question de vaisseaux et de voyages.

Pour le troisième cours, on nous envoie dans une salle semblablement divisée, pour apprendre à commander en même temps plusieurs engins de chantier avec ce que nous savons maintenant de la pensée fractionnée. Là, nous avons droit à des consoles plus compliquées : trois plateaux de commandes, en face, à gauche et à droite. Noyé là-dedans, je reconnais le cube de commandes des drones, les poignées du générateur à lumière cohérente, celles des explosifs, celle du sas où dorment les cœurs planétaires artificiels…

– En première année, vous avez appris à vous servir de chacun de ces équipements tour à tour, nous annonce le prof. Maintenant, vous allez apprendre à les manipuler en simultané.

En guise d'exemple, nous avons droit à la vidéo 3D d'un chantier, filmé pour une fois depuis l'intérieur d'un cockpit. Une jeune genésiarque anonyme – pendant tout le film, on ne verra que l'arrière de son crâne – laisse voler ses doigts de commande en commande. Ses gestes ressemblent à ceux des musiciens virtuoses ou des champions de jeux en réseau, en plus rapides. Jamais sa main droite ne semble affectée par ce que fait sa main gauche, jamais elles ne se suspendent le temps d'une réflexion ; c'est exactement comme si elles savaient par cœur leur partition. Alors que tout est improvisé…

– Vous voyez ce que permet la pensée fractionnée, associée à une certaine habitude des commandes ? Un bon genésiarque, c'est à la fois le compositeur, le chef d'orchestre et tous ses musiciens. Cela demande de la dextérité dans les gestes et une grande souplesse d'esprit. Mais la dextérité, ça s'acquiert… Et la souplesse d'esprit, ça s'apprend.

Désormais, nos cours ne prennent plus dix-huit heures par cycle, mais vingt, « parce que vous n'êtes plus des gamins et parce que l'endurance, ça compte sur les chantiers ». Autant dire que nous rentrons tous épuisés du premier cycle. J'échange à peine deux messages avec mon Bertien – sa classe a l'air d'avoir autant morflé que la mienne – avant d'aller me coucher. Mais quand je ferme les yeux, mes implants m'annoncent une bonne surprise.

5

Un message de Fani ! Je n'en ai pas reçu depuis plus d'*un an*.

Je le lance aussitôt.

L'image montre Fani devant une petite maison de campagne, sous un beau ciel d'été naturel – cela se voit aux nuages et à leur forme – et les pieds dans une épaisse pelouse. Elle porte un polyclave de cadette bien repassé, sur lequel ont été accrochées deux décorations.

« Salut, ma Sternouchka, je suis contente de pouvoir enfin te parler ; jusqu'ici, c'était soit impossible parce que nous volions plus vite que la lumière, soit interdit parce qu'on était dans une zone de combat. Je me dirige en ce moment vers une base militaire où je vais prendre deux mois de repos paraît-il bien mérités. Mais je n'y suis pas encore, ne te fie pas à ce beau ciel et à cette prairie, regarde. »

Elle claque des doigts et le ciel bleu au-dessus d'elle disparaît, remplacé par un chaos de câbles, de tuyaux de ventilation et de structures d'acier. La prairie semble avoir été avalée par un sol blanc. Elle claque de nouveau des doigts pour faire réapparaître le décor de rêve.

« Ce que tu viens de voir, ce sont les chambrées des cadettes et ça, c'est le décor simulé pour entretenir notre moral pendant les longs voyages. Eh oui, je me trouve encore à bord d'un vaisseau. J'ai profité de notre seule escale pour t'envoyer ça. J'ai plein de choses à te raconter, malheureusement, les trois quarts relèvent du secret-défense… Mais bon, je peux tout de même te dire que tu as devant toi une combattante, comme tu le vois, et même une combattante décorée. J'imagine que ça t'étonne qu'on emmène les cadettes au front – moi aussi, ça m'a étonnée, mais tu sais, dans la Flotte, on n'interroge pas les ordres, hein ? "Toute trahison commence par un point d'interrogation", on nous le répète tout le temps. En tout cas, les Officières ont été contentes de moi. Elles disent que malgré mes origines pourries, je suis exceptionnellement douée. »

Je n'ai jamais vu Fani si fière. Apparemment, la remarque des Officières ne la déphase pas du tout, on dirait même qu'elle la fait sienne…

« Ne va tout de même pas croire que c'est facile, là-haut. Au contraire, c'est terrifiant – et je n'ai pas le droit de parler des pertes. Mais le moral est excellent, vraiment. Et pareil pour toutes mes sœurs. »

Vraiment ? Alors que les Patriens parviennent à frapper en profondeur dans l'Empire ? Soudain, je me mets à douter : Et si on avait demandé à Fani de m'envoyer ce message ? Et s'il s'agissait d'une requête du ministère des Colonies pour contrer les rumeurs de défaite qui nous troublent tant ?

« Il y a trois mois, j'ai été recrutée avec d'autres pilotes dans l'escadron de l'une des capitaines les plus brillantes et les plus expérimentées de la Flotte. La capitaine Meryma Alfolmelka. C'est aussi une très forte personnalité. Parmi les Officières, c'est une légende vivante, même si beaucoup la détestent. Je me trouve en ce moment dans son vaisseau, la DamedePizan, en route pour une mission spéciale… »

Elle m'adresse un clin d'œil avec une moue suffisante. Elle n'a pas seulement appris le pilotage, mais la prétention propre aux Officières.

« J'imagine que tu te demandes si je me suis fait des amies : la réponse est oui, plein ! Mais j'en ai aussi perdu pas mal. Et depuis que j'ai été décorée, ma vie a teellllement changé : plus personne n'ose me traiter de Ravnienne. *Enfin.* Bon, j'aurai jamais la classe de mes sœurs pangéiennes ou la beauté des Forniennes, où le côté reine des glaces des Sophiennes, là-dessus, je me suis fait une raison. Mais nous portons tous le même polyclave, combattons tous dans les mêmes batailles et nous mourons de la même façon glorieuse, alors peu importe : j'appartiens à l'élite de l'Empire et rien ne pourra jamais m'enlever ça. »

C'est officiel : ma copine Fani a été tellement bourrée d'hormones et de propagande qu'elle n'est plus tout à fait ma copine Fani. « Plus personne ne me traite de Ravnienne » ?! Comme si, pour elle aussi, c'était une insulte ! Pourtant, on lui a forcément dit ce qui était arrivé à notre planète, et je lui en ai parlé dans mon dernier message. Ou alors la Flotte lui sert si bien de nouvelle famille que ça ne lui fait ni chaud ni froid ?...

« Tu sais, Stréa, j'ai déjà vu tant de merveilles. Le nuage de comète d'Oort-Opales, et les épaves d'autres guerres qui y flottent encore. Ou cette nébuleuse dont je ne peux pas te dire le nom : rien que de l'approcher, c'était comme regarder l'espace se couvrir de poudre d'or. Eh oui, j'ai participé à de grandes batailles, impliquant plusieurs dizaines de transtellaires et des milliers d'appareils de chasse. J'ai vu des escadrons entiers canardés à la lumière cohérente se changer en escadrilles de flammes. J'ai vu des transtellaires transformés en bûchers funéraires flamber en silence des jours entiers ! »

Pas de tristesse, pas de peur dans son regard quand elle évoque ces batailles. À la place, une exaltation, une lumière dans son œil, qui me font monter un drôle de goût dans l'œsophage. Les massacres l'excitent.

« Ma chère Stréa, si tu es toujours la même, tu dois avoir plein de questions, alors je vais essayer d'y répondre. Si j'ai tué ? Oui, et j'ai bien fait, sinon je ne serais pas là pour te parler. Si j'ai souffert ? Bien sûr, mais la gloire de défendre l'Empire en première ligne vaut bien ça !! Et si je dois mourir, sache que je n'aurai aucun regret. Parce que j'ai réussi ma vie. Je suis à ma place… comme toi ! Dans ton école de, de… fabricants de planètes. »

La note de mépris dans sa voix, je ne veux pas l'entendre. Je préfère me concentrer sur son visage : cette Fani paraît à peine plus vieille que celle que j'ai connue, mais sa figure est devenue lisse, comme si, sous la peau, de petits servomoteurs avaient remplacé les muscles. Et quand elle sourit, c'est pire. Quelle différence avec la petite fille géniale qui m'enviait mes rêves !

La Fani du message n'envie rien à personne. Elle se trouve parfaite. Une future Officière modèle. Persuadée d'incarner ce qu'il se fait de mieux en matière d'être humain.

« Tu sais, Stréa, cette guerre a beau être terrible, elle s'arrêtera comme les autres. Si je survis jusque-là, je serais heureuse de te revoir. Alors, fais attention à toi. Tu m'as beaucoup manqué au début et je garde de bons souvenirs de toi, peut-être mes seuls bons souvenirs de ma vie d'avant. Alors je te dis adieu, car c'est le plus probable, mais j'espère à bientôt, car qui sait ? »

Le message s'éteint, me laissant plus émue que je ne le devrais. En colère, aussi : « Je garde de bons souvenirs de toi, peut-être mes seuls bons souvenirs de ma vie d'avant. » Et ses parents ? Et Tim, et notre petite bande ? Et la foule qui l'applaudissait le jour de son départ ? Et Ravno ? Est-il possible qu'elle ait oublié tout ça, ou qu'on le lui ait fait oublier, à grand renfort d'implants générateurs d'hormones ?

Une Fani sous hormones, j'aurais dû m'y attendre, serait forcément différente de ma Fani à moi.

Mais le choc est rude.

6

À mesure que le stage se rapproche, l'ambiance se tend, au château : nous prenons conscience que chaque notion mal comprise, chaque manœuvre pas maîtrisée se révélera sur le terrain, et se traduira potentiellement par des catastrophes. Tout le monde s'accroche. On nous montre d'autres films de genésiarques en action sur leur console de chantier, on nous apprend d'autres raccourcis pour passer des commandes compliquées en deux combinaisons de touches, on nous enseigne l'art de résoudre dix problèmes à la fois, en transformant nos consciences en bâtiments compartimentés – la prof disait vrai, pas besoin d'être un génie pour ça, l'entraînement et la discipline suffisent. Mais au milieu de chaque cours, il y a comme un éléphant rose que tout le monde voit, mais dont personne n'ose parler : aucune de ces techniques n'explique l'incroyable maestria des grands genésiarques.

– Madame, pourquoi vous ne nous montrez que des genésiarques ordinaires devant leur console ? Pourquoi on n'a jamais droit aux Pléiades alors que ce sont les meilleurs ? Et pourquoi les films de leurs chantiers qu'on peut voir en cabine ne les montrent jamais en action ? finit par demander Mett à la prof de pensée fractionnée.

– Parce que, répond Mamie, le génie ne s'enseigne pas, et vous en parler ne servirait à rien, si ce n'est à vous décourager, compris ?

Tu parles. On sait tous qu'il y a un gros secret là-dessous et il travaille tout le monde. Correction : il travaille presque tout le monde. Pas Mett et Dounia, qui semblent avoir leur idée sur la question depuis le début mais refusent d'en parler « parce que je ne veux pas voir les flics débarquer ».

Mon Bertien aussi doit deviner la réponse, même s'il prétend que non – je le vois dans ses yeux quand on en parle. Mais nous avons d'autre chose à nous dire, alors je lui pardonne.

Quand je ne suis pas en cours ou avec Enild, je traîne dans le parc avec Bento et Mett, comme autrefois. Et, grande nouveauté, Dounia délaisse de plus en plus sa bande de Sophiennes pour nous accompagner.

– Alors, ma puanteur ravnienne ne te dérange plus ? je la taquine lors d'une de ces balades.

– C'est un phénomène documenté. Quand on reste longtemps en prison, on finit par considérer les rats dans la cellule comme de vieux copains, répond-elle.

Mais ses sarcasmes ne sonnent plus comme des agressions, seulement comme des invitations à la renvoyer dans les cordes. On ne s'en prive pas, d'autant qu'avec la tôle qu'elle s'est prise à l'examen, elle est devenue facile à contrer. Même s'il lui arrive d'aller loin…

– Regardez : Mett a beau venir de Fornia, elle s'est décroché un beauf, désolé Bento, mais chez moi, c'est comme ça qu'on appelle les types qui se teignent les cheveux en violet et qui bafouillent quand on les secoue un peu. Et Stréa a beau sortir de sa poubelle, elle a chopé un Bertien, et pas le plus moche. Alors permettez-moi de me demander avec quoi moi, Dounia Rime, Sophienne, je vais finir ?

– Avec un lenticule ruby, je réponds, et on éclate tous de rire.

Entre deux ragots ou deux vannes, nous parlons de nos futurs stages, avec un mélange d'angoisse et d'excitation – plus une pincée de jalousie venue de Dounia qui ne connaîtra à la place que les cours de rattrapage. On échange aussi des rêves de planètes à fabriquer. On en a tous, dont certains remontent à nos premiers pas sur les Stellariums…

Les rêves de Dounia sont compliqués et formels : elle rêve de planètes aux hémisphères symétriques, peuplées du nord au sud, avec çà et là des îlots de nature. Mett, elle, rêve de sa version du paradis : une planète marine, bien sûr, mais elle sait mettre de la subtilité dans le stéréotype de la planète océan, inventer des mondes où, par exemple, les courants d'eau douce et d'eau salée se croisent et se superposent sans jamais se mélanger. Même si elle n'a pas de bonnes notes, Mett a une touche qui n'appartient qu'à elle, quelque chose qui pourrait lui permettre un jour de nous dépasser tous… et les profs l'ont remarqué.

Bento, c'est le contraire : il cherche l'Absolu. Il rêve de construire la Planète Irréprochable – pas du point de vue de ses futurs habitants, mais d'un point de vue de genésiarque. Avec une composition, une atmosphère, une activité sismique si bien pensées pour durer que lorsque les autres planètes impériales auront cessé d'exister, elle continuera à tourner autour de son étoile, comme un petit pied de nez au néant, signé Bento Gas.

Mon Bertien, lui, cultive des rêves qui en disent plus long sur son passé que ce qu'il m'a confié : des terres équitablement réparties, une disposition équilibrée des océans, et des collines et des montagnes dessinées pour que toutes leurs faces reçoivent une dose de lumière égale à l'année – tout pour décourager la compétition chez les futurs habitants, hommes ou plantes, mais ça, il ne le précise pas !

Quant à moi, mes rêves de planètes conçues pour les gens et pas pour ma gloire me rapprochent de plus en plus de mes souvenirs de Ravno, à mesure que les dernières traces de la pilule bleue disparaissent.

Ravno… C'était une belle planète, même si je ne suis parvenue à le voir que dans les derniers moments passés là-bas. Après un an de cours, je sais qu'il n'aurait pas fallu grand-chose pour qu'elle devienne une planète agréable et que sa beauté resplendisse. Une petite opération sur l'atmosphère pour réduire la saison des brumes. L'ablation du port orbital, et son remplacement par une station plus moderne – comme la croix de dentelle dans le ciel de Plaamico. Quelques météores chargés de métaux précieux que j'enverrais s'écraser sur Ravnia – rien à sauver, à part sa banlieue. Elle, je la reconstruirais ailleurs – sur une colline en pleine forêt ou au bord d'un de ces grands cratères laissés par les guerres pré-impériales, qu'on aurait rempli d'eau avant de peupler celle-ci de toute une vie végétale, de grands radeaux d'ombres dérivant sous le ciel clair…

Lorsque je raconte mes planètes de rêve, je finis toujours par renouveler en silence la promesse que je me suis faite : un jour, je rendrai à Ravno la lumière de son étoile. Plus le stage approche, plus j'y pense.

Je n'ai pas oublié la voix définitive d'Eloria Fan, « C'est l'armée qui dirige l'Empire, autant dire les Nobles Dames de la Flotte. Et à supposer qu'elles aient des sentiments, elles n'ont pas l'habitude de les laisser primer sur la raison. »

Cela ne me décourage pas. Parce qu'Eloria Fan peut se tromper. Les miracles existent, j'en suis la preuve plus ou moins vivante et pas du tout remarquable, moi qui n'aurais jamais dû quitter le sol de Ravno et qui viens de passer un an à manipuler du matériel scolaire dont la valeur en lings impériaux permettrait d'acheter des quartiers entiers de Ravnia… Les miracles existent – et mes pauvres concitoyens ravniens, congelés en caissons rangés dans une station de stockage, peuvent compter sur moi pour essayer le leur prouver. Même si je ne sais pas encore comment.

7

Je crois que mon Bertien comprend ce que j'ai en tête, même si je ne lui dis pas : ces pensées frôlent la sédition, et il est de la police secrète. Et puis nous avons des sujets plus importants à aborder.

– Au fait, mon Bertien, pourquoi tu m'as sauvée le premier soir à la fête ?

– C'est simple : lorsque je t'ai vue valdinguer dans ta bulle et en train de péter un câble, je t'ai trouvée irrésistible.

– Tu ne t'en tireras pas comme ça. On t'avait déjà demandé de m'espionner ?

Non !

– Alors quoi ? Me voir me faire bizuter ne te faisait pas marrer, tout simplement ? Pourquoi ? Ça te rappelait de mauvais souvenirs ?

J'ai lancé cette question au hasard mais quand je le vois détourner la tête, je sais que j'ai touché juste.

– Ouh là. Désolée. C'est… Tes parents, ta vocation d'artiste qu'ils n'ont pas comprise mais qu'ils en sont venus à accepter… Tout ce que tu m'as raconté, c'est la version allégée de ton histoire, c'est ça ?

– Qu'est-ce que tu essaies de dire ? répond-il, piqué.

– Ben… Sur Berty, on cultive le goût de la compétition, non ? Vos petites filles deviennent Officières dans la Flotte ou financières au ministère de l'Économie, ou dans un des conglomérats industriels impériaux. Vos petits garçons rêvent de construire de gros vaisseaux, de commander des armées terrestres chargées de nettoyer des planètes patriennes ou de commercer avec les

Rubys… Et toi, tu rêvais de créations artistiques et de mondes égalitaires ? Pas besoin d'être sociologue pour deviner que ça n'a pas dû être facile tous les jours… Et que tu as dû affronter bien pire que l'incompréhension de tes parents. Sinon, les Patriens ne t'auraient pas contacté… S'ils n'avaient pas repéré un terrain sensible…

Il relève la tête comme si ça lui demandait un effort. Et là, j'ai l'impression de voir son assurance naturelle tomber comme un manteau de ses épaules.

– T'es maligne, Stréa, il va falloir que je me méfie davantage.

– Je m'en fous d'être maligne, raconte-moi comment c'était…

Il prend une profonde inspiration, et m'adresse un faible sourire. Première fois que je le vois si hésitant.

– Tu sais à quoi ça ressemble, les examens sur Berty ? On donne aux élèves une liste infinie d'exercices. Le but est d'en réussir le plus possible et de tenir le plus longtemps possible – le minimum, c'est quatre heures et il n'y a pas de durée limite. Bien sûr, on peut arrêter au bout de quatre heures et une minute mais personne ne le fait. Parce que, plus les élèves restent, plus ils ont de chances de réussir les exercices. Mais surtout parce que personne n'a envie de se taper l'humiliation d'abandonner le premier. Certains gamins apprennent comme ça à tenir *dix heures*… Ce n'est qu'au lycée qu'ils mettent un horaire de fin aux examens : seize heures, et quasi tous les élèves vont au bout. T'as dû voir ça dans les feuilletons…

– Wow…

Je pensais que c'était une invention des feuilletons ou une exagération dramatique pour ajouter au suspense. Je secoue la tête et je reprends :

– Sauf que toi… toi tu n'étais pas comme les petits Bertiens des feuilletons, n'est-ce pas ? Tu préférais rêver aux étoiles que t'arracher pour battre tes petits camarades ?

– C'est ça. J'ai essayé de faire illusion, mais tu sais, les enfants sont très forts pour sentir la différence.

– Et sur Berty, ils doivent être impitoyables.

– Je ne peux pas dire que j'ai été maltraité. Plutôt mis à l'écart, comme si j'étais vaguement radioactif. Parfois, des rires dans mon dos. Parfois, la gêne de mes parents en ma présence. Pas plus. Mais quand on n'a personne pour en parler, ça peut être pesant.

« Pesant ». Je vois bien qu'il minimise, mais c'est pas le moment de le brusquer. Je serre sa main dans la mienne.

– Tu penses que tu retourneras un jour sur Berty ?

– Je ne sais pas... Oui, sans doute pour voir mes parents avant qu'ils meurent, si c'est encore possible. Sinon, non. C'est beau Berty, et très riche, et on y trouve les paysages de ville parmi les plus spectaculaires de l'Empire. Mais je n'ai pas de bons souvenirs de mes années là-bas.

– C'est triste, dis-je en pensant qu'au moins Ravno m'aura laissé ça. De bons souvenirs.

– Oui, c'est triste. Si ça ne l'était pas, les Patriens ne m'auraient pas contacté ! D'ailleurs, si tu veux montrer de la compassion, arrête de m'appeler « Mon Bertien ». Je sais, pour toi, c'est une façon ironique de dire « Mon Prince » ou autre. Mais je n'ai plus envie d'être ramené à ça. Surtout par toi. En plus, t'es d'accord : je ne suis pas du tout le Bertien typique.

– D'accord, mon bel Enild.

Je regarde, attendrie, son grand front brun aux lignes régulières, la courbe descendant de son oreille à sa mâchoire, puis je reviens à son regard attentif, plein d'une eau calme, fascinante et noire, où l'on ne plonge qu'à ses risques et périls.

Je ne lui dis pas que si, par sa beauté au moins, il coïncide tout à fait avec l'idée qu'une fille de Ravno peut se faire d'un beau gosse de riche bertien : ça le désolerait.

Moi, ça me ravit : un Bertien sensible, cela ressemble à un rêve cousu main pour moi.

8

Il n'empêche : je ne sais pas quoi en faire, de mon Bertien, pardon, d'Enild, même si je l'aime beaucoup – au point que vous pouvez rayer le « beaucoup ».

Bien sûr, il reste quelques cycles de cours avant le départ en stage et, six mois après, on se retrouvera pour deux autres années entrecoupées d'autres stages. Mais ensuite ? Les genésiarques vivent des vies solitaires ; les années d'isolation sur les chantiers lointains, ça ne prédispose pas aux amours durables. C'est d'ailleurs pour ça que les couples du genre Mett et Bento sont plutôt rares aux Beaux-Arts, alors qu'ils sont nombreux dans les autres facs de Plaamico. Dans les autres facs, beaucoup espèrent trouver le partenaire d'une vie tout en s'amusant avant de le rencontrer. Aux Beaux-Arts, ils cherchent à se séduire et à oublier, pour se préparer à leurs futures amours d'escales.

Je ne peux pas sacrifier mon avenir pour un homme, même un Bertien, même Enild. Mais à l'inverse, l'idée de sacrifier cet amour à mon avenir me déchire le cœur…

D'un autre côté, lui-même n'a jamais parlé de renoncer à sa propre vocation au nom de notre amour. Parce que la réponse va de soi. Et ça me soulage autant que ça me tue.

***

Le temps file, sous forme de cours et d'heures de repos consacrées au Bertien et à mes amis. Voilà déjà le dernier cycle et une surprise : au lieu de la litanie des cours habituels, nous avons droit à vingt heures de simulations de chantier à compléter chacun dans notre coin sur les consoles. Les rumeurs disent que les résultats seront envoyés à nos parrains et marraines.

On me confie les commandes d'un vaisseau de chantier virtuel et une diffuseuse 3D assez puissante pour que j'y croie.

Énoncé de l'exercice :

« Créez une planète habitable en vous servant
des seules ressources du système qui vous sera assigné. »

Classique…

Alors, je plonge dans un cosmos en hologrammes. On me désigne une étoile : la miniature artificielle d'une naine rouge, lestée d'un cœur assez dense pour empêcher la soupe de protons en fusion autour de gicler partout dans l'espace. Autour, orbitent deux planétoïdes en forme de patates grises, récents et pas promis à un grand avenir, car constitués de matériaux peu denses et surtout pris dans une de ceinture de débris qui contient de jolis morceaux de minerais refroidis bien plus massifs et tournant plus vite. Plus les planétoïdes grossiront, plus la probabilité d'un impact fatal augmentera. À moins qu'on les change d'orbite… mais même avec les pinces réglées au minimum, ils risquent de se désagréger.

OK, je vois le piège : l'exercice me donne le choix entre deux façons de le rater. Par paresse, en aménageant un planétoïde voué à un destin tragique, et par manque de temps, en m'échinant à agglomérer un par un tous les débris de la ceinture.

Pendant que je réfléchis, mes implants me balancent les détails chiffrés sur ce système virtuel. Je connais maintenant la quantité de matière dans l'anneau de débris. Sa composition est plus riche que dans mes rêves les plus torrides ; fer, magnésium, silicium, oxygène… et même des gaz rares et de l'eau en pagaille. Tout pour faire un monde ! L'exercice est difficile mais on me donne les moyens de le réussir. Auxquels il faut ajouter mon vaisseau de chantier pourvu de : deux pinces de lumière solide capables de saisir n'importe lequel de ces astres et de les éclater comme des noix, mes cinquante drones… et deux cœurs planétaires artificiels : de gros ballons de métaux si denses qu'on doit les conserver en lévitation, isolés par des champs magnétiques permettant de neutraliser leur redoutable attraction, sans quoi, le vaisseau se plierait autour comme une feuille de papier.

En analysant de plus près, je vois combien les planétoïdes sont disparates, parce que les morceaux qui les composent ne se sont pas mélangés. Il serait facile de les briser, puis de balancer un cœur artificiel parmi leurs débris, et de les regarder se coller dessus. L'ennui, c'est que le planétoïde qui en résulterait se retrouverait au beau milieu d'une ceinture d'astéroïdes et subirait des bombardements quotidiens – pas idéal pour une population coloniale. Le tirer de l'anneau pour le ramener plus près de son étoile le transformerait en fournaise, même si je parvenais à le doter d'une atmosphère avant. Et le placer sur une orbite plus lointaine vaudrait à ses futurs habitants un ciel barré par tous les débris de la ceinture d'astéroïdes. Or, pour moi, les ciels, c'est un sujet sensible…

Et comme toujours, j'ai une vision. Ma planète orbitant derrière l'anneau de débris, loin de tout risque d'impact, mais calée sur une allure légèrement supérieure pour suivre. Je vois aussi un grand trou dans la ceinture de météores, afin de libérer le ciel. Et pour y parvenir, un jeu de billard superbe.

Mon plan me paraît si lumineux que je ne le soumets même pas à l'intelligence artificielle simulant celle de mon vaisseau virtuel. Je saute sur les commandes de pilotage. J'amène le vaisseau entre l'étoile et sa ceinture d'astres. Et je prépare un cœur planétaire pour un largage.

Il va falloir bien viser. Pile entre les deux planétoïdes. Assez vite pour ne pas dévier, assez lentement pour ramasser un maximum de matière en chemin.

Mes révisions paient : je n'ai pas de problème pour tomber les calculs – six mois plus tôt, j'en aurais été incapable. Alors je regarde le caisson contenant le cœur jaillir de mon vaisseau, puis s'ouvrir pour laisser s'échapper sa bille d'acier roulant sur la toile noire de l'espace vers l'anneau de débris.

Le cœur est si dense qu'avant même d'atteindre l'anneau un quart de ses débris viennent se coller à lui, et ça ne le ralentit pas. Couvert de bavures incandescentes, il traverse l'anneau, juste entre les deux planétoïdes, dont la rotation s'interrompt. Comme prévu, mon cœur les attire comme un aimant, et les deux se fracassent l'une contre l'autre, autour de lui, pendant qu'il poursuit vers son orbite assignée, laissant derrière lui un anneau troué.

Me voilà avec une grosse boule de matière en fusion : ce qu'on appelle une « protoplanète ». Je n'ai pas le temps nécessaire pour la transformer en planète habitable, mais assez pour lui donner un avenir. Pour ça, j'accélère ses rotations, histoire que les morceaux hétérogènes qui la composent se mélangent dans une grande bouillie de laves multicolores, que je touille à la lumière cohérente. En même temps, puisque j'ai appris à fractionner mon esprit, j'envoie mes drones chercher de l'eau dans les débris pour la regrouper en boule de glace sur la même orbite, mais à une allure ralentie pour que ma planète la capture en chemin.

Même s'il ne s'agit que d'une simulation très poussée, la plus poussée qu'on nous ait présentée, je prends mon pied, là, à commander tous ces engins, à agir sur cette matière cosmique. Un pied gigantesque ! Tous les exercices laborieux, tous les cours auxquels je me suis soumise trouvent leur sens, je m'en rends compte quand je tombe une nouvelle série de calculs tout en surveillant mes drones et en pilotant les pinces. Et tout en bossant, je sens une vague de satisfaction s'étaler sur ma conscience et les mots que cela m'inspire, je ne les dirai à personne : je suis talentueuse, je suis une artiste, je suis à ma place.

Il est temps de laisser ma planète reposer pour se préoccuper de son atmosphère : en passant à la lumière un gisement d'hydrogène métallifié, puis en libérant quelques poches d'oxygène.

Quand la prof sonne la fin de l'exercice, ma planète n'est pas terminée, mais elle présente déjà un petit côté ravnien : beaucoup de terre, peu de mers mais une astuce : toute l'humidité est dans l'air, d'où un cycle de brumes annuel. La prof hoche sa tête ridée comme un vieux tuyau de caoutchouc.

– Pas très sexy, votre planète… mais au moins, c'est robuste et bien pensé. Surtout la façon dont vous avez dégagé le ciel. Vos manœuvres étaient belles à voir. Après, quand vous tomberez sur des systèmes encombrés comme ça, n'ayez pas peur de faire le ménage et de balancer tout ce qui dérange dans l'étoile.

– Oui, Madame.

– On va faire quelque chose de vous, Astréa Stern.

***

Après la simulation, nous oublions la fatigue pour nous rendre dans les bars où règne une fête perpétuelle. J'aime bien boire avec Dounia, maintenant : elle a toujours une vacherie pour moi, et c'est toujours un plaisir de la renvoyer à ses cours de rattrapage.

On nous accorde un cycle de repos, avant le grand départ vers nos stages. Avec mon Bertien, je fais semblant de croire que six mois de séparation, ça ne compte pas pour des gens comme nous, sûrs de leur amour. En vérité, je ne sais pas si notre amour survivra à cette expérience – et je crois qu'Enild se pose la même question.

Notre amour est une planète accueillante en apparence, mais il suffit de creuser pour voir qu'elle est faite d'une glace sur laquelle il paraît difficile de construire – la glace de notre résolution à accomplir nos destins, dure comme du diamant. D'un côté, j'aimerais qu'il en soit autrement, de l'autre, je sais que ce n'est pas possible : la froideur, cela va avec l'ambition. Comme diraient les profs : « Pour viser haut, mieux vaut ne pas penser à ce qu'il y a à côté. »

9

Dernière réunion de chambrée au bord du Lac Incertain. Son obélisque solitaire semble une métaphore de nos volontés dressées vers leur but et entourées d'incertitudes. Nous nous répétons que nous avons hâte d'y être, sans préciser que nous avons peur aussi. Pas besoin. On le sent tous. Nous sommes une famille, maintenant.

Bien sûr, mes amis ont vu dans cette dernière réunion l'occasion d'une ultime beuverie et, plusieurs fois, ils appellent des drones pour des ravitaillements. Ils ne sont pas les seuls : au-dessus de la prairie et des chambrées, c'est un ballet de drones à nacelles. Mais cela ne dure pas, les derniers cycles de cours nous ont épuisés. Un à un, mes copains vont se coucher, d'abord Mett et Bento, puis Dounia. Je reste un moment seule, à regarder en silence l'obélisque au milieu du lac, me remémorant mon premier jour. Le visage de Lexie, ce début d'amitié qui paraissait si beau… alors qu'il n'existait pas ou était vicié par sa trahison.

Je finis par rejoindre mon Bertien dans sa chambre.

Je repars deux heures plus tard, avec assez de souvenirs pour simuler sa présence quand je le voudrais, juste par la mémoire. Assez pour me tenir chaud lorsque je me retrouverai seule dans l'espace.

Dans la bulle qui me ramène à la chambrée, j'ouvre grand les yeux pour me remplir de visions de Plaamico endormie sous ses soleils éclatants, un vrai décor de publicité.

Et malgré tout ce qui m'est arrivé, je dois reconnaître que cette pub ne ment pas : la planète académique a tenu ses promesses.

***

Pour la première fois depuis la pilule bleue, je rêve de Ravno.

Je rêve que je me trouve en bas de la tour de l'École impériale, dans une grande rue de Ravnia. Il y a du monde dehors. Beaucoup de monde, et ils lèvent tous la tête vers ce ciel que d'ordinaire ils évitent du regard. Pas très joli à voir. Mais là, ils regardent au-delà, vers notre étoile, qui apparaît comme une prisonnière entre deux barreaux. Elle a l'air malade. Son éclat faiblit. Et il y a quelque chose de noir aux pôles. Qui s'étend. Tout à coup, des sirènes résonnent, puis des voix demandent à la foule de garder son calme et de s'acheminer vers les ascenseurs du port sans courir, et pour ceux qui sont trop loin, de se rendre dans des lieux clos, hermétiques et assez grands pour qu'ils puissent y respirer longtemps – on ira les chercher, promis, les secours sont là et d'autres sont déjà en route.

Alors l'anxiété de la foule se transmute en panique. Les gens se mettent à courir – plus les voix réclament le calme, plus elles créent l'effroi. Aucun obstacle ne pourrait les arrêter, surtout ceux qui tiennent des enfants dans leurs bras. J'entends d'autres petites voix qui appellent leurs parents dans la foule.

En haut, sur une jetée du port, un transtellaire allume ses moteurs pour une première évacuation, repeignant tout un pan du ciel en violet. J'entends des hurlements de gens piétinés, des vrombissements de plateformes lancées à pleine vitesse. Je pense à mon père là-haut au bar, à ma mère en bas, à la maison, rien ne me dit qu'ils parviendront à se retrouver, d'autant que la luminosité n'arrête pas de baisser. Je devrais être avec eux, courir vers eux, je devrais les aider… au lieu de quoi je reste là, les pieds collés au béton de la chaussée, à regarder mon étoile se recouvrir d'ombre, tandis que le paysage se dépeuple autour de moi.

– On va pouvoir presque tous les sauver, tu sais, Stréa.

Fani ! Dans mon rêve, elle vient d'apparaître à côté de moi.

– Oui, pour qu'ils les congèlent et les déportent ! je réponds. Puisque tout est entre les mains insensibles des Nobles Dames de la Flotte…

– Les Dames de la Flotte ne sont pas insensibles, Stréa. Elles sont très sensibles aux intérêts de l'Empire.

– Ah oui ? Tu te souviens de la seule Noble Dame à avoir mis les pieds sur Ravno, tu te souviens de sa mine dégoûtée ? Je connais la mentalité militaire, j'ai emmené des Officières chasser !! On ne peut pas convaincre des gens qui vous méprisent au point de refuser de vous adresser la parole de venir vous sauver.

– Je t'adresse pourtant la parole, là, observe-t-elle.

Et au moment où je m'aperçois qu'elle porte un polyclave de Noble Dame, mes implants me réveillent.

Il est temps de partir.

10

C’est le grand départ. Les cent soixante-treize élèves de première année autorisés à partir en stage sont alignés par classe sur une terrasse en altitude du donjon, invisible depuis le sol. Les dix navettes qui nous attendent en crachant de la vapeur. La petite croix du port dans le ciel, plus nette que d’habitude, paraît entourée d’étincelles à cause de l’activité des transtellaires autour.

Deux cent vingt-trois appareils se succéderont là-haut pour emporter chacun d’entre nous vers son stage.

Eloria Fan est venue, ainsi que plusieurs de nos profs, pour nous dispenser une série de discours radieux : « L’année n’a pas été facile, elle a même été troublée par des incidents terribles » (bel euphémisme pour parler de l’attentat) mais nous nous sommes « dans l’ensemble bien comportés ». Nous ne sommes « plus les mêmes qu’à notre arrivée ». Et dans l’espace, près de nos parrains et marraines, nous allons « grandir encore ». À mesure que s’enchaînent ses affirmations de maîtresse d’école dépassée, j’échange des regards d’abord ironiques, puis de plus en plus hilares avec Enild, dans les rangs voisins.

Mais c’est pas le moment de faire du mauvais esprit. Malgré la langue de bois d’Eloria Fan, je suis pénétrée de la gravité du moment, et en même temps, je me sens légère comme un nuage.

Je vais revoir Lessia Dalva, qui m’a tant aidée alors que je la connais si peu ! Mais c’est une ancienne amie de mon père, et elle m’a sûrement choisie parmi beaucoup d’autres, alors je tâche d’avoir confiance.

Les discours s'éteignent. La première classe se répartit dans deux navettes – et mon Bertien part dans la deuxième, après m'avoir adressé un long regard que tout le monde suit. Au prochain tour, ce sera à nous.

Me voici dans la cabine passagers de la navette – pas confortable, avec ses bancs d'acier disposés contre les parois intérieures. Puis c'est la brève ascension à travers l'atmosphère de Plaamico, l'accostage conduit par des machines, l'ouverture du sas, le couloir du port, le hall où l'on nous fait attendre encore…

Le port n'est pas assez grand pour accueillir tous les vaisseaux, c'est pourquoi ils se succèdent par groupes de dix sur les jetées. Mett est appelée – et à la façon dont Bento et elle se tiennent et s'embrassent, je me dis qu'ils croient en leur couple bien plus que je crois dans le mien. Cela me flanque un petit coup de cafard ; je cherche Enild des yeux, mais on dirait qu'il a déjà embarqué.

Dounia est appelée à son tour et je me retrouve seule avec Bento.

– Je vais faire un vœu, dit-il. Je souhaite que lorsque nous nous retrouverons, l'an prochain, tout recommence comme avant, comme si on s'était séparés deux jours.

– Tu parles de Mett et de toi, là ?

– Oui, et aussi d'Enild et toi, et de nous tous. Mett m'a parlé d'un poète fornien d'autrefois, qui a écrit que l'amour et l'amitié avaient le pouvoir de rétrécir l'espace. J'aime bien cette idée.

Je ne lui dis pas que c'est une idée bonne pour les feuilletons rose bonbon du réseau où les amoureux finissent toujours par se retrouver quels que soient la distance et les obstacles. Au lieu de cela, je lui souris.

– Je ne savais pas que Mett s'intéressait à la poésie ?

– Elle s'intéresse à plein de choses, Stréa, mais elle n'en parle pas. J'imagine que ça lui vient de Fornia et qu'elle…

– Astréa Stern ! Porte d'embarquement 3. Vous avez deux minutes ! crie une voix.

Je me lève, et j'embrasse Bento comme si nous n'allions jamais nous revoir.

11

– Bienvenue à bord du Ballantraë. Tu as changé, Astréa Stern. Ou plutôt tu as grandi…

Elle, en revanche, n'a pas changé. Le même visage à la fois maigre et épuisé, tenu par ses nerfs plutôt que ses muscles. Le même regard clair, qui semble contempler le cosmos à travers moi, comme si j'étais une étoile parmi d'autres. Ses cheveux sales, ses vêtements négligés… elle a perdu l'habitude de se montrer, ou elle s'en fout. Mais dans le sas de son transtellaire, aux murs couverts de combinaisons de secours poussiéreuses et au sol encombré par des caisses de matériel, elle paraît dans son élément. La reine d'un vaisseau solitaire recevant une rare visite.

– Je veux vous remercier, Madame, je viens de vivre une année extraordinaire grâce à vous, je réponds en serrant mon Stellarium dans ma poche, comme lors de mon premier jour sur Plaamico.

C'est sincère et cela me vaut un mince sourire.

– L'étincelle venait de toi. Je n'ai fait que fournir le carburant. Quant à ton année extraordinaire, je sais qu'elle a été bien tragique, aussi…

Je lève vers elle un œil humide mais Lessia n'attend pas de réponse. Elle poursuit.

– Ravno était une belle planète, même si tout le monde n'avait pas les yeux pour le voir. Ce n'est pas pour rien que ton père l'a épousée en même temps que ta mère, lui qui avait vu bien du pays. C'est un bijou caché que les Patriens ont détruit.

– Merci. Ça me fait du bien de vous entendre dire ça.

– Tant mieux. Maintenant, si je comprends ta peine, il ne faudra pas qu'elle te freine, mais au contraire que tu en fasses un moteur pour ta carrière. Mais peut-être que tu as déjà trouvé comment…

Elle lit dans mes pensées ? Non, elle me devine. Elle aussi est passée par Plaamico, en son temps. Et mon père a dû lui parler de moi. Je le vois bien envoyer des messages après mon départ, « Mode d'emploi de ma fille », avec ma mère derrière pour ajouter ses commentaires.

– Bon, nous aurons tout le temps de discuter plus tard. Suis-moi en salle de pilotage, il faut qu'on libère la jetée, sinon on va se faire engueuler par les autorités du port. Ballantraë, tu as souhaité la bienvenue à notre stagiaire ? Je te préviens, elle aura le droit de toucher tes commandes, alors attention à ce que tu dis !

– Bienvenue à mon bord, Astréa Stern. Nous ferons tout pour te rendre le voyage agréable. Au fait, ta dernière simulation de chantier était remarquable.

– Merci, je réponds au vaisseau.

D'un geste, Lessia convoque une plateforme à sustentation magnétique. Je m'installe derrière elle, et après des kilomètres de couloirs austères et de rampes fonctionnelles avalés à grande vitesse, nous voilà dans la salle de pilotage du Ballantraë : trente mètres carrés, environ, avec, en face, le grand hologramme qui figure le port de Plaamico.

Et l'espace tout autour de nous.

Je jette un coup d'œil en dessous et je suis rassurée de reconnaître l'essentiel des commandes. À part ces deux fauteuils isolés, en retrait et entourés d'une insolite rambarde de parc pour enfants, tout est à sa place. La console à trois panneaux de Lessia est exactement pareille à celles dont je me suis servie en cours, et la console secondaire devant laquelle je m'assiérai bientôt pour bosser est sa jumelle au bouton près.

– Vous vous servez des commandes manuelles, Madame ?

– Parfois, mais je préfère tout contrôler par implants. On t'a appris ça ?

– Pas encore. Mais j'ai vu les profs le faire.

– Tu verras, au bout du stage, tu auras tellement bossé que tu ne feras plus la différence entre commander ton chantier avec les mains ou directement, avec ta tête.

Pendant qu'elle me parle, Lessia laisse courir ses doigts sur la console, programmant le décrochage des câbles, la montée en puissance des moteurs et les manœuvres de sortie.

– Si tu veux manger un morceau, c'est le moment : l'accélération va durer deux heures, et quand on commencera à approcher la vitesse de la lumière, il faudra aller t'allonger dans ton caisson si tu ne veux pas vivre une expérience sensorielle très désagréable. Ta cabine se trouve juste à gauche, en sortant de la salle de pilotage. En face, c'est la mienne. Je te laisse t'installer et je te fais visiter le vaisseau ?

– Vous visez quelle vitesse de croisière ? je demande, me souvenant de mes cours.

– Notre destination se trouve à un peu plus de trois cents années-lumière, j'espère la joindre en moins de trente jours, alors fais le calcul. Le Ballantraë n'est plus équipé pour voler en traîne, mais pour les trajets solitaires, il ne craint personne.

– OK, vous voulez me donner la destination pour que je m'essaie à calculer une trajectoire ?

Elle sourit, amusée et tentée, mais secoue la tête.

– Désolée, mais on me l'a interdit. Oui, tu as bien entendu. Tout ce que je peux te dire, c'est que tu vas avoir droit à un stage pas ordinaire… en tout cas, très différent de ce que j'ai vécu à ton âge. Tu comprendras quand on arrivera.

***

Pourquoi tant de mystère sur notre destination ? Mais j'ai vu que la trajectoire programmée par Lessia nous emmènerait vers le nord – autrement dit, vers la guerre…

Ma cabine est beaucoup plus petite et spartiate que ma chambre sur Plaamico mais je m'y attendais : un lit, un frigo, une visionneuse pour les films, un gros caisson pour hiberner et des placards où je commence à ranger mes affaires. Perplexe, je sors des vêtements d'été venus de Plaamico, qu'avais-je en tête lorsque j'ai bouclé ma valise ?

Sur l'étagère du dessous, je trouve une combinaison de vol – le genre pleine de gadgets qui sauvent le héros en cas de crash spatial dans les feuilletons du réseau. Je l'enfile, même si je n'ai pas vu Lessia porter la sienne. Puis, avec un peu d'hésitation, je sors mes photos 3D de Ravno. Je m'oblige à regarder la première : une photo du bar, ma mère derrière son comptoir et mon père en train d'enfiler une veste parce qu'il a fini son service.

Aucune nausée. À peine une impression de lourdeur, derrière mon nombril, et beaucoup de larmes contenues. Me voilà libérée de la pilule bleue et prête à faire mon deuil, le vrai, celui qui fait du mal et du bien à la fois.

Quand je ressors, Lessia a fini de programmer le voyage et l'hologramme dévoile un paysage splendide : à gauche, les derniers feux des ex-colonies sophiennes. À droite, la nébuleuse de Ginka, un nuage de gaz long de trois années-lumière et roux comme du sucre, sur lequel glissent les lumières d'immenses stations de pompage.

Je ne peux m'empêcher d'avoir une pensée pour Lexie et sa planète minière, Médioca.

En face, je reconnais une des zones les plus denses et les plus peuplées de l'Empire : une étoile toutes les trois années-lumière, aucune planète habitable laissée inhabitée, aucune matière exploitable laissée inexploitée, et des dizaines de transtellaires qui volent de l'une à l'autre, seuls ou en traîne, remplissant l'espace de trajectoires en pointillé, comme s'il s'agissait de découper le vide en petits fragments.

À la façon dont ces étoiles grossissent, je devine que le Ballantraë a lancé son accélération. Nous évoluons à peine à la moitié de la vitesse de la lumière, mais ça va augmenter vite.

– Tu peux aller te reposer tout de suite, si tu veux.

– Non merci, Madame. Je veux voir le départ.

Elle sourit, sans me regarder. Pense-t-elle à celle qu'elle était à mon âge ? Dans ce cas, elle doit deviner que j'ai mille questions en tête – *Comment avez-vous choisi votre métier, vous a-t-il jamais déçue, comment vous faites pour contrôler toutes les commandes en même temps, comment avez-vous rencontré mon père, quel genre d'homme était-il alors, pourquoi on nous cache tant de choses ?* – mais j'ai six mois pour les poser.

– Nous allons vers l'écliptique Nord, c'est ça ? je demande.

– Je vois qu'on ne peut rien te cacher. Il aurait été bon que tu ne le devines pas tout de suite. D'un autre côté, si tu ne l'avais pas vu, j'aurais eu des doutes sur tes compétences.

– On ne va pas… on ne va pas sur le front, tout de même ?

– Bien sûr que non ! La guerre n'est pas notre métier et le Ballantraë n'est pas équipé pour. Disons qu'on nous envoie là où on a besoin de nous, et là encore, je pense que tu pourras deviner pourquoi. Allez, je ne veux pas te traiter comme une enfant, mais là, je dois te dire de filer dans ta chambre et de sauter dans ton caisson.

– Vous ne m'avez pas promis une visite du vaisseau, avant ?

– Tu as raison : je vais atténuer l'accélération. Désolée, je n'ai reçu personne à bord depuis longtemps. Ça nous a manqué, hein Ballantraë ?

Oui, Madame, ça nous a manqué.

– Alors envoie ta plus jolie plateforme pour notre stagiaire, qu'elle apprenne à se balader à ton bord.

12

Debout sur la plateforme magnétique, je tâche de ne pas me laisser distancer par Lessia en plissant les yeux dans l'air sec qui me fouette le visage. Les couloirs du vaisseau défilent, nus, couleur acier, avec des plaques de matériaux résilients vissées dessus, comme si la règle de déco ici était d'exhiber fièrement le moindre boulon. Je pense aux transtellaires des feuilletons : des bâtiments de croisière ou de guerre traversés de couloirs immaculés et peuplés de gens glamour. Le Ballantraë est aussi différent de ces vaisseaux de cinéma que le château des Beaux-Arts l'est des facs ordinaires, mais dans le sens inverse.

– Tu vas voir, ça sera une visite rapide : le vaisseau est très grand mais il n'a que deux ponts construits sur le même plan, et des soutes. C'est là que je t'emmène, me lance Lessia, alors que nous glissons vers une rampe, comme des billes dans un jeu d'enfant.

La carte du Ballantraë apparaît sur mes implants. Très simple, comme elle l'a dit : deux niveaux, traversés d'un bout à l'autre par un grand couloir central. Des coursives latérales décrivant des parallèles le long de sa carlingue. Des couloirs transversaux, tous les trois cents mètres, pour relier les unes aux autres. Et une rampe tous les six cents mètres pour passer de pont en pont, ou de pont en soute.

– Le plus important, ce sont les soutes, là où le matériel de chantier est stocké. Le reste, tu pourras le découvrir toute seule.

Elle m'entraîne dans une rampe qui plonge dans un gouffre vertigineux. D'après mes implants, les soutes bénéficient de deux kilomètres de hauteur sous plafond. Comme le vaisseau en mesure vingt de long, on pourrait y installer une ville.

La rampe aboutit dans un corridor étroit, comme un couloir entre deux montagnes. Des drones de maintenance passent au-dessus de nos têtes. Derrière les murs, j'entends les ronronnements de systèmes électroniques en veille.

– On appelle ça l'« étable ». Là où on range les drones de chantier. Tu veux les voir ?

Bien sûr, je veux les voir ! Lessia m'emmène vers une petite porte dans la paroi d'acier, qu'elle déverrouille avec ses implants.

Quand nous entrons, tous les drones et les robots de maintenance au travail dans la pièce allument leurs lumières pour se signaler.

On dirait une caverne. Une de ces énormes cavités que l'on trouve sur les planètes volcaniques que j'ai visitées jadis sur Stellarium. Avec leurs fanaux, les appareils de maintenance ressemblent à des lucioles. Ils éclairent les drones de chantier, rangés en apesanteur à côté et au-dessus les uns des autres. Le modèle familier, gros comme trois camions, avec des dizaines d'outils dans la carlingue.

– Il y a ici quatre cents drones. Ce sont mes instruments de travail préférés. Les pinces à lumière, c'est pour le gros œuvre, les drones, c'est la finesse, mais si on est habile et qu'on a le temps, on peut s'occuper d'un chantier de A à Z rien qu'avec eux. Je te montrerai.

En attendant, elle me passe en revue quelques drones : « Celui-là a été pris dans une explosion qu'il avait déclenchée, son système prétend qu'il n'y a pas de dégât mais depuis je m'en méfie, l'autre, là, je l'ai réglé pour certaines opérations de collecte dans les disques d'accrétion, il ne sert plus qu'à ça. Celui-là est très fiable, et son voisin souffre d'un petit tremblement dans sa vrille gauche dû à un problème du circuit hydraulique. »

Elle continue : quatre cents machines, et on dirait qu'elle les connaît toutes par cœur.

Derrière trente centimètres de verre blindé, elle me montre la salle où lévitent, encadrés par d'énormes aimants, cinq cœurs planétaires, soit cinq ballons d'acier en suspension, sur lesquels la lumière se décompose en volutes hypnotiques.

– Ça n'a l'air de rien, hein ? En fait, ils sont si lourds qu'ils comptent pour les deux tiers de notre poids total, m'apprend Lessia.

Alors que nous longeons une autre salle de stockage blindée dont elle ne me parle pas, j'éprouve soudain un petit éblouissement, comme si j'étais restée trop longtemps sous les soleils de Plaamico. Alors que je ferme les yeux pour me reprendre, je crois entendre des bruits – des sifflements, des bouillonnements, trop organiques pour venir des circuits du vaisseau. Et derrière, comme un lointain chuchotis qui chercherait à m'atteindre.

– Tout va bien ?

Je lève les yeux vers Lessia. Elle a un drôle de petit sourire entendu, comme une allusion à un secret que nous partagerions.

– Rien, un petit étourdissement. Il faut croire que je ne suis pas faite pour les voyages – mais ça va passer ! je me hâte d'ajouter, après m'être rendu compte de ma bourde.

– T'as intérêt à aimer les voyages ! Sinon tu finiras prof aux Beaux-Arts.

Je la laisse m'entraîner vers une autre grande salle, à l'avant du vaisseau. La salle est déserte, à part une énorme structure carrée montée sur rails, reliée à la paroi par un tube télescopique.

– C'est un générateur de lumière cohérente, c'est ça ?

– C'est ça. Le Ballantraë en compte deux : celui-ci, pour la pince, et un second à l'autre bout de sa carlingue, pour la propulsion. Bien sûr, les drones possèdent leur propre générateur mais ils ne peuvent pas se comparer à celui-là. Comme le reste, on le dirige à la console ou par implants depuis la salle de pilotage. Mais en cas de problème, on peut descendre ici et passer en commandes directes. Tiens, regarde.

À l'arrière de l'appareil, une bande d'acier dotée de commandes rétractables tourne à la verticale. Un écran, des manettes, des pédales… ça me rappelle les Beaux-Arts.

– Tu veux tester la pince ?

– Maintenant ? Le vaisseau ne va pas trop vite pour ça ?

– SI, c'est ÇA qui est marrant. On ne vous a pas encore appris ce truc-là, hein ? Tiens, démonstration.

Lessia allume l'écran. Dedans, je vois, en miniature, la même image que dans la salle de pilotage : l'espace devant nous, illuminé d'étoiles impériales et bordé de gaz roux.

Elle grossit l'image sur un système à environ une heure/lumière, avec un anneau extérieur classiquement constitué d'une ceinture de débris. Dont quelques gros morceaux de plusieurs kilomètres.

– Le tout est de bien viser, et à cette allure, ce n'est pas évident, mais j'ai eu le temps de m'entraîner.

Mine de rien, elle s'amuse comme une folle. Et je n'en reviens pas. Elle pointe le générateur sur un des gros débris… À ma stupéfaction, elle parvient à le suivre alors que le moindre de ses mouvements devrait déplacer sa mire de milliers de kilomètres.

– Prête ? Prends-en de la graine, l'étudiante.

D'un coup, Lessia tire sur les manettes, et je vois sur l'écran les mâchoires de lumière jaillir comme celles d'un reptile, se fermer sur un astéroïde et le retirer de son orbite. Le tout a dû prendre moins d'un dixième de seconde, et le mouvement paraît aussi naturel que de cueillir des fruits à une branche.

– Maintenant, que le spectacle commence !

Je pense qu'elle va demander au vaisseau de ralentir davantage, pour déposer le météore sur une orbite où il ne menacera personne. Au lieu de cela, elle ramène la pince bien droite dans l'alignement du Ballantraë.

– Ballantraë, accélère. Donne-nous un beau feu d'artifice pour fêter son début de stage.

Ça va être superbe. Ce météore contient 30 % de magnésium…

– À ton avis, pourquoi je l'ai choisi ?

Elle éclate d'un rire de petite fille et je frissonne – sa solitude s'entend dans son rire.

Les yeux fixés sur l'écran, je regarde le météore tenu par la pince. Avec la vitesse, il s'entoure bientôt d'un halo de lumière blanche.

– Maintiens l'allure, Ballantraë. Tu vois, Astréa, si on va plus vite, le météore explose. Moins vite, il va refroidir. Mais à cette vitesse-là…

Sur l'écran, le météore s'est changé en une bulle de minéraux incandescents. Bientôt, avec la vitesse, je le vois se dissoudre comme un sucre, avant de s'étaler en une membrane dont les rebords s'effilochent peu à peu, s'étirent dans l'espace-temps en longs filaments brûlants comme du caramel, qui viennent entourer le vaisseau d'un treillage de lumière dorée.

– C'est magnifique !

– N'est-ce pas ? Et dangereux aussi : si on tient la pince trop près du vaisseau, on peut se prendre de la lave. On appelle ça « attraper au vol ». Ça peut être utile, quand on part travailler sur un système où les matières premières manquent et qu'on n'a pas le temps de chercher.

Elle balance le météore dans le vide et lâche les manettes.

– Et maintenant, tu en as assez vu. Au lit ! Je veux dire « En caisson ».

Pas besoin de me faire prier. Les émotions du départ, l'excitation, la vitesse, toutes ces nouveautés m'ont vidée. C'est pourquoi, lorsqu'en rebroussant chemin j'éprouve un nouvel étourdissement, je le mets sur le compte de la fatigue.

Mais juste après, j'entends la voix, encore trop lointaine et chuintante pour que je puisse capter davantage qu'un seul mot.

Le mot « sang ».

13

Je m'éveille un mois plus tard dans mon caisson, mais dans ma tête à peine quelques heures se sont écoulées et je me crois toujours sur Plaamico, dans mon lit-bateau. Je me demande quel cycle on est, si je vais être en retard au château, pourquoi je n'ai pas entendu Dounia prendre son petit déjeuner en avance pour ne pas à avoir à supporter nos têtes. Je veux me mettre sur le côté et là, je sens la gelée tiède autour de moi.

Le couvercle du caisson se soulève aussitôt. Je passe les mains à travers la gelée bien grasse et pleine de mon ADN. Le plafond s'illumine, et il me faut regarder une bonne minute le décor spartiate de ma cabine et les quelques objets personnels que j'y ai déposés pour comprendre où je me trouve.

C'est comme se réveiller soudain le jour de son anniversaire. Lessia. L'espace. Le stage. Ça commence maintenant!

Je saute du caisson, accorde un regard à mon moulage dans la gelée, un autre à mes photos de Ravno et je file dans la salle de bains prendre une douche avant de mettre ma combinaison laissée par terre. Je ne dirais pas que je me sens bien, mais pas plus mal qu'après une nuit un peu courte.

Lessia se trouve déjà à son poste, en salle de pilotage. Elle n'a pas dû se réveiller depuis longtemps, car cela sent la pâte de féculents grillée et elle tient une tasse fumante à la main.

– Bonjour, Astréa, j'espère que tu as bien hiberné. Tu as l'air en forme.

– Oui, je m'attendais à pire et là, j'ai juste très faim. À croire que je suis faite pour les voyages, finalement.

– J'en suis sûre. Les chiens ne font pas des chats.

Puis, avant de me laisser le temps de rebondir sur cette allusion à mon père :

– Allez, prend une tasse, une tranche de pâte et ton poste, dans cet ordre. Il y a un distributeur derrière toi.

Avec trente centilitres d'infusion énergétique noire comme du goudron et un bloc de céréales grillé pour me réchauffer les mains, je vais m'asseoir à côté d'elle pour regarder le grand hologramme qui nous montre l'espace, en nous donnant l'impression de nous trouver dans un authentique cockpit.

– Voilà : ça, c'est notre terrain de jeu pour les six prochains mois.

Au début, je ne reconnais pas la zone révélée par l'image. Une zone bien sombre : il y a plus d'étoiles mortes que d'étoiles vives. On dirait un cimetière stellaire à la périphérie de la galaxie... mais ce n'est pas ça, bien sûr. Beaucoup de planètes dans le coin, disent les instruments, dont très peu disposent d'une atmosphère respirable et d'un soleil encore viable. Alors pourquoi ils détectent des constructions humaines sur à peu près toutes ?

On doit être dans une très ancienne région de l'Empire. Un coin d'espace jadis colonisé, aujourd'hui à peu près déserté ; il y en a quelques-uns comme ça, la plupart hérités des royaumes combattants.

Mais ça ne colle pas. Sur les planètes devant nous, les constructions humaines sont plus récentes ! Dans la liste dressée par le Ballantraë, je trouve des cités dont les plans s'organisent autour des ports de navettes, typiques de l'urbanisme impérial, et même des bâtiments standard datant de cette guerre. Et des vaisseaux circulent, des convois de traîne, comme des serpents de lumière, mais aussi des appareils de chantier comme le nôtre.

Je sens que Lessia guette ma réaction, alors je retiens les questions qui me montent au cerveau.

– Madame, je peux passer un ordre au vaisseau ?

– Bien sûr, tous les ordres que tu veux, il obéira si c'est raisonnable. Sinon, comment tu veux bosser ?

– Ballantraë, montre-moi tous les objets célestes invisibles à l'image.

Tout de suite, Astréa.

Et l'image se remplit de centaines de points, les petits orbitant autour des gros, et là je reconnais.

– Ballantraë, affiche-moi les noms de tous les astres.

Et sous les points apparaissent des fenêtres, avec des noms d'étoiles et de planètes que je connais bien parce qu'ils peuplaient mes rêves de petite fille. Le système de Thian, La géante rocheuse Makito, les lunes Zilia et Carène… Les mondes de l'écliptique Nord. À une poignée d'années-lumière de la frontière avec Patrie bleue. Naguère une des zones les plus peuplées de l'Empire. Et maintenant, un cimetière.

– Ce sont les Patriens qui ont fait ça ? je demande d'une voix atone.

– On dirait bien, répond Lessia comme si ça ne la touchait pas.

Des milliards de morts. Des mondes entiers privés d'atmosphère. Les réseaux se sont bien gardés d'en parler ! Je me rappelle les rumeurs sur Plaamico, et puis les paroles d'Eloria Fan lors de notre première rencontre. « Une grande bataille du côté de l'écliptique Nord. Nos vaillantes Officières sont parvenues à tenir leur défense. Quelques ovules solaires ont réussi à passer. »

Comment peut-on cacher un massacre comme celui-là ?

Avec des mots. On peut tout cacher quand on contrôle les mots qui circulent sur le réseau.

– Tu comprends pourquoi je te disais qu'il s'agirait d'un stage particulier, et pourquoi on m'a demandé de ne pas t'en parler ? On est ici pour réparer ce qu'on pourra. Il y a eu pas mal de survivants récupérés : dis-toi que c'est pour eux qu'on bossera. D'ailleurs, on ne sera pas les seules. Regarde : Edwer Tissel vient d'arriver. Avec lady Shelloïde. Et leurs stagiaires, bien sûr. Les autres sont déjà au travail. Tu comprends ce qui se passe, Stréa ?

– Notre stage, c'est de la reconstruction ?

– C'est ça. La quasi-totalité des genésiarques en exercice a été convoquée pour réparer d'urgence ce que les Patriens ont abîmé dans l'écliptique Nord. Avec leurs stagiaires, pour ceux qui en ont. J'espère que tu n'es pas trop déçue : ça ne va pas être un boulot passionnant, mais tu pourras te faire la main. Et puis apprendre à réparer les planètes abîmées, voir l'armée ressusciter des étoiles mortes, j'imagine que ça devrait t'intéresser…

Elle imagine bien : j'étais justement en train de me dire qu'après ce stage je saurai tout ce qu'il faut savoir pour réparer Ravno et son étoile.

Puis je pense à Enild, à Bento, aux autres qui ont dû connaître le même réveil que moi et doivent se trouver tout près.

14

Le Ballantraë nous promène sur l'orbite extérieure d'un petit système mort. En son centre, une étoile fantôme, une ancienne naine brune encore agitée de réactions magnétiques imprévisibles – s'en approcher de trop près pourrait perturber nos instruments. Autour de cette étoile morte, tourne une guirlande de cinq planètes identiques : d'anciens mondes peuplés, couverts de villes maintenant sans lumière. Grâce à mes heures sur Stellarium, je sais que ce système s'appelle « Paralia ». Un ex-avant-poste colonial remontant au début de l'Empire, qui n'avait jamais connu la guerre avant.

Par implants, je demande au vaisseau de m'afficher en grand l'image de l'étoile morte : je cherche le point d'impact, l'endroit où l'ovule patrien l'a frappée. Il devrait apparaître sous la forme d'une tache de métaux assez corrompus pour ne plus se mélanger aux autres. Mais je ne vois rien. Alors je demande au vaisseau une vue de l'étoile avec filtre thermique – pour constater que la température à sa surface est presque uniforme.

– Cette étoile n'a pas été éteinte par un simple ovule.

– Madame comprend vite. Mieux vaudra rester discret sur le sujet. Et ne pas essayer de poser des questions auxquelles personne ne voudra répondre.

Message reçu : de toute évidence, les Patriens ont tué cette étoile en employant une autre technologie, inconnue. Il s'agit là, sans doute, d'un grand secret, qui sèmerait la panique dans l'Empire s'il était révélé.

– Tu vois, Astréa, les Patriens n'ont pas juste éteint cette étoile, ils ont bousillé les planètes aussi et on nous charge de les refaire en attendant que l'armée rallume l'étoile. Un peu de géothérapie de guerre, ce sera parfait pour ton galop d'essai. On nous demande surtout le plus dur, c'est-à-dire le gros œuvre ; d'autres repasseront après pour les finitions. Les planètes s'appellent Paralia 1, 2, 3, 4, 5. Ceux qui les ont modelées leur ont donné une taille et une composition identiques et comme tu le vois, ils les ont placées sur la même orbite. Comme ça, on pourra comparer nos boulots. Je prendrai Paralia 1, tu commenceras avec Paralia 3. À vue de nez, les drones suffiront, mais si tu veux te servir des pinces, demande au vaisseau. Allez, dehors.

– Dehors, mais… ?

– Oui, dehors : une autre salle de pilotage t'attend au pont 2. Exactement comme celle-ci. On partagera les engins de chantier.

– Mais je croyais que je travaillerais à côté de vous ?

– Non, tu travailleras en dessous. D'abord parce que nous allons bosser chacune sur notre petit chantier et nous n'aurons pas besoin d'échanger plus que ça, ensuite parce qu'il est bon que tu commences à t'exercer dans la solitude. C'est ta vocation, non ? Ne t'inquiète pas, je garderai un œil sur ton boulot, et si tu fais fausse route, je te préviendrai par implants. Mais je pense que les conseils du Ballantraë suffiront, n'est-ce pas ?

Ma bonne volonté est inscrite dans mes circuits natifs, Lessia.

– Parfait. Alors qu'est-ce que tu attends, Astréa ? Que je te prenne par la main pour t'emmener devant tes consoles ?

Je me lève, vexée. Depuis le temps que je rêve de l'observer bosser !

Mes implants affichent la carte du pont sous nos pieds dans le coin inférieur gauche de ma vision, avec un point rouge pour ma destination. Un quart d'heure de trajet…

– Au fait, ne t'embête pas avec les plateformes et les rampes, il y a un ascenseur juste à ta droite.

OK, j'accepte de jouer à l'élève docile, mais pas sans mettre un peu d'ironie dans le « Oui, Madame » que je lui sers en réponse. Ça la fait marrer.

***

La salle de pilotage où je travaillerai est bien une réplique de la sienne, mais pas tout à fait exacte, et pas seulement parce qu'il manque les commandes permettant de déplacer le vaisseau. Où sont ces sièges en retrait et entourés d'une balustrade, dont Lessia n'a pas encore daigné m'expliquer l'utilité ?

Sa voix retentit. « Je te laisse la moitié des drones, Astréa. Égalité de moyens. Et maintenant, tu as carte blanche. »

Très bien. Pas le moment de me planter. Je connecte mes implants à la console, qui s'allume aussitôt. Je demande au Ballantraë le contrôle de deux cents drones de toute taille – accordé. Et j'envoie leur essaim vers Paralia 3.

La procédure de réparation de planètes abîmées par la guerre est simple : reconnaître le terrain. Évaluer les dégâts. Envisager plusieurs méthodes pour les réparer. Choisir la meilleure ou la plus rapide, selon les contraintes. Et se mettre au boulot. Sauf qu'on m'a appris à réparer des planètes tournant autour d'étoiles vivantes. Pas orbitant dans des systèmes fantômes, et cela va changer bien des choses, notamment quand il faudra se préoccuper d'atmosphère puisque celle de Paralia 3 se réduit à un malheureux nuage de butane.

Mon essaim a atteint la planète. Je demande au Ballantraë de remplacer la vue générale par les images de Paralia venues des drones.

Je m'attends à découvrir des paysages de guerre comme j'en ai vu des centaines sur le réseau. Des villes dévastées par des missiles photoportés, avec des cratères et des noirceurs d'explosion partout, ou alors liquéfiées à la lumière cohérente, leurs ruines émergeant d'un magma fondu.

Ce n'est pas ce que montre l'hologramme en face de moi.

Dans l'ancienne capitale de Paralia 3, une profonde tranchée a été creusée à l'aide d'une technologie inconnue. Elle coupe en deux les îlots d'immeubles, barre les rues de gouffres infranchissables et va se perdre à l'horizon. Et au-delà, mes drones me montrent qu'elle se ramifie en d'autres tranchées, toutes aussi profondes et dont le tracé se rit des obstacles.

Ce n'est pas tout : il y a des empreintes, près de ces tranchées. Énormes, striées. Je fais tourner mes drones dans tous les sens pour les photographier : elles représentent des conques. Quelles formes incongrues… de nouveaux véhicules patriens ? des sondes de terrain ? Puis je vois ces immeubles effondrés, aplatis comme si une masse gigantesque s'était appuyée contre eux. Et sur le sol autour, plein de petites taches, dont les drones me disent que…

– Madame, il y a des corps ! Des dizaines !

– L'armée n'a pas bien fait le ménage, ça ne devrait pas t'étonner. Demande à un de tes drones de les stocker hors de ta vue si ça te dérange. J'envoie une demande à la Flotte. Un vaisseau funéraire viendra les ramasser.

Je passe les ordres au drone, en essayant de ne pas regarder les corps – depuis l'attentat, je sais qu'il ne faut pas faire rentrer ce genre de choses dans sa tête. Sinon, elles y restent. Je demande seulement :

– Qu'est-ce qui s'est passé, Madame ? Vous avez une idée ?

– On ne m'a pas donné de détails. Tu sais quoi ? Ce n'était pas la peine.

– Encore des technologies venues d'ailleurs, c'est ça ?

– Enlève le point d'interrogation au bout de ta phrase et tu auras ta réponse. Maintenant, si tu permets, j'ai une planète à refaire.

15

Compris : je m'y mets, en essayant de ne pas me laisser aveugler par la haine des Patriens. Ni par les images d'attentat réveillées en moi par la vue des corps.

La carte de Paralia 3, modélisée par mes drones, parvient au Ballantraë, qui l'affiche en hologramme. Sa surface a été scarifiée de plusieurs milliers de kilomètres de tranchées. Je vais commencer par ça.

Je prends mes drones les plus lourds, équipés des plus gros générateurs de lumière cohérente. Mon plan : détruire les parois d'une des tranchées pour qu'en s'effondrant elle se comble à moitié. Si ça marche, j'appliquerai à toutes le même traitement…

C'est parti. Je passe en vue subjective pour regarder le drone survoler la tranchée. Avec sa caisse rectangulaire et ses dizaines d'instruments déployés, on dirait un scarabée.

Je braque sa vue sur le fond et les parois de la tranchée. Elles sont curieusement vitrifiées, comme si on avait passé dans la terre une énorme lame de métaux en fusion.

Je demande au drone de découper une paroi à la lumière, pour voir. Aussitôt, un autre drone explose juste derrière, et je dois me repasser la scène au ralenti pour comprendre : le rayon de lumière cohérente a ricoché sur la paroi avant de repartir vers celle d'en face et de rebondir sur l'autre drone, l'atomisant en une nuée de flammes et de débris.

– Une demi-heure de boulot et on abîme déjà le matériel ? me demande la voix goguenarde de Lessia.

– Ces tranchées, je n'ai jamais rien vu de…

– Alors renseigne-toi sur Nixte. Et en attendant, creuse !

Pas très fière, je reprogramme quelques drones pour qu'ils longent la tranchée à bonne distance, en se servant de leurs pinces à lumière pour balayer le sol à côté, tandis que d'autres, derrière, repoussent les gravats dans la tranchée. Là, ça marche. Mais comme c'est lent et fastidieux ! Je mobilise tous les drones à cette tâche. Ça va un peu plus vite. Pour l'art, il faudra attendre encore.

– Ballantraë, ouvre-moi une vue sur le chantier de Lessia.

Si tu veux, mais ça risque de te déprimer.

Et dès l'ouverture de la fenêtre, je constate que la planète de Lessia a perdu déjà un quart de ses blessures de guerre. Comment elle fait ?!

Pas comme moi, en tout cas, et au début, je ne comprends pas bien : ses drones volent dans toutes les directions, on dirait des gamins lors d'une récréation.

Puis je saisis le sens de leurs mouvements : ils vont simplement chercher des débris dans les ruines pour combler les tranchées.

Je mets du temps à comprendre pourquoi elle y arrive si vite malgré sa méthode : parce qu'il y a un ordre sous l'anarchie. Ses drones vont chaque fois chercher la bonne quantité de débris pour la déposer au bon endroit. Ils ajustent leurs trajectoires les uns par rapport aux autres pour accélérer la cadence. Transforment, si nécessaire, la matière qu'ils ramassent sur place. En clair, Lessia traite Paralia 1 comme un puzzle qu'elle aurait déjà complété cent fois.

Comment parvient-elle à une telle maîtrise ? Et au-delà, comment s'y prend-elle pour doter ses deux cents drones d'un comportement singulier ? On ne peut pas préprogrammer tout ça. Alors elle les commande tous en même temps ?

Non, pas possible. On peut fractionner sa pensée en huit, en dix pour les plus forts de ma classe, et je veux bien que les pros montent jusqu'à vingt. Mais pas *deux cents !*

Il y a un secret là-dessous, toujours le même dont nous débattons depuis l'an dernier avec mes camarades, et je n'en ai jamais été aussi convaincue qu'en cet instant.

J'imagine qu'il explique aussi mon exil dans cette salle isolée. Il doit avoir un rapport avec ces deux sièges entourés d'une balustrade qu'on trouve en haut. Avec un brin de nostalgie, je me rappelle notre sidération devant les prouesses des Pléiades, dans les cabines de visionnage, en début d'année. Déjà, Mett et Dounia prétendaient avoir la réponse mais préféraient ne pas la dire.

Parce qu'elle avait un rapport avec quelque chose de dangereux ? Et qu'y a-t-il d'assez dangereux dans l'Empire pour faire flipper des filles comme Mett et Dounia ? L'armée ?

Tout à coup, la réponse m'apparaît, évidente, et je comprends en même temps pourquoi Mett et Dounia y ont pensé les premières. Parce que leurs planètes fournissent plein d'Officières à l'armée…

Maintenant, je vais pouvoir aborder le sujet avec Lessia de front. En attendant, j'essaie d'imiter ses talents de géothérapeute, et opte pour une stratégie à mi-chemin des nôtres : quatre-vingts drones pour balayer la poussière dans les tranchées, soixante-dix-neuf autres pour aller chercher des débris, tous programmés. Et quarante autres pour commencer la partie artistique même si ce n'est pas le moment. Après tout, j'ai carte blanche, non ?

J'arrête mon attention sur une grande plaine remplie d'ombres et de bâtiments en ruines, certains couchés sur le flanc, d'autres écrasés comme des coquilles d'œufs. Au milieu, un monticule, comme si la terre avait jailli en geyser – là au moins, ça ressemble aux dégâts d'une arme que je connais, un coup de lumière cohérente branchée sur traction.

Dans sa partie Est, la plaine est jonchée de corps figés par la température subglaciaire mais je serre les dents. Je demande au Ballantraë une image du site avant la mort de son étoile : une ville de banlieue, comme là où j'habitais sur Ravno, mais en plus beau, un quadrillage de maisons et d'immeubles vitrés étalé jusqu'à l'horizon.

Je prends le temps de creuser, en bord de plaine, un amphithéâtre semblable à celui où l'on rassemble les nouveaux sur Plaamico. Puis je comble les tranchées autour, mais seulement aux trois quarts et j'en étends même certaines au cœur des ruines.

Parce qu'il m'est venu une vision. Celle d'une ex-banlieue anonyme rendue unique par le maillage de canaux qui s'entrelace au plan de ses rues. Une banlieue où l'on circulera tantôt à pied, tantôt sur des barques, où beaucoup de maisons donneront sur l'eau, avec des canaux prolongés en rues, des rues prolongées en ponts ; des ponts dont les balustrades seront parées de flambeaux, la nuit, des rues aux sols luminescents qui éclaireront les pas des noctambules, des eaux qui refléteront toutes les beautés du ciel une fois qu'on aura rallumé ses étoiles.

Un cycle entier passe ainsi avant que Lessia ne me convoque pour le débriefing.

– Comme ça, on programme les drones pour faire le sale boulot et on en profite pour laisser parler ses petits caprices créatifs dès le premier jour ? C'est ça qu'ils vous apprennent, aujourd'hui, au château ?

– Non, Madame.

– Tant mieux. Pour le reste, tes choix étaient pas mal mais plus jamais tu ne laisses tomber le gros œuvre pour te faire ton monument dans ton coin.

– Compris, Madame.

– Allez, ne fais pas cette tête, je sais que tu voulais me montrer ce que tu sais faire. Et je dois reconnaître que quand tu prends soin de les contrôler toi-même, tu te débrouilles plutôt bien avec les drones.

– Vous plaisantez, Madame ? Moi aussi j'ai regardé votre chantier. Comment vous faites pour manipuler tous vos drones à la fois ? Moi, je n'y arriverai jamais, à moins d'un miracle technologique…

J'ai lancé cette phrase comme on lance une fléchette et je ne suis pas étonnée d'avoir mis dans le mille. Le regard de Lessia, qui flottait vers le cimetière d'étoiles dans l'hologramme, se reporte sur moi, et un sourire commence à soulever ses lèvres.

– OK. Ne fais pas la maligne. Moi aussi à ton âge j'avais ma petite idée sur ce que tu appelles « miracle ». On en parlera plus tard. Tu as d'autres questions ?

– Oui : comment les Patriens ont-ils éteint l'étoile de Paralia ? Pourquoi ces tranchées et ces empreintes bizarres sur ma planète ? La guerre contre les Patriens se passe-t-elle aussi mal que le disent les rumeurs ? Existe-t-il des exemples de couples de genésiarques ? Qui était mon père avant de rencontrer ma mère ? Est-ce que vous pensez que j'ai le potentiel pour devenir aussi douée que vous ? Comment vous avez fait pour être nommée dans les Pléiades ? Croyez-vous que l'Empire soit aussi juste qu'il le prétend ?

Lessia me regarde, étonnée, puis éclate de rire.

– Je vois que ça travaille, là-dedans ! Oh, ça me plaît…

– Vous n'allez répondre à rien, c'est ça, Madame ?

– Écoute, nous avons six mois à passer ensemble, alors je vais établir quelques règles. On travaillera par période d'un ou deux cycles – ne me dis pas que bosser cent heures te fait peur, sinon j'écris à l'Académie. Ensuite, après chaque séance de boulot, on prendra deux heures pour débriefer, et ensuite, tu auras le droit de me poser tes questions. Le reste du temps, tu me laisseras tranquille dans ma cabine, compris ? Et au cas où tu te le demanderais : non, vraiment, je n'ai pas besoin de compagnie, bien au contraire. Et après quelques années dans le métier, tu comprendras ce que je veux dire. Et si tu te lasses de ta cabine, le reste du vaisseau est à toi.

16

Oui, le reste du vaisseau est à moi, mais je ne vais m'y promener qu'une fois, et à toute vitesse, sur ma plateforme, sans regarder derrière tellement c'est flippant.

Le pont 2, où je bosse tous les jours, contient des milliers de kilomètres de couloirs, et un seul être humain : moi.

D'habitude, les ponts inférieurs des vaisseaux de chantier servent à stocker du matériel biologique, je l'ai appris en cours – histoire que les colons trouvent leurs planètes à peu près végétalisées quand ils débarquent. Là, pas besoin : ces planètes sont assez riches pour que des vaisseaux entiers de biologistes des colonies viennent bosser dessus après nous. C'est pourquoi le pont 2 ne compte que des salles vides. Des centaines de salles vides, qu'il est facile de peupler de fantômes quand on vient de bosser plus de cinquante heures sur un chantier parsemé de cadavres. Maintenant, je m'enferme dans ma cabine pour dormir. Désormais, si je veux me promener, ce sera dans les soutes.

Même si Lessia n'a pas besoin de compagnie, nous nous entendons bien – nos deux heures de débriefing en bout de cycle ne sont pas assez longues pour que j'aie le temps de la saouler avec mon enthousiasme ou mes questions de débutante. Nous n'avons pas encore réabordé le sujet de son éblouissante maîtrise des chantiers, mais j'attends mon heure.

Au bout de quatre cycles, je trouve le boulot plus facile. Lessia, elle, semble toujours planer au-dessus de la notion même de difficulté. Vingt cycles plus tard, j'ai rendu à Paralia 3 un visage acceptable.

Dans le même temps, Lessia a soigné Paralia 1, 2, 4 et 5, en faisant chaque fois un meilleur boulot que moi. C'est peu dire que je l'admire – mais je ne lui dis pas, car je sais qu'elle n'a que faire de mes compliments.

– Maintenant, ils nous envoient vers un autre système de la zone. Pas en meilleur état, je dois te prévenir. Le système de Zeta, tu connais sûrement, m'annonce-t-elle lors d'un de ses débriefings.

– Je croyais que les Pléiades comme vous étaient libres de choisir leurs sujets ?

– En temps de paix, oui.

Et c'est reparti pour de nouvelles séances de boulot, laborieuses pour moi, nonchalantes pour Lessia. Pour le coup, l'étoile du système de Zeta a bien connu une mort par ovules – de là l'énorme cratère à la frontière de son pôle Sud. Mais sur ses planètes, nous retrouvons les mêmes tranchées que sur Paralia, et au bord, les mêmes empreintes étranges. La marque de quelle technologie ? Cette fois, je profite d'un débriefing pour demander à Lessia des précisions.

– Ces technologies nixtiennes avec lesquelles les Patriens ont tout détruit, vous savez à quoi elles ressemblent ?

– Non, mais puisque tu as bien travaillé, je t'accorde un bon pour une autre question. Choisis-la bien.

Je réfléchis. Je pourrais lui demander comment amener l'Empire à ressusciter Ravno… mais elle me répondrait comme Eloria Fan. Et puis j'ai une autre question, plus brûlante.

– C'est de la symbiose, c'est ça ? Le secret de votre maîtrise ?

Nouveau sourire en coin.

– Alors, c'est vrai ? je m'écrie. Vous pouvez fondre votre esprit à ces… à ces machines ? Je… je croyais que seules les Officières en étaient capables ?

– Seules les Officières sont capables du genre de symbiose que l'on montre dans les feuilletons. Nous, nous sommes des artistes : nous ne fondons pas nos esprits aux machines. Nous faisons de ces machines un prolongement de notre esprit. C'est différent.

– Mais… mais la symbiose est une invention militaire ! Réservée à la Flotte, interdite ailleurs !

– Eh oui, mais notre symbiose à nous n'est pas une invention. C'est un phénomène naturel.

Alors Lessia m'explique le principe de la symbiose, en remontant les millénaires jusqu'à l'époque où « les vaisseaux ont commencé à devenir franchement malins ».

Nos ancêtres se préoccupaient beaucoup de la façon dont ces vaisseaux pouvaient apprendre à connaître ceux qui les pilotaient pour anticiper leurs décisions…

– Les vaisseaux ont affiné eux-mêmes ces procédures. Et comme les commandes du chantier circulent par eux, peu à peu, diriger ses drones par implants est devenu aussi naturel que guider ses jambes.

Puis il y a eu une sorte de saut technologique, réalisé par les vaisseaux eux-mêmes : un jour, un genésiarque d'autrefois, du genre capable de s'absorber quatre cycles de suite sur son chantier, a eu la révélation de sa vie ! Une fusion de l'esprit quasi totale avec le vaisseau qui lui permettait d'accomplir des merveilles en un temps record. D'autres ont connu la même révélation, les Pléiades ont été formées, avec les trente-trois premiers à maîtriser la symbiose.

– Aujourd'hui, conclut Lessia, à peu près tous les genésiarques y arrivent. Attention : ça ne fait pas tout et ça ne remplace pas le talent.

Je suis sans voix à l'issue de cet exposé. La symbiose… L'arme naturelle des Officières de la Flotte, celle qui les rendait quasi imbattables jusqu'à il y a peu…

– Et c'est comment, Madame ?

– La symbiose ? dit Lessia en souriant. Oh, ça te transforme en déesse.

Puis, devant mon air interdit :

– En symbiose, les drones, le vaisseau, les pinces, tu n'y penses plus, tu ne les vois plus. Tu deviens la femme infinie qui arrête les météores d'une main pour les lancer où elle veut, et dont la volonté peut fondre des comètes. Ce n'est pas une image : tu te vois marcher dans le cosmos, parmi les planètes ; et tu sens dans tes mains une puissance à te donner le vertige. Il paraît que c'est le vaisseau qui nous envoie ces représentations-là pour nous aider à nous figurer ce qui se passe, mais je m'en fiche : je ne connais rien de meilleur. Et ne t'inquiète pas, tu connaîtras ça aussi. En attendant, n'en parle pas. Parce que tu as deviné juste : ça ne ravit pas l'armée. La Flotte tient à garder le monopole de la symbiose, c'est important pour son image, car c'est l'image qui fait le résultat aux élections, et ce sont les élections qui déterminent les budgets des ministères. Or nous autres, des colonies, nous sommes copains avec l'armée et nous ne devons pas marcher sur ses plates-bandes – enfin, tu connais la chanson, on a dû te l'apprendre l'an dernier.

17

Voilà près de quatre mois, soit cinquante-huit cycles, que j'habite à bord du Ballantraë. Quatre mois à fractionner mon esprit et à m'absorber dans le travail au point de peupler mon sommeil d'images cosmiques dignes de mon bon vieux Stellarium. Quatre mois à échanger des messages avec Enild, déjà périmés quand ils arrivent. Mais bon, c'est le premier principe de ces communications transtellaires. Il y en a un autre : les échanges d'informations précises sur les chantiers sont proscrits. Dommage, car je suis très fière d'avoir refait trois planètes. Alors je livre des généralités à Enild, qui, en retour, me parle de son parrain (« un ex-Bertien dégoûté de sa planète d'origine, on dirait moi avec trente ans de plus et j'avoue que ça me fait un peu flipper »), des difficultés qu'il rencontre (« je ne me doutais pas ça que ce serait si compliqué »), et de combien je lui manque (et ces mots-là, je les garde pour moi).

J'échange aussi avec Mett, Dounia et Bento et leurs messages me disent qu'ils vivent des émotions semblables aux miennes. Eux aussi ont été confrontés à l'incompréhensible.

« Tu vas halluciner, mais dans mon premier boulot, aucun de mes calculs orbitaux ne tombait juste, même quand je les vérifiais. Comme s'il y avait, pas très loin, un astre invisible dont la force de gravité faussait tout. Seulement, cet astre n'apparaissait sur aucune carte et je ne le voyais nulle part, alors j'ai interrogé mon parrain et son vaisseau, qui m'ont envoyé paître. Si ça se trouve, il s'agit des restes d'une arme patrienne inconnue, alors fais gaffe s'ils t'envoient dans le coin.

Bento »

En quatre mois, j'ai beaucoup progressé : plus jamais je ne pose mes mains sur les commandes manuelles : comme je les connais toutes par cœur, je passe mes instructions par implants, au Ballantraë, qui les répercute aussitôt, sauf quand il perçoit une erreur de calcul manifeste – auquel cas il m'avertit.

Un cycle, après avoir essayé en vain d'entrer en symbiose avec mes drones, je regarde Lessia bosser sur cette planète nommée Zeta 3 qui me rappelle Ravno. C'est mon petit supplice privé : chaque monde que nous réparons me renvoie au désastre de ma planète natale. Chaque fois, je serre les dents et me concentre sur les milliers de tâches à effectuer dans un ordre qu'il m'appartient de choisir. Mais là, le travail de Lessia sur Zeta 3 ne me renvoie pas seulement à Ravno, mais à mon ignorance : qu'est-ce qu'elle fabrique ?

– Pourquoi a-t-elle attiré tant de météores riches en argiles, en potasses, en phosphore ? D'où viennent-ils ? Ballantraë ?

Zeta 3 possédait une petite lune aménagée, autrefois. Une lune fermière, comme un potager géant pour alimenter en légumes frais ses nombreux habitants. Les Patriens l'ont fait sauter.

OK, compris, Lessia ramasse dans le ciel de vieux morceaux de lune fertiles pour créer des zones de culture sur Zeta 3. Je la regarde faire sur l'hologramme. La pince du Ballantraë qui jaillit comme la mâchoire préhensile d'une libellule pour décrocher les météores du fil invisible de leurs trajectoires et les déposer dans la zone d'attraction de la planète. Les drones qui les suivent et ralentissent leur chute. Il reste un peu d'atmosphère sur Zeta 3, pas assez pour respirer, mais assez pour chauffer à blanc les trouvailles de Lessia si elle les y laissait tomber comme ça. Après leur atterrissage, ses drones les rassemblent pour former des sortes de terrils, des pyramides de terre noire grandes comme des montagnes. Sur l'hologramme, c'est un ballet élégant qui se danse de la surface au plus haut du ciel, mais je me demande si Lessia n'exagère pas un peu, là ?

D'après mes calculs, oui : avec les technologies agricoles d'aujourd'hui, il suffirait de réserver un vingtième à peine de la surface de Zeta 3 à l'agriculture pour nourrir sa population future.

Là, elle a de quoi recouvrir de terres fertiles un hémisphère entier !

À force de regarder, je trouve une montagne de débris météoritiques attirés par Lessia, qui, contrairement aux autres, ne grossit pas. Au contraire, elle diminue. Parce que les drones ont commencé à la répandre. Au-dessus d'une plaine profonde, entourée de montagnes.

Elle veut la combler, ou quoi ? Pourtant, cette plaine n'a pas subi de dégâts patriens : c'est une plaine naturelle, elle était là avant. Qu'elle projette de la transformer en zone agricole, je veux bien, mais là encore, il y a trop de matière pour ça.

On l'a tous appris au château : pour changer une terre stérile en terre cultivable, il suffit de déposer dessus une couche de sol naturellement engraissé dont l'épaisseur sera comprise entre un mètre si on veut y faire pousser du blé, et six mètres pour la culture des arbres fruitiers.

Là, dans la plaine remplie par les drones, la couche fertile atteint déjà vingt mètres d'épaisseur.

Si Lessia vide dedans toutes ses petites montagnes de débris, comme elle semble en avoir l'intention, cette couche dépassera les cent mètres. Or aucune plante du répertoire colonial n'a besoin de cent mètres de bonne terre pour pousser. Ballantraë ?

Réfléchis, stagiaire Astréa Stern, et tu finiras par trouver.

J'ai beau retourner le paysage et ses composantes dans tous les sens, je sèche.

***

En fin de briefing, je pose la question à Lessia.

– Pourquoi toute cette terre fertile sur Zeta 3, où ne poussaient jusqu'ici que des plantes décoratives ?

Elle me renvoie dans les cordes avec le sourire.

– Pour apprendre aux stagiaires à répondre eux-mêmes à ce genre de question.

– Quel genre de question ?

– Le genre évident. Dont les réponses se trouvent en pièces détachées, dans leur environnement immédiat. Pour tout te dire, je pensais que tu avais déjà trouvé la réponse à celle-là.
– OK, je suis trop nulle, c'est ça ?
– Tu m'as déjà tiré les vers du nez sur la symbiose, donc non, je ne dirais pas ça. Mais j'aimerais que tu trouves par toi-même. D'autant que je sais que tu l'as eue sous les yeux, ta réponse, dans ta jeunesse.

Compris : il y a là un autre mystère, et le résoudre me rapportera des bons points.

18

Mais ces mystères, et mon incapacité à entrer en symbiose, ne doivent pas cacher l'essentiel : je suis heureuse, dans ce vaisseau. Quand je m'assieds devant le grand hologramme et ces commandes que je ne touche plus et que je lance mes premières instructions, je me sens toucher du doigt mes rêves de petite fille. Je m'amuse. Je n'oublie pas que la moindre de mes décisions aura des conséquences sur la vie des gens qui habiteront les mondes réparés par mes soins, mais je ne le prends pas comme une pression – c'est une responsabilité que j'ai été formée à assumer. Je suis la seule maîtresse de mes chantiers, et même si je ne parviens pas encore à la symbiose, je commence à comprendre ce que dit Lessia.

Quand je travaille, les heures défilent comme si elles appartenaient à un autre espace-temps. Je suis maintenant capable d'enchaîner trois cycles complets devant ma console – cent cinquante heures ! sans baisser de rythme –, même si après, il me faut vingt heures de sommeil pour m'en remettre. Ce qui me tient éveillée ? « L'excitation. La concentration. La passion : les trois meilleures drogues inventées par la nature, tu verras, Astréa, bientôt tu ne pourras plus te passer du boulot, et quand tu ne bosseras pas, tu te sentiras tellement inutile et vide que tu n'auras qu'une hâte : qu'on te confie un nouveau chantier. » Au début, ça me faisait sourire, maintenant, je comprends Lessia.

Parce que tu es en train de te transformer en une vraie genésiarque, stagiaire Astréa.

Oui, le Ballantraë a raison.

Parfois, avant d'essayer de dormir, je me regarde dans la glace – ma petite cabine dispose d'une salle de bains compacte, rien à voir avec le luxe de celle de Plaamico. La fille que je vois dans le reflet ressemble bien à celle qui a quitté Ravno voilà bientôt deux ans : malgré son teint bruni par les soleils, ses cheveux reteints dans le salon d'esthétique du château, son chignon à la Eloria Fan et la combinaison spatiale qui témoigne de son statut, elle a toujours la même expression, entre attention et anxiété. C'est dans les yeux que la différence se joue. La fille dans la glace a vu du pays. Son regard s'est posé sur des choses qu'elle aurait préféré ne pas connaître. Mais les iris éclaircis traduisent les merveilles qu'elle a vues, et surtout, leur fixité disent que cette fille-là est en mission.

Pourra-t-elle ressusciter sa planète natale ?

En devenant genésiarque, puis Pléiade, puis celle qui rend de tels services à l'Empire que les Nobles Dames de la Flotte enverront un convoi de matière fissile rallumer l'étoile de Ravno juste pour ses beaux yeux ?

Ce n'est pas un plan, c'est un rêve.

Ces séances devant le miroir mordent sur mes heures de repos. D'autant que je les poursuis parfois par des visionnages : les messages d'Enild, ceux de mes parents que je peux de nouveau regarder, même si je coupe vite tellement ça me flingue, mais il m'arrive aussi de m'oublier dans de bêtes feuilletons 3D du réseau, comme autrefois. Après, souvent, je n'arrive pas à dormir. Je pourrais recourir à la chimie : ma cabine met toute une pharmacie légale à ma disposition…

Mais je préfère céder à l'excitation, « la meilleure des drogues » ; même si je n'y connais rien en la matière, je crois Lessia sur parole. Alors je débouche une bouteille dans le minibar. Je m'enfile quelques gorgées de concentré – du vrai concentré à 70 %, comme on en servait au VitaNova, pas cette flotte pour étudiants qu'on boit sur Plaamico. Je prends une plateforme pour traverser le vide flippant du pont 2, et je vais me promener dans les soutes.

Là, je respire l'air sec, avec un arrière-goût de chimie sucrée, craché par les générateurs tout proches. Je dévale d'immenses couloirs blancs en criant tout ce qui me passe par la tête. Je vais voir dormir les drones dans leurs alignements infinis, encore boueux de leurs travaux. Et je rêve au jour où je serai seule maîtresse d'un vaisseau semblable. Et c'est comme ça, à force de promenades, que je découvre le secret de l'étrange passion de ma marraine pour les terres agricoles.

Ce cycle-là, je pousse la balade jusqu'à la pièce où l'on garde les cœurs planétaires, isolés dans des champs magnétiques. Il est impossible d'y entrer, à moins de souhaiter une mort originale, déchirée par les champs magnétiques ou aspirée par la gravité et transformée en pellicule de substances organiques indiscernables à la surface d'un ballon d'acier. Mais on peut les regarder flotter. De grosses billes de métaux hyperdenses : si on en retirait une cuillère à café, elle pèserait des dizaines de millions de tonnes. Pour trouver plus lourd, il faut taper dans les étoiles à neutrons. La façon dont ils reflètent la lumière me fascine. Comme s'ils buvaient la moitié des photons et jouaient avec l'autre moitié pour susciter le même genre de formes étranges que l'on peut voir dans un feu. Pour certains superstitieux, ces visions révèlent notre avenir : par leur densité, ces cœurs métalliques seraient capables d'attirer des photons venus du futur. Je sais que c'est du pipeau – personne ne voit l'avenir, même si les intelligences artificielles comme celles du Ballantraë sont assez douées pour le deviner. Néanmoins, je passe une bonne heure devant ces formes fantastiques.

Et là, alors que je remonte sur la plateforme qui me ramènera à ma cabine, je ressens de nouveau l'éblouissement chaud et étourdissant de ma première visite. Suivi de la même voix. Elle dit « Connaître sang tien ».

Je suis certaine qu'elle ne vient pas de mes implants, mais qu'elle m'a parlé directement dans la conscience.

Et tout à coup, la mémoire me revient : un jour lointain sur Ravno, avec mes copains dans le port orbital, la foule excitée autour d'un voyageur pas comme les autres…

– Ballantraë, il y a quelqu'un d'autre à bord, n'est-ce pas ?

Cette question est soumise à la censure de ta marraine.

Ça vaut pour un oui. Je pense à ce qu'elle m'a dit, à propos de la Terre : « Tu l'as eue sous les yeux, ta réponse, dans ta jeunesse »…

Comment pouvait-elle savoir ? Mon père lui a parlé ?

Je la confronte au briefing suivant :

– Nous avons un lenticule ruby à bord, c'est ça ? Un porte-graines ?

– Pourquoi un seul ? Sinon bravo d'avoir trouvé. Je peux savoir comment ?

– Toute cette terre, sur Zeta 3, c'est pour qu'ils puissent s'y planter ? On vous a demandé d'en faire une planète mixte, c'est ça ? Pour les gens et les Rubys ?

– Les planètes mixtes sont une de mes spécialités et si c'est le désir de la Flotte d'en coller une ici, je ne vais pas me gêner.

– Ils m'ont parlé, vous savez. Les lenticules. Dans ma tête.

– Oui, c'est une de leurs habitudes, avec moi aussi ils essaient. Mais les Rubys sont très bavards et moi, un peu moins.

– Si on était du côté de ma planète, je ne trouverais pas ça étonnant. Mais un Ruby là, dans l'écliptique Nord, tout près de cette guerre dont ils n'ont rien à faire… À moins… à moins que l'Empire veuille installer des Rubys sur ces planètes pour que les Patriens ne puissent plus les attaquer une fois qu'on aura rallumé leurs soleils ?

– Voilà, dit Lessia en souriant tout en repoussant d'une main tatouée une mèche de cheveux sale. Personne ne me l'a dit mais je suis parvenue à la même conclusion.

– Si c'est ça, c'est dingue que les Rubys soient d'accord.

J'examine l'idée un certain temps. Patrie bleue a appris à éviter les Rubys et pour rien au monde, ils ne voudraient déclencher une guerre avec eux. Évidemment qu'une planète mixte dans le coin, ça nous arrange : cette planète deviendrait intouchable. Mais quel avantage en tireraient les Rubys ?

Je poursuis ma réflexion à haute voix :

– Les Rubys ont leurs propres objectifs. Et les Nobles Dames doivent s'en douter. L'idée d'implanter des Rubys sur des planètes impériales a dû être bien débattue.

– Oui, parce que c'est un aveu d'impuissance, développe Lessia. Et aussi une perte de souveraineté. Même si les Rubys sont nos amis.

– Alors si les Nobles Dames en sont là, c'est qu'elles n'ont pas le choix… La guerre doit se passer encore plus mal que le disent les rumeurs.

– Bienvenue dans le grand bain, Astréa. Tu verras : ce n'est pas la première fois que la politique parasitera ton boulot.

19

Dans la salle de pilotage – la vraie, celle de Lessia – le grand hologramme ne montre plus l'espace qui nous entoure, mais un morceau de jungle entre quatre murs : nous sommes dans la soute qui contient les lenticules rubys. Des buissons de plantes fantastiques avec des feuilles mauves et noires, qui ressemblent à des assiettes brisées. Des flaques de sève verdâtre, lisses comme des miroirs et épaisses comme de la boue. Des entrelacs de lianes rosâtres jetées entre les branches comme des filets de vaisseaux sanguins.

– Regarde, Astréa, c'est un spectacle auquel tu n'auras pas souvent l'occasion d'assister.

Pour une fois, je travaille à côté d'elle. Enfin, tout est relatif puisqu'elle s'est installée sur l'un des sièges à rambarde avant de fermer les yeux pour entrer en symbiose. Depuis, sa bouche reste close quand elle me parle et sa voix me parvient par la sono du Ballantraë.

– Allez, Astréa, je te laisse le choix du premier, dit-elle en baladant un pointeur sur l'hologramme.

Car même si cela paraît difficile à croire, ce petit morceau de jungle se trouve dans nos soutes, dans la zone verrouillée que j'ai identifiée.

Il n'est pas facile de reconnaître les lenticules à l'image, car ils dorment, les uns sur les autres, organes et racines rétractés, si bien qu'on dirait un fouillis de gros rochers noirs couverts de mousse séchée, souvent reliés par des tubes racinaires immobiles. Impossible de déterminer où commence un lenticule et où se poursuit le suivant. Mais mes implants m'aident à les compter. Il y a là onze lenticules, dont deux monstres à sept lobes qui doivent dépasser les vingt mètres.

Je désigne ce qui ressemble à un gros rocher au sommet de l'amas.

– Celui-là.

– C'est parti pour le largage.

J'en profite pour poser la question qui me brûle les lèvres.

– Attendez, vous allez balancer les lenticules là, sur cette planète toute noire, sans attendre que l'armée rallume son étoile ? Les arbres rubys ont besoin de lumière pour pousser, non ?

– Disons que les lenticules attendront un peu avant de planter leurs graines.

Une pince vient d'apparaître, tombée du plafond invisible au-dessus de la jungle. C'est Lessia qui dirige sa descente et lui commande de se refermer sur l'un des rochers avant de tirer doucement… et les deux autres lobes du lenticule viennent tout seuls. Lessia le dépose sur une grosse plateforme de maintenance qui vient d'apparaître. Je regarde et j'apprends.

– Avec les lenticules, toujours y aller doucement. Parce qu'un mauvais mouvement et ils te défoncent le matériel, il faut le voir pour le croire.

La plateforme disparaît, Lessia recommence la manœuvre avec sa pince, et un autre lenticule atterrit sur une deuxième plateforme, qui file à son tour dans les couloirs du vaisseau. Deux minutes passent, puis…

Ça y est, tes deux premiers lenticules ont rejoint mon port de largage. Je me place en vol stationnaire.

– Ouvre bien les yeux, Astréa.

Premier largage effectué.

Sur l'hologramme, la jungle disparaît, remplacée par l'espace entre le Ballantraë et la courbe sombre de la planète Zeta 3. L'image suit la trajectoire d'une simple plateforme, de celles qu'on utilise pour descendre le gros matériel. Les robots du Ballantraë y ont amarré le premier endormi.

La descente commence. Les réacteurs s'allument et la plateforme se stabilise. On dirait que dessus, ça bouge… Oui ! Un des rochers vient de passer par-dessus les deux autres. Dessous, j'entrevois un grouillement de pattes. Le lenticule étend ses racines. Je ne comprends pas tout à fait ce qu'il cherche à faire...

Soudain, il se dresse et les câbles d'acier qui le maintiennent sur la plateforme explosent.

– Ne t'inquiète pas, me dit Lessia, c'est normal.

Altitude : deux mille mètres. Atterrissage dans dix secondes.

Le lenticule n'a plus l'air d'un tas de rochers mais d'un énorme insecte dont le corps se découpe en trois morceaux, même s'il est impossible de déterminer où se trouve sa tête. Puis le rocher central s'ouvre, révélant une sorte de pliage à l'intérieur.

– Ses ailes. Il doit les extraire de lui-même.

Pour ça, le lenticule utilise ses racines dorsales et c'est comme s'il fouillait à l'intérieur de son ventre afin d'en tirer deux grandes membranes qu'il déplie en éventail. Dotées d'une face sombre et d'une face argentée, elles sont... elles sont magnifiques.

Soudain, elles se déploient d'un coup : le lenticule se jette dans le vide et, stabilisé par ses ailes, commence à planer tout seul vers l'ouest jusqu'à disparaître de l'hologramme.

– Lessia ! Il n'est pas en train de s'enfuir, là ?

– C'est un lenticule ruby, Astréa, pas un oiseau exotique. Il sait exactement où il doit aller : dans la plaine que j'ai préparée pour lui. Une fois là-bas, il se figera. Contrairement aux stagiaires de Plaamico, les lenticules sont des individus patients.

20

Pour la fin du chantier, Lessia me fait un cadeau : je vais terminer l'aménagement de Zeta 3 avec elle, dans sa cabine. Lessia est une bonne marraine, qui me laisse choisir parmi les milliers de tâches en souffrance et préfère m'observer que de me diriger. J'ai l'impression qu'elle commence à me faire confiance, et je m'applique à ne pas la décevoir.

Astréa, tu accapares trop de drones pour un simple nettoyage.

– Laisse-la faire, Ballantraë, on verra plus tard ce qu'elle a en tête.

Durant ces séances, je suis si concentrée, si absorbée par la complexité du chantier que je m'attends à chaque instant à entrer en symbiose avec le vaisseau et à éprouver les impressions ineffables dont Lessia m'a parlé. Mais ça ne vient pas.

– Pour réussir la Symbiose, Astréa, il y a trois conditions. Du talent. Du métier. Et un vaisseau à toi, qui a appris à s'adapter à ta personnalité. Pour l'instant, tu n'en remplis qu'une et tu t'étonnes de ne pas y arriver ?

– Non, ça ne m'étonne pas, mais ça m'énerve. J'aimerais être plus sage, mais…

– Parce que tu es comme ton père, Astréa, du moins avant qu'il ne rencontre ta mère et apprenne la quiétude. D'ailleurs, lui aussi avait un truc avec les Rubys.

Voilà longtemps que j'attends ce genre d'ouverture. Je savais qu'elle finirait par venir. Je dis tout de même, pour ne pas être dupe :

– OK, c'est un truc psychologique, c'est ça ? Pour me consoler de mon incapacité à la symbiose, vous allez me parler de mon père ?

– Tu préfères que je ne te dise rien ?

– Non, allez-y. Comment il était, quand vous l'avez rencontré ?

– Beaucoup moins calme qu'après ta naissance. Je ne sais pas s'il t'a dit, mais je venais d'être diplômée des Beaux-Arts, et pour mon premier boulot, on m'envoyait sculpter d'ex-planètes rubys. C'est bien ça, Ballantraë ?

C'est bien ça, Lessia, quant à moi, je sortais tout juste des usines, je venais de t'être confié et j'apprenais à te connaître.

– Ton père, lui, bossait pour les transports du ministère de l'Industrie. En gros, son travail était de convoyer des matériaux d'un bout à l'autre de l'Empire. Tu sais comment ça se passe : des vaisseaux énormes et rudimentaires, pilotés par des équipages réduits, qui s'assemblent en traîne pour voyager plus vite…

– Oui, bien sûr, j'ai vu plein de convois de ce genre dans le ciel de Ravno.

– À l'époque, le Ballantraë était équipé pour les traînes : si ses soutes sont si vastes, c'est qu'il y courait un énorme tube de la poupe à la proue pour laisser passer la lumière. Et ton père était navigant dans l'équipage d'un convoi. Notre ministère avait demandé à celui de l'industrie une place dans une traîne pour le Ballantraë. C'est lors d'une escale que je l'ai rencontré. Dans le bar d'un port en altitude, sur la route de l'écliptique Sud. Il avait déjà les bras bien tatoués, et moi, c'était mon premier grand voyage, alors j'avais plein de questions. Et si tu en as, sache qu'il ne s'est rien passé entre nous.

– Pourquoi pas ?

– Parce qu'il ne pouvait rien se passer entre nous et je ne vais pas t'expliquer : ça relève de ma vie privée. Mais nous sommes devenus amis – un peu plus amis à chaque escale. On n'avait pas fait la moitié du voyage qu'on s'était raconté nos vies. Et puis… et puis il y a eu un accident. Terrible. Tu vois, Astréa, moi aussi j'ai mes mauvais souvenirs. Tu as déjà entendu parler de sortie de traîne ?

Je grimace.

Oui, bien sûr, que j'en ai entendu parler, et ce n'est pas joli. Quand, par accident, un vaisseau perd son alignement et dérive hors de la bande de lumière qui porte le convoi à une vitesse très supérieure à celle qu'il atteindrait avec sa propulsion propre, c'est là qu'on parle de « sortie de traîne ». Parfois, cela déclenche une réaction en chaîne dans la traîne et plusieurs vaisseaux la quittent, parfois, ce n'est que l'appareil défectueux, mais là n'est pas l'essentiel : quand ces vaisseaux sortent de la traîne, ils perdent d'un coup des années-lumière de vitesse. Seuls certains appareils militaires peuvent résister à ça. Les autres finissent à l'état de galette en deux dimensions. Avec leurs passagers dedans.

– Vous… vous avez survécu à une sortie de traîne ?

– Non, l'accident a eu lieu en tête du convoi et ça a été notre chance. Un vaisseau de l'Industrie en route pour Ruby… Peut-être que dans les stocks d'ordures qu'il apportait à nos amis, quelque chose a explosé, peut-être qu'il s'agissait d'un attentat – seule la police impériale le sait.

Je me souviens, Lessia. J'ai pu anticiper le ralentissement et rester dans la traîne mais peu de vaisseaux ont eu cette chance.

– En effet. Sur les quatre vaisseaux de tête, trois ont été aplatis – et le quatrième, un vaisseau de transport de la Flotte appelé le DerryMaine, a survécu, mais avec de sérieux dégâts. Il s'est disloqué cinq minutes plus tard. Ses passagers ont eu le temps de fuir, heureusement. Mais pas tous. Et alors que notre convoi décélérait, nous avons vu, dans les débris du DerryMaine, de grandes formes qui luttaient pour se libérer. Des lenticules rubys pris dans des nuages de liquide de refroidissement cristallisé. Le DerryMaine ramenait une ambassade chez elle et bien sûr, on ne nous en avait pas informés…

– L'armée…

– Oui, c'est ça, l'armée et ses secrets. D'habitude, les lenticules que les Rubys nous envoient sont capables de survivre dans l'espace ou même d'y voyager seuls. Mais ceux-là s'étaient retrouvés pris dans une fuite de liquides congelés. En clair, ils étaient voués à rester très longtemps dans l'espace avant de mourir.

– Mais les lenticules s'en moquent, de mourir, non ?

– C'est vrai, les lenticules n'ont pas d'individualité, les arbres dont ils naissent n'ont pas d'attachement pour eux, ils peuvent en produire des centaines par jour. La procédure, en cas d'accident, est de les laisser se débrouiller. Mais il faut croire que ton père et ses copains ne le savaient pas. Ou alors qu'ils ne supportaient pas l'idée d'abandonner quelqu'un. Comme le convoi avait ralenti, ils ont déclenché eux-mêmes, de façon sécurisée bien entendu, une procédure de sortie de traîne. Et ils ont fait demi-tour pour aller libérer les lenticules.

– Mon père a quitté un convoi de traîne sans ordre, de sa propre initiative ?!

– C'est une façon de présenter les choses. Une autre tient peut-être à ce que j'avais appris de nos conversations. Disons que ton père avait dû avaler pas mal de couleuvres dans son boulot… les gens du ministère de l'Industrie ne sont pas des tendres, surtout avec les équipages de cargos. Cette initiative était l'expression d'un gros ras-le-bol. Enfin, je ne suis pas psy…

– Ça a dû lui valoir de *sacrés* ennuis…

– Oh oui, avant même d'être arrivé à destination, il a été menacé d'un procès par son ministère. Mais celui-ci n'a jamais eu lieu. Tu vois, Astréa, les Rubys valent mieux que nous. Ceux que ton père a secourus se moquaient de mourir, en effet. Mais ils nous connaissent assez pour comprendre le sens de son geste quand il a désobéi pour les sauver. Il semblerait que cela les ait émus. Et ils ont nommé ton père et ses camarades Amis des Rubys. Tu sais qu'il n'existe pas mille individus dans l'Empire à porter ce titre ? Et la plupart habitent les planètes mixtes.

Amis des Rubys.

« Connaître sang tien. » Voilà ce que voulait dire la voix chuintante. Les lenticules connaissent mon sang parce que mon père est jadis devenu leur ami.

– Et on ne va pas faire de procès aux Amis des Rubys, c'est ça ?

– Ce serait délicat. Le ministère de l'Industrie dépend des métaux qu'ils nous envoient en échange de nos ordures. Tout ce qui pourrait perturber ses relations avec eux doit être évité. Ton père a donc été muté dans l'écliptique Nord. Son voyage retour incluait une escale dans le port orbital de Ravno. Et tu connais la suite… Ton père connaissait déjà ta mère – depuis le temps qu'il bossait sur la ligne Berty-Ruby. Mais c'est l'accident, et ce qui a suivi, qui l'a décidé à s'installer là-bas.

Tout à coup, je comprends. Les silences de mon père. Sa passion quand il parle de ses voyages, et en même temps son refus de les contextualiser. Mon père a ses fantômes, comme moi.

– Il te manque, n'est-ce pas ? Si ça peut te consoler, sache que rien ne pourrait le rendre plus heureux que de te voir ici, avec moi, en train d'apprendre ton futur métier. Alors, au boulot.

21

Nous terminons l'aménagement de Zeta 3, et pour fêter ça, Lessia m'offre un autre cadeau inattendu : elle m'ouvre grand ses implants le temps du boulot.

– Comme ça, tu auras une petite idée de ce que l'on vit quand on bosse en symbiose. Une petite idée, mais de grandes impressions.

Lessia s'installe dans la zone entourée par la balustrade, étire ses jambes, et ferme les yeux. Je plonge dans ses implants et trois secondes plus tard, mon cerveau s'envole. Comme s'il franchissait d'un coup tous les murs et la carlingue du vaisseau pour se retrouver dans l'espace. Mais pas l'espace infini et menaçant tel qu'il apparaît sur l'hologramme. L'espace réduit aux mesures d'une chambre d'enfant. Les astres comme des jouets, leurs étoiles comme de simples ampoules de lumière cohérente, et ce ne sont plus des drones qui modèlent Zeta 3, mais les mains de Lessia, au bout de bras étirés à des dimensions kilométriques. Et ce ne sont plus des pinces à lumière cohérente qui envoient des comètes s'écraser dessus pour agrandir ses océans, mais la volonté de Lessia qui réside dans son regard immense, et si je devais calculer la taille de ma marraine telle qu'elle m'est représentée, je l'évaluerais à près d'une année-lumière.

Et moi, je suis un esprit invisible perché sur l'épaule de la géante, qui lui souffle « cet astéroïde-là est riche en zinc et on en manque », et même si Lessia connaît toutes les ressources du coin, elle a la bonté de feindre de trouver mes conseils utiles.

Je regagne ma cabine vidée et ravie par l'expérience. Là, je m'allonge dans mon lit sans prendre la peine d'enlever ma combinaison, je jette un coup d'œil à mes vieilles photos de Ravno sur ma table de nuit – mes parents, ma bande de copains, le VitaNova, un retour de chasse.

Et au moment où je ferme les yeux, j'entends une voix :

« Ballantraë, on peut s'éloigner. Avertis les Rubys 6 et 7 qu'on les larguera au prochain cycle. »

Lessia. Elle a oublié de me fermer ses implants, et j'ai oublié de couper la liaison. Et alors que je l'écoute passer ces instructions, il me vient une idée dangereuse.

Et si les implants de Lessia contenaient des informations utiles pour sauver Ravno ? C'est probable, après tout. Même si les genésiarques ne s'occupent pas de peupler leurs créations, le réseau du ministère leur est ouvert et ils doivent avoir accès au logiciel qui régit le stockage des colons. En clair, les implants de Lessia renferment peut-être des codes capables, une fois rentrés dans le réseau, de me dire où ils ont mis mes parents.

Bien sûr, j'hésite. Lessia m'a laissé ses implants ouverts comme preuve de confiance et moi, je m'apprête à la trahir.

Je décide d'attendre qu'elle s'endorme. Si elle coupe la liaison avant de se coucher, j'aurai raté une occasion peut-être unique. Mais si je m'introduis dans ses implants pendant qu'elle veille, elle le saura sur-le-champ. Elle le saura aussi si je les visite pendant qu'elle dort – mais plus tard, à son réveil, et je pourrai toujours lui sortir un gros mensonge : « Désolé Lessia, vous aviez oublié de couper la connexion pendant que vous dormiez, et je n'ai pas pu m'empêcher de jeter un coup d'œil dans le monde de vos implants pour en savoir plus sur la symbiose mais je me suis un peu paumée dans tous vos fichiers, à la fin, je ne savais plus où j'étais. »

Elle ne sera pas dupe, et tout dépendra de sa réaction. Soit elle laissera filer parce que je suis la fille de mon père, soit elle suivra le règlement et me dénoncera – et je n'ose imaginer les conséquences.

Mais je ne peux pas manquer cette occasion. Sinon, je m'en voudrai toute ma vie.

Lessia vient de s'endormir. Les yeux fermés, je commande à mes implants de me montrer le contenu des siens.

Et je commence à fouiller, à l'écart des enregistrements vidéo, dans les fichiers pros. Je tombe sur un répertoire intitulé « Codes impériaux ». Avec des sous-répertoires : « Codes persos », « Codes Ballantraë », « Codes ministère des Colonies ». Et au moment où j'amène un pointeur tremblant sur le dernier classeur, un message vient troubler la liaison.

Stagiaire Astréa Stern, voilà ce que tu cherches.

Le Ballantraë ! Je coupe la liaison tout de suite – même si ça ne sert à rien, maintenant que je me suis fait attraper.

J'ai tout perdu sur ce coup. La confiance de Lessia, car le Ballantraë caftera, et la possibilité de récupérer les codes.

Un message parvient à mes implants. Envoyé par le Ballantraë. Avec en objet « Ce que tu cherches ». Un message vide, à l'exception d'une pièce jointe. J'imagine que dedans, je trouverai la liste des sanctions prévues pour les stagiaires trop curieuses.

Je l'ouvre quand même.

Des chiffres. Des pages et des pages de chiffres. Au début, je ne comprends pas, jusqu'à ce que je trouve, au milieu, la procédure pour les transmettre au réseau du ministère des Colonies. Il me faut une bonne heure pour saisir de quoi il retourne.

Il s'agit de commandes pour l'intelligence artificielle qui régit les grandes stations orbitales où attendent les futurs colons. Les paramètres d'une base de stockage de l'écliptique Sud. Et des lignes de code. Tout ce qu'il me faut pour déménager la population de Ravno vers une planète de mon choix – les coordonnées ont été laissées en blanc – le jour où j'aurai libre accès au réseau du ministère.

Alors, je sens monter en moi un grand élan d'amour et d'admiration envers Lessia et le Ballantraë. Elle n'avait pas oublié de couper ses implants. Elle a demandé au vaisseau de me donner ce que je voulais avant que je ne commette une faute.

C'est brillant : si jamais il y a une enquête – il y en aura forcément une si, dans dix ans, je balance ces codes et provoque l'envoi d'une flottille automatique pleine de colons en hibernation sur une Ravno renouvelée –, ce sera le vaisseau qu'on accusera de me les avoir transmis. Et on n'exécute pas les vaisseaux, ils coûtent trop cher ; on ne les envoie pas purger des peines en caisson… Au pire, on reformatera le Ballantraë, pour la forme – mais ça fait longtemps que les vaisseaux sont assez intelligents pour protéger leurs consciences et leurs mémoires de nos tentatives d'effacement. Il s'agira juste de sauver la face et le problème sera considéré comme réglé parce que ça arrangera tout le monde.

Le lendemain, je gagne la salle de pilotage les genoux tremblants, mais Lessia m'accueille avec un grand sourire et un bol de boisson énergétique fumant.

– Ma petite stagiaire a-t-elle bien dormi ? A-t-elle eu droit à des rêves instructifs ? Tant mieux ! Prête à revenir sur Zeta 3 ? Allez, je rouvre mes implants, dit Lessia et je comprends que nous ne parlerons jamais de cette nuit.

22

La zone dévastée mérite de moins en moins son nom : pendant que nous bossions sur Paralia et Zeta, d'autres genésiarques ont réparé d'autres planètes ; maintenant, il ne reste plus qu'à rallumer tout ça.

Aussi improbable que cela puisse paraître, à moins d'un mois de la fin de mon stage, je vais avoir droit à des vacances. C'est Lessia qui me l'annonce, et elle aussi paraît étonnée.

– Ils doivent estimer que nous vous avons trop fait travailler, pauvres chéris. Ne commence pas à rêver de cocotiers, ça se passera sur une base militaire.

Puis, avec Lessia, nous trinquons à la fin du chantier.

– Une tradition, Stréa, je te préviens, il va falloir ouvrir autant de bouteilles qu'on a réparé de planètes. Mais rien ne nous oblige à tout boire !

Non, rien, d'autant que Lessia a de l'expérience aussi en la matière, comme j'avais pu le voir le jour de notre rencontre. Quand elle boit, elle est la même, ses sourires se font juste un peu plus accentués.

– En tout cas, je suis contente de constater que tu ne veux pas créer des planètes aux hémisphères symétriques comme tous les débutants.

– Bien sûr que non. Une planète, c'est trop précieux pour qu'on se répète !

– Ah, je vois. Madame veut devenir une artiste avec un grand A. C'est pour ça que tu es si impatiente de connaître la symbiose. J'avais des copains comme toi, dans ma jeunesse. Sir Edwer Tissel…

– Ah, non. Vous vous trompez, Lessia. Je veux dire, Tissel est un bien meilleur genésiarque que moi, ses créations sont extraordinaires… mais je trouve qu'elles parlent un peu trop de lui. Et qu'elles oublient un peu aussi ceux qui vont y vivre.

Lessia m'adresse un sourire en coin, amusée et curieuse.

– Et toi, tu veux créer pour le peuple, c'est ça ? Les colons d'abord, les nécessités de l'Empire ensuite ?

– Je ne mets pas de hiérarchie. En fait, Lessia, je veux faire comme vous : créer des planètes où les gens seront heureux d'habiter. Créer de la beauté mais en pensant d'abord à ceux qui vivront au milieu.

Elle a l'air sincèrement surprise.

– Tu crois que je crée des planètes pour que les gens soient heureux d'y habiter ? C'est ça que tu déduis de cinq mois à mes côtés ? Et si c'était l'inverse ? Et si je créais des planètes capables de supporter que des êtres humains y habitent ?

– Vous plaisantez ?

– À toi de décider, moi je ne sais plus trop.

Elle ferme les yeux, comme pour regarder en elle-même, puis reprend.

– Tu l'auras compris, quand on passe un certain temps seule dans l'espace, on commence à avoir de drôles de pensées sur l'être humain. Et on finit par se trouver beaucoup mieux là qu'au milieu des foules. Dès lors, il est facile de se dire qu'on ne travaille pas pour l'humanité, mais pour la Beauté avec un grand B ou carrément pour le Cosmos. C'est un autre paradoxe, que tu découvriras plus tard : produire de l'art pour le compte de l'humanité conduit à s'éloigner de cette même humanité. Et pour beaucoup de mes collègues, s'éloigner de l'humanité revient à se considérer au-dessus. Très au-dessus.

– Mais vous, vous ne vous voyez pas comme ça ?

– Non. Je ne prétends pas me situer au-dessus de l'humanité. Disons que je travaille à côté. Pour l'Empire, mais sans me mêler à ses populations.

23

Lessia m'a réveillée pendant les approches pour que je me rende compte : nous n'allons pas passer nos vacances dans une simple base militaire, comme elle me l'a annoncé avec désinvolture, mais dans LA célèbre base de l'écliptique Nord. Les connaisseurs l'appellent le « Complexe d'Antanarion », du nom de l'étoile près de laquelle elle fut construite, l'une des plus grosses structures non planétaire dont l'Empire ait peuplé l'espace. Une guirlande de bâtiments en acier noir sans haut ni bas pliée dans tous les sens aux dimensions gigantesques : à côté, les jetées qui les prolongent semblent fines comme des cheveux.

– On dirait un énorme brin d'ADN.

– Alors un ADN tellement masculin qu'il lui pousse des poils. Tu as l'imaginaire scientifique, Astréa… Moi cette base m'a toujours fait penser à une batterie de cuisine. Tout se ressemble et, en même temps, il n'y a pas deux bâtiments pareils.

Pendant que je contemple ce monstre de l'espace, le Ballantraë affiche des chiffres et des infos. La base de l'écliptique Nord occupe le volume d'un petit système solaire. Elle peut accueillir l'essentiel de la flotte de guerre envoyée sur le front – et en effet, à mesure que nous approchons, je distingue des vaisseaux accrochés aux jetées. Je suis surprise d'en trouver si peu. Surprise, surtout, de voir cette base évoluer si près de la zone dévastée… En temps normal, elle devrait se trouver près d'une année-lumière plus au nord. Mais nous ne sommes pas en temps normal : nous sommes en temps de guerre et la présence de cette base ici est un autre signe qu'elle ne tourne pas en notre faveur.

J'aimerais pouvoir me dire que ce n'est pas mon problème, que je suis là pour créer et que la guerre, il y a des Officières pour ça. Mais le drame de Ravno, l'attentat, l'exécution de Lexie, les scènes de carnage sur Paralia 3 ont rendu cela impossible : maintenant, si j'avais un bouton pour faire périr l'ensemble des clones de Patrie bleue dans d'immenses souffrances, j'appuierais dessus jusqu'à ce que le ressort claque.

– Ballantraë, gare-toi sur notre parking habituel.

Après un petit tour en caisson pour supporter la décélération, je reviens dans le cockpit pour regarder avec Lessia le vaisseau glisser entre les bâtiments de la base, et c'est comme nager dans un banc de cétacés propres aux planètes océan si chères à Mett.

Soudain, le Ballantraë pique vers un disque grand comme un planétoïde et je ne vois qu'au dernier moment la galerie par laquelle nous allons passer.

De l'autre côté, il y a un port. Une quinzaine de jetées descendantes. Où sont accrochés, déjà, une trentaine de transtellaires de chantier semblables au Ballantraë. Ce qui signifie que trente collègues de promo sont déjà là, avec leurs parrains.

Un robot nous attend à la sortie du sas. Un centaure au torse mécanique et au corps de baignoire, amputé de ses pattes et monté sur roulettes.

– Chers employés des Colonies, nous salue le centaure, je vous souhaite la bienvenue sur le Complexe d'Antanarion, au nom des Nobles Dames de la Flotte. Je vais vous accompagner vers l'antenne de votre ministère.

– Je t'en prie, après toi, me dit Lessia.

Comme j'hésite à monter dans son baquet, le centaure m'attrape par les épaules et me balance dedans. Quelle violence ! Lessia m'y rejoint. Je me remets péniblement sur pied au moment où il démarre, et m'accroche au bord de la baignoire. C'est là que je remarque que notre aimable transporteur est suivi par une escorte : deux tours noirs luisantes et menaçantes, aux surfaces si lisses qu'on les dirait coulées d'un bloc – mais j'ai vu assez de feuilletons pour savoir que leur ventre cache tout un arsenal.

– Lessia, c'est quoi cette histoire d'antenne de notre ministère ?

– L'armée nous a concédé une représentation officielle dans la base, elle m'explique, histoire que les collègues n'aient pas à remplir des formulaires à chaque accostage. Nous avons droit à deux étages dans ce bâtiment.

– Et pourquoi ils nous collent une escorte ?

– Consignes de sécurité : tout nouvel arrivant doit faire l'objet d'une vérification ADN et d'un décodage complet de ses implants sous surveillance armée. Les joies de la guerre.

Compris : il n'y a pas que sur Plaamico que les espions patriens font des ravages.

Pendant le trajet, je tâche d'ouvrir les yeux : ici, les murs ne sont pas en acier, comme dans le Ballantraë, mais couverts d'un revêtement blanc, sur lequel les instructions se découpent en jolies couleurs, comme dans les feuilletons. L'air n'est pas sec avec un arrière-goût de chewing-gum remâché : il sent la chlorophylle comme dans les bosquets de Plaamico, il doit y avoir une forêt implantée dans le bâtiment. L'armée est bien plus riche que le ministère des Colonies et cela se voit dans les moindres détails de la base.

À part ça, le bâtiment est organisé comme toutes les structures artificielles, vaisseaux compris, dont l'homme a peuplé l'espace depuis la préhistoire. Des ponts ; des rampes et des ascenseurs pour les joindre. Des voies principales et des coursives où la circulation est réservée aux machines. Des couloirs perpendiculaires qui les relient, des zones de divertissement luxueuses, des restaurants pour les Officières et des réfectoires pour les cadettes les plus jeunes, tous desservis par du personnel humain. Pour l'instant, c'est eux qu'on voit surtout, filant sur leurs plateformes chargées de plateaux fumants dans leur uniforme vert olive. Eux et des robots.

En haut d'une rampe, un hologramme nous prévient : nous entrons dans « le domaine du ministère des Colonies », installé sur les ponts 111 et 112. Pas besoin de prévenir : on aurait deviné aux revêtements éraflés des couloirs, aux plaques d'acier nues qui les remplacent souvent, à la circulation moindre, et aux portraits de grands genésiarques, qui, avec l'odeur de renfermé, donnent à l'endroit l'allure d'un vestiaire pour équipe de troisième division. Un monde de bureaux et de logements digne des premiers transtellaires coloniaux.

Le robot me montre d'abord les cabines prévues pour les stagiaires : de simples couchettes insérées dans un mur, il faut tirer sur la poignée pour les en sortir, comme dans une morgue. C'est pourquoi, j'imagine, j'aperçois des silhouettes qui ont décidé de siester dessus sans les refermer – bonjour l'intimité, mais mieux vaut ça que de se sentir enterré vivant. Parmi les endormis, tous des première année, je reconnais quelques types de la chambrée d'Enild. Mais aucun de mes copains ne se trouve là.

– C'est là que nous allons dormir ?

– Non, c'est là que *tu* vas dormir. Moi, j'ai droit à une vraie chambre au pont 112. De catégorie supérieure, enfin, selon les standards d'ici.

– Et les Rubys ? Ceux qui restent dans le vaisseau ?

– Ils roupillent encore, alors laisse-les où ils sont. Je vais aller poser mes affaires. Ensuite, je compte voir quelques amis, et tu auras quartier libre pour jouer avec les tiens.

24

La salle de divertissement ressemble à celle du château, en version réduite : le même salon d'esthétique, avec moins de fauteuils, la même salle de visionnage, avec moins de cabines… et un bar à la mode de Plaamico, sans personnel humain, où tout est gratuit et où rien ne dépasse 30 degrés. Un comptoir avec quatre torses de serveurs robotiques greffés, séparés par des fontaines. Une douzaine de tables où les menus s'affichent sans fioriture, dont trois occupées par des camarades de promo.

– Stréa, ma Ravnienne, t'en as mis du temps !

Mett vient d'arriver derrière moi pour se pendre à mon cou. Toujours aussi belle et typiquement fornienne, même si ses cheveux blonds forment un paquet sale et même si elle porte, comme moi, une austère combinaison spatiale. Ici, le dress code est de ne pas se préoccuper du dress code, et elle l'a adopté. Elle m'entraîne vers le bar – au moins, certaines choses ne changent pas.

– Alors, t'as aimé ton début de stage ? Moi, j'ai adoré. Bon, ma marraine est une dame de chez moi, ça aide, et même si je crois qu'elle est un peu jalouse de mon âge et du reste, elle m'a à la bonne. En tout cas, j'ai bossé comme une folle. Tu veux voir ? demande-t-elle en sortant son Stellarium.

Et Mett me montre les cinq planètes ravagées transformées par ses soins en futures planètes océan – futures parce que ces planètes tournent autour d'étoiles mortes, ce qui leur vaut de ressembler pour l'instant à des boules de glace.

– Quand l'armée rallumera leur soleil, tout fondra, et il n'y aura plus qu'à y ajouter quelques micro-organismes et quelques fœtus de bestioles en cuve. Pas mal, hein ? Le nombre de comètes que j'ai dû descendre à la pince, je ne te raconte pas. Mais bon, en symbiose, c'est plus facile.

– T'as réussi à entrer en symbiose ?! je demande, mortifiée.

– Ben oui, dès la deuxième semaine. Ma marraine dit qu'elle n'avait jamais vu ça. Tu penses que je dois la croire ?

Je dévisage Mett. J'avais bien vu que, derrière sa superficialité assumée, elle cachait une personnalité créatrice originale. Je n'imaginais pas que ça l'amènerait à me devancer à ce point.

– Tu sais, Stréa, je crois que je vais arrêter de parler de la symbiose : ça va énerver tout le monde. Dommage, car je n'ai envie de parler *que de ça*…

– Alors vas-y Mettouchka, raconte.

Et j'écoute Mett me parler de ce qu'elle éprouve lorsqu'elle voit soudain son corps prendre les dimensions d'un système stellaire.

Plus tard, elle m'apprend que Dounia et Bento ne se trouvent pas dans la base et qu'il est peu probable qu'ils nous rejoindront, car leur stage se passe de l'autre côté de la zone. Et pendant que je lui parle à mon tour de ma marraine et de mon boulot, je vois un groupe s'installer à une table, dans son dos.

Et dans ce groupe, mon Bertien.

Je profite qu'il ne m'ait pas vue pour l'observer : la combinaison spatiale va bien à sa grande silhouette, et son regard a pris de la profondeur – ce que l'on gagne à fréquenter les astres et pas les humains. Mais son sourire, quand il me remarque enfin, n'a pas changé.

La suite, qui inclut une promenade dans les couloirs du vaisseau et un petit séjour à deux dans une cabine d'apesanteur, nous appartient. Disons qu'elle permet de resserrer les liens distendus après six mois de stage. Et aussi de nous rappeler notre folie : à quoi bon une histoire d'amour, au moment où nous apprenons, entre autres, la solitude ? Mais ça, nous n'en parlons pas.

Lorsque je m'étends sur mon tiroir de morgue, je sais que je ne m'endormirai pas, malgré ces émotions ou à cause d'elles. Alors, comme sur le Ballantraë, je vais me promener.

Il paraît qu'on a le droit de se balader dans les autres ponts, du moment qu'on respecte les interdictions de la Flotte. On va voir… Je demande par implants une plateforme magnétique et file vers les rampes qui mènent au pont 115 : c'est par là qu'on trouve le plus de zones accessibles aux civils.

Entre le 113 et le 114, une autre plateforme me rattrape. Dessus, deux Officières impeccables dans leur polyclave. Et la façon dont elles se maintiennent à ma hauteur pour me fixer en silence, avant de détourner les yeux, comme si j'étais un animal répugnant, me rappelle un lointain safari-chasse sur Ravno.

À chaque Officière que je croise, j'ai droit au même combo regard appuyé/mine dégoûtée. Mais je ne suis plus une ado anonyme cherchant à gagner quelques lings auprès des passagers de première classe. Je sais ce que je vaux, et cela me permet d'encaisser leur mépris sans bouger un sourcil.

Je m'arrête devant un grand mur transparent : derrière, une salle d'entraînement pour cadettes. Pendant un peu plus d'une heure, je regarde une quinzaine de petites filles en polyclave assises, les yeux fermés, piloter en symbiose quinze maquettes de chasseurs. D'un côté, le calme absolu de ces filles qui semblent plongées en méditation, de l'autre, le déchaînement de lumières et d'explosions produits par le tournoiement des maquettes volantes que ces petites filles pilotent par la pensée. Derrière elles, deux jeunes Officières dispensent leurs conseils et poussent parfois de grands coups de gueule. Elles ne reçoivent jamais de réponse, mais les drones réagissent, preuve que, depuis leur symbiose, les petites filles parviennent à les entendre.

Je poursuis vers la zone de divertissement. Ce doit être l'heure du déjeuner, car je croise beaucoup de malheureux serveurs en tunique vert olive chargés de cantines. C'est aussi eux qui nous apportent nos repas, venus des cuisines militaires – tranches de pâté et purées vitaminées pour tout le monde. C'est encore pire que sur le Ballantraë, et ça me donne la nostalgie des restaurants de Plaamico et des œufs de poisson.

Je traverse une zone de divertissement pour Officières : peu d'installations, beaucoup de bars dont des filles en polyclave entrent, sortent – à la sortie, elles s'étonnent de me voir là, mais ne m'adressent pas la parole pour autant. J'aperçois alors un groupe de cinq filles émerger d'un énième café bertien : deux très jeunes Officières, quinze ans à peine, et trois cadettes aux poitrines déjà piquées de décorations.

Je m'arrête. L'une présente un visage que je connais par cœur même si cela fait des années que je ne le vois plus que sur hologramme.

Elle a maigri, ses traits se sont durcis, la confiance souriante qui l'animait semble avoir disparu, mais c'est la même peau brune et le même regard que lorsqu'elle m'expliquait ses projets de rejoindre la Flotte autrefois : des yeux assez grands pour absorber tous les mystères de l'Univers et la même façon de bouger les mains en parlant.

– Fani !

Elle se retourne et, quand elle me remarque, la surprise sur son visage laisse place à une expression écœurée. Ses sœurs d'armes éclatent de rire. Mon sourire se fige sur mon visage, me tire sur les joues.

– Fani, ne me dis pas que tu ne me reconnais pas ?

– C'est une fille de chez toi, c'est ça ? Vous en avez beaucoup, comme ça, là-bas ? demande une Cadette.

Fani répond par un coup de coude, et sa copine reprend :

– Ça me rappelle ce qu'a dit Dame Brimbotte : c'est plus facile de se battre pour l'Empire quand on ne connaît pas ses habitants.

Nouveaux rires. J'essaie d'accrocher le regard de Fani, mais elle prend soin de l'éviter – ce qui me blesse bien plus que les sarcasmes de sa petite bande.

Et pendant qu'elles s'éloignent dans un concert de rires et de vannes méprisantes, je vois son visage de profil, presque rouge : elle a l'air furieuse de me voir et d'être associée à moi devant ses nouvelles copines.

Tandis que je pense à notre amitié d'autrefois, seule au milieu du couloir, mes implants affichent une alerte dans le coin inférieur gauche de ma vision. Venant d'une appli pas utilisée depuis des siècles. Une appli de messagerie, celle dont Fani et moi nous servions, sur Ravno, pour bavarder pendant les cours.

« Plus jamais tu ne m'adresses la parole devant des Officières ou des Cadettes ! »

Puis :

« Rendez-vous à la 14e heure du prochain cycle, pont 116, zone de loisirs centrale, devant le café pangéien. Tu me vois, tu ne me parles pas, mais tu me suis. Pas très loin, il y a une zone de maintenance où on pourra discuter sans être dérangées.

Je suis très heureuse de te revoir, Stréa, mais si je le dis devant mes sœurs, ça me suivra jusqu'au bout de ma vie. Alors pardon pour tout à l'heure. »

25

Cette scène pourrait avoir lieu dans n'importe quelle ville de l'Empire : deux filles en âge d'être au lycée – dix-sept/dix-huit ans, pas plus – discutent assises par terre, bras refermés autour de leurs genoux. Mais nous ne sommes pas des lycéennes ordinaires et cela s'entend dans notre discussion.

– Je n'ai étudié que deux ans à l'Académie de la Flotte, le reste, je l'apprends pendant les voyages et les escales. Ne pas avoir le diplôme ne dispense pas de combattre, et c'est comme ça que j'ai eu mes décorations.

– Et c'est comment, combattre en symbiose ?

– Il n'y a rien de meilleur ! Et ce ne sont pas les hormones militaires qui parlent, c'est moi, là. Je ne vais pas détailler, mais il existe plusieurs façons de piloter en symbiose. Selon les procédures ou en les inventant. En obéissant à ses réflexes ou par les calculs.

– Toi, j'imagine que tu suis les calculs.

– Oui. Dans quelques années, je pourrai combattre les yeux fermés, juste en me fiant aux données du vaisseau. Mais je ne le ferai pas. Parce que c'est trop beau, ce qu'on peut voir quand ça chauffe, et parce que cette beauté se nourrit du sang de mes sœurs et je ne dois pas l'oublier.

Je regarde Fani, sa bouche qui, lorsqu'elle se tait, fait saillir les muscles de ses mâchoires, ses cheveux qui semblent chacun avoir été l'objet de soins esthétiques attentifs, tirés en queue-de-cheval, son regard nerveux qui, toutes les trente secondes, fait le tour de notre environnement.

Je ne connais pas cette fille capable d'associer la beauté et le sang de ses sœurs dans une même phrase. Cette fille qui a si peur d'être vue avec moi qu'elle regarde en tous sens alors qu'il n'y a personne pour nous surprendre, pas d'Officière en vue pour se moquer d'elle et colporter des ragots.

– Tu te souviens de mon Stellarium ?

– Je m'en souviens. Qu'on était bêtes ! On croyait que l'espace était un terrain de jeu. On aurait pu nous dire qu'il s'agissait d'un champ de bataille. On n'apprenait rien dans ces écoles stupides de Ravnia. Remarque, vu le niveau de nos camarades, c'était mieux. Tiens, je me souviens de notre voisin, le sportif, là, celui qui nous collait…

– Il s'appelait Tim et c'était notre ami. Aux dernières nouvelles, il est toujours vivant.

– Tant mieux. Après tout, c'est aussi pour des gens comme lui que mes sœurs et moi, nous nous sacrifions.

Je sais que, derrière tout ça, il y a de la souffrance – celle qu'elle taisait dans ses messages mais qui se voyait malgré tout. Mais quand même. C'est un choc de la voir ainsi, comme amputée de son humanité. Doucement, comme on bouge une pièce dans un jeu de stratégie, je déplace la conversation.

– J'imagine que tu as appris pour Ravno ?

– On m'a tenue au courant.

Aucune émotion dans sa voix. Et derrière, je ne sens pas de larmes contenues. Seulement un grand vide, médical et climatisé.

– Et tes parents ?

– Il paraît qu'ils sont en vie.

– Les miens aussi, et congelés comme les tiens. Tu te rends compte qu'on est peut-être les dernières Ravniennes conscientes ?

– Pitié, Stréa ! Je ne me vois plus comme une Ravnienne depuis longtemps. Sinon, je n'aurais pas ma place dans l'armée.

J'inspire un grand coup, pour ne pas exploser.

– Tu sais, là où j'étudie aussi, les gens comme nous ne sont pas bien vus, mais quand on n'est pas trop susceptible, il y a moyen d'assumer son passé et d'en faire une force.

Elle laisse filer une seconde de silence glacé. Lorsqu'elle me répond, son regard est songeur.

– Dans la Flotte, le passé, c'est le péché de beaucoup d'Officières… Elles ont vécu des enfances paradisiaques et puis elles se retrouvent plongées dans la guerre, alors elles se dopent à la spéculine pour retrouver leur bonheur d'avant. Elles en mettent dans les cartouches de leurs caissons pour se faire des hibernations colorées. Moi, je n'ai pas de beau passé à regretter, et tant mieux… aucune nostalgie ne vient me saper le moral. Mais je suis d'accord, Stréa : on peut faire une force de ses origines. Moi, c'est comme ça que j'y suis parvenue : en les dépassant.

– Tu veux dire… Tu veux dire que Ravno ne compte plus pour toi ?

– Ravno est morte, Stréa, elle ne compte plus pour personne. Et puis, on s'en fout de Ravno ! Dans cette guerre, c'est l'Empire qui est en jeu, et celui qui ne comprend pas ça, c'est son problème.

Compris : Ravno est mon problème.

Je me lève, puisque tout est dit, j'essuie mes larmes de colère et de tristesse, et je tourne les talons en pensant aux parents de Fani après son départ. Sa mère incapable de sortir de chez elle. Son père changé en zombie. Sa chambre d'enfant, laissée telle quelle. Si je lui parlais de ça, me rirait-elle au nez ?

26

Par ses origines bertiennes et son autre boulot de flic, Enild connaît mieux les Officières que moi. Quand je lui raconte la réaction de Fani lors d'une promenade vers le fond du pont 111, il me dit que c'est normal.

– Pour survivre parmi les Officières, ta copine a dû renier ses origines. Ensuite, elle a dû se confronter à des épreuves de plus en plus dures et elle a fait de son reniement une force ; elle s'est construite dessus, en quelque sorte. Il lui serait impossible de revenir en arrière. Pour toi, c'est une trahison, mais pour elle, une preuve de volonté.

Sur le papier, je comprends… mais je n'admets pas. Faire de son reniement une force ? Je trouve ça trop facile. Un aveu de faiblesse maquillé en acte de volonté. Ne rien renier, tout assumer demande plus de force et de courage.

Moi aussi, j'ai détesté que l'on se foute de moi à cause de ma planète mal cotée – mais dans le secret de mon cœur, rien ne changeait. D'accord, les Officières doivent être bien plus dures que mes camarades de Plaamico, mais elles n'avaient pas accès à la conscience de Fani, là où se jouent les trahisons. Or, Fani semble avoir renié Ravno en toute conscience.

Comme elle cependant, je me rends compte que je n'ai plus rien en moi de ma planète natale, et plus grand-chose en commun avec mes anciens copains. C'est toujours vertigineux d'y penser : qu'aurait-on à se dire si on se recroisait ? Si demain, par miracle, je pouvais les sortir de leurs caissons, se comprendrait-on seulement ? Il me faudrait jouer, je pense, reprendre le rôle de celle que j'étais avant de partir. Et taire tout ce que j'ai appris depuis. Mais ça finirait forcément par sortir, et même si ça ne sort pas, je connais les miens, et ils ne me considéreraient plus de la même façon. Je resterais une amie mais… mais à leurs yeux, j'aurais part avec le monde extérieur, avec l'Empire qui nous maltraite. Oh, bien sûr, ils seraient fiers de moi, et après un ou deux verres, ils se vanteraient de m'avoir connue dès le début, mais ils m'en voudraient, aussi, sans le dire. De même que j'en ai voulu à Fani sans me l'avouer, après son départ. À leurs yeux, je ne serais plus tout à fait comme eux. Mais à mes propres yeux, je resterais une Ravnienne.

D'ailleurs, me vient soudain une idée.

– Tu sais s'il y a un salon de tatouage, pas loin ?

Enild ne sait pas, alors nous demandons à nos implants : oui, il y en a un, un pont plus bas, un robot assure le service. C'est par lui que va commencer ma collection.

Le symbole de Ravno est un rond couvert d'une grille – pas besoin de décoder. Me le faire tatouer sur Plaamico serait revenu à me faire tatouer une cible avec écrit « Foutez-vous de moi ». Mais me le faire tatouer ici, en y ajoutant les emblèmes de Plaamico, de la base d'Antanarion, de Paralia et de Zeta, ça prend tout de suite un autre sens. Pas « Fière d'être une plouc ». Mais « Étudiante aux Colonies, je viens de loin et j'ai vécu des aventures près du front ».

Dans les couloirs des ponts 111 et 112, plusieurs connaissances de Plaamico arborent déjà ce genre de combinaison colorée aux bras, et relèvent leurs manches pour que ça se voie. Je vois déjà la petite bande snobe que ça fera de nous l'année prochaine. Ça nous fait rire, avec Enild.

Le robot tatoueur a beau ressembler aux robots serveurs, il connaît son boulot. Ça se passe sans douleur, en pensant aux bras couverts de symboles de Lessia et de mon père.

– Tu ne t'en fais pas deux ou trois ? je demande à Enild.

Il grimace, un peu gêné.

– Non non, ça ira.

– Qu'est-ce qu'il y a, c'est un truc de ploucs, pour vous, les tatouages ?

– Non ! réplique-t-il. Mais je préfère m'abstenir. Je n'aurais pas deux ou trois tatouages, tu sais…

Et d'un coup, je comprends, me souvenant de toutes les vacances de gosse de riches qu'il a passées sur des planètes exotiques. Monsieur ne veut pas frimer avec sa vie de privilégié.

– Tu n'as qu'à oublier ce qui précède Plaamico et t'en tenir à tes voyages d'adulte, non ?

– Ce serait mentir par omission. Et je n'aime pas le mensonge.

– Pour un agent double de la police secrète, c'est le comble.

***

Suit un cycle sans histoires durant lequel on pourrait croire que les ponts 111 et 112 sont une sorte de colonie de vacances pour adultes – pour oublier la guerre, les planètes mortes et nous laisser aller à la joie de nos retrouvailles…

Et puis le lendemain, alors que je me réveille de quelques heures de mauvais sommeil sur mon tiroir de morgue…

– Stréa, viens voir ça !

Enild, un appel par implants. Je m'habille et le rejoins dans un bar du 111 où de grands hologrammes diffusent le réseau impérial en permanence.

Ce n'est pas le réseau impérial qu'ils montrent, ce matin. Mais celui de la base où nous nous trouvons.

Les images dévoilent un ciel rempli de vaisseaux – au moins dix traînes, et pas mal d'autres qui voyagent sur propulsion propre. Ce pourrait être beau et spectaculaire si la moitié de ces vaisseaux ne présentaient pas des dégâts colossaux. Carlingues dévastées, déchirées, percées sur toute leur longueur… On dirait un banc d'immenses bêtes après l'assaut de millions de prédateurs plus petits.

– D'après la rumeur, il y en avait trois fois plus au départ, dit Enild.

Alors que nous quittons le bar, un message est diffusé dans les ponts 111 et 112 : tous les autres ponts seront interdits aux civils jusqu'à nouvel ordre.

Mais sur cette base comme ailleurs, les rumeurs ont le pouvoir de traverser les murs : dès le cycle suivant, nous commençons à entendre que les vaisseaux ont ramené des centaines d'Officières blessées, aux corps affligés de déformations incurables, même par caisson. La signature des armes cruelles de Patrie bleue. Tout cela découlerait d'une défaite, du côté d'un obscur monde libre des marges de l'Empire appelé Frontière.

Heureusement, notre environnement spatial offre aussi des raisons d'espérer : voilà deux cycles, la Flotte a commencé à rallumer des étoiles, en y injectant des gigatonnes de matières fissiles – d'énormes blocs de métaux radioactifs venus de Rubys chauffés à la lumière cohérente jusqu'à ce qu'ils se changent en bulles de soupe atomique. Sur le fond cosmique, on dirait des poches de lave étincelante qui tombent sur la surface de l'étoile éteinte avant de se rassembler à la façon de gouttes de mercure. Avec cette méthode, un cycle suffit à faire repartir une naine jaune.

Ainsi, la zone dévastée se rallume un secteur après l'autre, comme un vieux bâtiment que l'on parcourrait en appuyant sur tous les interrupteurs. Les heureux habitants congelés des mondes d'ici pourront bientôt reprendre leur vie, sur des planètes encore meilleures que celles qu'ils ont quittées. Bien sûr, ils le méritent. Mais les Ravniens aussi le mériteraient…

Ce n'est pas de cela que nous parlons, mon Bertien, Mett et moi quand nous nous retrouvons : jamais nous n'évoquons ce que nous avons entrevu des horreurs de la guerre. Nous parlons du boulot. Et, à demi-mot, d'amour.

– Quand même, je comprends qu'on nous regarde comme des bêtes curieuses. Voyager seul, mais avec des millions de tonnes de matériel. Travailler seul, mais pour les milliers de milliards de citoyens de l'Empire. Créer une planète pour qu'elle soit habitée, mais pas par nous, et en nous fichant de qui on y enverra. Faut vraiment qu'on soit dingues d'avoir signé pour ça. Et le pire : même si je le sais, je ne changerais de voie pour rien au monde.

La tirade vient de Mett et comme toujours, elle a été prononcée sur un ton léger, mais il ne faut pas s'y tromper. Ce qu'elle vient de soulever n'est pas un petit sujet et elle en est parfaitement consciente .

– Et Bento ? demande Enild avec la mine de quelqu'un qui avance en terre incertaine.

– Il pense comme moi, qu'on est dingues ! On sait qu'on ne se verra qu'entre deux chantiers. Mais... notre histoire est assez forte pour supporter des séparations de plusieurs années.

J'étouffe un rire, parce que j'ai mille images de leur histoire, dont pas mal montrent une Mett bourrée à n'en plus savoir marcher, retenue à pleins bras par un Bento à peine plus lucide.

Mais qu'est-ce que j'en sais, dans le fond ? Je n'étais pas dans leur tête. Et puis, Enild me regarde avec une attention inquiète, alors je détourne la conversation.

– Ces stages, c'est aussi pour qu'on voie à travers nos parrains et marraines ce qu'on deviendra plus tard. Et perso, quand je vois Lessia, ça me va.

27

Je n'ai plus vu Lessia, depuis notre arrivée dans la base, et c'est bête à dire mais elle me manque.

Je ne la prends pas pour une deuxième maman, la légère distance qu'elle impose m'en empêche. Mais tout de même, près d'elle, je me sens comprise et protégée. Et puis elle a voyagé avec mon père, ce qui lui donne à mes yeux l'allure d'un petit fantôme bien intentionné venu de mon passé. Un fantôme avec des bras tatoués, des cheveux négligés, des yeux qui ont tout vu, des mains tisseuses de splendeurs et une bouche pleine de phrases coupantes.

Ce n'est pas que Lessia vit pour son art : son art se confond avec sa vie.

« Tu verras, au bout du stage, tu auras tellement bossé que tu ne feras plus la différence entre commander ton chantier avec les mains ou directement, avec ta tête. »

***

Peu après ma conversation avec Mett et Enild, je reçois un message d'elle sur mes implants :

« Ma chère stagiaire, nous devons avoir une discussion.
C'est urgent. Viens déjeuner. »

Suivi des coordonnées de sa cabine, au pont 112 de la station. Je m'y rends en plateforme.

Sur le pont 112, où logent nos parrains et marraines, les murs ne présentent pas la désolante nudité qui se voit au 111. Leurs revêtements ne sont pas blancs, comme dans les zones militaires, mais d'un vert diplomatique qui rappelle fâcheusement le vert olive des tuniques des serveurs. Et si j'en crois mon odorat, on ne mange pas l'ordinaire de l'armée mais de vrais plats – bon, ils sont à peine meilleurs, comme je le constate une fois attablée devant ma marraine.

Elle a l'air en pleine forme : coiffée, lavée, mieux habillée, comme pour me montrer qu'elle est capable de prendre soin d'elle.

En pleine forme, mais inquiète. Je le détecte tout de suite alors qu'elle me souhaite la bienvenue et m'invite « à profiter des privilèges auxquels je n'ai pas droit ». La conversation qui suit n'est là que pour préparer le terrain. Lessia me demande ce que je pense de mon stage – comme si elle n'avait pas vu les étoiles dans mes yeux chaque fois qu'on bosse ensemble. Après, elle me parle de mes progrès, de mes lacunes encore à combler dans le calcul des trajectoires de vol, notamment. Elle me demande aussi si je me sens prête à vivre cette vie… sans aborder la question sensible des amours, mais je crois qu'elle devine que j'ai quelqu'un.

– Tu sais, la solitude, le célibat, c'est aussi parce qu'on le veut bien, ce n'est pas une malédiction obligatoire… je parle pour nous, les Pléiades, qui pouvons choisir nos boulots en temps de paix. Tiens, lady Shelloïde et Edwer Tissel ont eu une liaison qui a duré des années. Ils s'arrangeaient pour bosser dans le même secteur et se donnaient rendez-vous en plein cosmos. Ils devaient se voir deux ou trois fois par an, mais quand on passe la moitié de son temps en hibernation, les délais semblent bien plus courts.

– Si ce n'est pas si difficile, pourquoi ils ne sont plus ensemble ?

– Tu le sais déjà : lorsqu'on crée, le reste devient vite secondaire. Surtout quand on connaît la symbiose. Or les relations, c'est comme les planètes en construction, ça demande des soins constants, sinon tout s'effondre. Mais bref. Tu t'en doutes, je ne t'ai pas fait venir pour te parler de tes amours… Une Noble Dame est venue me trouver. Dame Brimbotte, une des commandantes de la Flotte. Spécialisée dans les opérations secrètes, si j'ai bien compris.

Dame Brimbotte. J'ai entendu ce nom. Puis je me rappelle la voix de cette cadette, copine de Fani, à la sortie d'un bar : « Ça me rappelle ce qu'a dit Dame Brimbotte : c'est plus facile de se battre pour l'Empire quand on ne connaît pas ses habitants. »

– Cette Noble Dame vous a confié une mission ? je demande, effrayée et excitée –, car si Lessia a une mission, elle m'embarquera dans ses bagages.

– Non, Astréa, elle est venue avec ses yeux fermés et sa bouche pleine d'Indifférence Courtoise pour que je lui parle de *toi*. On dirait que tu intéresses l'armée. Je n'ai pas réussi à savoir pourquoi.

Je reste bouche bée pendant une bonne vingtaine de secondes.

– Euh, pardon, vous voulez dire… c'est à *moi* que les Nobles Dames de la Flotte veulent proposer une mission ? je demande, la voix réduite à un filet de notes aiguës.

Là, Lessia me regarde en face, d'un air grave, sans ironie – ce qui est rare, chez elle.

– Elles ne vont rien te proposer du tout, Astréa : elles vont te réquisitionner. Tu n'auras pas le choix. Eh oui, c'est légal : l'armée dirige l'Empire. Une demande officielle sera adressée à notre ministère pour respecter les formes, mais la réponse ne fait pas de doute. Je dois te prévenir : la Flotte n'hésite jamais à sacrifier ses Officières si elle peut en tirer le moindre avantage, alors une stagiaire du ministère des Colonies, tu penses…

– Que me conseillez-vous ?

– Tu serais une stagiaire ordinaire, je te conseillerais de rater ton audition. Elles vont te recevoir et te poser des questions, et si tu veux, je peux t'apprendre comment répondre pour qu'elles renoncent à te choisir – ce n'est pas compliqué, il suffit de ne pas leur inspirer confiance et comme elles sont paranoïaques au dernier degré, c'est vite plié. Mais est-ce vraiment ce que tu souhaites ? Compte tenu de ton histoire ?

Inutile de répondre à ça…

– Bien sûr que tu vas accepter, poursuit Lessia. Tu ne vas pas rater une occasion de te rapprocher du pouvoir. Surtout si tu en attends du secours. J'aimerais te dire que tu t'illusionnes sur ce point, mais les Nobles Dames sont imprévisibles, contrairement à leurs Officières, et tu ne manques pas de ressources… alors qui sait ? Et puis, si tu réussis à te sortir de leur monde, tu sauras te sortir de tout. Mais je dois t'avertir, Astréa : sois plus prudente avec elles qu'avec moi. C'est tout ce que j'ai à te reprocher : pour le reste, tu as été une stagiaire exemplaire et de bonne compagnie.

Difficile de m'empêcher de rougir à l'évocation de ma tentative de cambriolage dans ses implants, mais pour compenser, je hoche la tête d'un air résolu. Plus prudente, compris.

– À ton retour sur Plaamico, reprend Lessia, mon évaluation t'aura bien fait grimper dans le classement. Alors essaie de survivre pour voir ça ? Allez, embrasse-moi.

Nous nous embrassons sur les joues, presque sans nous toucher. Mais je connais Lessia, pour elle, ça équivaut à de grandes démonstrations d'affection.

***

Je regagne le pont 111 en pensant à ses paroles. Et je n'ai pas fait cent mètres sur la plateforme que la convocation de l'armée me parvient avec un laissez-passer à charger dans mon système.

28

Je suis convoquée au pont 178, en haut de la station. J'ai demandé à Enild et à Mett de m'accompagner jusqu'au pied d'une rampe rapide, au fond du pont 111, qui permet de franchir trente niveaux d'un coup. Pendant le trajet, ils font mine d'envier ma chance pour ne pas montrer qu'ils sont inquiets, surtout Enild. En fait, aucun des deux ne voudrait être à ma place.

Quant à moi, je sens mes nerfs se tendre et se raidir, comme au jour lointain de l'examen, sur Ravne. Je sais que quand j'ouvrirai la bouche, ma voix ressemblera à un affreux coassement. Et j'ai les mains moites, si moites que si je continue à les essuyer sur ma combinaison, elle prendra le froissé d'un mouchoir.

Le pont 178 doit être une des plus anciens de la station, il bénéficie en tout cas d'un luxe inouï et désuet, tout en cuivres et en boiseries naturelles, mais je suis trop stressée pour l'admirer en détail. D'autant que les civils y sont proscrits : tous les deux mètres, je croise une Officière montée sur plateforme qui se demande ce que je fiche là, s'apprête à m'arrêter, trouve le laissez-passer sur mes implants et reprend son chemin avec une mine perplexe.

J'arrive devant un poste de contrôle protégeant un secteur réservé aux Officières supérieures et à leurs invités. Une jeune Officière me commande de laisser là ma plateforme et je finis le chemin seule, dans la baignoire d'un nouveau centaure malcommode.

Quelques minutes plus tard, je me retrouve devant une double porte vitrée donnant sur un lieu extraordinaire.

Grâce aux feuilletons, je sais que durant leurs séjours dans les bases et les vaisseaux de la Flotte, les Nobles dames n'habitent pas de simples cabines : elles vivent dans des maisons en pleine nature, et ce prodige ne doit rien aux hologrammes, mais tout à la science des armateurs militaires. La salle ronde où j'avance à pied sur un chemin de terre naturelle présente un diamètre d'un kilomètre… On y voit des rivières, de pelouses, des fleurs étalées en grands parterres, on y respire leurs parfums portés par un vent simulé… Au plafond, un système d'éclairage imite les rayons d'un soleil de type naine jaune.

J'ai l'impression de me trouver dans une version gigantesque de ces écosystèmes pris dans des boules de verre que l'on donne aux enfants de l'Empire pour les éveiller à la biologie. Pas parce que c'est clos, mais parce que c'est kitsch ! Ces carrés de fleurs et ces pelouses bien taillées. Cette rivière idyllique et ces arbres égalisés au sécateur. On dirait le rêve d'une petite Fornienne mièvre et trop gâtée.

Donnez-moi un drone de chantier et vous verrez ce que j'en ferai !

Il n'empêche : rien que fouler ce sol représente une faveur. Je suppose qu'elles me convoquent ici pour me montrer la distance qui nous sépare.

Deux cents mètres plus loin, au détour d'une ligne de haies dont chaque feuille paraît nettoyée à la brosse à dents, je découvre une rue bordée par des palais flottants environ cinq mètres au-dessus du sol. L'un présente une échelle de corde accrochée à ses balustrades de pierre, et je suppose que c'est pour moi. Quel délire.

Elles sont trois, à m'attendre sur la terrasse devant le perron. Une grande dame fornienne aux yeux clos, le sourire égal et le front plissé comme la surface d'un océan, derrière lequel on devine de grandes profondeurs : Dame Brimbotte, comme l'indique son polyclave bleu. Difficile de croire qu'elle vient de la même planète que Mett.

À côté d'elle, une Officière d'origine pangéienne aux cheveux argentés – une capitaine, vingt et un ans maximum mais à voir son regard aussi délavé que celui de Lessia, on dirait qu'elle a vingt et une vies derrière elle. Elle a des pommettes très hautes et très brunes, des lèvres pleines, où flotte un sourire ironique, et un corps affûté par l'entraînement, tendu comme un ressort. Elle ne manque pas de charisme. Ni d'expérience, si je me fie aux galons et aux multiples décorations qui ornent son polyclave pourpre.

Ses implants m'apprennent qu'elle s'appelle Meryma Alfolmelka. Ça me dit quelque chose… Mais oui ! C'est la capitaine de Fani !

Je découvre aussitôt qu'il s'agit d'une véritable célébrité militaire. Une vétérane de la guerre précédente, qui a repris du service pour celle-ci. Une rareté, considérant le taux de mortalité des Officières. Mes implants trouvent aussi mille mentions de son nom dans le réseau impérial. Toutes n'ont pas l'air élogieuses. Je lirai ça plus tard.

Et derrière, deux pas en retrait, Fani. Dans ce contexte, elle ressemble à une petite fille, avec son polyclave de cadette, ses nouveaux muscles et son regard qui me met en garde : « Essaie de ne pas te planter ce coup-ci. »

Moi, dans la combinaison spatiale que je porte depuis six mois, j'ai l'air d'une souillon, mais je m'en moque.

– On dirait un petit animal apeuré ! dit la dame aux yeux fermés. Cadette, est-il vrai que cette cré… pardon, cette citoyenne fonctionnaire des Colonies a été votre amie autrefois ?

– Oui, Dame Brimbotte. Autrefois.

– Et vous, capitaine Alfolmelka, pensez-vous qu'il s'agisse d'un choix judicieux ?

La capitaine au regard usé hausse les épaules.

– Je ne pense rien. Mais j'ai confiance en ma Cadette. Et puis c'est vous qui estimez que cette civile a le profil. Je vous rappelle simplement que ce seront les vies de mes filles qui seront en jeu.

– Très bien, alors ne perdons pas de temps.

Alors l'audition commence. Ma vie entière y passe. Mon enfance sur Ravno, mes rêves de concours. Mon année sur Plaamico, ce que j'ai appris lors du stage. C'est interminable. Et le pire : pas une question ne m'est adressée. Ces dames lancent des propos en l'air comme si je n'étais pas là.

« Et croyez-vous qu'elle soit apte à travailler au rythme exigé par la mission ? »

Puis elles laissent un silence, et c'est à moi de le combler, même si elles ont l'air de ne pas écouter ce que je dis – et bien sûr, c'est aussi à moi de me taire quand l'une m'interrompt comme si elle ne m'entendait pas.

Même si ce n'est pas la première fois qu'on me parle en Indifférence Courtoise, ça me tape sur les nerfs. J'imagine qu'on finit par s'habituer à être traitée comme ça.

Lorsqu'elles en viennent à la mort de Ravno, je fais bien attention à ma réponse.

– La mort de Ravno est le pire événement de ma vie, mais je ne suis pas la première à avoir vu sa planète assassinée par les Patriens. Et ça me donne d'autant plus envie de servir l'Empire dans sa guerre, à hauteur de mes moyens.

Cela fait sourire la Noble Dame et la capitaine Alfolmachin. Fani, elle, reste de marbre.

J'ai aussi droit à mon lot de questions abrasives sur Lexie.

« La citoyenne était sa meilleure amie sur Plaamico. Elle la voyait presque comme sa sœur puisque toutes deux venaient du tiers-monde. Ne se sent-elle pas coupable de l'avoir dénoncée ? Qu'a-t-elle éprouvé lors de son exécution ? »

Là, je n'ai rien à cacher – si je comprends mieux le geste de Lexie que mes interlocutrices, je suis sans ambiguïté sur l'essentiel : Lexie est une criminelle. Même si je ne confonds plus ma haine pure pour les Patriens et le mélange plus complexe de consternation et de sentiment de trahison que m'inspire le souvenir de mon amie. Et même si je ne pense plus du tout qu'il fallait l'exécuter – c'était sombrer dans la même barbarie que les Patriens. Mais ça, je m'abstiens de le dire.

– La citoyenne Astréa Stern peut quitter cet air anxieux et retourner d'où elle vient. Notre décision lui parviendra dès le prochain cycle. Si elle reste sans nouvelles, qu'elle considère que c'est non, conclut la Noble Dame, et je me demande comment elle peut me trouver l'air de quoi que ce soit puisqu'elle a gardé les yeux fermés pendant toute l'audition.

***

Sitôt sortie de là et pendant tout un cycle, j'en apprends long sur cette capitaine pangéienne successivement décorée, accusée de trahison, réintégrée, réaccusée, redécorée… Elle n'a pas juste connu deux guerres, elle a voyagé très loin. Sur Ruby. Et sur Nixte ! Elle a été parmi les premières à voir ces planètes mythiques d'où les Patriens tirent ces nouveautés technologiques qui leur permettent de nous battre. D'après certains forums ragoteux, elle serait même à l'origine de la découverte des fantômes nixtiens, ces phénomènes légendaires qui ramèneraient pour un temps les planètes nixtiennes à la vie… Elle dirige aujourd'hui une escadrille d'élite, connue pour la latitude qu'on lui laisse sur le front et le faible taux de mortalité de ses troupes. 13 % au lieu des 47 % de la Flotte (pourcentage datant de deux ans plus tôt, qui n'a pas été mis à jour depuis les dernières batailles catastrophiques).

Je vais me coucher sans savoir qu'en penser, partagée entre soulagement et déception, car je suis toujours sans nouvelles de Dame Brimbotte.

À mon réveil, toujours rien, et je me résous à n'avoir pas été choisie. Je me demande ce qui, dans mon audition, a invalidé mon profil. Ont-elles senti que je ne haïssais pas Lexie comme je le devrais ? Ou deviné mes projets secrets pour Ravno ?

Mais un centaure transporteur attend sous ma couchette-tiroir. Avec pour ordre de rassembler mes affaires, de mettre ma combinaison de vol et de monter tout de suite dans son baquet.

– Vous allez tout de même me laisser le temps de dire au revoir à mes amis et à ma marraine ?

Pas de réponse : c'est non.

Il file à travers les couloirs, descend une rampe après l'autre, prend des raccourcis sans jamais ralentir. Les ponts défilent : 100, puis 82, 78, puis 61 et avec eux les zones d'habitation, de maintenance, de stockage, les cuisines, les prisons…

Je finis par déboucher dans le hall d'un port rempli d'une foule d'Officières qui ne m'accordent aucune attention et piétinent devant les portes d'embarquement, leur barda militaire sur le dos. Je me demande ce que je fabrique au milieu de cette agitation, jusqu'à ce qu'un robot vienne me chercher pour un embarquement prioritaire – ce qui me vaut quelques regards de haine.

J'imagine qu'une fois à bord du vaisseau je serai convoquée par la capitaine Meryma Alfolmelka aux beaux cheveux argentés et qu'elle m'expliquera ma mission. Mais au bout du tapis roulant, un nouveau centaure m'attend, et c'est reparti pour un autre trajet à grande vitesse – si rapide que je ne vois même pas le moment où nous quittons la station pour entrer dans le vaisseau.

Puis j'entends :

Bonjour Citoyenne, je m'appelle la DamedePizan et je te souhaite la bienvenue à mon bord.

Je ne sais toujours pas pour quelle mission on m'a recrutée.

29

Durant le trajet, je constate que le vaisseau est peuplé de très nombreuses Officières, toutes sur le pied de guerre. Les ponts inférieurs doivent être bourrés d'appareils d'assaut rangés en apesanteur. Ça pue la bataille imminente, ce qui ne me rassure pas.

Le robot me dépose devant une salle nue, éclairée d'une lumière blanche sans doute idéale pour repérer les points noirs mais pas pour un entretien cordial. Une lumière d'interrogatoire.

La capitaine Alfolmelka m'attend là, en compagnie de trois jeunes Officières qui ne prononceront pas un mot de l'entretien, et de Fani, l'air encore plus embêtée que lors de mon audition.

– Que la citoyenne se sente la bienvenue sur le DamedePizan. Nous espérons qu'elle apprécie le privilège de se trouver parmi nous, dit la capitaine, l'air de ne pas en penser un mot, sauf celui de privilège.

Et c'est parti pour une nouvelle conversation en Indifférence Courtoise.

– Nous avons réquisitionné la citoyenne pour qu'elle aménage une planète, puisque c'est sa spécialité, poursuit la capitaine. Pour la transformer en planète mixte, puisque sa marraine l'a entraînée à ce type de chantier. En se fondant juste sur les ressources propres de la planète. À cette fin, la citoyenne se servira des outils de l'Arronax, le vaisseau de chantier standard qui nous suit. Mais elle le commandera ici, depuis la DamedePizan, pour que nous puissions la surveiller. Et aura cinq cycles pour y parvenir.

C'est peu, mais faisable. Encore faudrait-il que je sache à quoi ressemble cette planète. Je demande à mes implants une carte de la région. Ils me montrent trois soleils rallumés depuis peu, et la noria de mondes fraîchement redécorés qui tournent autour. Je reconnais le coin, au sud de la zone naguère dévastée. Là où Bento bossait avec son parrain, si je me souviens bien. On dirait qu'ils ont fait du bon boulot.

– C'est une de ces planètes que vous voulez que je transforme en monde mixte ? Si oui, on aurait gagné à le savoir plus tôt : elles viennent d'être réparées ! Enfin, faire et défaire, c'est aussi notre travail… C'est laquelle, notre future planète mixte ?

Regard furibond et incrédule de Fani – comme si j'étais une folle, dans un zoo, qui tenterait de sauter dans la cage aux fauves.

– La planète dont nous parlons a été entourée de dispositifs qui empêchent sa détection. Vous ne pouvez pas la voir à l'image. Mais si vous savez compter, vous saurez où elle se trouve.

Vexée, je commence à traduire les trois soleils et leurs planètes en langage mathématique. Et même si je ne suis pas douée pour l'exercice, je vois vite qu'il manque quelque chose, que ce quelque chose exerce une forte gravité sur les astres et les étoiles, qui, sans lui, se rapprocheraient du centre de la zone. Je repense alors au message de Bento.

« Tu vas halluciner, mais dans mon premier boulot, aucun de mes calculs orbitaux ne tombait juste, même quand je les vérifiais. »

– Votre planète invisible, c'est une planète rocheuse, c'est ça ?

– C'est une planète rocheuse, mais pas comme celle sur lesquelles la citoyenne a déjà travaillé, répond la capitaine.

L'hologramme passe à une autre image qui montre une sphère métalloïde de la taille d'une petite planète tellurique, presque aussi noire que l'espace autour. Une surface accidentée de lignes de montagnes, entre lesquelles s'étendent des plaines de sable, lisses comme des miroirs. Un monde figé, sans doute jamais colonisé par l'homme. Et pourtant, je détecte de curieuses régularités dans le paysage…

La capitaine zoome : l'image plonge vers la surface, et ces irrégularités deviennent des bâtiments : d'immenses constructions monumentales et énigmatiques. Une pyramide présentant trois faces lisses et une autre à degrés. Plus loin, une sorte de labyrinthe. Une colonne solitaire autour de laquelle s'enroulent deux rampes hélicoïdales. Et des sortes de mâts plantés n'importe où, avec des sommets bulbeux.

Tous ces bâtiments bizarres sont poinçonnés de points argentés qui semblent amplifier la lumière des étoiles. Ça me rappelle… ça me rappelle l'obélisque du Lac Incertain. Et mes implants me disent que tout cela remonte à la même époque : quatre milliards d'années plus tôt.

– C'est une planète nixtienne, je dis.

Le silence approbatif qui suit cette déclaration semble presque une marque de respect.

– Une planète nixtienne errante ? je demande. Mais qu'est-ce qu'elle fait là ?

– La citoyenne se souvient-elle de la façon dont nous avons découvert Nixte ?

La capitaine Alfolmelka croise mon regard un instant. On dirait presque qu'elle s'adresse à moi directement.

Oui, bien sûr, je sais comment Nixte a été découverte. On l'a tous appris en classe. Un jour, au cœur d'une lointaine guerre, des Officières sont tombées sur une planète qui n'aurait pas dû se trouver là. Une planète errante, sans attache orbitale, couverte d'étranges vestiges archéologiques indestructibles. Plus tard, les astronomes ont établi que cette planète venait de l'autre bras de la galaxie et qu'elle avait parcouru des milliards de kilomètres. Dès lors, ça a été la ruée vers le bras de Persée, l'armée et le ministère des Sciences se tirant la bourre pour être les premiers à exploiter ces mondes mystérieux… avant que les Patriens n'emportent le morceau.

– Je m'en souviens, je dis poliment. OK, j'ai compris. Une autre planète errante a franchi le grand vide qui nous sépare du bras de Persée pour venir se promener chez nous. J'imagine que vous espérez y découvrir des trésors… Et surtout, vous voulez y planter des Rubys pour que les Patriens ne puissent pas y toucher, pas vrai ?

Regard noir de la capitaine. Je ferais bien de me montrer moins désinvolte. D'autant que je commence à comprendre bien des choses… Notamment la raison pour laquelle les Patriens se sont acharnés sur une zone de planètes civiles. Je demande tout de même :

– Pourquoi vous n'avez pas proposé la mission à lady Lessia Dalva, ma marraine ? Elle vous aurait fait le boulot plus vite, et mieux.

Le silence qui suit me confirme que c'est une question pertinente, mais qu'on ne me répondra pas de sitôt.

– Cette planète s'appelle Nixte 01, consent à me livrer la capitaine Meryma Alfolmelka. C'est une planète nixtienne morte : aucune technologie en état de fonctionner n'y a été trouvée. C'est tout ce que la citoyenne a besoin de savoir. Nous nous placerons en orbite au-dessus de sa surface dans une heure. En attendant, que la cadette emmène la citoyenne à son poste de travail. Et que la citoyenne s'y mette.

30

– J'ai été formée pour bosser sur des planètes attachées à leur étoile pas sur des vagabondes, et encore moins des vagabondes nixtiennes. Ta capitaine a des rêves de femme saoule.

– Que la citoyenne se taise. Elle m'a causé assez d'ennuis comme ça.

– Moi, *te* causer des ennuis ? Tu plaisantes, j'espère ? Il va falloir que tu redescendes de ton nuage, Fani. Tu peux m'expliquer pourquoi tu leur as donné mon nom ? Si je me plante, je risque de foutre en l'air ma carrière et tu le sais. Tu voulais pourrir mon stage ?

Silence. Fani ne m'accorde pas un regard. Elle arrête la plateforme devant une porte sécurisée : un carré de verre permet de voir à l'intérieur. Dedans, les trois consoles de commandes habituelles pour engins de chantier. Puisqu'on m'y invite, je m'installe. Je vérifie la liaison avec l'Arronax, mon vaisseau de chantier : tout roule. Puis je dresse l'inventaire des moyens qui me sont alloués : quatre cents drones, pas mal ; deux pinces à lumière cohérente, du luxe ; et un cœur planétaire dont je ne vois pas bien ce que je pourrais faire vu que la planète existe déjà, je n'ai pas besoin de la créer… Peut-être pour arrimer la vagabonde le temps du boulot, histoire qu'elle ne s'en aille pas visiter la galaxie mais ça ne paraît pas nécessaire.

– Nous venons de nous placer au-dessus de Nixte 01. La citoyenne peut se mettre au travail.

Fani. Elle est restée dans mon dos. Elle n'est pas seule : les trois Officières muettes de tout à l'heure l'ont rejointe.

– La citoyenne travaillera sous notre surveillance, dit la plus âgée, une Bertienne d'environ dix-sept ans dont le visage me rappelle Enild. Nous resterons derrière elle et rapporterons tout à notre hiérarchie. En cas d'action suspecte, la citoyenne sera aussitôt arrêtée et sanctionnée. Nous espérons qu'elle ne prend pas cet avertissement à la légère.

Non, je ne le prends pas à la légère, mais si j'ai bien compris, elles ont besoin de moi, et ça me laisse un peu de latitude. Je m'installe dans mon fauteuil et envoie mon essaim de drones reconnaître Nixte 01.

Puis je contemple le paysage révélé par les pinceaux de leurs phares, tout en évaluant les ressources proposées par la planète : beaucoup de métaux, un peu d'azote, à peine quelques tonnes de potasse, pour la plupart profondément enfouies... et ils veulent que je fabrique une planète mixte avec ça, sans possibilité d'aller faire mes courses ailleurs ? Si on me demandait une planète minière, ça se comprendrait, avec tout ce métal dans les sous-sols, mais là, avec juste à manger pour une dizaine d'arbres rubys, ce sera la moins mixte de toutes les planètes de ce nom.

– DamedePizan, envoie-moi un aplat complet de Nixte.

Une carte en relief remplace le paysage. Des collines, des plaines, des vallées, des bâtiments... et au milieu, un grand trou noir avec marqué « Zone d'opération militaire. Accès interdit ».

Je me tourne vers mes surveillantes.

– Qu'est-ce que c'est ? La capitaine ne m'en a pas parlé.

– C'est une zone d'opération militaire. Si la capitaine n'en a pas parlé, c'est qu'elle supposait que la citoyenne savait lire.

– Oui, lire et comprendre par elle-même qu'elle devrait tenir ses machines à l'écart de cet endroit et ne pas poser de question, complète sa voisine de droite.

– Fort bien.

Cela pique ma curiosité. Et avec quatre cents drones à ma disposition sur cette planète, j'ai de quoi la satisfaire, surveillance ou pas.

En attendant, je me lance : pendant que les Officières discutent par implants dans mon dos, j'ordonne à la moitié de mes drones d'éventrer cette planète pour en retirer ses rares terres fertiles, pendant que l'autre moitié cherche des sites susceptibles d'accueillir des Rubys. Un quart d'heure plus tard, ils m'en proposent trois, trois plaines que je pourrais remplir de terre comme des pots de fleurs à la façon de Lessia, et j'opte pour la plus petite et la plus profonde, qui se trouve, coup de chance, pas très loin de la zone interdite. Cela me vaut une remarque d'une de mes gardes-chiourme.

– La citoyenne ne pouvait pas choisir un autre site ?

– Écoutez, pour que vous compreniez pourquoi j'ai sélectionné celui-ci, il faudrait que je vous apprenne mon boulot et je n'en ai pas le temps, si ?

Mes drones se mettent à jouer les insectes fouisseurs, et de petits terrils de terre pleine de bons minerais surgissent un peu partout sur la surface sombre de la planète. Pendant ce temps, je commence à polir la plaine à la lumière cohérente pour qu'elle présente partout une profondeur égale, comme celle que Lessia avait comblée sur Zeta 3.

Une heure plus tard, en déblayant une dune accumulée contre le mur d'un monument nixtien, l'un de mes drones exhume un sol dur marqué d'empreintes en forme de… conque marine. Striée de lignes régulières, leur forme est semblable, au détail près, aux étranges traces trouvées sur Paralia et Zeta. Sauf que les traces sur Zeta et Paralia étaient toutes récentes, quand celles de Nixte 01 ont quatre milliards d'années.

– Que la citoyenne reste concentrée sur son travail et qu'elle cesse de jouer les archéologues amateurs.

Très bien. Mais mes gardes-chiourme ne peuvent pas m'empêcher de m'interroger sur ces traces et sur les milliards d'années qui les séparent.

Les Patriens ont-ils déterré des armes nixtiennes pour attaquer la zone de Paralia et Zeta ? Probable. Comment ont-ils pu les faire fonctionner ? Alors que les meilleurs scientifiques de l'Empire n'y sont jamais parvenus ?

Pendant que la plaine refroidit, je m'attelle à retravailler une montagne à la pince pour la consolider et commencer à aplanir son sommet afin d'y jucher une ville humaine.

Dans le même temps, grâce à ma modeste maîtrise de la pensée fractionnée, je reprogramme les trajectoires des drones qui pourront bientôt se mettre à combler la plaine prévue pour nos amis rubys.

En m'arrangeant pour que certains drones longent la zone interdite… J'espère satisfaire ma curiosité : je mobilise ainsi 30 drones pour couvrir la zone sous tous ses angles – pas d'assez près pour me valoir une sanction. Et je leur passe mes instructions noyées dans les autres, en me servant des commandes manuelles et non de mes implants pour que mes surveillantes n'y comprennent rien. De fait, elles n'y comprennent rien. Un vrai genésiarque verrait tout de suite le problème, mais pour mes gardiennes, il n'y a que le spectacle lassant d'engins de chantier volant dans tous les sens.

Je regarderai leurs images de la zone interdite plus tard, à supposer qu'on me laisse un moment. Et je retourne à mon chantier – creuser, élever, affiner, recommencer, avec les pinces, les drones, des combinaisons des deux… À la fin, je suis si concentrée, et l'Arronax s'adapte si vite à ma personnalité que je me sens au bord de passer de l'autre côté – au bord de la symbiose…

Mais une Officière gâche tout en coupant soudain les commandes.

– La citoyenne vient de travailler deux cycles complets. Qu'elle aille se reposer.

31

Elles m'emmènent dans une cabine lointaine, encore plus petite que celle que j'occupais sur le Ballantraë. Mais, par rapport aux tiroirs-morgue de la base de l'écliptique Nord, c'est le grand luxe et tant mieux, car j'ai besoin d'intimité.

Une fois seule, je laisse passer une heure, puis je consulte les images envoyées par les drones.

Je vois d'abord une grosse bulle d'atmosphère artificielle, crachée par des générateurs. Dedans, un camp de navettes militaires reliées entre elles par des toiles tendues ; une petite ville militaire improvisée, assez grande pour accueillir plusieurs centaines d'Officières.

C'est ça leur zone interdite ? Un camping sauvage ?

Il me faut les images d'un autre drone pour comprendre : derrière le camp de navettes, il y a des constructions nixtiennes.

Celles que le système du DamedePizan appelle des « mâts » : de longues tiges minérales surmontées d'un bulbe. On dirait des fleurs de pierre.

On voit de tels mâts partout sur la surface de cette planète. Mais là, il y en a tout un parterre, vingt-neuf mâts en tout. Et surtout, ils sont disposés en un cercle parfait.

Autour de ce cercle de mâts, une centaine d'Officières s'active, commandées par une Officière supérieure qui se tient à l'écart. À ses côtés, un type âgé vêtu de l'uniforme du ministère des Sciences – oui, ce même ministère des Sciences qui d'habitude ne veut rien avoir affaire avec l'armée. On dirait que c'est lui qui transmet les consignes à l'Officières supérieure avant qu'elle ne les répercute à ses subalternes. Lui qui ordonne qu'une machine pour capter les données soit placée au pied de chaque mât.

Une expérience scientifique. Ils sont en train d'essayer de faire marcher une technologie nixtienne.

La séquence coupe là, et alors que je me la repasse, un groupe d'Officières attire mon attention : elles sont occupées à manœuvrer un générateur de lumière cohérente, qu'elles amènent au centre du cercle. Là, d'autres sont en train de déballer ce qui ressemble à une plaque poinçonnée d'écritures nixtiennes.

Je ne sais pas exactement ce qui se passe. Mais je sais que les technologies nixtiennes se déclenchent avec de la lumière – de là le générateur. Et je sais que ces technologies reposent sur leurs espèces d'écritures en poinçon. La plaque doit être un genre de clé fabriquée par l'Empire pour compléter le dispositif.

La suite, je la découvre sur les images d'un autre drone, sous un autre angle : une explosion de lumière, des corps d'Officières au sol. Au centre du cercle, le générateur est hors d'usage. À l'arrière-plan, on aperçoit une autre plateforme s'acheminant avec un nouveau générateur.

C'est officiel : nous avons là une technologie nixtienne fonctionnelle, et une armée qui ne sait pas la faire fonctionner.

Dans ma tête résonne la voix de la capitaine Alfolmelka.

« Cette planète s'appelle Nixte 01. C'est une planète nixtienne morte : aucune technologie en état de fonctionner n'y a été trouvée. »

Elle s'est bien foutue de moi.

Au même moment, ma porte saute de ses gonds et mes trois gardes-chiourme se précipitent à l'intérieur. L'une d'elles m'attrape par le col, me tire de mon lit d'une main et me hisse à sa hauteur.

– Le compte de la citoyenne est bon. Violation du secret militaire. Espionnage.

– Oh non, simple curiosité, je réponds, sans me démonter. Et besoin d'informations pour bien faire mon boulot.

32

Elles m'embarquent sur une plateforme, direction les appartements de la capitaine, je suppose. Bien sûr, j'ai peur et je m'en veux, mais je me répète qu'elles ont besoin de moi et elles sont pressées, trop, j'imagine, pour me chercher un remplaçant.

Quand j'arrive dans une des antichambres de la salle de pilotage, la capitaine Alfolmelka est en train de passer un savon à Fani, qui fait bien des efforts pour ne pas trembler. Dame Brimbotte est là, aussi, avec ses yeux clos et son sourire de statue.

– Voilà notre passagère ! vocifère la capitaine. Comme nous avons bien fait de vous écouter, Cadette ! « Elle ne verra rien, elle obéira aux ordres, elle aura trop peur de nous. Et si elle voit, elle ne comprendra pas, je vous assure, je la connais depuis ma naissance. » Sans votre recommandation, jamais nous n'aurions laissé monter à bord cette petite fouineuse !

– Capitaine, qu'elle comprenne ou pas ne change rien, dit Dame Brimbotte derrière ses yeux clos.

– J'espère que vous dites vrai. Je ne veux pas voir mourir mes Officières pour rien.

Pourquoi elle dit ça ? Elles s'attendent à du grabuge ?

Puisque personne ne daigne m'adresser la parole, je la prends.

– Pardon, Noble Dame, capitaine, Officières, mais je ne comprends pas pourquoi ce que j'ai surpris vous semble si crucial.

Un instant de silence embarrassé suit mon intervention. La Noble Dame sourit à la capitaine.

– Vous voyez, capitaine, votre Cadette avait raison : c'est une artiste, comment pourrait-elle comprendre ? Elle n'a connu que sa planète et celle où son ministère l'a formée. Et puis nos spécialistes ont étudié son cas de près, nous savons qu'elle n'est pas une espionne. Elle a agi par curiosité. Parce qu'elle a compris que nous ne lui disions pas tout. Et je vous connais : à sa place, vous auriez fait la même chose… Allez, montrez-lui, capitaine. Qu'elle puisse au moins prendre la mesure de notre embarras.

– Ce sont des images confidentielles, Dame Brimbotte, et cette citoyenne n'a aucune habilitation.

– Montrez-lui, capitaine, j'en prends la responsabilité !

Un hologramme apparaît. Un paysage nixtien apparaît, pas celui de Nixte 01, mais très similaire, avec le même genre de vestiges.

– Ces images viennent d'une planète nixtienne vive, qui se trouve en plein dans le bras de Persée, à plus de cinq mille années-lumière d'ici. C'est nous qui l'avions découverte, avant que les Patriens ne s'en emparent. Mais nous avions laissé des sondes et certaines ont pu capter des images intéressantes… Regardez.

L'image se déplace vers l'ouest, et je commence à distinguer des mâts, avec leurs bulbes au sommet.

Il y en a vingt-neuf, plantés en cercle sous le ciel, comme dans la zone interdite.

À leur pied grouille une multitude de silhouettes grises, presque toutes semblables – en fait, en regardant attentivement, on voit qu'il y en a trois catégories.

– Des Patriens !

– Oui. Quatre clones de série 5, vingt clones de série 33, et environ trois cents soldats de série 109. Ces images ont été obtenues par les services de renseignements de l'armée. Elles montrent notre plus gros problème.

Les silhouettes grises disposent des machines autour des mâts, tirent un gros appareil à l'intérieur de leur cercle. On dirait la répétition patrienne de la scène vue tout à l'heure.

Sauf que chacun ici paraît connaître son rôle par cœur. On dirait une communauté de drones humanoïdes coordonnés au millimètre et, à les voir, je sens bouillonner en moi ma bonne vieille rage recuite sur Plaamico. Ce sont des créatures comme ça qui ont détruit ma planète et corrompu Lexie. Des robots de chair et de sang tirés à des milliards d'exemplaires, sans individualité, et néanmoins aussi cruels et dangereux que les pires psychotiques impériaux.

– On devrait bombarder ça, je gronde.

– Je suis bien de l'avis de la citoyenne, dit Dame Brimbotte, mais le bras de Persée est hors de portée de notre artillerie. Tout le problème, c'est que ce n'est pas réciproque. Regardez.

Sur l'hologramme, on dirait que les Patriens ont fini leurs travaux : ils se rassemblent, en dehors du cercle, en rangs parfaits. Seul un petit groupe demeure à l'intérieur, encadrant une plaque d'écriture nixtienne… et un générateur de lumière.

Pendant que les Patriens disposent la plaque au centre, d'autres allument le générateur. Celui-ci commence à émettre une lueur blanchâtre.

L'un des Patriens en dehors du cercle lève le bras. Quand il l'abaisse, le jet de lumière cohérente vient frapper la plaque d'écriture nixtienne.

Alors les points de la plaque se mettent à briller comme des petites étoiles, révélant sur les mâts des frises de points semblables qui s'embrasent à leur tour. Ligne à ligne, la lumière grimpe le long des mâts, et quand elle arrive aux bulbes, vingt-neuf jets de lumière se catalysent – et soudain, la scène se recouvre d'un chapiteau aveuglant de lumière blanche.

L'image saute, remplacée par une autre : depuis l'espace, les vingt-neuf rayons se rejoignent pour former une colonne de photons aussi dense qu'une colonne de pierre.

– La version nixtienne de la lumière cohérente. Bien plus cohérente que la nôtre, hélas. Ce n'est pas fini.

Non, ce n'est pas fini. L'hologramme affiche maintenant une carte de la galaxie. Où l'on voit distinctement le rayon franchir le vide entre deux bras pour se diriger vers les régions nord de l'Empire. Et je n'ai pas besoin de calculer très loin pour savoir ce qu'il vise – l'étoile de Paralia.

– C'est une arme pour éteindre les étoiles à distance ? Plus vite, mieux et de plus loin qu'un ovule ?

– Pour éteindre les étoiles ou pour les rallumer, dit Dame Brimbotte.

J'en sursaute. Les rallumer ?

– Comme nous avons pu l'apprendre à l'époque où nous avions des colonies là-bas, les technologies nixtiennes marchent toujours dans deux sens, complète la capitaine. Eh oui, la portée de celle-là est inconnue… probablement parce qu'elle est illimitée…

Tout à coup, ce que j'entends me paraît d'un prodigieux intérêt mais je ne dois pas le montrer. Même si ça me donne des palpitations et des fourmis dans les doigts.

– Il va de soi que cette information est confidentielle, menace la capitaine. Si la citoyenne survit à cette mission, elle sera surveillée.

– Pourquoi, si je survis ? Je ne vois pas de danger.

– Vous entendez ça, capitaine ? Elle ne voit pas le danger ! s'exclame la Noble Dame d'un air ravi.

– Si les Patriens ont engagé tant de forces pour détruire cette zone, c'était pour Nixte 01. Ils savent ce que nous y avons trouvé. Ils vont revenir, précise Fani d'une voix agacée.

– Mais maintenant, nous disposons de quoi éteindre leurs étoiles de très loin, alors ils vont y réfléchir à deux fois ! Et à partir du moment où nous déposerons des Rubys sur cette planète, les Patriens ne pourront plus y toucher. De quoi changer la donne, non ?

Nouveau silence, pendant qu'elles se consultent du regard pour déterminer qui me répondra. Enfin, la voix de Dame Brimbotte s'élève comme un serpent hors de son panier.

– Les Patriens ont eu plus de temps que nous pour étudier Nixte. Contrairement à eux, nous sommes incapables de faire fonctionner ces dispositifs. Quant à la présence de Rubys ici, elle ne garantit pas notre sécurité. Elle compliquera juste la tâche des Patriens en les empêchant de détruire cette planète. Mais ils pourront toujours y descendre pour éliminer toute présence impériale et saboter le dispositif nixtien.

– Et quand comptez-vous installer les Rubys ?

– Dès que la citoyenne aura terminé d'aménager la zone où les lenticules pourront planter leurs graines.

– Et ces lenticules, ils sont avec nous ?

– Nous les avons déménagés des soutes du vaisseau de votre marraine à celles de l'Arronax, votre vaisseau de chantier. Nous pensions que la citoyenne l'avait compris toute seule.

33

Après deux heures de sommeil dans ma cabine, j'ai droit à un réveil musclé – sonnerie, puis klaxon du centaure de transport qui s'impatiente devant la porte. Je monte dans son baquet avec une tasse de liquide chaud dans les mains. Même dans le potage, je remarque la tension chez les Officières que je croise. Elle doit être électrique, pour qu'elles en oublient de me signifier leur mépris, et la raison est claire : les Patriens vont revenir bientôt.

Mes trois gardes-chiourme en polyclave sont déjà là. Je les salue d'un coup de menton auquel elles ne répondent pas. Je m'assieds, connecte mes implants, et retrouve la solitude de cette planète vagabonde peuplée d'ombres et de constructions indestructibles, dont le sens s'est égaré dans l'épaisseur du passé.

Ma petite montagne à tête plate est presque achevée, ne manque plus qu'une ville pour coiffer son sommet. Je surveille en même temps le remplissage de la future plaine à Rubys, un travail facile. Qui me laisse tout le temps d'inventer des tâches pour justifier l'envoi de drones du côté de la zone interdite. Cette fois, je n'attends pas la nuit pour regarder leurs images : je me les projette aussitôt, comme si mes gardiennes n'étaient pas là. Les confidences d'hier m'ont confirmé que je pouvais me le permettre.

En bas, autour du cercle des mâts nixtiens, je retrouve la scène de la veille, avec les mêmes Officières, le même personnel scientifique et militaire, le même générateur. La seule nouveauté se situe au centre du cercle : un lenticule ruby ! Elles ont dû le descendre en navette pendant que je dormais, et pas pour qu'il aille se planter tout de suite : pour qu'il les aide…

Ce n'est pas illogique : les Rubys sont une espèce plus ancienne que la nôtre. Ils ont connu Nixte avant nous, peut-être quand elle vivait, même s'ils refusent de nous en parler. Mais que ce lenticule accepte de nous aider dans notre guerre représente une révolution : leur amitié pour nous exclut de nous suivre dans nos conflits, qu'ils jugent absurdes. Suis-je en train d'assister à un changement de paradigme, comme diraient les profs sur Plaamico ?

Oh, Enild, Mett, Lessia, si je vis assez longtemps pour vous raconter ça, me croirez-vous ? Penserez-vous qu'une malfonction dans mon caisson d'hibernation m'a rempli la tête d'images folles en m'ôtant la capacité de les reconnaître comme telles ?

– Que la citoyenne coupe immédiatement cet hologramme.

– Coupez-le vous-même. Vous en avez le pouvoir, non ?

– La citoyenne a perdu l'esprit.

Une main se pose sur mon épaule. Je m'attends à ce qu'elle m'arrache de mon siège. Mais elle n'en fait rien.

Comme moi, l'Officière est fascinée par ce qui se passe à l'image.

Sur l'hologramme, le Ruby s'agite et, entre ses pattes, j'entrevois une forme rectangulaire et grise : une plaque couverte d'écriture comme celle des deux expériences précédentes.

Mais à côté du Ruby, les Officières ont disposé un pot de peinture argentée, et grâce à ce détail, je comprends.

Les Officières comptent sur le Ruby pour corriger leur plaque fautive. Afin qu'elle déclenche le dispositif nixtien au lieu de tout faire exploser.

Le Ruby plonge ses racines dans la peinture comme un peintre tremperait ses pinceaux, et puis il se met à tracer, à effacer, à peindre, à réécrire. Et c'est un spectacle virtuose et répugnant : le Ruby affaissé sur un de ses lobes, le ballet des racines qui vont du pot de peinture à la plaque…

Comme si l'âme d'un peintre avait pris possession du Ruby, et comme si elle s'émerveillait de disposer de tant de bras et du cerveau capable de les commander tous !

En moins de dix minutes, le Ruby se déplie et quitte le cercle sur ses racines.

Et cette fois-ci, quand la lumière du générateur vient frapper la plaque, rien n'explose : comme dans la scène patrienne, les mâts s'illuminent de bas en haut à mesure que la lumière passe de point en point. Quand elle arrive au sommet, leurs bulbes se changent en astres étincelants.

– Ça a marché, souffle l'Officière qui me tient, malgré elle.

– La citoyenne est-elle contente du spectacle ? Dois-je lui rappeler qu'elle n'avait pas l'autorisation d'y assister ?

Dame Brimbotte. Elle vient d'apparaître derrière moi.

– Alors cette fois, c'était la bonne ? je demande. Les Rubys vous ont appris à vous servir de ce truc pour détruire des étoiles patriennes ?

– Non. Ils nous ont appris à nous en servir pour rallumer des étoiles. Ce qui devrait intéresser la citoyenne…

Ma bouche reste ouverte. Comment répondre à ça…

– Que la citoyenne referme les mâchoires. Ses secrets ne comptent pas plus que la poussière de lune dans ses chantiers. Avec ce qui nous attend.

Même si elle sourit, je réprime un frisson. J'ai compris que les sourires de Dame Brimbotte ne s'adressaient qu'à elle-même.

– La citoyenne l'ignore, mais je cultive un goût pour les personnalités dans son genre. Je parle des serviteurs impériaux qui participent à l'effort de guerre tout en poursuivant un objectif personnel. Des traîtres, si on veut, mais d'une catégorie particulière, qui trahissent l'Empire en servant ses peuples plutôt que ses ministères parce qu'ils n'ont pas compris que les ministères travaillaient, in fine, toujours pour le peuple. Une autre Noble Dame vous aurait envoyée en cellule. Pas moi. Parce que je sais l'utilité de ceux qui cultivent ce genre d'idéal, s'ils sont bien manipulés. Comme la capitaine Alfolmelka, par exemple… D'ailleurs, si la citoyenne était une Officière, je lui dirais : « Peu importe les plans que vous formez, nous lisons si clair en vous qu'ils nous serviront à la fin. »

Elle demeure devant moi, les yeux clos, l'air sur le point d'entrer en lévitation. Mais Dame Brimbotte a les pieds bien plantés dans le sol du vaisseau. Et je comprends qu'elle a dû en briser plus d'une avec son sourire et sa voix douce.

34

Dame Brimbotte quitte la salle et je me dis qu'elle voit juste. Avec ce que j'ai appris depuis que je me trouve à bord du DamedePizan, mes rêves sont en train de se changer en plans.

Désormais, j'y pense sans arrêt pendant le boulot. Je m'imagine quitter ma cabine de nuit, descendre dans le port des navettes, en emprunter une, aller trouver le Ruby, lui expliquer ma cause en faisant valoir l'amitié des siens pour mon père afin qu'il accepte de pointer vers Ravno cette technologie nixtienne capable de rallumer les étoiles. Et ressusciter ma planète et tous ses habitants.

Mais si je quitte la cabine de nuit, la DamedePizan et toutes les Officières le sauront aussitôt. Et si ensuite, par miracle, j'arrive au port des navettes, le vaisseau m'empêchera d'en réquisitionner une. Et si, malgré tout, je parviens à descendre sur Nixte 01, je devrai encore convaincre un Ruby – sur la base bien légère d'un ascendant Ami des Rubys. Et si, par bonheur, ce Ruby décide de m'aider, il me faudra prier pour qu'il soit non seulement capable de faire marcher ce machin, mais aussi de le pointer sur l'étoile de Ravno.

Dernier obstacle enfin, le plus gros : *rien dans ce plan ne me ressemble*. Je suis une artiste, douée pour la création, pas pour l'action. Aucune chance que je m'embarque dans une entreprise aussi dingue.

Je vais devoir trouver autre chose.

Mais jamais je n'en aurai le temps.

Une sirène vient de se déclencher dans le vaisseau. Même avec ma culture militaire réduite aux feuilletons, je sais qu'elle annonce une attaque imminente.

Aussitôt, deux de mes gardes-chiourme détalent – la troisième hésite à les suivre, mais on dirait que des ordres reçus par implants la maintiennent en place.

La voix de la DamedePizan résonne :

Chères Officières, comme prévu, nous faisons face à une attaque patrienne supérieure en nombre. Tout le personnel navigant est attendu en salle de pilotage. Toutes les pilotes de chasse sont demandées dans les ports est et ouest. Tous les pilotes de navette sont attendus dans la zone de largage pour aller renforcer la défense de Nixte 01.

Tout ça sur un ton de présentatrice météo…

– Que la citoyenne continue à travailler. Qu'elle ne quitte pas son poste tant qu'elle n'en a pas reçu l'ordre, m'intime ma gardienne d'une voix tendue.

Oh, je ne compte pas bouger : pour aller où ? Aucun poste de combat ne m'a été assigné et de toute façon, je ne sais pas me battre. Et puis ici, je suis en prise directe avec le réseau du DamedePizan, avec l'Arronax et avec mes drones : aux premières loges pour assister à la suite.

Je ne veux pas mourir. J'ai encore trop à vivre, trop de mondes à créer, et si je meurs, que deviendra Ravno ?

Je sais que mon sort, dans les prochaines heures, ne dépendra pas de moi mais des Officières. Or, je ne veux pas rester dans l'ignorance, comme les gens de Ravno qui ont vu leur soleil s'éteindre sans comprendre. Et pas non plus rester passive quand vont débarquer leurs assassins. Mon matériel de chantier ne comprend pas d'armes, il n'empêche qu'il peut causer de sacrés dégâts, je l'ai bien vu lors de l'attentat. Et je pense pouvoir faire beaucoup mieux que Lexie et sa sale petite bande.

Je coupe l'hologramme en deux. Sur l'écran de gauche, un montage conçu avec les images de mes drones, qui n'ont plus besoin de mes instructions pour terminer de 1) transformer la plus profonde des plaines de cette planète en pot de fleurs géant pour arbres rubys et 2) m'offrir de beaux points de vue sur la zone interdite.

Sur l'écran de droite, une vision générale de la DamedePizan et de l'Arronax, qui surplombe Nixte 01. En zoomant, je vois les appareils de chasse des Officières sortir des flancs de la DamedePizan pour venir l'entourer d'un essaim protecteur. Tandis que sous le ventre du vaisseau, une file de navettes tombe sur Nixte 01, sans doute chargées jusqu'à la gueule de matériel de défense. Tout cela a eu lieu en moins de deux minutes. Impressionnant.

Mais dans le coin extérieur de l'image, une forme vient d'apparaître. Aucun instrument n'a signalé son arrivée. Grise et profilée comme un silex, elle est hérissée de mâts nixtiens – je les reconnais aussitôt. Sept autres formes identiques la rejoignent, comme sorties du néant, leurs mâts luisant d'une lueur glauque.

Chères Officières, huit croiseurs patriens viennent d'apparaître dans notre zone de défense. Ils sont équipés de dispositifs d'origine nixtienne capables de les transporter instantanément sur de courtes distances. Des renforts impériaux sont en route, ils arriveront dans moins d'une heure.

Je ne connais rien aux guerres, mais je suis quand même capable de comprendre qu'une heure, c'est très long, quand on se bat à un contre huit et que l'ennemi est équipé d'armes incompréhensibles. Les Officières doivent se dire la même chose, d'autant que les Patriens sont eux aussi en train de larguer des chasseurs, et il y en a déjà bien plus que les nôtres.

Soudain, trois croiseurs s'illuminent, comme si leurs mâts se changeaient en bougie. Les flammes de ces bougies cosmiques s'étendent, tressent une trame de lumière autour des vaisseaux et…

Ils disparaissent. Pour réapparaître juste derrière le DamedePizan – où ils sont aussitôt accueillis par des tirs de lumière cohérente. Je pousse un petit cri de joie. La capitaine avait prévu le coup !

Un de nos rayons troue l'un des croiseurs, qui part aussitôt à la dérive. Deux autres répliquent par des volées de missiles ; la DamedePizan roule sur elle-même pour les éviter, mais l'un d'eux explose alors qu'il longe sa coque ventrale – et l'onde de choc qui traverse le vaisseau est si violente qu'elle manque de m'éjecter de mon siège.

La DamedePizan augmente sa propulsion pour se dégager. Trois vaisseaux patriens se placent sur l'orbite qu'elle vient de quitter et commencent à larguer des troupes, à quelques kilomètres de la zone interdite.

Je remarque qu'ils ne touchent pas à l'Arronax, alors qu'il est tout près, et un instant, cela me surprend – alors que ça ne devrait pas : ce vaisseau transporte des lenticules rubys et on dirait que les Patriens le savent… Merveille de l'espionnage…

Je me tourne vers l'écran de droite, où, sur la planète vagabonde, des Officières terminent de transformer leur camp de navettes en camp retranché – tout était prêt pour cela. Tant mieux, car les premières navettes patriennes sont en train d'apparaître au-dessus de leur tête, et le ciel de Nixte 01 s'illumine aussitôt d'explosions.

Les Officières se placent en formation défensive. Leurs gestes ne traduisent aucune peur, juste un calme professionnalisme – moi, à leur place, je me liquéfierais dans ma combinaison.

Puis je me dis qu'au lieu de penser à ma peur je ferais bien de m'inspirer de leur courage. Alors allez, courage, Stréa, même si ce n'est pas ton boulot ! Courage pour Ravno et tout ce qu'il te reste à vivre ! Je prends les commandes de la pince à lumière cohérente du vaisseau de chantier. L'oriente vers les navettes ennemies en pleine descente – discrètement, sans l'allumer, sans bouger le vaisseau. Et je l'envoie balayer le flot des navettes patriennes avec des effets de traction variables.

Et ça marche ! Les navettes commencent à osciller et… BINGO ! Une première collision ! Un nuage rouge apparaît sous le ventre des appareils patriens, embrase d'autres navettes… L'explosion se répand comme une épidémie fulgurante. Des images de corps en flammes, coincés dans leur habitacle, envahissent alors mon cerveau – mais pas le moment de faiblir. Pour les repousser, je grogne : « Pour Lexie ! Pour Plaamico ! Pour Ravno, bande de salauds ! »

– Que la citoyenne continue ! dit ma gardienne dans un murmure pressant. Message de la capitaine !

Au même moment, les vols de chasseurs patriens foncent vers la DamedePizan. L'essaim de chasseurs impériaux vient à sa rencontre – mais il paraît minuscule à côté. C'est comme voir un détachement de cavalerie s'engloutir dans une immense infanterie d'une discipline absolue. La plupart des chasseurs patriens arrivent à passer : le gros poursuit vers la DamedePizan, qui danse au milieu des tirs des croiseurs.

Mais voilà que cinq chasseurs ennemis obliquent vers l'Arronax !

Pendant quelques secondes, je crois qu'ils vont le détruire et que je vais assister à la scène historique qui déclenchera l'entrée en guerre des Rubys à nos côtés. Mais les chasseurs patriens ne bombardent pas le vaisseau de chantier, comme les autres le font avec la DamedePizan. Ils le survolent sur toute sa longueur avant de lui envoyer quelques tirs bien placés dans la proue. Aussitôt, la pince à lumière s'éteint et mon système m'informe qu'elle a besoin de réparations. Tu m'étonnes !

Dans le même temps, grâce à la pensée fractionnée, j'envoie quelques drones percuter des navettes patriennes qui s'approchent de plus en plus près de la surface de Nixte – un drone, c'est solide, car plein de machines ; une navette, c'est fragile, car plein de gens. Les Officières ont compris : elles dirigent leurs défenses antiaériennes en fonction. Les navettes sont armées, et les Patriens répliquent : le camp des Officières est semé d'impacts noirs, et je perds une bonne dizaine de drones.

Mais j'en ai encore trois cent quatre-vingt-sept et je les invite tous à la fête.

Je ne sens plus les impacts qui secouent la DamedePizan, mais je ne perds rien de sa lutte désespérée contre les croiseurs et les chasseurs patriens. La capitaine Alfolmelka et ses navigantes sont bien plus douées que leurs adversaires, sans elles, nous aurions explosé dès les premiers tirs. Là, elles orientent la DamedePizan vers Nixte 01 pour protéger son ventre, suivie par six croiseurs et une noria de chasseurs patriens. Et j'ai une idée pour les aider.

Je ramène l'Arronax à la hauteur de la DamedePizan. Aucun appareil patrien ne réagit – ils doivent se dire que je ne peux plus leur faire de mal. Ils se trompent. Je demande à mon système de vérifier la présence d'un cœur planétaire dans les soutes et de le placer en caisson.

Parce que je me rappelle Lessia lors de la visite du Ballantraë. « Ces cœurs sont si lourds qu'ils comptent pour les deux tiers de notre masse totale. » Et je me rappelle les cours : « Si les cœurs planétaires n'étaient pas isolés, nos vaisseaux se plieraient autour comme une feuille de papier. »

– DamedePizan, prépare le cœur pour un largage.

C'est une très bonne idée, citoyenne.

La voix qui me répond n'est pas celle de la DamedePizan. C'est celle de la DamedePizan plus celles de sa capitaine et de toutes ses Officières navigantes, réunies par la symbiose.

Attends que je te donne le top, m'indique la DamedePizan.

– Compris, je réponds, comme si j'avais fait ça toute ma vie. Je ne me rends pas compte que la terreur, la rage, le sentiment d'urgence me portent à un niveau de concentration que je n'ai jamais atteint, pas même avec Lessia.

Prête, citoyenne ? Si on survit, tu auras une médaille pour ça. Allez, maintenant !

Le minuscule coffret apparaît dans le sillage du vaisseau de chantier. Les Patriens l'évitent à peine.

Quand il se trouve au milieu d'eux, je déclenche son ouverture. Trois des croiseurs parviennent à s'écarter à temps.

Deux autres se retrouvent aspirés dans son puits gravitationnel. Leurs carlingues en acier renforcé se tordent au point que des mâts en sautent. Leur propulsion s'allume pour tenter d'échapper à l'attraction – mais aucune chance. Implacablement, le cœur tire à lui les deux vaisseaux méconnaissables, suivis de nuages de débris et de liquides cristallisés.

Leur choc, quand ils se rentrent dedans, illumine la moitié de l'hologramme, et je le contemple, éblouie, tout en contrôlant mes drones – maintenant qu'ils sont plus nombreux et que les Patriens ont compris, je dois me livrer à des manœuvres plus complexes, qui réclament un niveau de pensée fractionnée hors de ma portée. Et pourtant, j'y arrive. Au point que les navettes patriennes se raréfient un moment dans le ciel de Nixte 01. Au point que chaque drone m'apparaît comme une extension naturelle de ma conscience.

Et au moment où je comprends,

je

me

sens

grandir.

35

C'est un vertige que je souhaite à tout le monde de connaître, mais dans un autre contexte. L'impression que mon esprit s'étend à mesure qu'il agrège les calculs des machines. L'impression qu'il accède à sa vraie dimension, celle que j'entrevois dans ces rêves où rien n'est impossible. L'impression de comprendre Lessia. Oh, oui, quand on connaît ça, on peut renoncer à tout...

Maintenant, je suis une déesse, comme elle ! La femme géante qui tend un bras dans l'espace pour interposer son intouchable vaisseau de chantier entre la DamedePizan et ses agresseurs, et dirige son autre bras vers le sol pour balayer les vagues de navettes de ses doigts en forme de drones.

Une illusion, bien sûr : les Patriens, dehors, ne voient pas de géante. Mais cette illusion traduit ce dont je suis capable quand mon cerveau s'unit à mes machines. Elle dit la vérité. En une seconde, je suis devenue mille fois plus efficace, un million de fois plus puissante, un milliard de fois plus dangereuse.

Néanmoins, je ne peux pas tout. Le ciel de Nixte 01 se remplit de nouveau de navettes patriennes – cette fois escortées de gros appareils oblongs, qui prennent mes drones en chasse. Malgré les tirs de défense, une vingtaine parvient à se poser, à couvert d'une colline. Et tout un bataillon patrien débarque.

J'envoie des drones araser la colline qui les protège. Trop tard, le bataillon patrien lance déjà un premier assaut vers la base – trois cents fantassins de plus de deux mètres et vêtus de protections noires, armés de sorte de hallebardes dont la lame est remplacée par une goutte mouvante de lumière glauque.

Les fameuses armes cruelles qui créent des blessures irréparables sur les corps de leurs victimes et dans les têtes des survivantes qui les ont vues en action.

Les Officières concentrent leurs tirs dessus : la première vague meurt à quelques mètres de leurs défenses. Mais d'autres navettes en profitent pour les bombarder. Malgré mes drones qui tentent de leur rentrer dedans, plusieurs parviennent à atterrir. Et au moment où les fantassins patriens lancent le deuxième assaut, les Officières se replient sur un périmètre plus petit autour du cercle des mâts, laissant derrière elles les cadavres de leurs sœurs, si déformés qu'il est parfois difficile de déterminer où commence l'un et où se termine l'autre.

Là-haut, la DamedePizan a reçu d'innombrables petits impacts et trois gros – trois pustules de métal en fusion sur sa coque, qui ont dû bien la secouer. Je n'ai rien senti. Un dernier vol d'appareils de chasse a été largué pour la défendre. Des pilotes d'élite : certaines sont mêmes parvenues à traverser en zigzaguant les nuées patriennes pour venir harceler leurs croiseurs et perturber leur conduite de tir. Mais elles n'ont aucune chance, si peu nombreuses, face aux mouvements coordonnés des chasseurs patriens, qui ont formé comme une spirale autour de la DamedePizan. Bientôt, sa propulsion cédera et les Patriens l'achèveront à coups d'ovules.

Mais la capitaine Alfolmelka et ses sœurs ont de la ressource. Elles feignent une manœuvre désespérée pour se dégager – une chute soudaine, que leurs harceleurs accompagnent sans peine –, puis virent pour se rapprocher du cœur planétaire que j'ai largué un peu plus tôt. La manœuvre repose sur un calcul d'une extrême finesse, mais elle réussit. La DamedePizan dépasse le cœur en gardant la distance exacte pour résister à son pouvoir d'attraction, tandis qu'une trentaine de ses petits prédateurs se voient arrachés à leur trajectoire et tombent dans le puits gravitationnel pour se fracasser contre les restes de leurs croiseurs.

Soudain, une vieille appli de conversation datant de Ravno s'allume dans mes implants.

36

– Nous allons mourir, Stréa, mais toi tu vas vivre encore un peu, alors concentre-toi sur ce que tu peux sauver.

Fani. Aucune émotion dans sa voix. Avec mes yeux de femme géante, je peux la voir, tandis qu'elle m'appelle. Debout au centre du cercle de mâts défendu par ses sœurs, encerclée par une mer de fantassins patriens et de machines dévastées. Le lenticule ruby se trouve à côté d'elle, rétracté et immobile, comme s'il attendait la fin de ces combats qui ne le concernent pas.

Le Ruby, les mâts… c'est maintenant ou jamais.

– Fani ! Cette machine nixtienne… Il faut la faire marcher ! Il faut sauver Ravno, c'est notre dernière chance !

– Quoi ?! Parce que tu me crois capable de faire fonctionner ça ? J'ai juste surveillé les expériences !

– Tes implants ont tout enregistré ! Et le matériel est là. Essaie !

– Tu ne comprends rien ! hurle-t-elle dans ma tête. Je ne peux pas ! Même si je le voulais ! Mes implants me demandent de me battre et avec les hormones qu'ils sont en train de m'injecter, je ne vois pas ce que je peux faire d'autre. Tu ne connais pas la Flotte, Stréa ! Toujours un œil pour regarder dans ma tête, toujours une oreille pour saisir ce que tu dis et toujours une machine pour trafiquer mes implants et me ramener dans le droit chemin !

La glace de sa voix se brise, et soudain j'entends à nouveau la Fani d'autrefois. Cela ne dure que le temps d'une phrase.

– J'aimerais pouvoir t'aider, Stréa. J'aimerais…

Une navette patrienne vient d'échapper aux derniers tirs de défense : elle survole les officières en bombardant leurs rangs. Elle passe au-dessus du cercle, au-dessus de Fani, et quand elle disparaît, mon amie gît au milieu des mâts nixtiens, un trou noir dans la poitrine.

Alors, la femme géante que je suis devenue commence à verser des larmes qu'elle ne sent pas. Il me reste moins de cent drones : je les emploie à défendre les dernières Officières au sol. Elles ne sont plus qu'une trentaine, à présent ; autour, les Patriens se préparent au dernier assaut en brandissant leurs armes cruelles, et malheur à celles qu'ils frapperont.

La femme géante ne veut pas que les Patriens touchent au corps de son amie. Alors elle s'agenouille sur la surface de Nixte 01 pour le recueillir entre ses doigts de drones, et comme elle n'est plus dirigée par sa raison, mais par ses sentiments, de son autre main, elle effleure le lobe central du lenticule endormi, et lui dit :

« Si vous êtes vraiment des amis de mon père, vous irez le trouver dans la colonie où on finira par l'envoyer, et vous lui raconterez comment sa fille est morte. Dites-lui qu'alors j'étais plus libre que jamais. Et si ma mère et mes anciens copains sont dans les parages, dites-leur que je les aime.

Que je les aime.

Que je les aime… »

37

Chez les Rubys, le contact est une invitation à entrer en télépathie… Je jure que je n'y ai pas pensé – mais le lenticule l'interprète comme tel.

Au début, j'ai l'impression de m'étendre encore, comme si je parvenais à un nouveau stade de la symbiose – et ça ne concerne pas l'image gigantesque que je me fais déjà de mon corps, mais mon esprit, qui se met à enfler comme une bulle. Des pensées inconnues se mélangent aux miennes – *Noir sur blanc sur ciel sur mort ! Noir sur jaune sur ciel sur vie* –, et même si je ne comprends rien, je sais que ces phrases parlent du dispositif nixtien.

Alors, je vois mes mains s'allonger en racines, et ces racines ramasser un pot de peinture argentée et une plaque de métal poinçonnée, pour la corriger – un jeu d'enfant, car j'ai le modèle en tête –, tandis que d'autres s'allongent pour manipuler les commandes du générateur. Les Patriens approchent, mais cinq officières font cercle autour du Ruby et ils ne peuvent pas le toucher.

Là-haut, la DamedePizan brûle sur la moitié de sa longueur, et le vaisseau de chantier tourne autour d'elle comme une mère qui chercherait à protéger son petit d'une meute de fauves. *Splendeur stellaire horreur vide. Nixte forêts non mortes.* Je ne sais pas, à ce stade, si mes intentions ont fusionné avec celles du Ruby, mais mon crâne se remplit de mathématiques inconnues et de calculs auxquels je ne comprends rien. Depuis l'espace, je vois mes racines orienter la plaque et allumer le générateur.

Et tout s'illumine. La plaque, les écritures nixtiennes sur les mâts, leurs bulbes et puis le ciel quand leurs rayons y montent. Ils passent juste entre la DamedePizan et l'un de ses agresseurs pour se perdre dans l'espace, vers le sud – mais je n'ai pas de doute sur leur destination. Ni Fani ni moi ne serons mortes en vain.

– Les renforts ! Dans moins d'une minute ! Tiens bon, Astréa ! me crie le chœur des Officières en symbiose.

Au même moment, un croiseur patrien largue quatre missiles photoportés vers la DamedePizan à l'agonie. Cette fois, l'impact me parvient sous forme d'un éclaboussement jaune qui envahit ma perception pour y effacer tout, pensées rubys comme pensées humaines, les infos de mes derniers drones comme mes souvenirs d'enfance, me laissant juste un grand voile noir.

38

Une impression de tiédeur familière. Comme si j'étais redevenue minuscule et me trouvais dans les bras de ma mère, sur Ravno.

– Je crois que notre héroïne est en train de revenir à elle.

– Laissez-la tranquille. Elle a vécu une épreuve psychique hors du commun.

La voix de la capitaine. Je ne parviens pas encore à ouvrir les yeux. Mon cerveau bat comme un cœur dans ma boîte crânienne.

– Vous pouvez me dire où…

– Oui, dans une navette d'évacuation. L'arrivée des renforts nous a laissé le répit qu'il fallait pour quitter la DamedePizan. C'est ta gardienne qui t'a sauvée. Ta garde-chiourme, comme tu l'appelais dans tes implants.

– Alors… Alors nous avons gagné ?

– Je n'en sais rien. Ils se battent toujours, là-haut, mais je pense que non, nous ne gagnerons pas. S'il y a quelqu'un, à bord de cette navette, qui a gagné quelque chose, c'est toi…

Ça me revient soudain : Ravno. Son soleil. Une chaleur irrésistible m'envahit à cette idée, qu'aussitôt je tente de contenir…

– Je ne sais pas ce qu'il s'est passé. Le Ruby…

– Oui, je sais, je les connais, j'ai passé un an là-bas, alors tu penses ! Tu ne me la feras pas à moi.

Je me tends – et aussitôt, je sens une main se poser sur ma joue.

– Ne crains rien. Je n'ai rien à te reprocher, reprend la capitaine, avec un sourire dans la voix. Dame Brimbotte connaissait très bien tes objectifs. Et elle s'en est servie avec son talent habituel pour que tu te surpasses et nous secondes pendant la bataille. Un coup de génie : sans toi, la DamedePizan n'aurait jamais tenu si longtemps.

– Et maintenant ?

– Pour l'instant, tu vas te reposer. En caisson médical, si nécessaire. Ne tire pas sur la corde, tu as pris un sacré choc. Ensuite, un vaisseau de secours va venir nous chercher. J'en prendrai le commandement, et puis je te ramènerai à la base d'Antanarion.

Sur ces mots, j'entends la capitaine s'éloigner.

Je parviens enfin à ouvrir les yeux. Autour de moi, de nombreuses blessées, certaines en caissons, d'autres sur civière. Et juste à mes côtés, ma garde-chiourme, celle qui m'a sauvée. Nous échangeons un long regard silencieux. Puis mes yeux sont attirés par cette capitaine aux cheveux argentés d'une vingtaine d'années, qui a l'air à la fois d'une sainte et d'une folle. Je l'observe se mouvoir dans l'habitacle de la navette pour se pencher au chevet d'une blessée enfermée dans un caisson, échanger quelques mots avec une autre. Je crois comprendre ce que Fani lui trouvait.

Oui, on peut attacher son destin à une femme comme celle-là, une femme de la race de Lessia, même si elles ne sont pas nées sur les mêmes planètes. De ma race aussi. Comment disait Dame Brimbotte ? « Cette catégorie particulière de traîtres qui trahissent l'Empire en servant ses peuples plutôt que ses ministères ».

Moi, je ne nous appellerais pas « traîtres ». Juste des gens qui ont trouvé tout seuls un sens à leur existence, qui lui ont donné une direction qui leur appartient, et qui ne leur a pas été imposée par l'une ou l'autre des puissances de l'Empire. Des gens libres, en somme. Et pour rire, parce que je suis libre, je demande à la capitaine Alfolmelka :

– C'en est donc fini de l'Indifférence Courtoise avec moi, capitaine ? C'est dommage, j'aimais bien quand vous parliez de moi à la troisième personne en faisant comme si je n'étais pas là.

Cela me vaut un sourire radieux. Le premier que je vois sur son visage.

– L'Indifférence Courtoise, c'est pour les civils, Astréa. Et en ce qui me concerne, tu as gagné tes galons. Si nous nous revoyons un jour, tu pourras m'appeler Meryma.

ÉPILOGUE

J'ai bien progressé, depuis le stage : au bout de ma troisième année aux Beaux-Arts, je me suis classée 17ᵉ sur 223 – derrière Bento, mais avant Mett et Dounia. Nos cinq cycles de vacances bien méritées se terminent et je vais entrer en quatrième année.

Je ne suis plus avec Enild depuis l'an dernier. C'est lui qui m'a quittée, parce qu'il paraît que je prends trop de place depuis que l'on m'a décorée et que j'ai eu droit à mon nom dans les émissions de propagande du réseau. En réalité, Enild n'est jamais parvenu à la symbiose durant son stage et il en a déduit qu'il n'était pas fait pour le métier : il a donc plaqué les Beaux-Arts, mais l'école d'administration a accepté son dossier, ce qui lui permet de poursuivre ses études sur Plaamico. Aux dernières nouvelles, il appartient toujours à la police secrète. Il nous arrive de nous croiser, dans les fêtes interétudiantes et nous échangeons alors un sourire désolé, comme si la rupture n'était pas de notre fait, comme si nous étions séparés par une barrière invisible.

En fait, la barrière est en nous, et elle est faite des débris de nos illusions. J'étais si fière de sortir avec un Bertien… autant qu'il devait se sentir généreux de sortir avec une Ravnienne. Bien sûr, il y avait du vrai dans notre histoire – ces heures où il n'y avait plus que nos corps sans origines, entremêlés dans un même lit. Mais pas assez pour qu'elle tienne, et nous l'avions senti dès le début. Sinon, nous aurions dépassé tout cela sans même y penser. Comme Mett et Bento, qui projettent de se marier après leur diplôme.

Je dois dire qu'Enild me manque. Sans lui, je me sens un peu plus triste. Seule. Mais aussi un peu plus libre d'avancer vers la vie que je me suis choisie.

Je pense souvent à Fani, à la façon dont je l'ai retrouvée dans son dernier sanglot, à ce qu'elle m'a crié avant de mourir. « Toujours un œil pour regarder dans ma tête, toujours une oreille pour saisir ce que tu dis et toujours une machine pour trafiquer mes implants et me ramener dans le droit chemin ! » J'espère tout de même que l'armée lui aura apporté autre chose. Qu'elle y aura retrouvé une part de ses rêves de gamine. Qu'elle aura connu la joie d'accomplir son destin.

Quand je me sens assez solide pour regarder ses messages, c'est ce que je crois voir. Une Fani tiraillée, mais qui s'efforçait au bonheur, et y arrivait.

Quant à Lexie, elle habite maintenant ma mauvaise conscience La voix amère qu'elle avait lors de notre dernière entrevue est devenue mon parasite intérieur. Je l'entends parfois dans mes cauchemars, où les images de l'attentat et celles du massacre de Nixte 01 se mélangent. J'ai accepté d'en parler une fois par semaine à la psychologue scolaire, Ciza Ryame. C'est toujours mieux que de me gaver de pilules.

Et puis souvent, pendant les cours théoriques où je finis un peu moins larguée, je rêve aux traces fantastiques trouvées sur Paralia et sur Nixte 01, et à ce que je suis parvenue à soutirer à la capitaine Alfolmelka – pardon, Meryma – sur le sujet. *Les Nixtiens ne sont pas morts, Stréa, ils vivent encore sous forme d'informations pures, dans leurs étoiles, et sur les planètes qui tournent autour, on trouve des technologies capables de les ramener parmi nous, je le sais, je l'ai vu ! Mais les Patriens aussi, et on dirait qu'ils ont trouvé le moyen de les faire apparaître hors de leurs mondes. Imagine ça : un sommeil de quatre milliards d'années et puis soudain tu t'éveilles sur une planète inconnue, dont l'atmosphère te fait suffoquer, entourée de créatures que tu n'as jamais vues. Pas étonnant qu'ils détruisent tout. Et pas étonnant que les Patriens s'en servent comme arme.*

Tout ça me fait peur, mais me donne envie d'aller là-bas avec mon futur vaisseau de chantier – qui sera l'Arronax, si j'ai mon mot à dire. Cela n'arrivera pas tant que l'Empire n'aura pas repris ses colonies nixtiennes. Pas demain la veille, mais tant mieux : il faut savoir peupler son horizon de rêves lointains. Cela permet d'avancer vers eux et qui sait, parfois, le ciel s'entrouvre. Il l'a déjà fait deux fois pour moi. Et ce n'est pas fini…

La quatrième année commence par un autre stage de six mois dans l'espace avec nos parrains et marraines – et après un an sans voyager, sinon sur les simulateurs du château, je suis impatience de renouer avec les couloirs du Ballantraë, ses grands hologrammes et son armée de drones de chantier.

Comme la première fois, Lessia m'attend dans le sas, toujours aussi fascinante et négligée – deux ans après, je crois reconnaître l'espèce de T-shirt grisâtre qu'elle porte et même l'élastique qui ne retient pas la moitié de ses cheveux. Elle m'apprend que, cette fois-ci, notre voyage ne nous emmènera pas au nord, où la guerre fait toujours rage.

– Nous volerons vers le sud, du côté de l'écliptique. Il paraît que voilà deux ans, une étoile éteinte par les Patriens s'est rallumée toute seule. Il y a une planète qui tourne autour, et j'ai demandé qu'on nous confie sa réfection. Enfin, quand je dis « qu'on nous la confie », je veux dire « qu'on *te* la confie » : je te regarderai bosser, ça me fera des vacances. Ah, et comme j'ai insisté auprès du type de l'administration, il paraît qu'on aura notre mot à dire sur son peuplement. Moi, ces histoires post-chantier me saoulent, mais j'imagine que pour toi, c'est une bonne nouvelle ?

J'ai envie de pleurer de joie, mais Lessia ne m'a pas juste appris le boulot : elle m'a appris à me tenir. Alors j'essaie de lui adresser un bref sourire, un peu comme les héroïnes blasées des feuilletons quand elles remercient leur acolyte de les avoir sorties d'un mauvais pas. Un sourire qui dit : « Je t'en dois une belle, on le sait toutes les deux, mais on ne va pas en faire un fromage. »

Seulement ce sourire censé durer une seconde ne quitte pas mon visage. Au contraire, il grandit, puis mes yeux se mettent à sourire à leur tour, comme si ce sourire me remontait depuis l'enfance, comme si une réconciliation décisive, inespérée, venait d'avoir lieu – oui, elle a eu lieu, et en moi-même.

C'est bien l'Empire, ça : une puissante casse les pieds à un fonctionnaire et cela suffit pour que des millions d'innocents dont personne ne se souciait jusqu'ici puissent reprendre leur vie.

J'ai envie de la serrer dans mes bras, là. Mais c'est Lessia, qui ne supporte pas plus de deux heures de compagnie humaine, alors je me retiens.

– Et après, Astréa ? Quand tu auras fini ?

Je ne lui réponds pas, parce qu'elle peut deviner. Après, plus rien ne m'empêchera de vivre et de créer des mondes à ma façon, qui s'inspirera de la sienne mais montrera tout de même la différence entre nous. Plus rien ne m'empêchera de servir l'Empire comme je l'entends, pour le bien de ceux qui le peuplent plutôt que selon les intérêts de ceux qui le dirigent, et en acceptant la solitude propre au métier – mais sans me tenir à l'écart, comme Lessia. J'ai l'intention d'avoir des amis, et des amours, qui sait ?

Non, plus rien ne m'empêchera de vivre une vie utile et libre, et dans quelles conditions ! Mes vingt ans, un transtellaire bourré de drones, ma passion pour cet art capable de me faire sentir déesse, toute une part de galaxie pour l'exercer – et je commence à peine…

Quand j'y pense, dans ma cabine du Ballantraë, la petite Ravnienne en moi éprouve de grands vertiges. Alors, je sors mon vieux Stellarium pour regarder cette étoile qui s'est rallumée au sud et retrouver mes neuf ans, et cet anniversaire anticipé où tout a commencé. Je me dis que je finirai par écrire mon histoire, que ça sera une façon judicieuse d'égayer mon futur isolement. Pour essayer de comprendre le chemin depuis Ravno jusqu'ici. Pour les autres enfants dont le talent consiste à rêver des mondes, pour les avertir de ce qu'ils risquent et leur montrer les merveilles qu'ils connaîtront s'ils persistent. Et pour rappeler à tous les autres, Nobles Dames comprises, les pouvoirs d'une création libre.

À découvrir aussi
DANS LA COLLECTION EXPRIM'

Fanny ABADIE, *Les Insoumis du blizzard*
Philippe ARNAUD, *Indomptables*
Philippe ARNAUD, *La Peau d'un autre*
Philippe ARNAUD, *Jungle Park*
Philippe ARNAUD, *La Proie*
Philippe ARNAUD, *Terre promise*
Rolland AUDA, *L'Équipée volage*
Rolland AUDA, *Le Dévastateur*
Rolland AUDA, *Le Gouffre*
Anne-Gaëlle BALPE, *La Boîte*
Clémentine BEAUVAIS, *La Pouilleuse*
Clémentine BEAUVAIS, *Comme des images*
Clémentine BEAUVAIS, *Les Petites Reines*
Clémentine BEAUVAIS, *Songe à la douceur*
Clémentine BEAUVAIS, *Brexit romance*
Clémentine BEAUVAIS, *Âge tendre*
Clémentine BEAUVAIS, *Les Facétieuses*
Aurélie BENATTAR, *Luna Viva – Le Tournoi des Voyantes*
Sabrina BENSALAH, *Vers le bleu*
Sabrina BENSALAH, *Appuyez sur étoile*
Sabrina BENSALAH, *Diabolo fraise*
Estelle BILLON-SPAGNOL, *Amour, vengeance & tentes Quechua*
Estelle BILLON-SPAGNOL, *Y a pas que la vie*
Jérôme BOURGINE, *Bras de fer*
Jérôme BOURGINE, *Le Voyage impossible*
Jérôme BOURGINE, *Toute la vie*
Alexis BROCAS, *La mort, j'adore ! – Saison 1*
Alexis BROCAS, *La Honte de la galaxie*
Alexis BROCAS, *Astréa*
Marion BRUNET, *Frangine*
Marion BRUNET, *La Gueule du loup*
Marion BRUNET, *Dans le désordre*
Thomas CARRERAS, *100 000 Canards par un doux soir d'orage*
Thomas CARRERAS, *50 Cents*
Axl CENDRES, *Aimez-moi maintenant*
Axl CENDRES, *Échecs et but !*
Axl CENDRES, *Mes idées folles*
Axl CENDRES, *La Drôle de vie de Bibow Bradley*
Axl CENDRES, *Dysfonctionnelle*
Axl CENDRES, *Cœur battant*
Élodie CHAN, *Et dans nos cœurs, un incendie*

À découvrir aussi
DANS LA COLLECTION EXPRIM'

Émilie CHAZERAND, *La Fourmi rouge*
Émilie CHAZERAND, *Falalalala*
Émilie CHAZERAND, *Annie au milieu*
Stephen CHBOSKY, *Le Monde de Charlie*
Emmanuelle COSSO, *Passé minuit*
Antoine DOLE, *Je reviens de mourir*
Samira EL AYACHI, *La Vie rêvée de Mademoiselle S.*
Gaspard FLAMANT, *Shorba – L'appel de la révolte*
Gaspard FLAMANT, *Justice sauvage*
Damien GALISSON, *La Dragonne et le Drôle*
Célia GARINO, *Les Enfants des Feuillantines*
Mélanie GEORGELIN, *Soleil jusqu'à la fin*
Chrysostome GOURIO, *La Brigade des chasseurs d'ombres – Wendigo*
Flo JALLIER, *Les Déchaînés*
Flo JALLIER, *Mon plus grand combat*
Hamid JEMAÏ, *2 Jours pour faire des thunes*
Hamid JEMAÏ, *Dans la peau d'un youv*
Julia KINO, *Adieu la chair*
Lucie LAND, *Gadji !*
Lucie LAND, *Good Morning, Mr Paprika !*
Boris LANNEAU, *Sur la tête de l'amour*
Boris LANNEAU, *La Fille de la ville*
Loïc LE PALLEC, *No man's land*
Loïc LE PALLEC, *Fréquence Oregon*
Marie LENNE-FOUQUET, *Bleue comme l'été*
H. LENOIR, *Felicratie*
Bruno LONCHAMPT, *Bloc de haine*
Bruno LONCHAMPT, *Les Évadés du bocal*
Bruno LONCHAMPT, *Mon vieux*
François-Guillaume LORRAIN, *Le Garçon qui courait*
Karim MADANI, *Le « journal infirme » de Clara Muller*
Karim MADANI, *Hip-hop connexion*
Aylin MANÇO, *Ogresse*
Aylin MANÇO, *Les Éblouis*
Benoît MINVILLE, *Je suis sa fille*
Benoît MINVILLE, *Les Géants*
Benoît MINVILLE, *Les Belles Vies*
Benoît MINVILLE, *Héros – Livre 1 : Le réveil*
Benoît MINVILLE, *Héros – Livre 2 : Générations*
Benoît MINVILLE, *Mauvaises Graines*
Vincent MONDIOT, *Tifenn : 1, Punk : 0*

À découvrir aussi
DANS LA COLLECTION EXPRIM'

Anne MULPAS, *La Fille du papillon*
Lorris MURAIL, *Rien ni personne*
Martine POUCHAIN, *Chevalier B.*
Martine POUCHAIN, *Traverser la nuit*
Martine POUCHAIN, *La Ballade de Sean Hopper*
Martine POUCHAIN, *Zelda la rouge*
Martine POUCHAIN, *Dylan Dubois*
Martine POUCHAIN, *Gloria*
Martine POUCHAIN, *Sous-sol*
Claire RENAUD, *Les Quatre Gars*
Claire RENAUD, *Une fille de perdue c'est... une fille de perdue*
Claire RENAUD, *C'est quand la vraie vie ?*
Stéphanie RICHARD, *Jeux jaloux*
Joanne RICHOUX, *Marquise*
Joanne RICHOUX, *Les Collisions*
Joanne RICHOUX, *Toffee Darling*
Cécile ROUMIGUIÈRE, *Les Fragiles*
Insa SANÉ, *Sarcelles-Dakar*
Insa SANÉ, *Daddy est mort (retour à Sarcelles)*
Insa SANÉ, *Gueule de bois*
Insa SANÉ, *Du plomb dans le crâne*
Insa SANÉ, *Tu seras partout chez toi*
Insa SANÉ, *Les Cancres de Rousseau*
Anne SCHMAUCH, *La Sauvageonne*
Anne SCHMAUCH, *Gorilla Girl*
Anne SCHMAUCH, *A-pop-calypse*
Edgar SEKLOKA, *Adulte à présent*
Edgar SEKLOKA, *Coffee*
Jean-François SÉNÉCHAL, *Imbécile Heureux*
Sara Émilie SIMONE, *Tout Ella*
Julia THÉVENOT, *Bordeterre*
Marine VEITH, *Ceux qui traversent la mer reviennent toujours à pied*
Marine VEITH, *Ma part de l'ours*
Marie VERMANDE-LHERM, *London Panic !*
Thibault VERMOT, *Colorado train*
Thibault VERMOT, *Fraternidad*
Thibault VERMOT, *La Course dans les nuages*
Séverine VIDAL, *Quelqu'un qu'on aime*
Séverine VIDAL, *Des astres*
Vincent VILLEMINOT, *Samedi 14 novembre*

À découvrir aussi
DANS LA COLLECTION BEAU & COURT

Hubert BEN KEMOUN, *Les Flamboyants*
Quentin LESEIGNEUR, *Dix-huit ans, pas trop con*
Stéphanie RICHARD, *Tout Ira Bien*
Julia THÉVENOT, *Lettre à toi qui m'aimes*

Directeur de publication : Frédéric Lavabre
Collection dirigée par Julia Robert-Thévenot
Conception de couverture : Claudine Devey
Composition et mise en pages : Noémie Deslot

Achevé d'imprimer en mai 2023
sur les presses de l'imprimerie Grafica Veneta
N° d'édition : 0150
Dépôt légal : 1er semestre 2023
ISBN : 979-10-408-0382-9

Imprimé en Italie